GOLDMANN

Buch

England im Jahre 1583: Fanatische Katholiken planen einen Anschlag auf Elisabeth Tudor, die Tochter Heinrichs VIII. Während der Feierlichkeiten anläßlich ihres 25. Thronjubiläums will Adam Strangways, Sproß einer einflußreichen katholischen Familie, einen vergifteten Pfeil auf die »Bastardin« des Glaubens abschießen. Heimlich ist er aus dem spanischen Exil zurückgekehrt, um die nötigen Vorkehrungen zu treffen.

Nur einer entdeckt Adam zufällig in den Straßen Londons und ahnt, was er im Schilde führt – sein Bruder Tom. Aber Tom gilt als verrückt, dem Tollhaus entlaufen, und niemand nimmt ihn ernst. Nicht einmal David Becket, der Tom schon kannte, als dieser noch gesund war und am Hof der Königin verkehrte. David Becket ist viel zu beschäftigt, um sich das hilflose Gestammel eines Irren anzuhören. Er, der ewig bankrotte Glücksritter, ist zum Leibwächter von Simon Ames avanciert, einem Geheimdienstmann im königlichen Gefolge, dem man nach dem Leben trachtet.

Wie kann Becket auch ahnen, daß die Mordanschläge auf Simon Ames und das geplante Attentat auf die Königin auf geheimnisvolle Weise zusammenhängen? Als er es schließlich begreift, ist es schon fast zu spät.

Über fünf Jahre beschäftigte sich Patricia Finney intensiv mit dem elisabethanischen Zeitalter, um ein möglichst authentisches Bild jener Epoche zeichnen zu können. Geschickt kombiniert sie historische Figuren mit fiktiven Helden und erweckt mit großer Lust am Fabulieren das London der frühen Shakespearezeit zum Leben.

Autorin

Patricia Finney war erst achtzehn Jahre alt, als sie ihren ersten, vielbeachteten Roman veröffentlichte. Als ihr zweiter erschien, studierte sie noch Geschichte in Oxford. Danach arbeitete Patricia Finney als Journalistin und beschäftigte sich intensiv mit dem historischen Hintergrund für ihren dritten Roman, »Das Auge des Feuerdrachen«, der euphorische Besprechungen erhielt. Die Autorin lebt mit ihrer Familie in der Nähe von London.

Patricia Finney

Das Auge des Feuerdrachen

Roman

Aus dem Englischen
von Karin Polz

GOLDMANN VERLAG

Die Originalausgabe erschien 1992 unter dem Titel
»Firedrake's Eye« im Verlag Sinclair-Stevenson, London

Umwelthinweis:
Alle bedruckten Materialien dieses Taschenbuches
sind chlorfrei und umweltschonend.
Das Papier enthält Recyclinganteile.

Der Goldmann Verlag
ist ein Unternehmen der Verlagsgruppe Bertelsmann

Genehmigte Taschenbuchausgabe

Umschlaggestaltung: Design Team München
Umschlagmotiv: Collage von Brian Knight nach einem Aquarell
von Samuel Hieronymus Grimm (ca. 1779)
Druck: Elsnerdruck, Berlin
Verlagsnummer: 42822
MK · Herstellung: Heidrun Nawrot
Made in Germany
ISBN 3-442-42822-X

3 5 7 9 10 8 6 4 2

Für Christopher, in Liebe

I

Ich war es, der am meisten sah und am wenigsten erzählte über den Feuerdrachen und den Nachtvogel, den Soldaten Gottes und die Jagd auf die liebliche weiße Hirschkuh, die Königin von England. Die Sache wurde von quälendem Schweigen umhüllt, das von Sir Francis Walsingham ausging, dem Mohr der Königin, dunkler als das schwärzeste Flügelgeschwirr über einem Dunghaufen. Aber Tom O'Bedlam ist verrückt und unberechenbar, ein Bettler aus Bedlam, dem Tollhaus, und da ich in seiner jämmerlichen zerkratzten Haut stecke und die Welt aus seinen armen verwirrten Augen sehe, will ich die Geschichte erzählen. Und alles wird wahr sein.

Zuerst muß ich um Vergebung bitten, daß meine Worte von einer gewissen Tollheit gefärbt sind. Denn mein armer Schädelbruder Tom ist immer an meiner Seite, und oft drängt er sich ungefragt an mir und dem Höfling vorbei, um sich vor der Mondkönigin zu verneigen und mit Engeln zu tanzen und zu sprechen und sich vor seinen Teufeln zu verstecken, die plötzlich ihn und mich verfolgen. Mag die Mondkönigin über uns urteilen.

Und doch kann der arme Tom von Nutzen sein, denn seine Engel machen für ihn Fenster in die Köpfe der Menschen, so daß er ihnen in die Seele blicken kann. Darum bitte ich Euch, vergebt ihm sein Gejammere und schiebt nicht alles gleich beiseite. Vielleicht ist es nur das Gewicht des Unendlichen, das ihn toben läßt. Denn Toms Tollheit läuft wie ein Goldfaden durch ein gutes Tuch der Vernunft – doch wer würde schon Gold in einen Stoff einweben, es sei denn, dieser wäre für einen Prinzen bestimmt?

Was nicht zutrifft; vielmehr ist es ein Teppich mit verschlungenen Linien, ein Tanz von Spiralen und Gegenspiralen, Stern auf Stern, Wirbel auf Bewegung auf Unruhe, alles gewoben von der Mondkönigin, die in einem silbernen Damastunterrock über uns sitzt, lächelt und ihren silbernen Finger mit dem scharlachroten Nagel auf diesen Knoten und auf jenen legt: Hier war der Ursprung der ganzen Geschichte, hier ... und da ... und dort ...

2

Herbst 1583

Einer ihrer Anfänge wurde gemacht in einer Londoner Gasse, die in dem alten Freibezirk Whitefriars liegt und damals nur von einem Binsenlicht hinter einem Fenster aus Glas beleuchtet wurde – sicherlich war die Scheibe eine Verschwendung von Geld, da in der Noon Alley nie die Sonne scheint, außer am Tag der Sommersonnenwende. Doch Regen gibt es dort reichlich.

Und dieser Anfang seinerseits fing an mit dem blubbernden Gebräu in den Bierfässern der Gastwirtin Alys.

Es gibt Frauen, die aus einfacher gegorener Gerste und Wasser süßen Nektar zapfen können, und es gibt Frauen, die die Zutaten zu Jupiters Ambrosia in Pferdepisse und Schweinedung verwandeln. Die Wirtin des Gatehouse Inns, Frau Alys, wirkte Wunder der zweiten Art: Man mochte ihr Wein aus den Trauben des Dionysos persönlich geben, und sie würde ihn mit Schlehen, Essig und Zucker strecken, weil es schlimme Zeiten waren und sie ihre Auslagen ersetzt haben mußte.

So war es sehr verwunderlich, daß David Becket dennoch genug getrunken hatte, um aus dem Eingang des Gatehouse zu fallen und über den Misthaufen zu stolpern, der dort die Fleet Street blockierte. Er rülpste, wartete, ob dem Rülpser noch etwas folgte, und als nichts kam, hob er seinen Hut auf und torkelte, den Bauch voll schlammigen Biers, auf seine Unterkunft in der Fetter Lane zu. Er hatte sein Wams aufgeknöpft, um Raum zum Atmen zu haben; er brauchte seine Kleider nicht auszustopfen – er hatte genug Fleisch auf den Knochen und sparte ein Vermögen an Wattierung.

Einen Augenblick lang blieb er unter einem tropfenden Dachvorsprung an der Ecke zu Crocker's Lane stehen, mit einer Hand an die Wand gestützt, und wünschte, die Schenken in der Nähe seiner Unterkunft würden ihm noch Kredit gewähren, so daß sein Heimweg nicht so weit wäre; die Umwege, zu denen er nun gezwungen war, machten aus weniger als einer Meile fast zwei. Außerdem waren die dunklen Wege matschig und wimmelten von allerlei Ungeziefer.

Aber Bier kann nicht wie Fleisch in Blut verwandelt werden, wie Dr. Nuñez sagt; also wird es zu Pisse und muß aus dem Organismus entfernt werden. Becket hickte leise vor sich hin, fummelte an seiner Hosenklappe und erleichterte sich in die Gosse, wobei er den jämmerlichen Körper eines toten Hundes bespritzte. Tränen traten ihm in die Augen: armer Hund, verstoßen und ausgemergelt, da ging es einem im Tollhaus ja noch besser... Er würde zurückgehen. In den Niederlanden brauchten sie noch immer streitlustige Männer, und war der Sold auch schlecht – zumindest wurde man für Diebstahl nicht gleich gehängt.

Er machte den dritten Versuch, seine Hose zu schließen, und murmelte, daß ein Mann in einem schönen Zustand sei, wenn er sich von seiner eigenen Hosenklappe fertigmachen lasse, als die Geräusche von einem Handgemenge sein von Bierdünsten getrübtes Bewußtsein erreichten.

Er richtete sich auf und blinzelte. Die Kampfgeräusche kamen aus der Noon Alley, einer Seitenstraße von Crocker's Lane. Einen Augenblick lang schwankte er: Einigen Auseinandersetzungen ging man besser aus dem Weg...

Aus Neugier und in der vagen Hoffnung, daß sich für ihn die Schlägerei doch auszahlen würde, drückte Becket sich an der Wand des Eckhauses entlang und knöpfte dabei sein Wams und den alten Lederrock zu. Vorsichtig spähte er um die Ecke und erblickte im blassen Binsenlicht, das aus dem Fenster einer Hure fiel, dunkle Gestalten.

Eine Hand preßte ein zusammensackendes Bündel von Mann gegen die Wand, die andere wühlte in seinen Kleidern. Das Bündel sackte unter dem Räuber zusammen, und der Räuber rammte den Kopf seines Opfers gegen die Steine. Als das Gesicht so in den Lichtschimmer geriet, erkannte Becket es trotz des vielen Blutes.

Das genügte ihm als Entschuldigung für eine den Abend abrundende Schlägerei. Während der Mann schwer auf die Seite fiel und der Räuber fluchte und mit seinem Messer in die Dunkelheit stieß, zog Becket seinen eigenen Dolch und näherte sich dem Knäuel von Männern, die linke Hand ausgestreckt, bis sie auf ein rauhes Lederwams stieß. Er ergriff es und hob die Gestalt hinauf in den Lichtschimmer, um sich zu vergewissern, daß er den Räuber und nicht das Opfer erwischt hatte; dann brachte er den Henker um seinen Lohn und brach dem kreischenden und mit den Armen rudernden Knochenbrecher Smith das Rückgrat.

Zu langsam. Bier läßt sich nicht so leicht besiegen. Jemand griff ihn von der Seite an, und er spürte mehr als er sah, wie sich ein Knüppel seinem Kopf näherte. Er schrie auf vor Wut, daß da noch mehr Männer waren, parierte den Schlag mit seinen dicken Rückenmuskeln und brüllte wie ein Bulle, als er merkte, daß jemand versuchte, ihn von hinten am Hals zu packen.

Er richtete sich mit einem Ruck auf, den Räuber wie einen Affen an seinem Hals, machte zwei Schritte rückwärts auf die gegenüberliegende Mauer der Noon Alley zu und streifte sich den Mann vom Rücken. Er drehte sich um, sah Metall aufblitzen, stach aufs Geratewohl zu und spürte warmes Blut über seine Hand rinnen, wußte aber nicht, was er getroffen hatte, obwohl jemand aufschrie. Dann waren hastig sich entfernende Schritte zu hören, und in der folgenden Stille ertönte das rhythmische Hämmern vom Wandbett der Hure.

Er wischte die Klinge des Dolches und seine klebrige Hand an seinem Rücken ab, unter dem Lederrock, wo man es nicht sehen würde, hob geistesabwesend das Päckchen auf, das Smith aus der Hand gefallen war, und steckte es ein. Von seinem schwarzen Samtwams und seinen gestreiften Pluderhosen, braungefärbt von Fett-, Matsch- und Soßenflecken, ging noch immer die Wirkung aus, die ihr ursprünglicher Besitzer, der sie beim Kartenspiel verloren hatte, stets erhofft, doch nie erreicht hatte. Sie ließen einen dicken Mann größer erscheinen. Becket war fast zwei Meter lang und mindestens einen ebensolchen breit, ein eckiger Mann, der zuviel Fett angesetzt hatte, mit schwarzem gelocktem Haar, einem kantigen Gesicht und einem ungepflegten schwarzen Bart – eine bedrohliche Gestalt, der man in einer dunklen Nacht nicht gern in einer Gasse begegnete.

Er holte tief Atem und erinnerte sich dann an den Mann, den er gerettet hatte. Er tastete sich vor und fand ihn auf dem Boden liegend, mitten in einem Haufen glitschiger Zwiebelschalen. Er faßte ihn unter den Armen und schleppte ihn aus der Gasse hinaus in das Licht der Gatehouse-Laterne.

Der Kopf des schmächtigen Mannes hing schlaff herunter, sein Gesicht war bedeckt mit Blut und Rotz. Becket musterte teilnahmsvoll die glasigen Augen und tätschelte ihm die verletzte Wange.

Der Mann kam langsam zu sich, murmelte etwas vor sich hin und versuchte, Becket einen Schlag zu versetzen. Becket packte die Faust mit seiner großen Hand und brachte sein Gesicht ganz nahe an das des Mannes. Sehr klar und deutlich sagte er: «Ich bin Meister David Becket, Profos der Fechtkunst. Wir haben früher am Tage miteinander disputiert. Über das Göttliche im Wesen des Menschen. Erinnert Ihr Euch?»

Der Mann runzelte benommen die Stirn, beugte sich vor und kotzte auf Beckets Stiefel. Becket seufzte. «Herrgott noch mal, wenn man schon den Samariter spielt.» Er schüttelte das Schlimmste von seinen Füßen, hievte sich das Häufchen Elend über die Schulter und schleppte es in Richtung Fetter Lane. Genaugenommen geschah das jedoch weniger der Lehre unseres Herrn zuliebe als auf das Zunicken unserer Lady Silber hin, deren Abbild verstohlen aus den dicken Falten im samtenen Umhang des Mannes hervorblickte.

3

Herbst 1582

Und dann gab es auch noch den Feuerdrachen, der hinter sicheren Backsteinmauern und geschützt durch Lügen langsam zu seiner vollen Größe heranwuchs. Es war ein Ei, das ein Jahr zuvor gelegt worden war, die Frucht einer Rede anläßlich der Turniere zum Jahrestag der Thronbesteigung der Königin, die am 17. November Anno Domini 1582 stattfanden. Die jungen Hirsche und Hindinnen vom Hof hatten sich aufwendig in vergoldete Rüstungen und bestickte Seide geworfen, sich als Wunschkinder vorgestellt und inständig um Einlaß in das Schloß der Jungfräulichkeit gebeten. Dieser seltene und hochgeschätzte Zustand ist am Hof ebenso gesucht wie ein Einhorn und wird ebenso selten gefunden (außer bei Ihrer Majestät, der Königin, selbst).

Auf dem Höhepunkt der Turniere hatte Philip Sidney eine an Wortspielen reiche Rede gehalten, in der er sich von der außergewöhnlichen Reinheit und Stärke der Jungfräulichkeit Ihrer Majestät tief beeindruckt zeigte. Womit zum Ausdruck gebracht werden sollte, sie möge darauf verzichten, den verdorbenen jungen Franzosen, den Herzog von Alençon, zu heiraten, das geringste der Bälger der Wölfin Katharina von Medici, die am Bartholomäustag die Protestanten niedergemetzelt hatte.

Es gehörte Mut zu solch einer Rede, gleichgültig, wie blumig sie dargebracht wurde, denn die Königin hatte sich dem französischen Prinzen gegenüber äußerst gnädig gezeigt, trotz seines von Pockennarben entstellten Gesichts und trotz seiner Gestalt; er war einen Kopf kleiner als die Königin, die für eine Frau eine sehr beachtliche Größe hat.

Der Gesandte des Prinzen, Simier, den die Königin ihr Äffchen nannte, bot einen hübscheren Anblick und war ein gewinnenderer Edelmann, aber nicht ihn wollte sie in ihr Bett holen, und das war auch gut so, denn er hatte seine erste Frau umgebracht.

Ihre Majestät wollte in dieser Angelegenheit von niemandem etwas hören. Einem Drucker namens Stubbs, der sie ermahnt hatte, sich nicht mit papistischen Franzosen einzulassen, war vom Henker die Hand abgehackt worden. Da es sich bei dem Redner während der Turniere jedoch um den Ehrenwerten Philip Sidney handelte, den zukünftigen Schwiegersohn von Sir Francis Walsingham, schien es nicht wahrscheinlich, daß er die Hand oder ein anderes Glied verlieren würde, aber es gibt immer noch den Tower, und außerdem kann man vom Hofe verbannt werden.

Diese Rede voller Symbole war also unverschämt, und sie war auch gefährlich. Aber Sir Francis war sie aus der Seele gesprochen, und er unterstützte sie, wenn auch stumm. Am Ende erkannte und sah die Königin das Gleichnis und lächelte und zeigte sich huldvoll. Wer weiß, ob es nicht Sidneys Galanterien waren, die ihren Zorn im Keim erstickten. Oder war es gar die Mondkönigin, die die Hand im Spiel hatte? Hatte der monatliche Zyklus der Frauen, der bei der irdischen Königin ins Stottern geraten war während der Jahre, als sie im Gegensatz zu früher mit merkwürdiger Hast auf Heirat gedrängt hatte, am Ende ganz aufgehört? Sah die Königin ein, daß sie alles, was sie besaß, nämlich ihre Jungfräulichkeit, verlieren und als Gegenleistung nicht einmal ein Kind gewinnen würde? Trat sie daher vom Abgrund zurück? Alençon wurde schließlich mit Fischfässern voll Gold ausgezahlt, in einer Menge, die deutlich zeigte, wie peinlich das Ganze der Königin war.

Wer würde es wagen, sie zu fragen? Der Höfling lacht und dreht an dem Ring in seinem Ohr, aber ich weiß, daß Sidney sehr zufrieden war mit seinem hübschen Einfall, beim Turnier in einer kunstvoll arrangierten Rede über Politik zu sprechen. Er schrieb an seinen Freund Henri Estienne in Wien einen Brief, der sich in Walsinghams schöner Eichentruhe befindet, und eine ins Spanische übersetzte Kopie liegt in einer der vielen Truhen, die dem König von Spanien gehören. So harmlos und so freundlich, und doch war dieser Brief die Ursache dafür, daß in London ein Drache geboren wurde, mitten in der Hauptstadt der Königin, jener Drache, der Feuer und Furcht und Elend über mich brachte.

4

Herbst 1583

Fünf Treppen hoch mußte Becket klettern, seitlich, weil sie so schmal waren, und ganz oben durch eine niedrige Tür in eine kalte und modrige Dunkelheit, in der es nach schmutziger Wäsche stank, nach alten Binsen, Ratten und Feuchtigkeit. Wie immer zog er den Kopf zu spät ein und stieß an die Decke. Er fluchte, ließ seine Bürde auf die Binsen fallen und suchte nach der Zunderbüchse. Nachdem er den Stummel einer Talgkerze mühsam zum Brennen gebracht hatte, fiel ihm ein, daß kein Holz da war, weil er es nicht bezahlen konnte.

Hinter ihm regte sich etwas. Als er sich umdrehte, sah er, daß sich der Mann, den er gerettet hatte, halb von seinem Lager erhoben hatte. Sein Kopf hing herunter, und aus seiner

Nase tropfte Blut. Die Flöhe waren zweifellos entzückt, daß ihre Nahrung wie Manna vom Himmel fiel.

Unter dem Mörtel ertönte das vertraute Rascheln von Ratten. Ein besonders großes schwarzes Exemplar kam hervor, huschte auf die Truhe und sah erwartungsvoll hoch.

«Hier», sagte Becket lächelnd und kramte einen gestohlenen Schinkenknochen unter seinem Hemd hervor. «Ich hab' dich noch nie im Stich gelassen, was?» Becket nahm die Wasserschüssel von der Truhe und brachte die zerlumpten Überreste eines Hemdes zum Vorschein.

«Nein, ich blauche keine Hilfe ...»

«Haltet den Mund», sagte Becket, zog den Mann auf die Bettkante und begann, das blasse Gesicht von Blut und Erbrochenem zu säubern. «Ich habe Euren Namen vergessen, Sir, erinnere mich aber, daß Ihr ein Freund von Mr. Ellerton seid. Heißt Ihr Arnes?»

«Ames», kam die Antwort nach einer kurzen Pause. «Simon Ames. Es ist mil eine Ehle, Euch kennenzulelnen.»

«Dann haltet still, Mr. Ames.»

Bis das verschmierte Gesicht des Mannes im Schein des Binsenlichts wieder klar zu erkennen war, hatte das Wasser eine Färbung angenommen, die sogar Ratten verscheucht hätte. Becket öffnete den Fensterladen und kippte die Brühe auf die Straße weit unter ihm. Dann verjagte er die Ratte und wühlte in den Tiefen der Truhe nach dem Rest seines Branntweins. Mr. Ames' erdfarbener Samtrock mit den braunroten Seidenpaspeln würde sich vielleicht nie von dem Blut und den Zwiebelschalen erholen, aber Becket wollte ihn trotzdem schonen. «Nehmt den Flaschenhals in den Mund», riet er freundlich, «sonst könnte der Alkohol auf Eurer Haut brennen.» Simon Ames hustete und würgte, behielt den Branntwein aber bei sich.

«Ich elinnele mich an Euch, Ml. Becket», sagte er, «Ihl walt dafül, blutale Bestien dulch eilen göttlichen Funken umzufolmen, und ich sage, eine falschvelstandene göttliche Macht hat sie kollumpielt... Zum Teufel mit diesem Blut, ist meine Nase geblochen?»

«Zweifellos», sagte Becket. «Ich kann Euch einen guten Wundarzt empfehlen, wenn Ihr wollt.»

«Nein, ich danke Euch. Mein Onkel wird sich dalum kümmeln.» Ames suchte nach seinem Geldbeutel, und Bekket zog schwungvoll das Päckchen hervor, das er neben Knochenbrecher Smith gefunden hatte. Ames runzelte die Stirn. «Abel das ist nicht mein... Hm. Ich danke Euch, Sil. Habt Ihl einen del Männel gesehen, die mich übelfallen haben?»

«Außer diesem Knochenbrecher, der jetzt tot ist – möge Gott seine Seele verrotten lassen –, keinen», sagte Becket. «Habt Ihr viel verloren?»

«Ah. Ihl habt keinen del andelen gesehen?»

Becket spreizte die Hände. «Es war dunkel. Aber einem von ihnen habe ich eine Narbe verpaßt. Wieviel hattet Ihr bei Euch?»

«Ein paal Schilling und ein goldenes Halbklonenstück...»

«Jesus Maria, was ist in Euch gefahren, in Whitefriars so viel bei euch zu tragen?»

«Ich hatte volher... Kalten gespielt.»

«Karten?» Becket dämmerte es. «Oh, Ihr spieltet bei Tyrrel?»

Ames nickte unsicher. Becket verzog das Gesicht und spuckte in die Ecke, verpaßte aber das im Mörtel markierte Ziel. «Herr im Himmel, Ihr seid wie ein Lamm ohne seine Mutter! Wißt Ihr nicht, daß man nur bei Pickering spielen soll? Und mit einer vollen Börse kommt Ihr von Tyrrel ins

Gatehouse und disputiert in diesem Nest voller Wespen, die Euer Honiggold aus drei Meilen Entfernung riechen konnten, über Philosophie? Herrgott noch mal, wenn ich das gewußt hätte...» Er ließ den Satz unvollendet und wandte sich wieder seiner fast leeren Truhe zu, um seine Empörung zu verbergen. Besser, nicht jemanden beleidigen, der so reich und so dumm war. Während er in der modrigen Tiefe nach seiner zweiten Decke suchte, überlegte er fieberhaft, wie man einen besonders törichten Menschen und sein Geld voneinander trennen könnte. «Zu dieser Stunde kann man nicht in die Innenstadt zurück, alle Tore sind geschlossen. Und es gibt auch keine Boote, alle Fährleute sind auf dem Heimweg. Nehmt also dies und schlaft auf dem...»

Er hielt inne. Ames war auf die Seite gekippt, hatte seine in lehmverkrusteten Schuhen steckenden Füße auf das Bett fallen lassen, seinen Rock enger um die schmalen Schultern gezogen und war von dieser Welt ins Land der Träume übergewechselt.

Einen Augenblick lang fragte sich Becket, ob er die Rolle der beiden alten Griechen übernehmen sollte, die Apollo ihr Bett gaben und selbst auf dem Boden schliefen.

«Den Arsch werd' ich», brummte er, zerrte den Körper seines Gastes hoch und legte ihn dort auf den Boden, wo die Binsen am dichtesten waren. Die Decke ließ er auf ihn fallen. Dann löschte er das Licht und stieg so ins Bett, wie er war, nur ohne Stiefel. Die Ratte kam, wünschte ihm mit ihren Barthaaren gute Nacht und machte es sich auf seiner Brust bequem.

5

Dezember 1582

Das Wachsen eines Feuerdrachens bis zu seiner vollen Größe und tödlichen Schönheit ist eine komplexe Angelegenheit. In seinen Anfängen ist er nur der Hauch eines Gedankens, wie alles, was Menschen erschaffen. Sir Philip Sidney hat ein sonniges Gemüt, und alle sind einstimmig der Meinung, daß er ein außerordentlich angenehmer Mensch ist, ein perfekter Gentleman. Selbst seine Handschrift zeigt in jedem Bogen und jedem Häkchen einen Schimmer von Sonnenschein, Verstand und Charme. Meine eigene Schrift dagegen, ich weiß, ist ein galoppierendes Durcheinander, das von der Kanzleischrift zur Kursivschrift und von da zu eigenen Einfällen wechselt, sich windet und vor sich selbst davonläuft, als wäre meine Feder ein ausreißender Käfer. Es grenzt an ein Wunder, daß ich überhaupt schreiben kann, wo die Engel mich doch ständig plagen, aber Mr. Sidney (wie er damals noch hieß) schrieb mühelos, wortreich und unbefangen und lächelte über seine eigenen Geistesblitze, während er vor dem Umblättern Sand über die Seiten schüttete.

Nun haben kleine Sachen der Mondkönigin schon immer Vergnügen bereitet, auf daß sie ihre Macht um so besser demonstrieren konnte, und es war eine kleine Sache, daß der Hugenotte Monsieur Estienne seinen Freund Sidney gebeten hatte, englisch zu schreiben, damit sich Estienne im Lesen unserer wenig bekannten, halb barbarischen Sprache üben konnte. Mr. Sidney hatte gelacht und protestiert, daß doch das Französische einer zivilisierten Feder angemessener sei, dann jedoch gutmütig wie immer nachgegeben.

So schrieb er also den Brief, und nachdem er ihn unterzeichnet, gefaltet und versiegelt hatte, stand er auf, reckte sich und dachte, er würde lieber selbst sich die Beine vertreten als nach einem Boten zu rufen, der den Brief für ihn besorgte.

Und so ging er die Hintertreppe hinunter und durch die Passage, die hinter der Küche von Sir Francis Walsinghams Haus in der Seething Lane zu den Stallungen führt. Dort begrüßte er sein Lieblingspferd, unterhielt sich mit einem Stalljungen ernsthaft über einen kranken Hund und spähte in ein kleines Büro, in dem Segeltuchsäcke hoch gestapelt lagen.

«Mr. Hunnicutt?» rief Sidney und schaute zwischen den zwei rechts und links von der Tür liegenden Segeltuchsäcken hindurch, in denen die einkommenden Briefe und Berichte gesammelt wurden, «seid Ihr da, Mr. Hunni... Ah, einen guten Tag, Mr. Hunnicutt.»

Neben den ordentlichen Reihen von Kuriertaschen, jede mit Bestimmungsort, Datum des Versendens und Namen des Boten versehen, stand Hunnicutt wie ein Mönch in der Schreibstube eines Klosters. Sidneys Begrüßung erwiderte er mit einem Lächeln, und zwei Grübchen erschienen in seinen rosa Wangen. Er tauchte seine Feder in ein Tintenfaß.

«Mr. Sidney, wie kann ich Euch dienen, Sir?»

«Keine große Eile», sagte Sidney lächelnd, als wäre er nicht der zukünftige Schwiegersohn von Sir Francis. «Wenn Ihr einen Mann nach Wien habt, dessen Tasche noch nicht zu voll ist...» Er schwenkte seinen Brief nachlässig hin und her.

Mr. Hunnicutt blinzelte und schaute in eine Liste von Namen, hinter denen Bestimmungsort, Frachtgut, Pferd und Ausgaben vermerkt waren.

«Pellew macht sich heute auf den Weg ins Kaiserreich, wenn das dienlich ist.»

«Ausgezeichnet», sagte Sidney, die Hand im Geldbeutel. «Gebt ihm ein wenig Trinkgeld als Lohn für seine Mühe, wenn es Euch recht ist, Mr. Hunnicutt...»

Zwei glänzende Sixpencestücke tauchten auf dem Schreibpult auf und rollten hinunter in Mr. Hunnicutts Geldbeutel. Hunnicutt verneigte sich, lächelte und murmelte etwas über seine Bereitschaft, stets zu Diensten zu sein, worauf Sidney ihm fröhlich mit dem Finger drohte. Während Hunnicutt den Brief rasch in die entsprechende Kuriertasche legte, ging Sidney, um nach dem Jagdhund mit der septischen Pfote zu sehen. Mit ernsthafter Miene machte er einen großen Schritt über die Murmeln, mit denen Hunnicutts stummer Page neben der Tür spielte.

Wozu ist Papier gut, wenn es sich nicht bewegt? In geschriebenen Wörtern steckt ein großer Zauber, hinter dem sich Gold oder der Tod ebenso verbergen kann wie eine Wäscheliste oder ein Rezept für Zuckerwerk. Auf Papier festgehalten, wiegt kein Wort schwerer als ein anderes von der gleichen Länge, wenn es dem Papier entrissen und gewogen werden könnte. Da sie statisch und so gut konserviert wie Rosenblätter in Zucker sind, können die Wörter weggetragen werden. Wie Wasser ein Mühlrad, so kann die Welt des Papiers, Mundus Papyri, unsere eigene Erdkugel nur dann bewegen, wenn sie selbst sich bewegt.

Pellew war ein großer hagerer Mann in abgetragenen Kniehosen und Lederwams, kaum zu unterscheiden von all den anderen mageren müden Männern, die bei den Ställen und in den Küchen von Whitehall und Theobalds und Barn Elms anzutreffen sind. Sie füllen die Luft mit ihrem Gerede über Pferde und über ihre zahllosen Leiden, mit Klagen über die schlechten Straßen nach Dover und die noch schlechteren Paketboote über den Kanal, mit Litaneien über die Korruption der Steuereinnehmer in Frankreich und den jammervollen Mangel an guten Wirtshäusern in Deutschland. Und alles ist durchsetzt mit aufreizend langweiligen Berichten, wie sie im letzten Winter auf einem lahmenden Pferd die Alpen überquerten, an der roten Ruhr erkrankten und unterwegs von Räubern überfallen wurden.

Pellew ritt aus dem Hof in der Seething Lane hinaus, so schnell, daß er zum Gezeitenwechsel am Fluß war. Dort nahm er eine Pferdefähre hinunter nach Tilbury und bezog seine Koje auf der *Swan of London*. Hinter ihm hatte ein unbedeutenderer Bote das Gebäude verlassen und dem Bänkelsänger am Tor ein Stück Papier gegeben.

Ein Kurier, der sein Geschäft versteht, zieht ein gleichmäßiges Tempo einem hektischen vor, und er braucht den Gleichmut eines Stoikers, während er auf das richtige Wetter zum Überqueren von Englands Burggraben wartet. Hat er das Wasser einmal hinter sich, erstrecken sich vor ihm die Straßen und miserablen Wege des europäischen Kontinents. Nun folgt ein monotones Dahintrotten auf alten Römerstraßen oder Straßen, die dem Klerus gehören, ein beschwerliches Vorankommen auf Kähnen und Fähren. Und immer wieder muß er hier einen nicht überbrückten Fluß durchwaten und dort an den Verwalter irgendeines unbedeutenden Edelmanns, dessen Rechtsanspruch sich einzig in den Schwertern seiner Soldaten begründet, Brückenzoll zahlen.

Pellew folgte ruhig seinem Weg, ein einzelner unter vielen auf den Straßen, und schloß sich einfachen Boten an, wann immer er konnte. Auf katholischem Boden angekommen und als Engländer registriert, wurde er angewiesen, sich am Tor die Füße zu vertreten, während seine Tasche nach Konterbande in Form von protestantischen Streitschriften oder nichtlateinischen Bibeln durchsucht wurde. Merkwürdig, wie lange das Durchsuchen einer einzigen Kuriertasche dauern kann: Der Tag brach an, bevor er nach Wien und zum Haus eines englischen Kaufmanns weiterreiten konnte. Er hatte auf einer Bank im Torhaus geschlafen und darauf vertraut, daß alles, was geheimgehalten werden mußte, durch Chiffren gesichert worden war, und wenn es das nicht war, dann konnte er auch nichts machen.

Die Briefe, die wichtig zu sein schienen, waren von hohlwangigen Schreibern kopiert worden, und nachdem sich einige angesammelt hatten, wurden sie wieder quer durch die christliche Welt geschickt, in der Satteltasche eines anderen hageren müden Mannes (der Pellews Zwilling hätte sein können, wenn man von den unterschiedlichen Sprachen einmal absah), bevor sie in den Niederlanden ankamen, im Büro vom Sekretär des spanischen Gouverneurs.

Diesmal half ein friedlicher Engländer dem Schreiber bei der Enträtselung der Texte, ein Katholik, ein hochgewachsener dünner Mann mit heller sommersprossiger Haut, rotblondem Haar und den blaßblauen, durch Überzeugung hart gewordenen Augen seiner Mutter. Außerdem hatte er eine kleine Narbe im Mundwinkel, die ich selbst ihm verpaßt hatte, als ich zwölf und er acht war, bei einem heftigen Kampf um eine Schachtel kandierter Pflaumen. Nicht jeder von uns kann sich eines Bruders rühmen, der für die Spanier arbeitet.

Für den spanischen Sekretär war Sidneys Brief an Henri Estienne eine Angelegenheit von untergeordneter Bedeutung, von Interesse nur insofern, als er unchiffriert war und auch keinen Text in Geheimschrift aufwies. Mein Bruder Adam übersetzte den Brief wortgetreu ins Spanische, und während er das tat, trat ein geistesabwesender Ausdruck in sein Gesicht, und die Augen gingen ihm über vor Erinnerungen. Als es darum ging, einen Mann zu finden, der das Päckchen im März durch den gefährlichen Golf von Biskaya nach Spanien brachte, meldete er sich für die Aufgabe, als alle um ihn herum schwiegen. Der Sekretär betraute ihn mit der Reise, da er wie üblich zu wenig Kuriere hatte und gar nicht wissen wollte, warum Adam endlich Gefallen an einem Besuch in Spanien fand.

So trug vieles dazu bei, daß der folgende Teil des Briefes Seiner Majestät, König Philipp II. von Spanien, unter die Augen kam.

«...Und jetzt, da die armen holländischen Protestanten wieder mit dem Rücken zur Wand stehen, beabsichtigen Fulke Greville und ich, auf unserem Turnier im nächsten Jahr auf die Gefahr hinzuweisen, die von Spanien ausgeht, und auf den weisen Einsatz von uns allen, die zur wahren Religion stehen. Wir sind auf die Figur eines roten Drachen gestoßen, der das Abzeichen des Großvaters Ihrer Majestät war, als dieser den widerwärtigen Usurpator Richard Plantagenet niederwarf. Es ist auch ein Drache der Zwietracht, der nur von den strahlenden Augen und der Schönheit Ihrer Majestät gezähmt werden kann. Wenn er sich seiner rechtmäßigen Königin unterworfen hat, soll der Drache sich gegen die Bestie der Apokalypse (ich meine Rom) wenden, im Namen Ihrer Majestät als ihr loyalster Streiter kämpfen und die Bestie und ihren Reiter, Philipp von Spanien, völlig niederwerfen. Greville und ich haben Strohhalme gezogen, wer Philipp sein und wer den Drachen Zwietracht reiten sollte, und er zog den kürzeren Halm. Armer Mann, er kann sich nicht entscheiden, ob er entzückt sein soll, daß die Ausgaben für eine Bestie geringer sein werden, oder angeekelt, weil der Pöbel toben und ihn auszischen wird, aber er schreibt schon jetzt eine Hymne in Küchenlatein, die die anwesenden Mönche und Nonnen singen sollen ...»

Wenn man aus einem gepflügten Feld Soldaten wachsen lassen will, so behaupten die Griechen, muß man zuerst Drachenzähne säen. Wenn man Drachen haben will – muß man dann Soldatenzähne säen?

6

Oktober 1583

Nachdem er im Jahr zuvor mit Hilfe unrechtmäßig ergatterten Reichtums in kurzer Zeit den Rang eines Profos der Verteidigung erkämpft hatte, erteilten die Ancient Masters of Defence Becket die Erlaubnis, den Gebrauch von Waffen zu lehren. Dazu gehörten das Langschwert, der Zweihänder, der Pallasch, Schwert-und-Schild, Schwert-und-Dolch, Dolch allein und das richtige Handhaben von Hieb- und Wurfwaffen wie dem Spieß, dem Halbspieß, der Hellebarde, dem Bauernspieß und der Streitaxt.

Die Schule, die er gegründet hatte, war an Schulden, Streitereien und Saufereien gescheitert, doch mit ein paar Stockdegen und einem Schüler könnte er wieder anfangen, mochte der Schüler noch so klein, dürr und unbeholfen sein. So machte Becket hoffnungsvoll seine Pläne für Simon Ames. Zuerst, dachte er, ein Besuch bei einer Apotheke, dann dorthin, wo Ames wohnte, wo immer das auch sein mochte, und dann geschickt überleiten zu der Zahlung von vierzig Schilling, die halbe Gebühr für einen Kursus in Fechtkunst.

Als Ames erwachte, bot er ein Bild des Jammers und

müßte leichte Beute sein. Das Gebräu der Wirtin Alys hatte Kopfschmerzen und Übelkeit verursacht, sein Körper war übersät mit Prellungen, Abschürfungen und Flohbissen, seine Augen waren schwarzumrandet und seine Nase geschwollen wie bei einem Mann, der die Franzosenkrankheit hat.

Becket war vor ihm aufgewacht und hatte ihn wieder auf das Bett gelegt, eine angenehmere Lagerstatt als der Boden. Das Geräusch, das Ames weckte, waren Beckets Schritte auf der Treppe; Ames wandte seine Augen ab von dem Fensterladen, wo die Wintersonne durch Astlöcher und Ritze hereinschien, und wunderte sich verschwommen über den kleinen runden Lederschild mit einem neun Zoll langen Dolch in der Mitte, der feierlich an der Wand hing, und über die tiefe Delle daneben.

Becket öffnete die Tür und betrat das Zimmer leiser, als es für einen Mann seiner Größe möglich schien. Simon setzte sich unbesonnen auf und mußte sich den Kopf halten wie ein Mann bei der ersten Attacke der Pest. Becket trug in seinen Händen eine angeschlagene irdene Schüssel, die mit Wein und Wasser gefüllt war und in der ein Ei schwamm, das Ganze mit etwas Zimt und Muskatnuß gewürzt.

«Ich will nicht...»

«Ein unfehlbares Mittel gegen das miserable Bier vom Gatehouse, Sir», sagte Becket voller Mitgefühl und fügte dann listig hinzu: «Ich habe dafür meinen alten Brustharnisch versetzt.»

Simon schluckte mit bleichem Gesicht, nahm aus reiner Höflichkeit die Schüssel entgegen und trank die Hälfte. Beckets Unterkunft zu jener Zeit befand sich im obersten Stock von Mrs. Carfax' Haus in der Fetter Lane, direkt unter den Dachbalken, wo Tauben nisteten, denen Becket gelegentlich die Jungen stahl, um aus ihnen eine Pastete zu machen. In dem Raum waren eine morsche Truhe, ein Bett, der Schild, ein Halter für das Binsenlicht, in dem eine Talgkerze steckte, und eine flache, leere Schüssel mit verbogenem Griff zum Braten von Eiern und Speck. Es waren Nägel in die Wände geschlagen, an denen Sachen gehangen hatten, und Spuren in den fußtiefen Binsen, wo einmal ein Tisch und ein Hocker gestanden haben mußten. Aber wenigstens das Dach war nur an einer Stelle undicht, und unter diese Stelle schob Becket die jetzt leere Schüssel.

«Soll ich die Fensterläden öffnen, Mr. Ames?» fragte er.

Ames nickte ergeben. «Wie spät ist es?»

«Etwa acht. Die Sonne geht gerade auf.»

«O Gott», stöhnte Ames und schirmte die Augen gegen das wäßrige Licht ab. «Laßt mich überlegen. Ich kann mich heute nicht Mr. Phelippes widmen, nicht in diesem Zustand. Mr.... hm... Becket, ich bin Euch bereits sehr zu Dank verpflichtet... würdet Ihr mir einen weiteren Gefallen tun?»

«Sagt mir welchen, Sir«, sagte Becket voller Eifer.

«Würdet Ihr ein Pferd für mich mieten und dann eine Botschaft von mir nach Whitehall bringen?»

«Das täte ich gern, Mr. Ames... aber... ich habe kein Geld.»

Den Brustharnisch hatte er ohnehin versetzen müssen, um sein Schwert einzulösen, weil ein Fechtmeister ohne Schwert kein Vertrauen einflößte, aber dabei war nur genug für den Wein und das Ei übriggeblieben, nicht mehr.

«Sind wir noch immer in der Nähe der Fleet Street?»

Becket nickte. Ames schluckte bei dem Gedanken, sich irgendwie bewegen zu müssen. «Wenn Ihr mich zu einem Pfandleiher bringen könntet, läßt sich, denke ich, eine Lösung finden.»

In der Annahme, Ames wolle seinen beeindruckenden Samtrock zum Pfandleiher tragen, half Becket ihm vom Bett hoch und versuchte, Straßenmatsch, Zwiebelschalen und getrocknetes Blut abzubürsten.

«Es gibt zwei Pfandleiher in der Fleet Street», sagte er dabei zutraulich. «Der eine ist ein guter Christ, ein gewisser Mr. Barnet, der zwei Pence für den Schilling nimmt, der andere ist ein Ausländer, der *sagt*, er sei kein Spanier, und ich habe gehört, daß er Sixpence für den Schilling nimmt und mehr, daher ...»

Ames versuchte zu lächeln und zuckte zusammen. «Würdet Ihr mich zu dem Ausländer bringen, Mr. Becket?»

Tom O'Bedlam sah die beiden an jenem Morgen und merkte sie sich, trotz unserer anhaltenden Debatte mit dem Teufel, der in dem Wasserfaß beim Sergeant's Inn lebt. Für den mondsüchtigen Tom sah es so aus, als sei der Engel, der Becket bewacht, ins Gespräch vertieft mit dem Engel, der Ames bewacht, während die beiden selbst gemächlich, aber stumm durch die Fleet Street zur Fleet Bridge gingen, wo der Ausländer sich niedergelassen hatte, um Geld gegen Wucherzinsen zu verleihen.

Sie betraten den Laden bei dem kleinen vergitterten Fenster unter den drei Messingkugeln und warteten, während eine Dirne ihren Kochtopf einlöste. Becket war wütend, weil sein freundlicher Rat ignoriert worden war, und auch, weil er seine Kommission bei Mr. Barnet für einen neuen Kunden verlor, darum stand er mit verschränkten Armen abseits, nicht bereit, Ratschläge zu erteilen.

Der alte Mann mit seinem Scheitelkäppchen und seiner guten sauberen Robe wandte sich von seiner Geldkassette ab und musterte durch die Gitterstangen Simon Ames' zerschundenes Gesicht.

«Hm?»

«*Bom dia*, Señor Gomes», sagte Ames und fuhr in einer Sprache fort, die Becket nervös machte, bis ihm klar wurde, daß dieses scheußliche Idiom zumindest kein Spanisch war. Er nahm die Hand von seinem Schwertgriff und versuchte, gelassen auszusehen, während der Pfandleiher sein Tor aufschloß, sie hereinbat und Simon umarmte, als sei er ein seit langer Zeit verschollener Verwandter. Ames sah weder wie ein Ausländer aus, noch sprach er wie einer, aber es war ein schwerer Schlag für Becket, daß er irgendeinem Spanier geholfen haben könnte. Doch beschloß er, erst zu urteilen, wenn er Gewißheit hatte. Es gab schließlich immer dunkle Gassen und ein schnelles Messer zwischen die Rippen.

Als sie den Laden mit fünf Schilling in Simons neuem Geldbeutel – und seinem Rock noch immer auf dem Rücken – verlassen hatten, war Becket geneigt, sich noch etwas länger freundlich zu zeigen.

Auf dem Ludgate Hill, jenseits der Brücke, sagte er: «Für einen Ausländer sprecht Ihr hervorragend Englisch, Sir.»

Simon lächelte nervös und zuckte wieder zusammen. Vorsichtig tastete er mit der Handfläche seinen geschwollenen Mund ab und sagte: «Ich bin in diesem Land geboren, Sir, obwohl wir Marranen sind, ein Stamm der Portugiesen, die dank der Gnade der Königin hier Zuflucht gefunden haben.»

«Oh», sagte Becket, etwas erleichtert, «dann seid Ihr kein Anhänger König Philipps?»

«Wenn ich das wäre, würde ich kaum spanisch sprechen, wo man mich hören kann.»

«Das war kein Spanisch, Mr. Ames.»

«*Habla vuestra merced castelane?*»

«*Comprendo solo.* Und habe nicht den Wunsch, es zu

sprechen, mit Verlaub, Sir.» Becket spuckte aus, als wolle er seine Zunge vom Geschmack der Worte befreien.

Ames hat kleine, blaßbraune Augen, die schwach und argwöhnisch scheinen und doch kälter als das Wasser der Themse.

«Es war Portugiesisch. Werdet Ihr noch immer für mich nach Whitehall gehen, Mr. Becket, auch wenn in meinen Adern kein englisches Blut fließt?»

Beckets lange Wimpern verbargen seine Augen, und er lächelte. «Ich habe auch von Spaniern schon Aufträge angenommen, Mr. Ames, wenn ich es tun mußte. Und ich habe heute keine anderen Geschäfte.»

«Dann gebe ich Euch hier vier Groats und eine Botschaft, zu überreichen an Mr. Phelippes im Büro des Staatssekretärs.»

Für einen Mann einfacher Herkunft wäre das vielleicht das Ende der Angelegenheiten gewesen, aber Becket war von vornehmer Herkunft und trug zu Recht ein Schwert.

Er gab zwei der Groats zurück. «Ihr wißt so gut wie ich, daß der Weg nach Westminster Twopence hin und Twopence zurück kostet.»

«Der Rest war für die Auslösung Eures Brustharnischs», sagte Ames rasch. «Aber ich war noch nicht fertig mit dem Bericht über meine Familie. Als erstes mögt Ihr wissen, daß Seine Majestät der König von Spanien vor einem Jahr die beiden Brüder meiner Mutter auf dem Scheiterhaufen verbrannt hat, weil sie Juden waren. Und zweitens bitte ich um die Ehre Eurer Gesellschaft beim Dinner heute nachmittag im Haus meines Onkels Hektor Nuñez in Poor Jewry. Fragt die Wache am Aldgate, sie werden Euch den Weg zeigen. Vielleicht können wir dann unseren Disput abschließen.»

Becket gehörte nicht zu jenen Dummköpfen, die glauben,

daß Juden Hörner auf dem Kopf tragen, weil sie den Heiland getötet haben, und außerdem wußte er, daß Dr. Nuñez Leibarzt Seiner Lordschaft des Earls von Leicester war, was den Rock und das Geld seines Neffen erklärte. Seine Hoffnungen wuchsen wieder, während er sich verbeugte, die Einladung annahm und sich auf den Weg hinunter zum Fluß machte.

7

Nun will ich mich nicht in Einzelheiten über diese oder jene Streitfrage am reichlich beladenen Eßtisch des Dr. Nuñez auslassen, etwa über das Herunterputzen des Hermes Trismegistus durch Simon Ames und über David Beckets Verteidigung der Sieben Engel als Herrscher der Planeten. Die Kerzenhalter und Nußschalen machten Reisen um die leeren Platten und Tranchierbretter, um zu beweisen – mit Becket als Verteidiger –, daß Aristoteles recht habe. Und dann ordnete Simon sie völlig neu, um Thomas Digges' Auslegung der Theorien des Kopernikus zu demonstrieren, frohlockend, wie andere Männer bei der Lektüre von Catull oder Horaz frohlocken mögen. Beide waren unwissend und belesen genug, um ihre Meinung laut und bestimmt zu äußern, was vom Wein noch erleichtert wurde.

Als die Debatte zu hitzig wurde, begannen Dr. Nuñez und seine Frau Leonora, sich über die Körpersäfte und die Ursprünge der Blattern zu unterhalten und über die merkwürdige Tatsache, daß Melkerinnen selten an dieser Krankheit leiden, und ob das daran liegen könnte, daß – da sie sozusagen im Schutz des Zeichens des Stiers stehen, welches das der

Erde ist – ihre Körpersäfte fester verwurzelt sind und einem Überhitzen weniger ausgesetzt. Und nachdem Simon Ames seine denkwürdige Schlägerei mit den Räubern zum drittenmal beschrieben hatte, sagte Becket: «In gewisser Hinsicht wünschte ich, Ihr hättet Euch nicht auf eine Schlägerei eingelassen, Mr. Ames.»

«Warum, Sir? Hätte ich mit meinem Geldbeutel auch meine Ehre verlieren sollen?» fragte Simon scherzend.

«Nein, natürlich nicht. Nur würde ich sagen, Ihr seid es nicht gewohnt, mit dem Dolch zu kämpfen.»

An dieser Stelle lachte Dr. Nuñez schallend, und seine Frau lächelte.

«Ich habe diese Kunst nie erlernt», sagte Simon etwas unwirsch. «Aber sicher besteht sie doch nur darin, als erster zuzustechen und nicht erstochen zu werden.»

«Sauber ausgedrückt», stimmte Becket zu. «Und doch ist es eine Kunst. Ihr könnt von großem Glück sprechen, daß Ihr am Leben seid. Es ist meine Überzeugung, daß ein Mann, der töricht genug ist zu kämpfen, ohne zu wissen, wie es gemacht wird, die Prügel verdient, die er bezieht. Euch ist also Gerechtigkeit widerfahren.»

Ames' Nase pochte, sein Unterkiefer war fast ausgerenkt, seine Augen schmerzten, der Wein brannte ihm auf den Lippen, und er hatte Schmerzen im linken Arm, wo Dr. Nuñez ihn zur Ader gelassen hatte, um ihn vor einer Infektion zu bewahren. Er runzelte die Stirn. «Warum? Soll ich meinen Geldbeutel jedem geben, der danach fragt, unterwürfig, kampflos?»

«Es wäre vielleicht weniger schmerzhaft gewesen.»

«Warum nicht gleich dem erstbesten Bettler, den ich treffe?»

«Nur wenn er ein Messer in der Hand hat und Euch in

einer dunklen Gasse begegnet. Die Alternative zu einer solchen Schande, wie Ihr es ausdrückt, besteht darin, kämpfen zu lernen.»

«Und Ihr könnt meinem Neffen beibringen zu kämpfen, Mr. Becket? Läuft es darauf hinaus?» Dr. Nuñez lächelte in seinen schwarzen Bart; seine Stimme war leicht portugiesisch gefärbt und klang sehr amüsiert.

«Ja, das tut es, Sir», sagte Becket, schob den Unterkiefer vor und sah aus wie eine Bulldogge im Kampfring. «Ich bin Profos mit der Lizenz, Unterricht im Gebrauch von Waffen zu erteilen, und ich bin der beste Schwert-und-Schild-Kämpfer in London, ordnungsgemäß nachgewiesen durch meinen Preis im Belle Sauvage Inn am Ludgate Hill. Außerdem habe ich in den Niederlanden gegen die Spanier gekämpft und verstehe mehr von Kämpfen als all die betrunkenen Raufbolde und italienischen Lustknaben in ganz London.»

Dr. Nuñez musterte Becket zweifelnd. «Und in was würdet Ihr meinen Neffen unterrichten? Im Schwert-und-Schild-Kampf?»

Becket hustete. «Hm... nein. Ich würde von ihm auch nicht erwarten, daß er Preise erringt oder zu einem Meister wird. Aber ich kann ihm wenigstens beibringen, wie man einen Dolch benutzt und Stichen ausweicht...»

«Warum nicht Schwert-und-Schild-Kampf?» fragte Simon ärgerlich. «Ich bin stärker, als ich aussehe.»

«Aber Schwert-und-Schild ist besser geeignet für einen Mann von cholerischem oder sanguinischem Temperament», sagte Nr. Nuñez sanft, «und du, wie du weißt, neigst mehr zum Phlegmatischen.»

«Er ist ständig erkältet», vertraute Leonora Nuñez Becket an, während Simon errötete und sein Glas leerte. «Es ist die

Feuchtigkeit in England, die diese Wirkung hat. Seit wir hier sind, ist auch mir nicht ein einziges Mal richtig warm geworden. Ich bin ebenfalls von phlegmatischem Temperament.»

«Außerdem ignoriert er meine Ratschläge.» Dr. Nuñez lächelte noch immer und zeigte mit dem Finger drohend auf Simon, dessen Ohren rot geworden waren. «Wenn ein Höfling zu mir kommt und ich seine Hämorrhoiden, seine Verstopfung, sein Steinleiden et cetera behandle, verlange ich von ihm als Mindesthonorar eine Goldkrone. Das Kind meines eigenen Bruders aber, das nichts für meine Ratschläge bezahlen braucht, beachtet diese nicht. Wenn ich ihm rate, Tabak zu trinken, um seinen Geist zu beruhigen und seine Produktion von Schleim zu verringern, hört er nicht auf mich.»

«Tabak?» fragte Becket.

«Bilsenkraut aus Peru. Genaugenommen trinkt man den Rauch.»

«Ich habe davon gehört, es aber noch nie probiert.»

«Das solltet Ihr aber. Kommt mit mir in mein Arbeitszimmer und laßt uns eine Pfeife teilen. Es ist ein außerordentlich vielseitiges Heilkraut; es lindert, beruhigt, vermindert den Schleim, wie ich schon sagte, und ist unübertrefflich gegen Kopf- oder Leibschmerzen. Einige sind der Ansicht, man sollte es nur morgens zu sich nehmen, nüchtern, aber ich denke, man nimmt es am besten auf vollen Magen und abends, um sich eine friedliche Nacht zu verschaffen. Von den Wilden in der Neuen Welt sagt man...»

8

Leonora Nuñez wollte nichts davon wissen, daß der Retter ihres Neffen nach Einbruch der Dunkelheit quer durch London wanderte, wo es doch reichlich Betten in ihrem Haus gab. Als Becket, noch immer hustend und mit wirbelndem Kopf, sich in das wunderschöne, saubere Leinen und hinter die bestickten Vorhänge seines Bettes zurückgezogen hatte, ging Dr. Nuñez in sein Arbeitszimmer, ließ sich auf seinem Stuhl nieder und verschränkte die Finger über dem Brokat, der seinen Bauch straff umspannte. Ohne dazu aufgefordert worden zu sein, schloß Simon die Tür, zog das kleine Lederbündel hervor, das Knochenbrecher Smith wieder abgejagt worden war, und legte es zwischen die Geschäftsbücher, leeren Urinflaschen, Klistierschläuche, Papiere und Lanzetten auf Dr. Nuñez' Schreibtisch.

«Es ist nicht versiegelt», sagte er auf portugiesisch und trat an eines der Bücherregale, in dem reihenweise versiegelte Flaschen standen. Dr. Nuñez öffnete das Päckchen mit den Fingerspitzen und dem äußersten Ende einer Lanzette, als wolle er ein Organ sezieren, und breitete die Papiere vor sich aus. Er brummte mehrmals vor sich hin, während er las.

«Hast du den Code entschlüsselt?» fragte er schließlich.

Simon nickte, wandte sich von dem Vermerk ab, der den Inhalt einer kleinen Flasche als den Urin eines Kindes bezeichnete, und legte noch ein Papier vor den Arzt.

«Ah. Nicht besonders schwer. Woher kommt es?»

Simon ging leise zur Tür, öffnete sie und schloß sie wieder. «Von einem der Räuber.»

Dr. Nuñez hob die Augenbrauen. «Ich glaube, hier gibt es eine Geschichte, die man mir noch nicht erzählt hat, Simon.»

Simon spielte mit seinem Federmäppchen aus Korduanleder, ging quer durch das Zimmer und sah sich einen Wandteppich an, der Josua vor den Mauern von Jericho darstellte, kehrte zurück und nahm die Flasche mit der Kinderpisse in die Hand.

Hector Nuñez seufzte. «Das ist ein sehr wertvolles Muster», sagte er. «Selten habe ich einen so süßen Urin gekostet.»

Simon blinzelte auf die Flasche hinunter.

«Das Kind ist natürlich gestorben. Sie sterben immer, wenn sie die Zuckerkrankheit haben, obwohl man sie paradoxerweise etwas länger am Leben erhalten kann, wenn man sie hungern läßt. Es ist eine empirische Behandlung, und ich mag sie nicht, weil sie weder in der Astrologie noch in der Lehre vom Gleichgewicht der Körpersäfte überzeugend gerechtfertigt wird. Ich sehe darin nur ein Linderungsmittel, das sich auf Aberglauben stützt und das Ende nicht verhindern kann. Sie war ein liebes Kind und starb unter Fieber und großen Schmerzen. Darum bitte ich dich, Simon, wenn du schon etwas zerbrechen mußt, bevor du mir antwortest, zerbrich die Flasche daneben, die nur die Pisse deines Herrn enthält, von der ich jederzeit mehr haben kann, da er ja noch lebt.»

«Mr. Phelippes?» fragte Simon, stellte die eine Flasche zurück und nahm die andere in die Hand.

«Nein, Sir Francis Walsingham. Er hat ein Steinleiden, wie du sicherlich weißt.»

«Ich wußte, daß er krank ist.»

«Er hat wieder Harngrieß und muß ihn ausscheiden, damit er Erleichterung finden wird.» Nuñez lächelte. «Wenn du es vorziehst, mir nichts von deiner Geschichte zu erzählen – wollen wir noch eine Pfeife trinken?»

Simon stellte die Urinflasche heftig zurück und warf dabei um ein Haar die Flaschen rechts und links von ihr um. Dann setzte er sich zu seinem Onkel.

«Irgendwo in Whitehall oder irgendwo in Walsinghams Haushalt ist jemand, der zu Spanien gehört. Es gibt zu viel, was nicht ankommt, gerade im rechten Augenblick, zu viel, was man in San Lorenzo weiß und nicht wissen sollte...»

«Ein Rekusant?»

«Einer, der nicht zur Messe geht und Gold auf eine Weise an sich bringt, die ich nicht herausfinden kann, was der Grund für meinen Brief an Cousin Isaac in Rouen ist.»

Nuñez nickte. «Du hast jetzt Gewißheit?»

«Ich habe eine Nachricht befördern lassen, in der von Nachschub zur Unterstützung einer gewissen Festung die Rede ist. Ich postierte Leute... Kurz und gut, innerhalb einer Woche brachten die Spanier Truppen an den Ort.»

«Hm. Und Sir Francis?»

«Hatte die letzte Woche mit seinen Steinen zu tun, wie Ihr wißt. Und mit dieser Angelegenheit bezüglich der Maus und der Verschwörung der Guisen...»

«Aber dann ist es doch sicher ein Franzosc.»

«Das glaube ich nicht. Dank Mr. Fagot überwachen wir den französischen Botschafter in seinem Bau so eng, daß er nicht furzen kann, ohne daß wir wissen, was er an dem Tag zum Dinner gegessen hat.»

Nuñez lachte und füllte seine Pfeife wieder.

Simon begann, hin und her zu gehen, und stieß dabei einen kleinen Tisch um, auf dem neben einem Mörser mit Stößel ein paar Zähne lagen. Er bückte sich, um alles wieder aufzuheben, und legte die Zähne in den Mörser.

«Und jetzt das. Sie wissen, daß es keinen Nachschub für die Festung gab...»

«Kann sie sich noch behaupten?»

Simon blinzelte seinen Onkel an und begann, die Zähne mit dem Stößel umzurühren. «Nein, natürlich nicht. Und die Spanier scheinen zu wissen, warum ich sie auf den Leim geführt habe.»

Nuñez nahm Simon Mörser und Stößel ab, bevor er die Zähne zu Pulver zerrieb, was nicht ihr Schicksal sein sollte: Nuñez hatte vor, sie in Salpetersäure aufzulösen, im Rahmen alchimistischer Studien, die sein Hobby waren. Er bot Simon die Pfeife an.

«Und wenn ein solches Päckchen bei deiner Leiche gefunden worden wäre, würde der Verdacht eines jeden auf dich fallen; du wärest die undichte Stelle, nur durch einen Zufall entdeckt, und die gerichtliche Untersuchung wäre schnell erledigt.»

Simon hustete und nickte.

Nuñez kniff die Augen zusammen. «Was durch Mr. Bekket verhindert wurde und damit eine weitere Frage aufwirft, leider.»

«In der Tat.» Zu Nuñez Erleichterung setzte Simon sich endlich nieder. «War er, wie es scheint, als einfacher Mann des Schwertes zufällig zur Stelle, oder ist er eine Schimäre mit einem spanischen Herzen in einem englischen Körper.»

«Ich kann ihn nicht für dich sezieren, Simon, und kann den Menschen auch nicht ins Herz sehen.»

«Aber was soll ich tun?»

«Das hängt davon ab, wieviel von dem sanguinischen Saft du in dir hast. Wenn du dich gegen jeden Verrat absichern willst, nun, dann schicke Becket gleich fort. Wenn du es aber riskieren willst, mehr herauszufinden, behalte ihn in deiner Nähe und lerne ihn kennen. Du könntest sogar ein wenig Messerstechen lernen, was nie schaden kann.»

«Würde das es ihm nicht leichter machen, mich zu töten?»

Nuñez nahm von Simon die Pfeife zurück und klopfte vorsichtig an ihren Kopf. «Du hast sie ausgehen lassen», sagte er und suchte nach der Zunderbüchse, ohne an die Kerzen neben seiner Schulter zu denken. «Es würde es in der Tat leichter machen, dich zu töten, wenn das seine Absicht wäre, aber selbst wenn er eine spanische Schimäre wäre, wird logisches Denken dir klarmachen, daß dies nicht seine Absicht war. Besser, unbekannte Räuber töten den Mann als ein bekannter Fechter, und wenn er dich gerettet hat, um dein Vertrauen zu gewinnen – warum sollte er dich dann töten?»

Simon nickte langsam. «Ich würde gern das Fechten erlernen» sagte er schließlich.

«Becket tut mir leid!»

«Größere Dummköpfe als ich haben es gelernt.»

«Wie schon dein eigener Bruder William sagte, können die meisten das Kämpfen erlernen; einige haben eine natürliche Begabung, und einige stehen blind und taub davor und müssen sich damit abfinden.»

Simon rümpfte die Nase und erhob sich, um zu Bett zu gehen.

Nuñez hielt ihn auf, indem er nach einem anderen Päckchen griff. «Da wir von Cousin Isaac sprachen ...» Auf dem Päckchen befand sich ein kleiner Blutspritzer, und daneben lag eine Lanzette. «Ich habe das meiste entschlüsselt, aber Teile davon sind in deiner eigenen Geheimschrift.»

«Kann ich Sir Francis gegenüber Isaac erwähnen?»

«Das überlasse ich dir, Simon.»

9

Becket erhielt von Simon die vierzig Schilling Unterrichtsgeld und zahlte fünf davon an den italienischen Meister der Fechtkunst Rocco Bonnetti für die Benutzung einer Ecke in dessen Fechtschule in Blackfriars. Die Halle war einst das Refektorium des Klosters gewesen, und bei warmem Wetter roch es dort noch immer ein wenig nach Kohlsuppe. Rocco Bonnetti und sein derzeitiger Junge, Jerome, schliefen in den nach Wein duftenden Zimmern des klösterlichen Kellermeisters.

Dies machte Rocco und Becket zu nahen Nachbarn von Tom, mir und unserer Schar von Engeln, denn in dem alten Steinfiligran des Mönchsklosters gibt es viele kleine Löcher und Zufluchtsstätten und Kämmerchen, die einst als Schreibnischen dienten. Merkwürdigere Wesen als ich leben dort. Einmal fand ich in einer Ecke unter einem losen Stein ein paar hübsche Dinge, ein Stück Pergament mit lateinischem Text und einem aus Edelsteinen gebildeten P, das in Schlangen und Hunde und Teufel ausläuft und manchmal in meine Träume eindringt. Ich fand auch einen kleinen Teller aus Gold mit einem Fisch darauf und einem Rand aus Email und Granat, den ich sorgfältig hüte, denn er soll einmal für meine Beerdigung zahlen, und außerdem lieben die Engel ihn auch.

Einmal kam ein Mönch in seinen schwarzen Gewändern herein und setzte sich hin, und während ich fast schlief, begann er zu schreiben, obwohl es kein Licht in der kleinen Zelle gab. Einer von Toms Engelns erhob sich und begann mit ihm zu debattieren. Ich fürchtete mich, aber mein Schädelbruder Tom fürchtete sich nicht. Schließlich lächelte der Mönch den Engel erstaunt an, und der Engel nahm ihn bei der Hand, und sie flogen durch das Dach, wo die gemalten goldenen Sterne und der Mond mit Stockflecken überzogen sind. Am Morgen lag in der Nähe des Klosters ein alter Mann, an Kälte und Hunger gestorben, und wir begruben ihn zwischen den Hütten im alten Garten, da die Gemeinde mit einem Armen nichts zu tun haben will.

Ich sah sie, Becket und Ames, beim Dolchkampf mit hölzernen Waffen, im kleinen Hof des Klosters. Er ist übersät mit Abfall, außerdem gibt es dort einen kranken, alten Walnußbaum, einen winzigen, zugewachsenen Teich, eine Katze mit ihren fast erwachsenen Jungen, Hühnerställe und ein sauber angelegtes Beet mit winterfesten Kräutern, die der einfältige Neddy anbaut und an Hausfrauen verkauft.

«Warum hier?» protestierte Simon Ames, als er über einen alten Stiefel stolperte, «wir können uns in diesem Durcheinander ja kaum bewegen.»

«Zur Demonstration und damit Rocco nicht die Tricks sieht, die ich Euch zeigen werde. Denkt Ihr, daß Räuber Euch auf schönen, offenen Plätzen überfallen werden, die von allem Unrat befreit sind? Oder daß sie sich an die Vorschriften der Fechtschule halten?»

Tom und ich spähten aus unserer Tür und huschten dann den überdachten Weg entlang, um uns hinter dem steinernen Gitterwerk zu verstecken und durch ein Kreuz hindurch die Unterrichtsstunde zu beobachten. Toms üblicher Engel saß auf einer Säule, auf der einst ein Heiliger gestanden hatte, aber nur Tom und ich konnten ihn sehen.

David Becket ist ein so schwerer Mann, daß es fast an ein Wunder grenzt, wie schnell und leichtfüßig er sich bewegen kann, wenn er will. Er springt umher wie eine Hirschkuh im Frühling, und wenn der Hieb kommt, hat er längst den Platz gewechselt. Es stimmt, was Dr. Nuñez sagte, und in der

Fechtkunst war Becket nahezu genial; früher habe ich einmal etwas von Verteidigung verstanden, obwohl Tanzen eigentlich eher Sache des Höflings war. Es war wundervoll, dem ungeschickten Simon Ames und dem geduldigen Becket zuzusehen.

Zuerst übernahm Ames die Rolle des Räubers; er kam von hinten oder von vorn und wurde so oder so sanft beiseite geschoben. Dann übernahm Becket die Rolle des Räubers, um zu prüfen, ob Ames seine Lektion gelernt hatte. Einmal, ein einziges Mal nur schaffte es Simon, den Hieb so anzubringen, wie Becket es ihm beigebracht hatte, und Becket, der auch nur aus Fleisch und Blut besteht, setzte sich auf einen Brutkorb und umschlang seine Weichteile, während er den Atem anhielt und die Augen verdrehte.

«Sehr gut», flüsterte er. «Brrr. Macht es so, und Ihr werdet das nächste Mal Euren Geldbeutel vielleicht behalten.»

«Großer Gott», sagte Ames, ganz aufgeregt. «Es tut mir leid. Ich bin ausgerutscht. Es scheint mir nie zu gelingen, den richtigen Zeitpunkt zu erwischen, oder meine Arme und Beine tun nicht das, was mein Gehirn ihnen befiehlt. Im Kopf sehe ich es vollkommen klar, tue aber alles andere als das, was erwünscht ist. Beim Bogenschießen war es genauso.»

«Bogenschießen?»

«Mein Vater versuchte einmal, es mir beizubringen. Er sagte, da der Allmächtige, gelobt sei Sein Name, mich klein und schwächlich erschaffen habe, müsse ich aus der Entfernung töten. Aber leider sind meine Augen zu schwach für alles, was weiter weg ist.»

«Möge Gott mich davor beschützen, jemals in Eurer Nähe zu sein, wenn Ihr Bogenschießen übt.»

«Ich habe es aufgegeben, nachdem ich einen Mann bei der

Windmühle in Finsbury Field getroffen hatte. Es wurde ein teurer Prozeß, und mein Vater zerbrach meinen Bogen.»

«Tatsächlich?»

«O ja, und er sagte zu mir ... Es war damals gar nicht komisch, das könnt Ihr mir glauben. Ich schämte mich fast zu Tode.»

«Hat der Mann überlebt?»

«Am Ende ja. Onkel Hector behandelte ihn. Er erholte sich und brauchte sich den Arm nicht amputieren zu lassen.»

Becket nickte, stand mühsam auf und ging leicht humpelnd zu dem Geländer, wo ich mich versteckt hatte.

«Nun, Tom«, sagte er, «hast du etwas gelernt?»

Ich stand auf. «Ich bin der Gescheite», erklärte ich ihm, «nicht Tom.» Tatsächlich kennt David meinen richtigen Namen von früher, hat ihn aber freundlicherweise vergessen, wie ich auch, um ihn vor den Teufeln zu schützen.

«Also, hast du bei deinem Spionieren etwas gelernt?»

«Ich habe auch nicht spioniert», sagte ich. «Das habe ich nicht nötig. Nur dachte ich, Ihr würdet es vorziehen, nicht gestört zu werden.»

Ames wartete mit hochgezogenen Augenbrauen hinter Becket, mit dem erwartungsvollen Ausdruck, den Männer haben, wenn sie darauf warten, vorgestellt zu werden. Ich machte eine höfliche Verbeugung, was seine Augenbrauen noch höher rutschen ließ, und sagte ihm, wer und was ich sei, nämlich Tom der Verrückte, Tom O'Bedlam, der mit Engeln spricht.

Und jetzt verwandelte sein Gesicht sich in eine höfliche Maske, und Tom konnte dahinter all die Fragen sehen, darum lächelte er als Antwort und nickte dem Engel auf der Säule zu.

«Woher kennt Ihr ihn?» fragte Simon, während Tom auf

dem Geländer stand, um sich besser mit seinem Engel unterhalten zu können.

Becket lächelte und kratzte sich hinter dem Ohr. «Einmal haben wir gemeinsam vergeblich versucht, in Gray's Inn Jurisprudenz zu studieren ...»

«Nein, nein!» brüllte Tom und wedelte mit den Armen. «Das war vorher. Zu der Zeit war ich nie dort.»

«Stimmt. Er war nicht geistesgestörter als irgendwer sonst von uns, es sei denn, Alkohol und Frauen und Philosophieren um zwei Uhr morgens sind Anzeichen von Verrücktheit.»

«Noch war es der Höfling», fügte Tom hinzu.

«Und es mag sein, daß der Hof ihn verrückt gemacht hat, oder vielleicht war die Krankheit schon in ihm. Ich erinnere mich, daß seine Gedichte immer seltsam waren.»

Tom sang, und so konnte ich nicht sagen, was ich gern gesagt hätte, nämlich daß ich jetzt selbst ein Gedicht war wie das, das ich meinem Bruder geschickt hatte, um zu zeigen, daß ich nicht an der Pest gestorben war in Bedlam, wo er mich hingebracht hatte.

«Später habe ich ihn eingedenk alter Zeiten aus Bedlam herausgeholt, und noch später hat er mir das Leben gerettet.»

«Wie das?» fragte Ames fasziniert.

Becket zuckte mit den Schultern und zerknackte geistesabwesend die Laus, die er zwischen Daumen und Zeigefinger gefangen hatte. Ich lächelte ihn an; ich erinnerte mich an sein Gesicht hinter dem Gitter, als er zusammen mit anderen Besuchern seinen Penny bezahlt hatte, um mich herumtollen zu sehen, und wie gelassen es ausgesehen hatte und meinen Gefühlen zuliebe weder schreckliches Mitleid noch häßliche Belustigung, noch auch nur Unsicherheit zeigte.

«Ich versuchte, mir das Leben zu nehmen, und er hielt

mich davon ab», sagte Becket, einen Scherz daraus machend, «und dann führte er mich in Versuchung, es noch einmal zu tun, indem er mir eine Rede über seine Engel hielt.»

«Warum nicht?» brüllte Tom wieder, obwohl ich versuchte, ihn zu unterbrechen. «Die Engel haben es getan, ich tue nur, was die Engel mir sagen, und Gabriel sah, wie Satan auf deiner Schulter dein Blut saugte.»

Simon Ames wurde blaß und trat einen Schritt zurück. Becket legte ihm die Hand auf den Arm.

«Ich hatte gehofft, daß Ihr ihn kennenlernen würdet, einmal, weil er ein alter Freund ist, der mehr gesunden Menschenverstand hat, als Ihr im Augenblick vermuten würdet, und außerdem veranschaulicht er in gewisser Weise meine Behauptung. Ihr sagt, daß die Menschen in Wirklichkeit nicht viel besser als Tiere sind...»

«Nein, keineswegs, Sir», sagte Simon. «Ich habe mich sehr schlecht ausgedrückt, wenn Ihr das denkt. Bei Menschen gibt es eine Art schwerfälliger Wut, viel schlimmer als die cholerische Wut von Tieren, die alles, was gut ist in diesen Menschen, verdrehen und verbiegen kann, ja, selbst ihren Glauben an den Allmächtigen, und die alles ins Böse verwandelt, was gut gemeint war...»

Becket sah ihn so verständnislos an, wie jedermann es getan hätte, und pfiff durch die Zähne. «Und wo habt Ihr solche Menschen kennengelernt?»

Simon schüttelte den Kopf, als habe er die Worte nicht gekannt, bevor er sie aus seinem Mund hatte kommen hören.

«Ich wollte Euch einen Mann zeigen», fuhr daher Becket fort, «der von... anderen behandelt worden ist, wie sie kein Tier behandeln würden, den sie so erniedrigten wie Saul, als er auf allen vieren kroch und in seinem Wahn Gras aß –»

«Niemals», sagte Tom. «Das habe ich niemals getan. Ich

mag Gras nicht.» Becket dachte an meinen traurigen Zustand, als er mich aus dem Bedlam Hospital herausholte, in einem Karren voller Pestleichen, ich selbst frei von Pest, doch fast auch eine Leiche mit von Fesseln wundgeriebenen Stellen, die meine Arme und Beine mit Fäulnis überzogen.

«– doch erwischt ihn in vernünftiger Stimmung, und er unterhält sich mit Euch so normal, wie irgend jemand vom Hof das tun würde.»

«Was wenig genug bedeutet.»

«Gut, also wie irgend jemand. Und sogar die Besessenheit, die er Tom nennt, sogar in Tom steckt ein seltsamer Sinn. Ich habe ihn ausgefragt, und es gibt Persönlichkeiten unter den Engeln und Teufeln, mit denen er spricht, und was er über sie erzählt, hört sich im Vergleich zu dem, was andere über Engel und Teufel gesagt haben, gar nicht schlimm an. Vielleicht hat die Geisteskrankheit einen Film von seinen Augen gezogen, den wir alle haben, ohne es zu wissen. Vielleicht sieht er wirklich Engel und spricht mit ihnen, und dafür nennen wir ihn verrückt und sperren ihn ein.»

In den Kammern von Bedlam
　Mit Stroh zart und weichlich,
Tapfere Handschellen, Peitschen, die schnellen,
　Und heilsamer Hunger reichlich.

sang Tom, auf dem geschnitzten Geländer tanzend, Worte aus meinem letzten Gedicht.

«Ihr wollt doch nicht sagen, daß die Verrückten die Gesunden in der Welt der Geister unterrichten sollten?» sagte Ames.

«Wo alle blind sind, mag der Sehende verrückt genannt werden.»

«Pah», sagte Ames. «Mit solchen Worten werdet Ihr bald die Männer des Erzbischofs auf den Fersen haben.»

«Großer Gott, ich bin kein verdammter Puritaner, der gleich darüber predigen muß. Ich bin nur neugierig. Hat Euch nie geträumt, Ihr seiet wach, und Ihr erkanntet die Wahrheit erst, als Ihr aufwachtet?»

«Ich träume nie», sagte Ames traurig, was Tom veranlaßte, ihn von der Seite anzusehen. Und Tom sah einen Mann, der in einem Eisblock gefangen war, und das Eis schimmerte nur an den Augen durch das Fleisch, doch im Zentrum des Eises schlug das Herz des Mannes und mühte sich ab, das gefrorene Wasser zu schmelzen. Und das Eis selbst entsprang einer erbitterten Verteidigung, die den Mann von sich selbst trennte, als befände er sich im Bürgerkrieg gegen sich selbst und könne es nicht ertragen, seine Teilung einzugestehen, sondern zöge es vor, sich in einem Gletscher der Unwahrheit zu verlieren. Und doch – so bestätigen Männer, die die Alpen überquert haben – gibt es in allen Gletschern Gesteinsbrocken und Schlamm und ganze Bäume, während das Eis das Land unter sich durch sein Gewicht erdrückt.

Tom verschränkte die Arme, umfaßte seine spitzen Ellbogen und erschauderte.

«Hm», sagte Becket und musterte Ames aus zu Schlitzen verengten Augen, «würdet Ihr bestreiten, daß Menschen Seelen haben?»

«Nein, keineswegs!» antwortete Simon scharf. «Ich bestreite nur, daß diese so einfach kennenzulernen sind durch den Wahn eines ...»

Ich faßte Becket am Ärmel. «Wenn Ihr mein Freund seid, David Becket», sagte ich, «kauft mir etwas zu essen und zu trinken mit dem Geld in Eurem Geldbeutel.»

Darüber lachte Becket, obwohl es nicht als Scherz gedacht war, wandte sich an Simon und sagte: «Seht Ihr? Dieser Wahnsinn ist auch nicht so einfach, wie Ihr Euch das vorstellt, Ames. Wo lassen sie dich noch rein, Tom? Im Silbernen Fisch?»

«Nein», sagte ich. «Tom hat dort mit einem Teufel gekämpft, der in den Kochtopf kroch und alles ins Feuer kippte, darum verprügelten sie mich und warfen mich hinaus, und Wirtin Lily sagte, wenn ich noch einmal käme, würde sie meine Teufel eigenhändig mit ihrem Fleischermesser hervorlocken. Obwohl es ein sehr böser flüssiger Teufel war, voller Gift, grün und purpurrot wie Brombeergelee...»

«Du kannst also nur ins Gatehouse gehen?»

Ich nickte. «Wirtin Alys sieht es gern, wenn ich ein gutes Wort über ihrem Gebräu spreche.»

«Bei Gott, dann ist dir ihr Bier zuzuschreiben?»

«Keineswegs», erklärte ich ihm würdevoll und kletterte die Klostermauer hinunter, «wenn ich es gesegnet habe, ist sowohl das Bier wie auch das Ale viel besser.»

Was ich schon geraume Zeit nicht mehr getan hatte, aber egal – das schlimmste Gesöff der Welt ist besser als Wasser aus der Themse.

Wirtin Alys gab Ames und Becket großzügig eine Nische neben der Hintertür, und ich verließ die beiden, um Essen und Getränke zu bestellen, und folgte der Wirtin in ihren Schuppen im Hof, wo das Bier in den Fässern unter den Deckeln vor sich hinblubberte. Die Tochter der Wirtin, das arme Arbeitstier, beugte sich mit tränenden Augen über das Feuer und fachte es an, um die Bierwürze mit Hopfen aufzukochen. Ich blieb mitten im Raum stehen, plapperte

Unsinn und wedelte mit den Armen; die Wirtin stand daneben, die dicken Arme verschränkt und die Lippen wie eine Mausefalle für Wörter zusammengepreßt.

Wir aßen das Übliche, Hammeleintopf mit Klößen, und ich nahm Tom fest an die Kandare. Becket, der meine Anfälle manchmal besser kennt als ich selbst, rief nach einem Schachbrett und Figuren und fing ein Spiel gegen mich an. Simon sah zu. Nachdem ich Becket mattgesetzt hatte, übernahm Ames das Brett, und wir machten drei Spiele nacheinander, und ich schlug ihn jedesmal, wenn er auch beim drittenmal einen Bauern verwandeln konnte. Becket setzte sich zurück und trank stetig vor sich hin.

Schließlich nahm Ames seinen grünen Samthut ab und glättete die Feder mit dem Daumen.

«Bist du ein Betrüger?» fragte er ohne Umschweife, «einer von jenen, die die Leute hintergehen, indem sie Wahnsinn vortäuschen?»

Becket lächelte. «Er hat Euren Stolz getroffen, eh, mit seiner Listigkeit beim Schach?»

«Ich kann mir nicht vorstellen, daß jemand geistesgestört sein und doch so gut spielen kann...»

«Ja, aber Sir», sagte ich, «Ihr wißt nicht, was Wahnsinn bedeutet, da Ihr ihn nie kennengelernt habt. Außerdem bin nicht ich wahnsinnig, sondern die Welt und Männer wie Ihr, die Ihr sowohl wahnsinnig als auch blind seid und nicht fähig, Toms Engel zu sehen.»

«Wer ist Tom?»

«Tom ist das, was er seinen Schädelbruder nennt, als sei ein zweiter Mann unter seiner Schädeldecke eingeschlossen», erklärte Becket. «Es ist nicht sein wirklicher Name.»

«Ganz recht», sagte ich und klopfte auf meinen mit Eintopf und Brot gefüllten Bauch. «Ein Teil von ihm versteckt sich hier und ein Teil hier drinnen.» Ich pochte auf meinen Schädel. «Und wenn die Engel kommen, spricht er mit ihnen, und die Mondkönigin erteilt ihm Anweisungen.»

«Ist Tom ein Teufel?» fragte Simon ungläubig. «Ist dies ein Fall von Besessenheit?»

«Es gibt wirklich Teufel, von denen man besessen ist», erklärte ich ihm, «ich habe hin und wieder mit ihnen gekämpft, um die, die ohne Engel sind, vor ihnen zu schützen, aber Tom ist ein armer geistesgestörter Verrückter, der nicht verantwortlich ist für das, was er tut. Und wenn er Besitz von meinem Körper ergreift und mich herumtollen läßt, muß ich es mir demütig gefallen lassen ...»

Ames schaute David Becket fragend an.

«Nun», sagte Becket, «ich glaube, daß ein vorgetäuschter Tom O'Bedlam mit Betteln mehr bekommen und besser leben würde als Tom, der vergessen hat, wie man Seife benutzt, und der in einem kleinen Loch im Blackfriars Kloster lebt, das leersteht, weil niemand für eine solche Unterkunft zahlen würde. Und ob ein Teufel ihn in der Gewalt hat – unser Erlöser hat gesagt, wir sollten einen Baum nach seiner Frucht beurteilen. Ich denke, ein Teufel hätte mir eher zugeredet, mich umzubringen, und hätte mich nicht gerettet.»

Ames nickte. «Wie ist es passiert?» fragte er mit ruhiger, unbeteiligter Stimme.

«Ich bin in die Themse gesprungen», entgegnete Becket leichthin, «wohlbeschwert mit Bier, Branntwein und einem Harnisch voller Steine, und Tom ist hinter mir hergesprungen.»

Tom wollte auch gehört werden. «Engel», sagte er, «es waren Engel.»

«Was auch immer.»

«Und was trieb Euch zu einer solchen Tat?» fragte Ames.

«Ah», sagte Becket lächelnd, verlagerte seinen massigen Körper und trank einen Schluck. «Es war zweifellos der Kampf gegen die Spanier in den Niederlanden, eine Sache, die ich für groß und ruhmreich hielt, als ich hinzog, und ganz anders fand, als ich dort ankam, obwohl ich denke, daß ich kein so übler Soldat war. Ich kannte mich selbst kaum noch, als ich zurückkam, doch jetzt bin ich kuriert, denke ich. Vielleicht gehe ich wieder zurück nach Holland.»

«Waren es bei Euch auch die Engel?»

Becket lachte. «Nein», sagte er, «obwohl Tom oft versucht, seine übernatürlichen Freunde für mich sichtbar zu machen. Damals kam es mir vor, als stünde ich auf einer winzigen Insel und wäre von allen Seiten von Wasser umgeben. Zwar konnte ich an beiden Ufern Rauch von freundlichen Feuern sehen, aber ich wußte, daß ich nie dorthin kommen würde und daß es mein Schicksal war, inmitten eines kalten, grauen Flusses auf einer unsichtbaren Insel zu stehen.» Er hielt inne und leerte seinen Becher, offensichtlich ohne zu schmecken, was er trank, und das war nur gut so. «In meiner schwermütigen Stimmung war mir, als könne der wirkliche Fluß mich von dem Fluß in meinem Geist kurieren, und in gewisser Weise tat er das auch. Und es gab eine Frau, die mich zurückwies, um einen anderen zu heiraten, und einen Freund, der kein Freund war... Aber die Spanier sind eine melancholische Brut; sie tragen es mit sich herum wie die Pest.»

Nun sind Tom und ich bei Becket gewesen, wenn er in seiner Trunkenheit mit vielen Feinden kämpft, bärtigen und teuflischen und spanisch sprechenden, daher wußte ich, daß dies nicht die ganze Wahrheit war, wenn auch mehr, als er gewöhnlich erzählt.

Ein Bänkelsänger kam durch die Hintertür herein; seine Bilderbogen waren an sein Wams geheftet und quollen aus seinem Korb.

Simon Ames starrte schweigend auf seine besiegten Schachfiguren und nickte dann. «Eine unsichtbare Insel in einem kalten, breiten Fluß», murmelte er und lächelte Becket flüchtig zu. «Eine gute Beschreibung von Melancholie.»

«Ihr sprecht wie jemand, der den Fluß kennt?» sagte Becket.

«Nein, nur von Berichten», sagte Ames hastig zu Becket – zu hastig. «Zumindest nicht so, daß ich mir den Tod wünschte. Nein. Und so war es dieser Mann Tom, der Euch wieder Hoffnung machte?»

Der Bänkelsänger war inzwischen dabei, die dem Haus gehörende Laute zu stimmen, was diese bitter nötig hatte. Er wäre ein hübscher Bursche gewesen, wenn er weniger Pokkennarben gehabt hätte und sein Haar und seine alte Samtmütze sauberer und nicht ganz so zigeunerschwarz gewesen wären. Ich kannte ihn, denn er zog in der Fleet Street die Menge an, weil er eine schönere Stimme und ein besseres Gedächtnis als die meisten Bänkelsänger hatte. Ich mochte ihn, denn er hatte nie etwas dagegen, wenn ich bei den Zuhörern bettelte.

Becket lächelte Ames wieder an und nahm dessen Verstellung zur Kenntnis. «In der Geschichte von der Büchse der Pandora soll, nachdem alle Übel und Leiden entfleucht waren, ein besonders heimtückischer Fluch zurückgeblieben sein. Aber man nannte ihn Hoffnung, und das werde ich wohl auch tun müssen ...»

Einer von Toms Engeln sang und huschte in der Gaststube herum. Ich sah keine Gefahr, obwohl in einer Ecke zwei Taschendiebe miteinander tranken und unter der Treppe ein paar betrügerische Würfelspieler einem armen Bauern das Fell über die Ohren zogen. Der Bänkelsänger klimperte ein wenig auf der Laute und begann mit dem neuesten Lied, das gerade aus der Druckerpresse gekommen sei, wie er sagte, und es war Tom O'Bedlams Lied.

Vorm alten Weib und dem Kobold
  Die gern in Stücke Euch rissen, die Brut,
Und dem Geist, der neben dem Nackten steht
  Im Buch der Monde, seid auf der Hut.
Daß von den fünf klaren Sinnen
  Ihr niemals auch nur einen verliert,
Noch, um neben ihm betteln zu geh'n,
  Je mit Tom durch die Gassen irrt.

Wehe, der Kummer von dem Bastard-Kind,
  In Liebe gesäet, wird machen mich blind,
Und muß ich denn sterben, denk an das Gesicht ich,
  Ihrem und noch mehr meinem eigenen gleich,
Und der Kummer vergeht auf silbernem Fest,
  He didel, sing didel, hei didel ich summ...

Von dreißig Jahren war ich
  Zweimal zwanzig toll vor Wut
Und von vierzig dreimal fünfzehn
  Elendiglich unter dem Wächterhut.
In den Kammern von Bedlam
  Mit Stroh zart und weichlich...

Ich schaffte es nicht mehr, Tom festzuhalten; so ließ ich ihn los, und Tom sprang auf den Tisch und kickte die hinterlistigen Schachfiguren mit ihren schwarzen und weißen Zwillingsgesichtern weg und kündete von Luzifer, mit dem ich verwandt bin, und all seinem Werke. Einen Augenblick später hielt Becket meinen Arm mit eisernem Griff, während Simon Ames hinter den Schachfiguren herlief und der Bänkelsänger lächelte und sich freute, daß ich Werbung für ihn machte, und seine schöne Glockenstimme anhob.

Ein Gedanke, den ich für weich hielt,
Und ein Krug mit Suppe bereit,
Mit einer Sache so groß – Gott schütz euch bloß –
Wurde ich Opfer dieser Narrheit.
Ich schlief nie seit der Eroberung,
Vorher bin ich nie erwacht,
Erst als der listige Knabe der Liebe mich fand,
Und mich um meine Kleider gebracht.

Ich heulte, man habe mich betrogen und solle für mein Lied bezahlen, aber niemand verstand mich, und Tom schlug auf Becket ein, Becket packte und schüttelte mich, und jetzt trat der älteste Sohn der Wirtin Alys zu uns, mit einem dicken Prügel in seiner großen Faust, und Becket stellte mir ein Bein, hob mich hoch und trug mich wie eine Jungfer zur Hintertür.

Der Mond ist meine stete Geliebte
Und die liebliche Eule mein Eheweib;
Der flammende Drache und der Nachtvogel machen
Mich klagen über mein Leid.

Wehe, der Kummer vom Bastard-Kind,
In Liebe gesät...

Und dann waren wir draußen im Hof vom Gatehouse, und weiter durch die Maltman's Passage in die Water Lane und dann in die Fleet Street, vorbei am Hämmern im Hanging Sword Court und zum Brunnen, wo Becket mich über den Wassertrog hielt und schwor, er würde mich jetzt ertränken, wenn Tom nicht mit seinem Kicken und Brüllen aufhörte. Dann setzte er mich sehr sanft ab und ließ sich selbst auf dem Rand des Troges nieder, und ich hockte mich hin und spielte mit Kieselsteinen und dachte, Tom habe nur verschlimmert, was besser durch Schweigen geflickt worden wäre. Aber da war es schon zu spät, wie sich später zeigte.

«Ach Tom, armer Tom», sagte Becket zu mir, «war es meine Schuld? Hat das Schachspiel dein armes Gehirn überanstrengt?»

«Nein», erklärte ich ihm, nachdem ich eine Weile nachgedacht hatte. «Beim Schachspiel bin ich Eurer Welt näher, weil Engel sich nämlich nicht besonders für Schach interessieren. Und Tom auch nicht.»

Simon Ames erschien und schaute sich suchend um. Zweifellos hatte er die Zeche bezahlt. Becket rief ihn an und winkte ihm zu.

«Was war es nun, was dich so plötzlich durchdrehen ließ? War es das Aufgehen des Mondes oder eines Planeten, oder war es etwas, das uns näher war?»

Warum sollte er Notiz von einem einfachen Balladensänger nehmen? Musik hängt immer in der Luft; aus jedem Barbierladen dringen Stimmen, die versuchen, das letzte Hofmadrigal nachzuäffen. Jede Straße hat ihren eigenen Balladenverkäufer und manchmal sogar mehrere, die miteinander wetteifern wie jaulende Katzen. Man braucht einem Engländer nur die Kehle mit Bier anzufeuchten, und schon beginnt er erst zu singen, dann zu streiten. Außerdem ist es eine bekannte Tatsache, daß Wahnsinn sich mit Musik beruhigen läßt. Ich versuchte, Becket den wahren Grund zu nennen, aber die Mondkönigin hielt mir die Worte im Munde fest.

«Etwas, was uns näher war», murmelte ich durch zusammengebissene Zähne, und dann legte ein Engel mir seine Hand auf den Mund, und Tom war wieder König.

10

Sommer 1583

Es gibt unendlich viele Straßen in England, von denen jetzt manch eine neu mit Weidenhecken bepflanzt ist und so die einfachen Leute um ihr Gemeindeland bringt. Viele dieser Straßen sind stinkende Moräste im Winter und Staubbäder im Sommer, und die meisten wurden nicht mehr in Ordnung gebracht, seit die Klöster aufgelöst wurden oder die Königin das letzte Mal durch die Gegend reiste. Doch auf einer alten Römerstraße mag im Sommer ein Hausierer, der mit Stickseiden und Bändern und ähnlichem Putz handelt, leicht genug einherschreiten und seiner Packmähre ein fröhliches Lied vorpfeifen. Die Römer waren wahre Meister im Straßenbau gewesen, und kein Mönchsweg hat ihre Pflasterstraßen überdauert. Hier gab es keine Schlaglöcher, in denen man Pferd und Wagen verlieren konnte, allerdings waren ihre besten Teile nebst einer alten Festung von Sir William Fant für den Bau seines Herrenhauses abgetragen worden. Hinter den Mohnblumen war das Heumachen voll im Gang, und die Schnitter an der anderen Seite des großen freien Feldes mähten das Gras in gleichmäßigem Rhythmus.

Vorbei an den Feldern und einen Hügel hinauf, wo eines der Wäldchen des Dorfes lag; das kleine Waldstück war erst vor wenigen Jahren aufgeforstet worden, und Peter Snagge, der Hausierer, mußte vorbei an dem dicken Untergehölz und den unbeschädigten, geflochtenen Wildzäunen. Der junge Wald lag grün und buschig im Sonnenschein, geschmückt mit vielen Schmetterlingen. Hier gab es auch Walderdbeeren und Brombeeren, und Peter ging langsamer. Dann war da eine Bewegung, die nicht von einem Tier kam. Er nahm seinen Stock in die Hand und kniff die Augen zusammen.

«Sir», kam ein schwacher Ruf aus dem dichtesten Teil des Gebüsches diesseits des Zaunes, «ich bitte Euch, helft mir ... ich hänge fest ...»

Peter näherte sich vorsichtig den Büschen, dann grinste er und legte seinen Stock zur Seite. Ein armer Bursche war von dem Alptraum eines jeden Mannes erwischt worden: Sein linkes Bein hing in einer Wildfalle fest, und seine Kniehose war auf die Knöchel hinuntergerutscht. Ein Korb voller Liedertexte ein kleines Stück weiter weg und eine Flöte in seiner Gürteltasche verrieten, daß er Bänkelsänger war.

«Verflucht, daß einem so was zustoßen muß ... ich glaube, mein Bein ist gebrochen.»

Peter bemühte sich, ernst auszusehen, und bahnte sich vorsichtig einen Weg durch die Brombeerranken.

«Ich kenne Euch doch, guter Mann Dun, wart Ihr nicht vorgestern abend im Bear's Head? Es tut mir leid, Euch unter solchen Umständen anzutreffen.»

«Könnt Ihr mich von dem Ding befreien?»

«Oh, sicherlich, wenn Ihr Euch nicht bewegt. Man braucht nur ein Stäbchen in der Feder zu finden ... Ihr könnt zurück nach London gehen und von einer neuen Art, Karnickel zu fangen, berichten. Euer Bein muß nicht unbedingt gebrochen sein, wenn es sich auch so anfühlt, und selbst wenn es das ist, Ihr lebt jedenfalls, und es schadet Euch nicht in Eurem Beruf, Ihr könnt immer noch singen, und ich habe in meinem Gepäck eine gute Salbe gegen alle Arten von Verletzungen, besteht hauptsächlich aus einem Extrakt von Johanniskraut und Mädesüß, besonders wirkungsvoll von meiner Frau zusammengestellt nach einem alten Familienrezept, von ihrer Mutter überliefert ...»

Peter tastete mit seinem Stock nach dem Hebel in der Feder, die Augen höflich vom nackten Hintern des Mannes abgewandt, und bemühte sich, nicht zu lachen. «Wenn Ihr nicht wie ein Tier gegen die Falle gekämpft habt, wird es sicher bald heilen und wie neu sein mit Hilfe meiner Salbe ... Ah, jetzt haben wir's und ...»

Das Messer traf ihn am Hals und durchschnitt seine Luftröhre und die Halsschlagader. Der Bänkelsänger stieß den Körper des Hausierers auf die Seite, um dem Blut aus dem Weg zu gehen, wischte ein paar Blutspritzer von seinem Wams und stieß das Messer in den Boden. Vorsichtig befreite er sein lederumhülltes Bein von den Klauen der Falle und zog seine Hose hoch. Dann machte er sich auf die Suche nach der Mähre des Hausierers.

Sir William Fant hatte sein schönes neues Haus so gebaut, daß es nach Südwesten blickte, auf daß sich die untergehende Sonne in den breiten Fenstern spiegeln und die Vorderfront aus hellem Sandstein allabendlich mit flüssigem Gold färben würde. Dahinter ragten die Stümpfe der alten Festung drohend von ihrem Hügel auf, ein beliebter Aufenthaltsort für das Rindvieh und für Kinder, die «Engländer und Franzosen» spielten. Über Sir Williams großer Eichentür befand sich das geschnitzte Bild eines seltsamen Wesens mit schlangenartiger Nase und schlangenartigem Schwanz; es war riesig im Vergleich zu dem Kreuzritter, der es nach Hause führte. Der Bildhauer hatte sein Muster einem Tierbuch entnommen, und da der Mönch, der das zeichnete, auch noch nie einen Elefanten gesehen hatte, waren beide durchaus zufrieden mit ihrem Werk.

Aber der Bänkelsänger wandte sich ab von der Tür unter dem prächtigen trompetenden Tier, ging zum Gemüsegarten und durch dessen Pforte. Er wischte sich die Hände an der Vorderseite seines Lederrockes und stimmte dann die Weise des Hausierers an.

«Schöne Bänder, Spitzen, Klöppelspitzen und Mieder, kommt kaufen, kommt kaufen ... Beste Seide und Nadeln, Garne und Haarnadeln, kommt kaufen ...»

«Also, das ist doch nie im Leben Peterkin!» sagte eine kleine, grimmige Frau, die Hände voll Koriander und Knoblauch. «Was habt Ihr denn mit der armen alten Jenny gemacht, ich weiß, daß er sich nie von ihr trennen würde. Habt Ihr sie gestohlen, eh?»

«Nein, Mistress, Peterkin ist an einem Fieber erkrankt, und da ich sein Neffe bin, mache ich seine Tour.»

«Ich wußte nicht, daß er außer seiner Hure in Salisbury einen weiteren Menschen auf der Welt hat.»

Der Bänkelsänger lächelte und wünschte, er hätte früher von dieser Frau gewußt. «Nun, leider waren mein Vater und Peterkin keine guten Freunde.»

«Hm. Hat er Euch die Aufträge, die wir ihm im Frühling gaben, genannt?»

«Die Mistress braucht Stickseide, soviel ich weiß, und ...»

«Schnürbänder, mein Gott, Schnürbänder für Korsetts, die letzten waren zu kurz ... Nun kommt, junger Mann, kommt in die Küche und bringt Eure Schachteln. Sam, *Samuel*, bewege deinen trägen Hintern hierher und reib das

Pferd trocken. Und vergiß nicht, keinen Hafer, und Ihr, kommt mit mir ...»

Die kleine Frau drängte an dem Stalljungen vorbei, knallte dem Bänkelsänger fast die Tür ins Gesicht und eilte vorbei an Speisekammer und Anrichteraum in die glühende Hitze der Küche, wo gerade Himbeeren eingekocht wurden. Zwei erschöpfte Mädchen zerstießen in großen Steinmörsern Zuckerhüte, und in dem Sägemehl auf dem Boden krabbelte ein Säugling herum und suchte nach Zuckerbrocken zum Lutschen. In einer Ecke saß ein kleiner fetter Hund auf einem Kissen und sah zu, wie eine Rinderkeule auf den Bratspieß gesteckt wurde.

«Wo sind die Brotkrumen und das Bratenfett?» kreischte die kleine Person und lief zum Spieß. «Ich habe nur Dummköpfe, Faulpelze und Nichtsnutze als Helfer. Keine Brotkrumen, kein Fett, wie soll da das Fleisch gar werden, eh, splitternackt auf dem Spieß wie der heilige Sebastian? Du, Kind, Mary, hol den ältesten Laib und den irdenen Topf mit den drei Kreuzen, hast du gehört, *drei*, und bring beides her. Madam, hier ist Peterkins Neffe statt seiner ... Nicht so, Schwachkopf, oder du wirst selber aufgespießt, hier, führe ihn am Knochen ...»

Eine Frau in einem lockeren Gewand wandte sich ab von den großen Töpfen auf den Dreifüßen über dem Feuer, in denen es vor sich hin brodelte. Die Hitze hatte das Gesicht der Frau gerötet, und feine rote Haarsträhnen waren ihrer abgetragenen Samthaube entkommen und klebten an ihrer Stirn. Sie trug kein Korsett, weil sie im sechsten Monat schwanger war. In den Händen hielt sie einen langen Löffel und ein Stück Marmor mit einer Probe des Eingekochten.

«Nein, immer noch nicht fest. Habt Ihr Apfelschalen beiseite gelegt, Mutter Bickley?»

«In dem roten Topf neben den spanischen Rosinen. Maud, lauf und hole sie, und nimm dein Kind unter meinen Füßen weg. Gib ihm Rosinen, wenn es sein muß, aber laß ihn nicht vom Fußboden essen ... Der Hausierer, Madam, mit Schnürbändern, hoffe ich ... du, Junge, nicht an deinem Ärmel, ja *du*, blas deinen Rotz gefälligst auf den Boden neben der Tür wie ein Gentleman ...»

Der Bänkelsänger nahm die Mütze ab, verbeugte sich tief und dankte Gott für sein Glück. Hier war Mistress Fant, die Dame des Hauses, die seinen ehrerbietigen Gruß huldvoll nickend zur Kenntnis nahm und den Löffel und das Marmorstück einem ernsthaft aussehenden, rothaarigen Kind in einem rosa Samtkleid reichte.

«Snagge, guter Mann, geht es Eurem Onkel nicht gut?»

«Ein Tertianfieber», sagte der Bänkelsänger gewandt, «vor mehr als einer Woche hat es ihn erwischt, den armen Mann, er kann sich kaum bewegen.»

«Hat er mit einem Doktor gesprochen?» fragte Mrs. Fant und runzelte die Stirn. «Ich glaube, daß ich noch etwas Fieberwasser habe. Elizabeth, meine Liebe, bring diesen Schlüssel zu Dorkas und laß sie einen Viertel Schoppen Fieberwasser aus dem Schrank im Destillationsraum nehmen, das ich noch weiter destillieren muß. Haben wir Fenchelsamen, Mutter Bickley?»

«In der Speisekammer neben dem Pfeffer. Na, das ist großartig, Robin, hast du noch immer nicht gelernt, wie man einen Bratenspieß wendet, aber wenn ich mit meinem alten Gehirn es lernen kann, dann wirst du es doch sicher ... Laß mich mal ...»

Der Bänkelsänger, schweißüberströmt von der Höllenhitze, nahm seinen ganzen Verstand zusammen und legte seine Schachteln auf den Boden. Gleich obenauf fand er zum

Glück ein Päckchen mit langen Schnürbändern für Korsetts. Danach kamen die Stickseiden, sauber um gefaltetes Papier gewickelt, um das Gewicht von Garnrollen zu sparen. Darunter lagen Bänder und Korsettstangen und Spitze und zarter Batist, der über rauhes Leinen gefaltet war, damit er nicht zerknitterte.

«Ich brauche also Crewelgarnnadeln», begann Mrs. Fant und las so schnell eine Liste herunter, daß einem Mann schwindelig werden konnte. Alle Päckchen mußten geöffnet und durchgesehen werden, bis sie schließlich mit dem kleinen Stapel Ausbeute zufrieden war. Während Mrs. Fant wieder das Eingekochte prüfte, packte der Bänkelsänger seine Ware zusammen, wischte sich die Stirn ab und erinnerte sich, warum er gekommen war.

«Mein Onkel hat mir besonders ans Herz gelegt, Euch diese kostbare rote Seide zu geben, die beste und echteste Farbe, die er je gesehen hat. Er sagte, Ihr würdet die Farbe erkennen, denn sie ist wie der böse Drache von Wales in der alten Sage; er sagte, es sei die Farbe eines verlorenen Sohnes und auch die Farbe von Rom und der Priesterschaft.»

Einen Augenblick lang dachte er, sie habe ihn nicht gehört oder, wenn sie ihn gehört hatte, nicht verstanden, aber dann sah er, wie die Röte aus ihren Wangen wich. Sie setzte sich langsam auf eine Bank nahe dem Feuer, die Seide noch immer in der Hand.

«Peterkin hat das nie gewußt...»

Der Bänkelsänger verbeugte sich und antwortete nicht. Neben ihnen war ein Tumult ausgebrochen, denn der kleine, fette Hund war von seinem Kissen gesprungen und hatte sich verstohlen einen Bissen vom Fleisch genommen. Mrs. Fant zuckte nicht mit der Wimper wegen der kreischenden Mädchen und des schrillen Aufjaulens des Hundes, nachdem

Mutter Bickleys Stiefel gegen seine Flanke geraten war. Das angebissene Stück wurde herausgeschnitten (und dem Hund von irgend jemandem heimlich zugeschoben) und die Keule wieder auf den Spieß gesteckt.

Hinter ihnen begann es im Kessel langsam zu brodeln, und die rundliche Maud kam endlich angeschnauft, die Hände voller Apfelschalen.

«Nicht so», sagte Agnes Fant scharf, gerade rechtzeitig zu sich gekommen, um Maud davon abzuhalten, alles in das Eingekochte zu werfen. «Tu sie zuerst in einen Mullbeutel, sonst müssen wir sie alle einzeln herausfischen... In der Truhe unter dem Fenster, Maud. Muß man dir alles sagen wie einem jungen Ding? Ja, ich verstehe, guter Mann... Snagge. Ja.»

Die Mädchen, die Zucker zerstießen, warfen jetzt sehnsüchtige Blicke auf seine Päckchen. Mrs. Fant sah es und lächelte ein wenig.

«Wenn Ihr mehr verkaufen wollt, laßt Euch vom Verwalter einen Krug Bier und Brot und Käse geben und packt dann Eure Ware im Obstgarten wieder aus. Ich werde Euch die Mädchen zu dritt hinausschicken. Was schulde ich Euch?»

Der Bänkelsänger nannte einen Preis nach Gutdünken.

«Ich schätze, es sind zwei Schilling und vier Pence», sagte er.

«Ihr schätzt falsch, glaube ich. Was wird Euer Onkel sagen, wenn er wiederkommt und feststellt, daß Ihr die Preise heruntergesetzt habt? Sprecht mit dem Verwalter und laßt Euch von ihm Eure Rechnung bezahlen. Die Mädchen mögen für sich selbst zahlen.»

Sie war huldvoll darauf bedacht, vor den anderen das Gesicht zu wahren, aber ihr Mund sagte ohne ihr Dazutun die richtigen Worte, und in ihren Augen sah er die Furcht, gemischt mit Hoffnung.

Sie nickte, und er wußte, daß er entlassen war, machte seine Verbeugung und suchte den Weg nach draußen. Als er an dem mit Obst beladenen Tisch vorbeikam, paßte Mutter Bickley auf, daß er nichts stibizte. Eines der Mädchen unterbrach das Zuckerzerstoßen und blinzelte ihm zu, und der Säugling saß auf einem Stein und lachte.

Mit ihren Blicken verfolgte Agnes Fant sein Weggehen. Agnes Fant, geborene Strangways, meine Schwester, die einst meine kleine, pummelige, rothaarige Agnes war, mir wie ein Hündchen auf Schritt und Tritt folgte und mutig auf jeden Baum kletterte, den zu besteigen ich wagte, trotz ihrer kurzen Beinchen und ihrer Kinderröckchen. Dann schaute sie hinunter auf das rote Seidengarn in ihrer Hand, und es war wirklich ein schönes, strahlendes Rot, das auf dem gefalteten Papier leuchtete wie eine Mohnblume auf einem schneebedeckten Feld.

II

Herbst 1583

Jetzt müssen wir zurückkehren zum Mundus Papyri, dem auch Simon Ames angehört. Sir Francis Walsingham kennt seine Qualitäten besser als ich, denn Ames ist seit mehreren Jahren Schreiber und Sekretär von Sir Francis' eigenem Sekretär, Mr. Thomas Phelippes. Ames' Verstand ist von der Art, nach der Sir Francis und Lord Burghley suchen, gleichgültig, wie es um den Charakter bestellt sein mag, und sie setzen Ames ein, wie es ihnen richtig erscheint.

Obwohl er noch ein junger Mann ist, lichtet sich sein Haar schon über der Stirn, und was noch übrig ist, hat eine unbestimmte Farbe, wie abgestorbenes Gras. Wenn er arbeitet, wird seine Nase von einer Brille niedergedrückt, die er mit einem schwarzen Band um den Kopf bindet und im allgemeinen in seinem Federmäppchen aufbewahrt. Tatsächlich ist er der Kümmerlichste seiner Familie, in der alle eher groß und kühn sind. Ein Onkel von ihm, Francisco, ist Kommandeur der englischen Garnison Youghal in den nebligen Sümpfen Irlands und ein guter Soldat, sehr gefürchtet von den wilden Iren. Simon hat vierzehn Brüder und Schwestern und ist ein Sohn des königlichen Hoflieferanten für Lebensmittel, Mr. Dunstan Benjamin George Ames, Edelmann, wohnhaft Crutched Friars. Obwohl er Marraner ist, besteht an seinem Rang kein Zweifel, denn die Königin verlieh Dunstan Ames schon vor fünfzehn Jahren das Recht, ein Wappen zu führen.

Simons älterer Bruder Jacob ist Agent seines Vaters in Lissabon; ein zweiter Bruder, Benjamin, schickt unter Lebensgefahr Berichte aus Terceira an Sir Francis Walsingham, und wieder ein anderer, William, ist zur Zeit Soldat bei seinem Onkel in Youghal. Daß Simon in der Seething Lane wohnt und mit seinem Onkel mütterlicherseits, Hector Nuñez, den Sabbat begeht, ist die Folge eines großen und heftigen Streits, den er vor drei Jahren mit seinem Vater über die Finanzierung des portugiesischen Thronprätendenten hatte.

Im Gegensatz zu William oder auch zu seinem Vater ist Simon weder groß noch gutgebaut, weder robust noch anmutig, auch wenn er mit den Händen sehr geschickt sein kann. Becket sah einmal mit Erstaunen, wie er aus einer Feder in ihrer ursprünglichen Form eine Schreibfeder machte, vom Entblößen des Kiels zum Trocknen in einem Sandbad bis zum Anpassen an einen Behälter, und das alles in zwei, drei Minuten und während er über etwas anderes sprach.

In dieser gefährlichen Welt aus Gold und Stahl und Zukkerguß ist er, wie er sehr wohl weiß, eine leichte Beute. Sein Schneider, sein Hutmacher, sein Schuster – alle nehmen ihn aus, denn er sehnt sich danach, bei Hofe eine gute Figur zu machen, wenn er es auch ablehnt, seine mageren Waden zu polstern. Dank der intensiven Bemühungen seiner Tante Leonora Nuñez lud man ein jüdisches Mädchen aus guter Familie von Bristol nach London ein, um herauszufinden, ob sie ihr Einverständnis zu einer Verlobung mit ihm geben könnte, aber bei der Begegnung saß Simon da, abwechselnd errötend und erbleichend, während das Mädchen ihm ernsthaft Fragen stellte. Ihm fiel nichts ein, was er sie fragen könnte.

Schließlich lüftete sie ihren Schleier etwas und zeigte auf seine Amtskette, dünn, aber aus Gold, die er stolz angelegt hatte, um sie ihr zu zeigen, und fragte, ob die Kette ihn nicht an die Königin binde. Als er leichthin entgegnete, daß das vielleicht so sei, aber daß er sich glücklich schätze, einer solchen Königin zu dienen – eine Antwort, wie sie einem Höfling ziemte –, ließ sie ihren Schleier hochmütig wieder fallen. Leider, sagte sie auf portugiesisch, wolle und könne sie am Sabbat nicht zwei Kerzen mit einem Mann anzünden, der an eine andere Frau gebunden sei – und sei es auch die Königin! Und so kehrte das Mädchen, Rebecca Anriques, zu ihrer Familie zurück, und Tante Leonora seufzte und machte weiterhin dunkle Andeutungen über die Gefahren für einen unverheirateten Mann in einem Ort wie London.

Und doch, selbst wenn er sehr zum Leidwesen seines Vaters auch nur ein armes Kaninchen in dieser Welt ist, im Mundus Papyri ist er, obwohl sein Vater es nicht sehen will, ein wahrer Panther. Es ist weder Mitleid noch Großmut, noch der Wunsch nach Dunstan Ames' Freundschaft, was Sir Francis Walsingham veranlaßt, Simon in seiner Nähe zu halten. Auch sind es nicht nur die Verbindungen und Kanäle seiner Familie zu dem geheimen Geldmeer, das von den Italienern beherrscht wird, die mit den Gezeiten schwimmen und die kleinen goldenen und silbernen Fische mit ihren großen Schiffen, den Banken, einfangen. Vielmehr ist es die Tatsache, daß Simon einen Sinn für Strukturen sowie einen Blick für Käuflichkeit hat und sich wie ein Delphin von den hohen Wogen der kleinen Symbole in Tinte tragen läßt, von dieser arabischen Kabbala, die hier zerstört und dort wieder zum Leben erweckt, indem sie Geld auf nach Gold dürstenden Boden schüttet, von Genua über Amsterdam zur Börse in der City von London und von dort zur Neuen Welt und wieder zurück.

Daher übergab Dr. Nuñez seinem Neffen die Briefe von Isaac Pardo in Rouen, dem es Vergnügen bereitete, mit einem Cousin zu korrespondieren, den er nie kennengelernt hatte, der nie törichte Fragen stellte und komplizierte Zusammenhänge nie falsch verstand.

Nachdem die Briefe einmal in Simons Kämmerchen in Sir Francis' Haus in der Seething Lane gebracht worden waren, war es eine Arbeit von wenigen Stunden, den in einer Zahlenchiffre abgefaßten Inhalt zu decodieren. Am Ende hielt er eine Liste all jener in den Händen, die Wechsel bei den Banken in Rouen eingelöst hatten. Und es lag auch eine komplizierte Beweisführung Isaacs vor, die einige der Wechsel auf den spanischen König zurückverfolgte und andere über die Medicis zum Vatikan. Einige von jenen Personen, die sich von dem Goldrinnsal ernährt hatten, waren Simon bekannt, zum Beispiel ein Agent von Vater Parsons und Charles Paget, dem Vertrauensmann der Königin der Schotten in Frankreich. Er war im September heimlich in England gewesen, während Walsingham sich ergebnislos in Schottland aufgehalten hatte, und konnte sich wieder davonmachen, bevor man ihn faßte. Jetzt sah es so aus, als vertreibe er sich die Zeit in Nordfrankreich, mit einem ständigen und beträchtlichen Bedarf an Bargeld. Simon nahm das gebührend zur Kenntnis.

Und dann war unter all den üblichen Missetätern einer, den Simon vielleicht übersehen hätte, wenn der alte Cousin Isaac seine Arbeit nicht so genau genommen hätte. Es war ein Wechsel, gezogen auf eine kleine protestantische Bank in Amsterdam, aber gedeckt durch einen Wechsel auf eine Bank in Antwerpen, der seinerseits gedeckt wurde durch Gold in einer Bank in Florenz.

Simon atmete tief und lächelte. Hier war der Name des Mannes, der das Geld kassiert hatte, ein gewisser Mr. A. Semple, und hier tauchte Mr. Semple schon wieder auf, auf einer Liste von Passagieren nach Dover.

Simon begann, seinen Bericht zu schreiben, in seiner raschen, klaren, kursiven Schrift, und als er fertig war, legte er ihn auf einen Stapel anderer Papiere und schloß ihn in seiner Kommode ein. In seiner Vorstellung löste sich etwas aus dem Chaos von Zahlen und Vermutungen und nahm Gestalt an, und wieder lächelte er.

Ames betet morgens und abends; er hält, wenn er kann, den Sabbat ein, das Passahfest, das Purimfest und den Versöhnungstag jedoch immer. Er ißt kein Schweinefleisch und führt ernsthafte Gespräche mit seinem Onkel und seinem niederländischen Rabbi, und doch, wenn man seine Seele bloßlegen würde, fände man nicht den Gott Abrahams, sondern einen weitaus strengeren, fordernderen und unbedeutenderen Gott, nämlich den Gott der Zahlen. Ames lebt in einer hektischen Welt mitten unter Menschen, die nach Gold und Macht streben und die ihn oft verwirren, aber jenseits dieser Menschen, jenseits auch vom Mundus Papyri herrscht eine Reinheit und Klarheit der Zahlen, die sein Herz entzückt. Er würde lieber Euklid und Pythagoras und Maimonides lesen als die Thora. Wenn die Zahlen ihm sagen, daß eine Sache so und so ist, dann ist sie für ihn auch so. Und wenn etwas nicht mit Zahlen in Verbindung gebracht werden kann, ist Ames ernsthaft in Gefahr, gar nicht an die Existenz der Sache zu glauben, übrigens eine Sünde, die er mit Philipp von Spanien teilt.

Seine Grübelei über Isaacs Informationen wurde durch ein zögerndes Klopfen an der Tür unterbrochen.

«Herein», sagte Simon gereizt und blickte finster auf den kleinen dürren Mann, der seine abgetragenen Pluderhosen hochzog und in der Türöffnung von einen Fuß auf den anderen trat. «Ich bin John Holder und arbeite im Haushalt von Sir Christopher Hatton», sagte der Mann. «Ich habe gehört, daß Euer Gnaden Silber zahlt für Berichte über einen Mann namens David Becket.»

«Das tue ich», sagte Simon nach nur kurzem Zögern, «wenn es sich um den richtigen Mann handelt.»

«Fast zwei Meter lang, einen Meter breit, schwarze Haare, neigt zum Trunk und zur Schwermut ...»

«Wollen wir uns über einem Krug Bier unterhalten?» fragte Simon.

Im Green Man in der Beer Lane schlürfte John Holder sein Bier und leierte seine Geschichte unmutig herunter, die

Augen auf Wunderknochen gerichtet, die an einer entfernten Wand hingen.

Aus irgendeinem Grund, ebenso dunstig und sumpfig wie die holländische Landschaft selbst, war Holder Mitte der siebziger Jahre ausgezogen, um gegen die Spanier zu kämpfen, in einer von den vielen erfolglosen Armeen des Prinzen Wilhelm von Oranien. Irgendwie verlor er den Anschluß und landete in einer kleinen Gruppe von Deserteuren und enteigneten holländischen Bauern, die in der Nähe von Haarlem das Land durchstreiften. Becket war ihr Hauptmann, damals ein jüngerer, schlankerer Mann, der Holder bei der ersten Begegnung durchaus angenehm erschien. Bekket hatte Holder zu trinken und zu essen gegeben, als er mit seinem Bruder und Mitdeserteur auf den öden leergefegten Feldern beinahe verhungert wäre.

«Es war alles vorgetäuscht», sagte Holder und blickte finster in sein Bier. «Da war er, gut ausgerüstet, und hätte sich ein bequemes Leben machen können mit den Männern und den Waffen, die er hatte, aber nein, er mußte Ärger machen, der hinterhältige Bastard.»

«Wie hätte er sich denn ein bequemes Leben machen können?»

«Er hätte ein Dorf unter seinen Schutz nehmen, von dem Tribut leben und alle anderen, die das Dorf einnehmen wollten, fernhalten können. Wie sonst kann man in einer gottverlassenen Wildnis überleben? Robin und ich hätten uns einer anderen Truppe anschließen sollen; jeder hätte sein Mädchen gehabt, und wir wären nicht dauernd auf der Flucht vor den Spaniern gewesen.»

«Aber wart Ihr nicht dort, um gegen die Spanier zu kämpfen?»

Holder spuckte auf das Sägemehl. «Das bilden sich nur

Dummköpfe oder Offiziere ein, und auch die nicht lange. Einige Hauptleute treten für drei Monate in spanische Dienste oder für so lange, wie die Fettärsche in San Lorenzo brauchen, um den Sold zu schicken, und dann machen sie dasselbe mit Prinz Wilhelm. Aber das ist gefährlich.»

«Warum?»

Holder verdrehte die Augen. «Weil sie dich aufhängen können wegen Desertion, wenn sie dich erwischen. Herrgott im Himmel, wo seid Ihr denn geboren?»

«Aber man kann auch in ein Dorf gehen und mit den Bewohnern leben?»

«Von ihnen leben. Das ist die beste Methode, wenn man genug Männer und Waffen und Pulver hat. Wofür sind sie schließlich da?»

Simon nickte zustimmend und bestellte wieder Bier.

Die Geschichte wand sich endlos weiter und bestand hauptsächlich aus Klagen, daß Becket auf täglichem Üben bestanden habe, sowie aus Stöhnen, daß jeder, der eine Frau gegen ihren Willen genommen habe, beim erstenmal ausgepeitscht und beim zweitenmal entmannt wurde... «Das hat er nur einmal getan, um zu zeigen, daß es ihm ernst war, und er hat es auch noch selber getan, der verdammte Bastard. Hicks ist dabei natürlich draufgegangen...» Becket, so schien es, war ein Tyrann, der seine Männer herumspringen und Befestigungen anlegen ließ, ohne jeden Sinn, nur zur Belustigung der Spanier. Und dann kam die letzte, alles andere überbietende Demütigung.

«Er hat eine Pulverfabrik *gestohlen*?»

«Na ja, nicht gestohlen, man konnte damit nicht gut davonlaufen; sie war so groß wie ein Dorf, und die Mühle wurde vom Wind angetrieben. Aber wir nahmen sie in einer dunklen Frühlingsnacht im Nebel ein und schnitten allen

Spaniern die Kehle durch, mit Ausnahme von zweien, die wir als Ratgeber brauchten, und dann mußten wir uns als Spanier kostümieren, mit roten Habsburger Schärpen und allem. Wir mußten arbeiten wie die Sklaven und mehr Schießpulver herstellen.»

«Für die Spanier?»

«Nun, wir fertigten zwei Sorten. Das eine war erstklassiges, feines Pulver und ging per Boot nach Norden. Der Rest war bestenfalls zehntklassig, enthielt zuviel Holzkohle und Schwefel und nicht genug Salpeter; es war das Zeug, das widerlich stinkt und qualmt, aber nicht annähernd genug Kraft hat, eine Kanonenkugel in die Luft zu jagen.»

«Für die Spanier?» fragte Simon leise.

«Ja, im Austausch gegen den Salpeter und den Schwefel und die Holzkohle, die sie per Schiff schickten, schickten wir schiffsladungsweise Scheiße zurück.»

Simon lachte.

«Was ist denn daran so komisch?» fragte Holder ungehalten. «Die Arbeit konnte einen umbringen, kein Feuer Tag und Nacht und immer Staub im Essen. Ich kann seitdem keine hartgekochten Eier mehr sehen.»

Die Geschichte versank immer tiefer im Bierdunst und fand ihren Höhepunkt in Beckets Befehl, einen Mann zu hängen, weil er im Magazin eine Dolchstecherei angefangen hatte.

«Es war eine Angelegenheit der Ehre», sagte Holder. «Baynes war völlig im Recht.»

«Aber Metall in einem Schießpulverlager?»

«Der Ehre!» brüllte Holder und schlug mit der Faust auf den Tisch. «Es war eine Angelegenheit der Ehre!»

Hier war Holders Geschichte nur noch ein bitteres Gemurmel in sein Bierglas hinein.

«Es gab eine Meuterei?» fragte Simon, um die Sache ein wenig klarzustellen. «Becket wurde wegen seiner Tyrannei von den Männern gestürzt, und dann...»

«Ja, der Bastard. Hinterhältig, mordend...» In Holders Augen bildeten sich Tränen. «Zuckersüß bei Tageslicht schwor er, die Entscheidungen unseres Soldatenrats anzuerkennen, und bot an, für uns mit den Spaniern zu sprechen, weil er die Sprache beherrschte. Er bereute, uns so hart angetrieben zu haben. Er war süß wie ein junges Mädchen, ließ uns an seinen privaten Weinvorrat ran, besorgte uns sogar Branntwein von einem der Dorfbewohner, und dann... der Scheißkerl... der... der...»

Holder schnaubte seine Tränen durch die Nase hoch, um sie zu verbergen.

«Er hat was getan?» fragte Simon und beugte sich vor, um besser zu verstehen. «Er ließ *wo* eine Lunte zurück?»

«Er hat uns in die Luft gejagt!» brüllte Holder und übersprühte Simon mit Bier und Spucke. «Bis in den Himmel. Alles war meilenweit erleuchtet. Er hetzte die Spanier auf uns, und der arme Robin und Simkin und Gateside und Bill – alle waren blutige Fetzen und Stücke... Nur ich war gerade pissen gegangen, und so... o Gott.»

Nachdenklich verließ Simon das Wirtshaus und überließ es John Holder, die Zeche aus seiner großzügigen Zahlung von zwei Kronen zu begleichen. Es war gegen zwei Uhr nachmittags, und Simon schwamm vom Bier, der stickigen Luft im Wirtshaus und von Holders übelriechendem Atem der Kopf. Nach kurzem Zögern wegen der späten Stunde machte er sich auf den Weg über die Tower Street und St. Dunstan's Hill zur Thames Street, vorbei an dem ebenmäßigen kantigen Turm von St. Magnus auf die New Fish Street und weiter zur London Bridge, wo die Fährleute sich auf der Innenseite versammeln, um jene aufzunehmen, die es vorziehen, nicht unter der Brücke hindurchzuschießen. Dort fand Simon ein Boot, das ihn flußaufwärts zu den Stufen zum Temple brachte.

12

Wer leichter atmen will, muß sich vor die Mauern von London begeben, dorthin, wo die Stadt allmählich in Land übergeht, wo die Frauen ihre Wäsche im Freien waschen und die Hemden auf den Hecken trocknen können, wo die Milchkühe für die Stadt gehalten werden, wo die Windmühlen sind und die Großgärtnereien, die die wogende Menge innerhalb der Stadt versorgen. Jenseits vom Temple-Tor und vom Schmutz und Lärm der Fleet Street ist es nur ein kleiner Spaziergang durch die staubige Chancery Lane, vorbei an dem alten Haus für konvertierte Juden, in dem jetzt der Lordkanzler seinen Sitz hat, und weiter nach Holborn, wohin im Sommer der Ostwind einen schweren Duft von Rosen aus Sir Christopher Hattons Garten am Ely Place trägt. Rundum erblickt der Wanderer Gärten und Schafweiden, und wenn er noch fünf Minuten weitergeht, kommt er zum Gray's Inn, ein Vorposten weit im Norden Londons, wo die Söhne reicher Männer die Rechtswissenschaft studieren – und ein bißchen höfisches Benehmen. Aber die meisten der zukünftigen Rechtsgelehrten finden kein Vergnügen an ihrem Arkadien aus Gärten und Obstwiesen und jammern ständig, daß sie genausogut bei den Bauern in Islington wohnen könnten. Tatsächlich habe auch ich einmal mein Los beklagt, denn wir wissen erst, wie glücklich wir waren, wenn die Zeit vergangen ist. Dort habe ich vor vielen Jahren eine Kammer mit Becket geteilt, und wir lernten beide nicht viel von der Jurisprudenz; ich gab mich zu sehr der Dichtkunst hin, er sich der Kampfkunst, und so blieb uns keine Zeit, in schlechtem Anglonormannisch Rechtsfragen zu erörtern.

Hierher kam nun Simon; er betrat die Gray's Inn Lane bescheiden durch die kleine Pforte, so daß alle ihn für einen einfachen Schreiber hielten. Er trug wie immer eine Bestätigung seiner Tätigkeit mit dem Siegel Walsinghams bei sich, aber zuerst wanderte er gemächlich durch das schwindende Winterlicht. Als die Kerzen in der Halle angezündet wurden, ging er zurück zur Pforte, fragte nach dem Oberarchivar und wurde, die ganze Zeit nervös und zögernd lächelnd, zu dem großen Mann in dessen Büro geführt, wo die Dokumente aufbewahrt wurden. Simon nahm den Hut ab.

Master Dawkins, ein großer, schwerer Mann mit einem ansehnlichen Bauch und einem Doppelkinn, das seine Halskrause flachdrückte, setzte sich etwas bequemer.

«Je nun, das kommt darauf an», sagte er, nachdem er sich Simons Bitte angehört hatte. «Wie weit zurück müßte Euer Herr denn gehen, Mr. Ames? Wirklich gute Unterlagen haben wir hier nur für die vergangenen fünfzehn Jahre...»

«Nicht so weit, Mr. Dawkins, nur ein kleines Stück. Zehn Jahre. Wenn ich die Urkunden für 1572 sehen dürfte, wäre ich...» Er nahm einen kleinen, mit Silber gefüllten Geldbeutel aus seinem Gürtel, legte ihn leise auf einen Tisch und beachtete ihn nicht weiter.

Mr. Dawkins lächelte. «Für Sir Francis, Mr. Ames, ist keine Mühe zu groß. Es ist immer eine Freude, ihm dienlich zu sein. Dies sind die Urkunden für 1572, und wenn ich auf etwas näher eingehen soll, braucht Ihr es nur zu sagen... Wollt Ihr eine Pfeife Tabak?»

Um nicht unhöflich zu sein, nahm Simon einen Schluck von dem Rauch und mußte würgen. Wie sehr er sich auch bemühte, er konnte keinen Gefallen an dem Medikament seines Onkels finden. In seinem eigenen Zimmer lagen eine neue Tonpfeife und vier Sorten Tabak, alles zu einem ungeheuerlichen Preis erstanden, aber sie bereiteten ihm nur Übelkeit.

Mit Tränen in den Augen sah er den Namen von David Becket und die Namen all derer, die damals ihr Studium begonnen hatten.

«Das ist der Mann, für den ich mich interessiere», sagte Simon. «Könnt Ihr Euch an einen Mr. Becket erinnern?»

«Nein, ich fürchte, nein, Mr. Ames.»

Simon schaute auf den kleinen Geldbeutel auf dem Tisch und hob die Augenbrauen. Mr. Dawkins lachte. «Verzeiht, aber ich sehe so viele junge Burschen. Könntet Ihr ihn beschreiben? ... Nun, Sir, wenn Ihr mir für jeden großen, breiten, trinkenden Tunichtgut, der mir über den Weg gelaufen ist, einen Penny gäbet, wäre ich ein gemachter Mann! Ging gegen '73 in die Niederlande, um dort zu kämpfen, sagt Ihr... Ah. Ja. Becket.» Dawkins strich sich über den Bart. «Ich glaube, er war es, der die Unsitte einführte, auf Mauern zu klettern und auf Passanten zu pissen. Die Ärmsten kamen nie schnell genug durch das Tor, um ihn zu schnappen, ausgenommen ein Mann, der direkt auf die Mauer kletterte und es dort mit ihm austrug. Er konnte gut mit dem Schwert umgehen und erkämpfte sich damit einen Freiplatz. Hatte nie Geld. Hm. Was hat er getan?»

Simon lächelte und spreizte seine tintenbefleckten Hände. «Nichts, meines Wissens. Man hat mich nur geschickt, mich zu erkundigen. Ist er vielleicht Katholik?»

«Nein, er kam zum Gottesdienst wie wir alle, wenn es sein

mußte, und wenn es nicht sein mußte, warf er sich auf dem St. Paul's Walk in Positur. Ich habe nie gehört, daß er sich irgendwelche Gedanken über Religion machte, außer mit was für einem Schwert Petrus dem Römer das Ohr abschnitt.»

«Oder einer seiner Freunde ...?»

«Hm ... Die Strangways-Jungen waren Rekusanten, aber damals hat niemand viel darüber nachgedacht; die Gesetze waren milder und die Zeiten weniger engstirnig. Heute würden wir sie nicht mehr zulassen. Und dann waren da noch Anthony Fant und Nicolas Sunningdale und Pericles Howard und die anderen, alles treue Anhänger der wahren Religion. Selbst Howard, der aus einer protestantischen Seitenlinie kam.»

«Was ist aus ihnen geworden?»

«Den Strangways-Jungen? Einer ging ins Ausland, soviel ich weiß, der andere an den Hof. Fant, glaube ich, kam zurück aus Holland, heiratete eine mittellose Frau und erbte den Besitz seines Vaters. Sunningdale habe ich einmal gesehen; er kam und lud mich zu einem Bier ein, als er in Westminster Hall einen Disput führte um ein Stück Land, das sein Großvater von einem Abt geborgt hatte, dem es nicht zustand, Land zu verleihen. Der Rechtsstreit dauert noch an.»

«Wißt Ihr, warum Becket Soldat wurde?»

Dawkins lachte und strich über seinen Dolch. «Weil er dem stinkenden Atem des Geldverleihers entkommen und nicht im Kerker enden wollte. Wohlgemerkt, es war seine eigene Schuld, daß er kein Geld hatte; er gab jeden Penny, den er hatte, für Fechtstunden, Saufen und Spielen aus, und wenn er nicht eine hübsche, kleine Dirne in irgendeinem Bordell in Southwark hatte, so lag das nur daran, daß er dafür keine Zeit hatte. Einer von ihnen schrieb Gedichte, die besser als das Übliche waren, nicht Becket, sondern einer seiner Kumpane. Ich weiß nicht, welcher es war, aber wenn er getrunken hatte, kletterte er auf Bäume und deklamierte seine Gedichte von dort oben.»

Dawkins stopfte sich eine neue Pfeife, und Simon fing an, sein Tintenfaß, seine Federn und Zettel zusammenzusuchen.

«War es Becket, der einigen von Lord Burghleys Rindern Gelehrtentalare anzog und sie durch das Tor ließ, damit sie die Blumen fressen konnten...» grübelte Dawkins und fischte mit der Zange eine Kohle aus dem Feuer, «oder war es ein anderer betrunkener Student? Ich fürchte, ich bin Euch keine große Hilfe, Mr. Ames. Ich bin so vielen Dummköpfen und jungen Gentlemen begegnet, und es ist so schwer, sie auseinanderzuhalten. Ich erinnere mich an einen...»

13

Bei Krankheit und Schmerzen sind alle Menschen gleich, und niemand ist einsamer als derjenige, der in tiefster Nacht mit Schmerzen erwacht. Sir Francis schreckte aus einem Traum auf und stellte fest, daß kein Teufel ihn auf seinem Dreizack röstete, daß er aber in die viel dunklere Hölle eines Hauses voll Schlafender geraten war – ein Diener schnarchte auf einem Klappbett neben der Tür und ließ sich vom Stöhnen seines Herrn nicht stören.

Sie wissen so wenig, die Ärzte, die nach Minister Walsingham sehen. Nur der marranische Arzt Nuñez hat den Mut, leise in seinen Bart zu pusten und zuzugeben, daß er nicht weiß, warum Sir Francis' Körpersäfte so wenig ausbalanciert sind, daß sie in seinem Inneren einen kleinen Steinbruch bilden, dort, wo Steine nichts zu suchen haben. Die einfachen Leute leiden selten an Steinen in der Blase – zweifellos, weil ihre Körpersäfte robuster sind. Einige Apotheker empfehlen eine fleischlose Diät, aber Nuñez will mit derartigem empirischen Unsinn nichts zu tun haben und vertraut auf Abführen, um den Stein rasch zum Abgang zu bringen.

Selbst der Mohr der Königin kann sich im Krankenbett nicht vor jenen schützen, die gern Doktor spielen, und so ist er sogar das Opfer seiner eigenen Tochter, die ihrem Vater widerliche Gebräue aus Petersilie, Mädesüß und Steinbrech bringt, wenn sie morgens mit seinen Papieren zu ihm kommt.

Aber der Morgen ist noch weit, und die Schmerzen, die in Walsinghams Innerem wühlen, gestatten keinen Schlaf. Jedesmal, wenn die Steine ihn ins Bett zwingen, denkt er ans Schneiden. Es gibt Wundärzte, die durch das Land ziehen und Kranken die Eingeweide aufschneiden, um die Steine herauszuholen. Wenn der Patient es überlebt, erholt er sich völlig und wird nie wieder ans Bett gefesselt sein. Sir Francis lag da, eine Faust in den Bauch gepreßt, biß in das Kopfkissen und dachte zwischen den Schmerzanfällen über das Ganze nach. Würde er es ertragen können, daß seine Eingeweide aufgeschnitten wurden, während er gebunden dalag? Würde die Erleichterung für die Höllenqualen entschädigen? Es war ein Glücksspiel; vielleicht würde er nicht überleben. Er war kein junger Mann mehr, und sein Leben war zu wichtig für seine Königin und sein Vaterland. Und so drehten sich seine Gedanken immer wieder im Kreise und kehrten zu Gott und Seinen unerforschlichen Wegen zurück. Warum mußte er so große Schmerzen ertragen in der schwachen Hoffnung, einen Arzt zu finden, der ihn mit Hilfe der

Alchimie und der Astrologie heilen konnte? Warum konnte Christus, der Lazarus wieder zum Leben erweckt hatte, nicht auch ihn heilen? Er versuchte, nicht eine so unverschämte Frage zu stellen, aber dort hing sie, zwischen ihm und dem Betthimmel in Feuer gemalt. Wenn Gott ihm allein die Bürde auferlegt hatte, die Machenschaften des Papstes und des Herzogs von Guise zu bekämpfen, warum hatte Er ihm dann nicht auch einen Körper gegeben, der kräftig genug war, das durchzuführen?

Und dann zeigt die Scham ihre scharfen Zähne, denn der Gott, der die Bürde auferlegte, gab auch den Körper und kennt seine Belastbarkeit. Hatte nicht Er eine Frau zur Königin von England gemacht und sie dann mit einem Verstand und einem Mut ausgestattet, der bei Frauen eigentlich nicht zu finden ist, so daß sie Seine Fürsprecherin sein konnte? Und obwohl sie häufig ins Wanken kam auf dem wahren Pfad, und obwohl sie nicht geheiratet hat und nicht mehr heiraten wird, hat sie nicht als Königin zwanzig Jahre länger geherrscht, als irgend jemand am Tage der Thronbesteigung gewettet hätte? Nachdem Er also fast einen Mann aus einer Frau gemacht hat – könnte Gott nicht Walsinghams eigenen zerbrechlichen Tempel irdischen Fleisches ein paar Jahre länger abstützen, wenn Er es wollte, und wenn Er es nicht wollte – wer ist Sir Francis, Seine Entscheidungen anzuzweifeln?

Dieser männliche Gleichmut dauert bis zum nächsten scharfen Stich des Steins in seinen Eingeweiden, und er muß das Gesicht in sein Kissen drücken, um das Wimmern, das in seiner Kehle hochkommt, zu ersticken. Und so wird es weitergehen, gleichgültig, was die Ärzte tun, bis schließlich unter Blut und Schmerzen ein Stein durch sein Glied dringt und er endlich Ruhe finden kann.

Endlich erschienen die Rosenfinger der Morgendämmerung am Himmel, oder vielmehr vertrieb ein blasses Grau allmählich ein dunkles Grau. Der Diener wachte auf, entzündete das Feuer, zog die Vorhänge am Bett zurück und brachte seinem Herrn eine dünne Haferschleimsuppe, die der vor Schmerzen erschöpfte Walsingham nicht anrührte.

An diesem Morgen nahm Sir Francis jedoch ein wenig Wein und eine Laudanumtinktur zu sich und linderte seinen Durst mit mildem Bier, bevor seine Tochter hereinkam. Sie ist klein und hat das Aussehen einer italienischen Signora; das dunkle Äußere ihres Vaters ist bei ihr verwandelt in Elfenbein und ebenholzschwarzes Haar, von dem ein wenig unter ihrer weißen Leinenhaube hervorschaut, und ihr Schritt ist trotz ihrer Bürde noch lebhaft. Unter ihrem Herzen liegt das Kind von Sir Philip Sidney, und das ist bemerkenswert, denn sie hat erst im September geheiratet (mit ungewöhnlichem Aufwand), vor zwei Monaten, und ist mindestens seit sechs Monaten schwanger. Walsingham ist kein Dummkopf und kann rechnen: Auf der einen Seite muß ein so stolzer Bauch so früh in einer Ehe zu einem Skandal führen, doch andererseits ist es für ihn eine bittere Genugtuung, daß seine Tochter sehr wohl verstand, wessen es bedurfte, um der Königin ihr Einverständnis abzuringen. Die Mittel mochten sündig sein, doch das Ergebnis beweist, daß die Tochter ihrem Vater dankbar ist: Sir Francis wählte sorgfältig und gut für seine Tochter und fand in Sidney einen Mann, den Gelehrte und Herrscher schon bei der ersten Audienz mögen. Warum die Königin es für angebracht hielt, Ausflüchte zu machen, und warum sie versuchte, eine Ehe zwischen zwei so ausgezeichnet zueinanderpassenden Menschen zu verhindern, indem sie ihre Einwilligung hinauszögerte, weiß nur der Gott, der sie erschaffen hat.

Und Frances ist ein schönes Mädchen, eine gute Tochter. An diesem Morgen beugte sie sich hinunter, hob seine Nachtmütze vom Boden auf, glättete sein feuchtes Haar und setzte ihm die Mütze wieder auf. Aber, o Gott, sie trug eine gewürzte, mit Ale vermischte heiße Milch.

«Muß ich das trinken, Frances, mein Liebes?» fragte er.

«Ich denke, es kann Euch nicht schaden, und vielleicht hilft es», sagte sie und lächelte ernsthaft. «Hier drin ist Mutterkraut und Steinbrech, der, glaube ich, das Fieber drücken könnte. Wollt Ihr nicht einen Schlaftrunk nehmen?»

«Nein», sagte er barsch. «Ich muß mit einigen meiner Männer sprechen. Wie kann ich Gottes Arbeit tun, wenn mein Verstand verwirrt ist?»

«Das ist er bereits, Sir, wenn Ihr so fiebrig seid, wie Ihr ausseht, und darum bitte ich Euch, dies zu trinken.»

Er trank; bei dem bitteren Geschmack hob sich ihm der Magen, und er mußte sich zurücklegen, um das braune Gebräu bei sich zu behalten. Sie brachte unter einem Tuch eine Urinflasche zum Vorschein und reichte sie ihm, bevor sie sich leise zurückzog.

Er hatte ein sehr garstig aussehendes Wasser für sie bereit, als sie zurückkam und ihm Stöße von den Papieren brachte, die seine Schreiber schonungslos produzierten, ganz zu schweigen von weiteren Fluten von Papier, die ihm seine Freunde im Ausland über Kurier schickten. Er nahm den letzten Stapel, blätterte ihn durch und zog die Augenbrauen hoch.

«Nichts von Mr. Ames?» fragte er.

Sie sah nach dem Feuer. «Nein, Sir», sagte sie. «Erwartet Ihr etwas?»

«Ich habe von Dr. Nuñez gehört, daß ein Päckchen aus

Rouen gekommen ist. Ich wundere mich, daß Mr. Ames nicht... Nun, nicht so wichtig. Zweifellos ist er mit der Maus beschäftigt.»

«Arme Maus», sagte Frances. «So scharf beobachtet zu werden und nichts davon zu wissen.»

«Hm. Er hat keine Veranlassung, für den Herzog von Guise zu arbeiten, er ist gebürtiger Engländer. Er hat es sich selbst zuzuschreiben.»

«Mr. Ramme, Mr. Ellerton, Mr. Phelippes und Mr. Ames sind wegen der gleichen Angelegenheit hier», sagte Frances. «Meine Mutter hat sie empfangen, und sie sitzen jetzt beim Frühstück. Wird Mr. Hunnicutt auch dabei sein? Oder Mr. Dowl?»

«Nein. Wir wollen nicht gestört werden, es sei denn, die Franzosen kommen.» Er versuchte ein dünnes Lächeln, und sie lächelte ebenfalls über den alten Familienscherz, was ihn auf den Gedanken brachte, ob Sir Philip wohl wußte, wie glücklich er sich schätzen konnte. Aber dann kam ein neuer Anfall, und obwohl er versuchte, ihn zu verbergen, sah sie sein schmerzverzerrtes Gesicht und gab ihm ihre Hand, damit er sich daran klammern konnte. Als er wieder sprechen konnte, sah er Tränen in ihren Augen. Wenn ihm die richtigen Worte eingefallen wären, hätte er sie gefragt, was ihr fehle und warum sie in der letzten Zeit so still sei. Ob es das Kind sei, das schwer in ihr lag, oder ob er sie verletzt habe? Aber bevor er die Kraft aufbringen konnte, wandte sie sich ab. Die Urinflasche wurde mit einem Stöpsel versehen und unter dem Tuch versteckt.

«Dies gefällt mir nicht, Vater», sagte sie. «Ich werde Mr. Hunnicutts Jungen damit zu Dr. Nuñez schicken und den Arzt bitten, noch einmal zu kommen.»

Sie ging, und ihr Samtkleid raschelte. Angesichts seiner

eigenen dunklen Haut und der Häßlichkeit ihrer Mutter war sie so wohlgeraten, daß er trotz des drohenden Besuches vom Arzt ihr lächelnd nachschaute.

Und jetzt stand Mr. Ames in der Türöffnung und starrte ihn an, als sei eine Frage, die ihm schon auf den Lippen lag, in den Kopf zurückgerutscht bei dem ungewöhnlichen Anblick seines so liebevoll lächelnden Herrn. Dann faßte Ames sich wieder, verbeugte sich und machte Platz für James Ramme, William Ellerton und Thomas Phelippes. Ramme war ein hochgewachsener, eleganter Halunke, Ellerton rundgesichtig, phlegmatisch und sehr viel gewitzter, als er schien, und Phelippes ein älterer, müder Mann über Fünfzig, der mit den arabischen Zeichen für Zahlen zaubern konnte. Er lehnte es ab, die römischen Zahlen zu benutzen, denen Burghley noch immer treu ergeben war, und erklärte mit gelassener Unerschütterlichkeit, daß Zahlen, denen eine Null fehlte, seiner nicht würdig waren.

Ramme strich sich den Bart und schien sehr zufrieden mit sich. Ames' Ohrläppchen dagegen glühten, und der Ärmste schien mehr als üblich geneigt, in den Wandteppichen aufzugehen, was ihm durch den absurden Schnitt seines kurzen Samtrockes noch erleichtert wurde. Walsingham stellte mit einem inneren Seufzer fest, daß Ramme wieder einmal dabei war, Sekretäre zu quälen.

«Was gibt es Neues von der Maus?» fragte er Ramme, worauf dieser mit den elegant bekleideten Schultern zuckte. Er war ein gutgebauter Gentleman, auf den die Königin einst ein Auge geworfen hatte, nur um es wieder abzuwenden, weil er nicht tanzen konnte und – so die Königin – wie ein Warzenschwein sang. Ramme aber wußte nichts von diesem Fiasko und hielt außerordentlich große Stücke auf sich.

«Er macht seine Botengänge wie gewöhnlich», sagte er

jetzt. «In dieser Woche dreimal zur Spanischen Botschaft, einmal nach Blackfriars, einmal in die Fleet Street.»

«Und die Französische Botschaft?»

Ramme wechselte einen schnellen Blick mit Ellerton. «Sir», sagte er niedergeschlagen, «ich kann mir nicht vorstellen, daß wir ihn verfehlt haben sollten, aber er ist seit September nicht mehr in der Nähe der Französischen Botschaft gewesen.»

«Ihr seid Euch sicher?»

«Es sind fünf Beobachter und Mr. Fagot auf die Botschaft angesetzt, und acht auf die Maus ...»

«Die Zahlen sind mir bekannt, Mr. Ramme.»

«Aber, Sir, das Haus hat keinen Geheimgang, das haben wir überprüft, und keiner verläßt es, ohne daß wir ihn beobachten und auch verfolgen.»

«Dann muß er jemanden treffen, der zu den Franzosen geht.»

«Aber wir beobachten auch alle, mit denen er sich trifft ...»

«Kurz gesagt, Mr. Ramme?»

«Kurz gesagt, Sir, ich kann mir nicht denken, daß es die Franzosen sind, die wir fürchten müssen.»

Sir Francis ballte die Hände und betete um Geduld, Dummköpfe ertragen zu können. «Wer hat am Bartholomäustag ein Blutbad unter den Hugenotten angerichtet?»

Ramme sah auf den Boden und begann, mit den Schuhspitzen die Binsenmatte zu durchbohren wie ein Schuljunge.

«Wer behauptet, daß seine Nichte, Maria Stuart, die rechtmäßige Königin von England sei?» Keine Antwort. «Wer hat sein Land mit jedem Jahr, das vorübergeht, tiefer in den blutigen Morast des Bürgerkrieges gestürzt? Wer ist ein Meisterintrigant und Betrüger? Wer steht mit dem Teufel und dem Antichrist, dem Papst, im Bund? Der Herzog von Guise, bei Gott, der mörderische Herzog von Guise!» Walsingham brüllte und machte nur eine Pause, weil der Zorn ihn übermäßig schwächte. Ich kann nicht mehr genug Blut für meinen Zorn aufbringen, dachte er, ich habe mich völlig verausgabt.

Jemand klopfte an die Tür, und Frances huschte ins Zimmer. «Verzeiht mir, Gentlemen, aber mein Mann läßt fragen, ob er sich Mr. Ames für seinen Auftritt am Jahrestag der Thronbesteigung ausleihen kann. Sein Wagen ist in schlechtem Zustand, sagt er, oder seine Papiere sind es...»

«Mr. Ames?» fragte Sir Francis mit höflich gehobenen Augenbrauen.

«Wann würde Sir Philip mich brauchen, Madam?»

«Heute nachmittag, im Hanging Sword Court.»

Ames unterdrückte einen leicht verärgerten Seufzer und verbeugte sich. «Es wird mir eine Ehre sein, Mylady.»

«Danke.» Sie lächelte ihn an, anmutig gebieterisch. «Ich bin sicher, Ihr könnt ihm bei seinem Durcheinander helfen.»

«Wie waren Eure Pläne für heute nachmittag, Ames?» fragte Ramme lauernd. «Wieder Fechtunterricht?»

Ames wurde puterrot.

«Fechtunterricht?» fragte Sir Francis neugierig, womit Ramme gerechnet hatte.

«Ein äußerst lobenswerter Schritt», sagte Phelippes unerwarteterweise. «Nachdem er von Räubern überwältigt wurde, ist Mr. Ames entschlossen, das nicht noch einmal geschehen zu lassen, und hat sich einen Meister der Fechtkunst gesucht, um die Kunst der Selbstverteidigung zu lernen.»

Ramme stotterte fast. «Ein großer dicker Ochse von einem Kerl. Ich wünschte, ich könnte Karten verkaufen für das

Vergnügen, ihnen bei ihrer Arbeit zuzusehen; der Affe auf dem Pferderücken ist dagegen bestimmt eine abgestandene Posse.»

«Mr. Becket ist ein Profos der Verteidigung», sagte Ames. «Vielleicht hättet Ihr Lust, Euch mit ihm im Degenkampf zu messen? Früher war er auch Soldat.»

«Oh?» fragte Sir Francis. «Wo denn?»

«In den Niederlanden.»

«Auf welcher Seite?» warf Ramme ein. «Spanier? Oranier? Franzosen?»

«Das ist etwas, das ich selbst ernstlich herausfinden möchte, denn wenn er mit der Papisterei nichts zu tun hat, könnte er Euch von Diensten sein, Sir Francis.»

«Wann war er in den Niederlanden?» fragte Ellerton.

«1573. Er gehörte zu der ersten Gruppe von Engländern, die in dem Jahr nach Flushing zogen.»

«Hm. Dann fragt Walter Morgan. Er hat für Lord Burghley über den Feldzug berichtet und ist ein Cousin von Captain Morgan.»

Ames verbeugte sich, um seinen Dank auszudrücken.

«Und macht Ihr gute Fortschritte in der Fechtkunst?» fragte Mr. Phelippes freundlich. «Ich mußte feststellen, daß ich keine Begabung dafür hatte. Ich war nicht kräftig genug. Aber ich vermute, heute kämpft man mit leichteren Waffen.»

«Ha, wohl kaum», spottete Ramme. «Zweifellos ist der Mann ein Anhänger der englischen Schule, gebraucht nur Schwert und Schild und will mit diesen italienischen Hirschfängern nichts zu tun haben.»

«Er kann sowohl mit dem Rapier als auch mit dem Pallasch umgehen», sagte Ames steif. «Und er kümmert sich keinen Pfifferling um den Stil, ob englisch, italienisch oder spanisch; er lehrt einen, wie er es nennt, gemischten Stil, bei dem es nicht so sehr auf die hübschen Finten ankommt als darauf, den Angreifer zu erledigen.»

Ramme lachte. «Oh, nicht lange, und wir werden Euch auf dem Schiff nach Holland sehen, ein wahrer Meister der Fechtkunst. Wenn Ihr so unternehmungslustig geworden seid, warum sitzt Ihr denn noch immer in Eurer kleinen Studierstube, die Brille auf der Nase? Wann werden wir vernehmen, daß Ihr einen Verräter gefangen habt?»

Sir Francis hustete. «Jedem das Seine, Mr. Ramme», sagte er scharf. «Wäret Ihr so unersetzlich wie Mr. Ames im Dechiffrieren und er ein so hervorragender Priester-Aufspürer, würde ich Eure Aufgaben austauschen. Wie die Dinge liegen, bin ich durchaus zufrieden mit Mr. Ames, doch nicht so zufrieden mit Euch, Mr. Ramme, da Ihr bis jetzt noch nicht den Kanal von der Maus zur Französischen Botschaft gefunden habt.»

«Sir, ich habe ...»

«Mr. Ramme, es ist mein Bauch, der vom Stein befallen ist, nicht mein Verstand. Ich weiß, was Ihr gesagt habt, und ich sage Euch, geht hinaus und stellt fest, wie der Herzog von Guise uns bedroht.»

Seine Stimme hob sich wieder, und seine Fäuste ballten sich. Warum im Namen Gottes mußte er diese Dummköpfe und schwachsinnigen Trottel ertragen, die nicht sahen, daß der Streiter des Antichrist alles, was ihnen teuer war, bedrohte? Die Hugenotten in Paris hatten sich auch in Sicherheit gewogen.

«Jetzt, Mr. Phelippes, muß ich mit Euch sprechen. Die übrigen mögen gehen.»

Als Phelippes sich mit seinem Bündel entschlüsselter Chiffren näherte, erhaschte Sir Francis noch einen Blick von

Ramme und Ames im Korridor; Ramme tat so, als ziehe er sein Rapier und durchsteche Ames, während beide an Frances vorbeigingen.

14

Sommer 1583

Hier gibt es scharfe Erinnerungsscherben, eine davon ist meine eigene. Agnes Fant in ihrem Gemach, neben der Wachskerze, wie sie rote Nähseide von dem Papier auf eine kleine, geschnitzte Rolle aus Eibenholz wickelt, immer schneller, und ihre Finger bleiben im Garn hängen. Aber das Papier ist leer. Sie runzelt die Stirn; dann erinnert sie sich wieder und hält es vorsichtig über die Kerzenflamme. Ein leichter Duft nach Sevilla-Orangen stiehlt sich davon, und die Schrift auf dem heißen Papier wird sichtbar.

Ihre Kinder neben dem Kindermädchen Dorcas: Elizabeth, Edward, Mary und eine unsichtbar klaffende Lücke, wo Catherine stehen sollte, aber nicht steht, weil sie im letzten Winter an den Blattern gestorben ist. Nacheinander kniet jedes der Kinder nieder, um sich von Agnes segnen zu lassen, und dann sehen sie mit ernsten Augen zu, wie der Reitknecht ihrer Mutter in den Damensattel hilft. Auf ihr Zeichen hin bewegt sich die kleine Gruppe von Reitpferden und Packtieren hinaus auf die Straße nach London. Eine dringende Angelegenheit in Westminster Hall, bei der es um die umstrittenen Flußweiden geht, ruft sie nach London, obwohl es Sommer ist und sie zu Hause dringend gebraucht würde. Ihr Ehemann ist ebenfalls nicht da; ihn hat das Fieber der Neuen Welt gepackt, und er beaufsichtigt in Tilbury die Ausrüstung eines Schiffes, bei dem er Mitbesitzer ist. Das

Schiff soll sich auf die Suche nach der Nordwestpassage machen. Der Verwalter schüttelt den Kopf: Nach seiner Erfahrung können Gerichtsverfahren in Westminster immer warten, die Ernte jedoch kann es nicht. Aber Frauen neigen zu sonderbaren Einfällen, besonders wenn sie schwanger sind, was meistens der Fall ist, und wenn sie gehen müssen, müssen sie eben gehen.

Ich sah, wie Agnes durch Ludgate in die Stadt kam auf ihrem Weg zum Londoner Haus der Fants, das der alte Seeräuber Sir William mit Schornsteinen geschmückt hat, die wie Elefanten aussehen, und über der Tür befindet sich das gleiche Symbol. Sie war weiß vor Erschöpfung und schwankte, als sie vom Pferd stieg, aber sie richtete sich hoch auf und betrat das Haus mit den verschlossenen Fensterläden.

Und jetzt taucht endlich ein Mann auf, der rasch durch die Straßen schreitet, in einem einfachen Anzug aus Wolle und mit einem einfachen Hut auf dem Kopf, das rote Haar braun gefärbt, in Umkehr zum üblichen Vorgehen der Huren, und seine Augen sind wie die grauen Augen von Agnes, nur sind sie kälter, aber auch leidenschaftlicher. Er betritt das Haus durch den Dienstboteneingang, geht die Treppe hoch, und dort sitzt Agnes am Fenster, die Hände über dem Bauch gefaltet. Sie sieht ihn, und ihr Gesicht hellt sich auf, sie breitet die Arme aus, um ihn zu begrüßen. Aber der Ausdruck in seinem Gesicht läßt sie innehalten; sie kniet demütig vor ihrem Bruder nieder und nennt ihn inbrünstig Father und bittet um seinen Segen. Er korrigiert sie nicht. Das ist das rührende Wiedersehen von meinem Bruder und meiner Schwester.

Draußen, versteckt in einer Gasse, kotzte ich in die Gosse.

15

Herbst 1583

Ich tanzte in der Fleet Street mit der Mondkönigin, die in rote und weiße Spiralen gekleidet war, aber ein ungesitteter Mensch überfiel mich, zog mir eins über den Schädel und entriß mir meine Königin, was aus ihr wieder die rot-weiß bemalte Stange vor dem Laden eines Barbiers machte. Der Barbier brüllte mich an, weil ich sein Zunftzeichen aus dem Boden gerissen und verdorben hatte, setzte an, mich damit zu verprügeln, überlegte es sich aber anders, als er merkte, daß dies nur noch mehr Schaden anrichten würde. Er verfluchte mich des langen und breiten, ging dann zurück in seinen Laden und wurde dort von den Bärten und Schmachtlocken, die seiner Schere harrten, mit Lachen und Beifall begrüßt.

Der Balladenverkäufer Edmund Dun, die Ursache meiner Schwierigkeiten, zog weiter die Fleet Street hinunter und sang noch immer sein neuestes Lied, Tom O'Bedlam. Und Tom und ich rappelten uns mühsam aus der Gosse auf und folgten ihm heimlich, während wir Scheiße von meinen abgetragenen gelblichbraunen Samtlumpen kratzten. Ich lugte unter einer Wagenplane hervor und sah einen Mann die Ballade kaufen, dann ein kicherndes Mädchen, dann noch einen Mann. Schließlich einen vierten, der kein bißchen anders schien, doch ihm gab der Balladenverkäufer auch ein Blatt aus der Brusttasche seines Wamses. So ging es weiter, und das Lied dröhnte in meinem Kopf, so daß es mir schwerfiel, Tom an der Kandare zu halten, und die Mondkönigin huschte traurig über uns hin und her und lächelte ihr weißes Lächeln.

Ich weiß mehr als Apollo,
Denn oft, wenn er schläft in Hainen,
Seh ich die Sterne in blutigen Kämpfen
Und den verwundeten Himmel weinen.
Frau Luna gibt sich ihrem Schäfer hin,
Und die Herrin der Liebe dem Krieger;
Die erste betrügt den Morgenstern,
Die zweite den himmlischen Schmieder.

Und hier kam noch ein Junge, seinen Penny fest in der Hand, gut gekleidet in ein Gewand aus dunkelblauem Tuch und ein mit schwarzen Schwänen besticktes Hemd. Sein Gesicht war blaß und ängstlich, und den Hut hatte er tief in die Stirn gezogen. Auch er bekam für seinen Penny ein Blatt mehr als die Ballade und lief eilig davon.

Sollten wir dem Balladenverkäufer folgen oder dem Jungen? Tom war noch immer von der Ballade gefesselt und beachtete mein Drängen nicht; so entschieden wir uns zwangsläufig für den Balladenverkäufer. Dieser schlenderte weiter und kaufte sich in einer Garküche eine Pastete und woanders ein Bier, und schließlich kam er zum Hanging Sword Court, wo noch immer ein rostiges Schwert hängt wie bei einem Inn of Court. Früher war hier eine Fechtschule; heute ist es eine Schreinerei, aus der es hämmert und dröhnt. Sie waren dabei, unter viel Geschrei einen zweirädrigen Wagen zum Tor hereinzubringen. Der Balladenverkäufer hielt inne und sah zu, und die Pastete in seinem Mund machte die Pockennarben auf seinen dunklen Wangen größer. Ein Mann löste sich aus der Menge der Arbeiter, und die beiden nickten einander zu. Dann wandte der Mann sich um, und so sah ich sein Gesicht zum erstenmal nach neun Jahren, und obwohl ein spärlicher rötlicher Bart und die Jahre es verändert hatten, und obwohl der Makel von Bedlam mein Gedächtnis trübte, erkannte ich ihn doch. Es war wie ein Blitzschlag aus grauem Himmel: Dies war Adam, mein Bruder, dies war Luzifer, dies war Kain. Dies war mein Bruder, für den ich Äpfel gestohlen und mit dem ich um eine Schachtel kandierter Pflaumen gekämpft hatte, dies war mein Bruder, der mich ins Tollhaus von Bedlam gebracht und den freundlichen Wärtern dort Erlaubnis erteilt hatte, die Tollheit aus meinem Gemüt zu prügeln und das Fleisch von meinen Knochen und die Poesie aus meinem Herzen. Daß sie scheiterten, war nicht seine Schuld. Adam, der mir einst nachlief wie ein junger Hund, der die Schande meiner Tollheit haßte, dem ich das Spucken beigebracht hatte, der mich nach Bedlam steckte, damit ich dort verrotte, von wo ich ihm das Gedicht schickte, zu dem ich geworden war. Ich hatte bisher nicht mit Sicherheit gewußt, daß es ihn erreicht hatte.

Was konnte ich tun? Die Mondkönigin stürzte sich herunter und riß mir den Kopf auf, und wie Athena platzte Tom heraus in seiner ganzen Wildheit, und ein großer Anfall von Engeln traf mich, ein sich überschlagender Wirrwarr. Tief in mir wußte ich, daß Herumtollen und Geschrei über Luzifer am Tor des Hanging Sword Court nicht das klügste war, aber Tom hatte andere Vorstellungen. Wenigstens bekam ich meinen durchgehenden Verstand so weit in den Griff, daß ich, als der gespenstisch aussehende Adam den Arm hob, auf mich zeigte und einige zuschauende Männer aufforderte, mich zu fangen, eine Gasse hinunter floh und auf das Labyrinth von Whitefriars zulief, wo sie mich aus den Augen verloren.

Mein Vater hielt es im Herzen mit den Katholischen, glaube ich, aber nach außen verbarg er es und besuchte den Gottesdienst in der Dorfkirche, um Geldstrafen zu vermeiden. Meine Mutter war ein hübsches, furchtsames, ernsthaftes Geschöpf, das aufrechtgehalten wurde vom stählernen Spieß der Religion, um den die schmorenden Höllenfeuer stets am Gewissen nagten. Nichts konnte gut sein, das nicht vollkommen war, und es gab keine Kompromisse bei irgendwelchen Teufeleien. Ich habe nie jemanden so arbeiten sehen beim Gebet; sie betrieb es wie ein Mann, der einen Graben aushebt. Sie hätte fast eine Puritanerin sein können, wenn nicht der Rosenkranz gewesen wäre, der ihre mollige Handfläche eindrückte. Sie brachte Adam unter Schmerzen und Schwierigkeiten zur Welt, und Agnes kostete ihre Mutter fast das Leben; ich, ein siebenjähriger Junge in neuen Bundhosen, stand auf der Treppe und hörte sie schreien und Gott verfluchen, während Agnes sich ihren Weg in die Welt erkämpfte. Ich wurde geschlagen, als ich fragte, warum sie so böse von Gott gesprochen habe.

Als ich Gray's Inn besuchte und dann zu meinem Vetter am Hof ging, hing noch ein wohltuender Schleier, ein Nebel über der Religion, und außerdem war ich nie fanatisch und empfand es nicht als hart, zur Kirche zu gehen, da es ja sein mußte. Darum stieß sie mich in ihren letzten Tagen von sich, bittere Tränen weinend über meine Abtrünnigkeit. Adam klammerte sich an meine Mutter; Agnes' Glauben kenne ich nicht, denn sie ging zur Schwester meiner Mutter, Catherine Nisbet, um zu lernen, wie man einen Haushalt führt. Und zu der Zeit begann ich schon, mich selbst zu verlieren im bunten Hofleben.

Meine Engel und die Mondkönigin haben uns viele seltsame Dinge über Gott gelehrt, seit die Totenkarre mich aus Bedlam brachte, mit Becket fluchend auf dem Fahrersitz wie ein breiter, zornentbrannter Charon. Jetzt gehe ich in jede Kirche, die mich hineinläßt, aber ach, die Kirchenvorsteher mögen mich nicht und jagen mich hinaus wie die Hunde und die Hühner, und so ist es mir nicht vergönnt, Gottes Wort zu hören. Gott selbst aber hat mich nicht verlassen und wird es auch niemals tun, nur die steinernen Kirchen und ihre steinernen Priester mit ihren seltsamen, steinernen Worten.

Aber der Hof... Ihre Majestät hat aus ihm ein Spiegelbild ihrer selbst gemacht, ein farbenprächtiges, nie stilles Labyrinth, einmal von dieser, einmal von jener Laune beeinflußt, einmal von dieser, einmal von jener Gruppe, doch in gewisser Weise ein Hort der Standfestigkeit und der Unveränderlichkeit für die juwelengeschmückte, zierliche Frau in seinem Herzen, Königin Elisabeth.

Ich diente ihr, bevor ich mir selbst fremd wurde, wie Hunderte von anderen jungen Männern, und ich war kein schlechter Tänzer, und mein neues Gewand aus gelblichbraunem Samt paßte gut zu meinem kastanienbraunen Haar. Zweimal lächelte sie mich an und reichte mir die Hand zum Kuß, und ein Abglanz ihrer Schönheit fiel auf mich. Aber es war nicht das, was mich in den Wahnsinn trieb, trotz all meiner Sonette, in denen ich das beteuerte, es war vielmehr die Falschheit des Hofes an sich. Es war Lüge über Lüge, doch gepudert und herausgeputzt, als ginge es um eine größere Wahrheit, von der Königin kunstvoll ersonnen, um rastlose Männer zu unterhalten. Es schien alles ein Traum zu sein, mit seinem unheimlichen Zusammenprall von Seide und Samt und Juwelen und Rüschen, alles eine fortwährende Bewegung durch den Gestank von Scheiße und Pisse, bis es so schlimm war, daß die Königin sich auf die Reise begab, während ihre Paläste gereinigt wurden. Es war ein Traum voll arkadischer Poesie, doch ohne festen Untergrund, als seien die Böden aus Marzipan und Zuckerguß und kandierten Früchten, und so verlor ich meinen Halt und fiel hindurch. In Wahrheit weiß ich nicht, was ich tat, als ich zum erstenmal fiel mit meinen Engeln; wahrscheinlich lief ich splitternackt durch ein Bankett oder so etwas.

Da er damals gerade in England weilte, kam Adam Hals über Kopf nach London, und als die Wochen vergingen und ich noch immer tobte, noch immer von Engeln geplagt, wurde sein feingeschnittenes, fleckiges Gesicht vor Ärger und Entsetzen über mein seltsames Verhalten dünn wie eine Klinge. Fünf Ärzte erklärten meine Anfälle von Engeln als nicht kurierbar durch Musik, sagten, daß ich in Ketten gelegt werden müsse, und so verwandelte er sich in Kain, in Luzifer. Sicher, es war nicht so, daß er an meiner Statt unseren Vater beerben würde, wenn ich wahnsinnig wäre; ich war in der Tat wahnsinnig, und er hatte nichts damit zu tun. Aber ein wenig Aufrichtigkeit hätte den Schmerz lindern können, denke ich, ein wenig Aufrichtigkeit und Ruhe. Statt dessen ließ er mich in Ketten legen und kreischend wie ein zusammengebundenes Huhn in eine kleine, enge, steinerne Zelle tragen. Dort gab er dem Wärter des Bethlem-Hospitals Silber und erteilte ihm das Recht zu versuchen, ob er den Wahnsinn aus mir herausprügeln könnte, und wenn nicht, mich in sicherem Gewahrsam zu halten, bis er wiederkäme. Er behielt mein Geheimnis für sich, sagte keinem meiner alten Freunde, wie es mir ging, und schiffte sich nach Frankreich ein. Er kam nie wieder an die Pforte vom Bethlem-Hospital, schickte lediglich zweimal im Jahr Geld.

Ich weiß nicht, warum irgend jemand annehmen kann, daß Wahnsinn sich mit Prügeln vertreiben läßt. Als ich hungrig und voller Schmerzen auf Stroh und Unrat in Bedlam lag, waren es meine Engel, die sich meiner wirklich annahmen, und Tom brach hervor, und die Mondkönigin kümmerte sich um mich. Alle anderen hatten mich verlassen und ließen meine Seele zerspringen wie ein altes Kirchenfenster, durch das ein Reformer einen Stein geworfen hat.

So phantasierte Tom von vergangener Traurigkeit und lag beim Temple in der Gosse, während Ramme in einem oberen Zimmer in St. Paul's Wharf saß und ein Haus beobachtete. Er sah, wie ein Küchenmädchen eine Ballade kaufte. Er sah, wie ein Junge mit einer Botschaft angerannt kam, und von einem Stück Apfeltorte kleckerte Saft auf die schwarzen Schwäne auf seinem Hemd. Schade, daß Simon zu gut dechiffrierte, um hier zu sein, denn er hätte den Jungen vielleicht erkannt. Vielleicht auch nicht. Ramme tat es nicht: Trotz seines gekräuselten Bartes und seiner Locken war er nicht jemand, der Notiz von Pagen nimmt.

Schließlich fand der einfältige Neddy, der in Blackfriars mein Nachbar ist, Tom in der Nähe vom Temple wieder, herumtollend und weiß vor Erschöpfung. Da er einfältig war, fürchtete Neddy sich nicht vor Tollheit, und so nahm er meine Hand und sprach mit seiner belegten, verworrenen Stimme freundlich und stockend zu mir und kaufte mir eine Pastete und besänftigte so meine Engel. Aber obwohl er mich darum bat, konnte ich nicht schlafen und konnte den Aufguß nicht trinken, den er aus Kräutern für mich bereitete, um mich zu beruhigen. Hatte ich wirklich Adam gesehen, oder war auch er ein Teilchen meiner Seele, in die Welt ausgebrochen und für niemanden sonst sichtbar? Die Welt ist so ungewiß, so anfällig für Änderungen.

Ich befreite mich von Neddys faltenlosen Händen und schlich zurück zum Hanging Sword Court, tauchte in der Menschenmenge unter. Die Tore waren geöffnet, ein Menschenauflauf hatte sich gebildet, alle wollten etwas sehen, auch Frauen und Mädchen. In ihrer Mitte ging ein hochgewachsener schlanker Mann mit einem langen Gesicht, das ein wenig an das eines freundlichen Schafs erinnerte; sein büscheliges Haar war von hellem Braun, und die Perfektion seines grünen Wamses und seiner Kniehose und die messerscharfen Spitzen an seiner Halskrause ließen den Höfling erkennen. Neben ihm trottete Simon Ames mit einem Bündel Papieren unter dem Arm. Sein neuer Rock saß über den Schultern nicht richtig, trotz der prächtigen Mardereinfassung. Ich schlich mich näher heran und versteckte mich hinter einem Sägebock.

«Ihr denkt also, daß er den Preis niedrig hält?» fragte der vollkommene Ritter.

«Ja, Sir Philip, sehr niedrig», sagte Simon. «Mr. Broom verlangt für seine Arbeit den im Augenblick üblichen Preis, aber das ganze Material ist, vorsichtig ausgedrückt, gut und billig.»

«Nun, wenn das billig ist, so möge Gott mich von einem teuren Ort fernhalten. Und zwei Schilling pro Pfund ist das Beste, was Euer Vetter tun kann?»

«Es war nicht leicht, ihn auch nur dazu zu überreden, Sir.»

«Zweifellos ist es nur der gute Ruf meines Schwiegervaters, der mir geholfen hat.»

«Sir Francis Walsinghams Kreditwürdigkeit ist unbestritten», sagte Simon gewandt.

Sir Philip Sidney lachte laut auf. «Was zeigt, wie unbedarft die Leute doch sind. Wißt Ihr, was er bei der Geschichte mit dem Herzog von Alençon verloren hat? Nein, Ihr wißt es nicht.»

«Ihre Majestät wird ihn doch sicher entschädigen ...»

«Sicher wird sie das», sagte Sidney, der jetzt ernst geworden war. «Es wäre ein großer Schock, wenn sie es nicht täte. Vermutlich wird sie ihm endlich gestatten, ihr die Hand zu küssen. Mr. Raleigh pickt sich in diesem Jahr all die Rosinen heraus.»

Simon hüstelte und sah verlegen aus. Sidney schritt ihm voraus, dorthin, wo Richard Broom mit seiner Familie wartete, alle in ihren besten Kleidern. Hinter ihm waren seine Arbeiter, und dahinter ragte das Skelett des Drachen auf, als ob es in umgekehrter Richtung verfaulte, vom Tod zum Leben. Wenn die Posaunen des Jüngsten Gerichts ertönen, werden wir alle so aussehen. Zum erstenmal an diesem Tag wurde nicht an dem Gerippe herumgehämmert.

Sie gingen um den Drachen herum, und Mr. Broom erklärte, daß man einen schlanken, kräftigen Mann einstellen würde, der sich im Körper des Drachen verstecken und zum richtigen Zeitpunkt in den Hals hinaufsteigen sollte, um die Rolle eines grimmigen Ungeheuers und unterwürfigen Dieners zu übernehmen.

«Gute Arbeit», sagte Sir Philip und musterte mit zusammengekniffenen Augen die Gliederung des noch kopflosen und unvollständigen Halses. «Habt Ihr einen Mann gefunden, der dazu bereit ist?»

«Ja, Sir», sagte Broom. «Ein entfernter Vetter. Sehr zuverlässig.»

«Ist er hier?»

«Ich kann ihn holen, wenn Euer Ehren...»

«Ja, wenn Ihr so gut sein würdet, Mr. Broom. Ich muß mich überzeugen, daß er das tun kann, was von ihm erwartet wird.»

Versteckt hinter einem Holzstapel beobachtete ich, wie ein Kind fortgeschickt wurde, den Mann zu suchen. Inzwischen löste Sir Philip große Bestürzung aus, weil er fragte, ob das Wesen Flügel haben und durch das Temple-Bar-Tor passen würde, falls es welche hätte.

«Mir würde es leid tun, ein Tier zu reiten, das mitten im Umzug auseinanderbricht», sagte er lächelnd und fuhr mit dem Finger um den Rand der Vertiefung, die für die Flügel vorgesehen war. Broom nahm mit den Händen Maß an dem Gerippe der in der Nähe liegenden Flügel, kratzte sich dann am Kopf und fragte, wie breit das Temple-Bar-Tor sei.

«Lieber Gott, ich habe keine Ahnung.» Sir Philip lachte. «Nur, die neue Kutsche Ihrer Majestät blieb letzte Woche mit den Radnaben dran hängen und steckte eine Weile fest, und sie war höchst ärgerlich, erstens, weil sie sich von Hatton zu einer Kutsche hatte überreden lassen, und zweitens, weil ihr von dem Geschaukel schlecht wurde. Sie schwört, wenn sie das nächste Mal zur Guildhall will, wird sie den Flußweg nehmen, wie jede vernünftige Person, und die neumodischen französischen Erfindungen den luetischen Franzosen überlassen, bei Gott.» Seine Stimme gab wie ein Spiegel die Ausdrucksweise Ihrer Majestät wieder, was aber bei allen außer mir vergeudet war, weil keiner von den vielen Leuten sie jemals hatte fluchen hören und alle nur die Stimme kannten, die die Königin sich für Reden und größere Menschenmengen vorbehielt.

Mr. Brooms Vetter kam zögernd aus der Werkstatt. Und es war wieder mein Bruder, verflucht seien seine kalten Augen. Er stand mit hängenden Schultern da, hielt den Hut in den Händen und wartete darauf, daß jemand Notiz von ihm nahm.

Sidney strahlte ihn an. «Ihr heißt, guter Mann . . .»

«Stone, Sir», sagte Adam. «Zu Euren Diensten, Sir.»

Mit großer Anstrengung beruhigte ich meine Schar aufgeregter Engel und schlich mich etwas näher heran, um zu horchen. Es ist schwer für einen Gentleman, einen Arbeiter zu spielen, doch Adam tat, was er konnte. Ich biß in meinen

Ärmel, um nicht zu lachen, denn nie hat es einen stolzeren Jungen als Adam gegeben. Aber er stand hier und verbeugte sich ruckartig und ungelenk vor allen, die Sir Philip begleiteten, ein vollkommenes Bild schüchterner Unbeholfenheit.

«Mr. Ames, habt Ihr … Nun, wo ist eine Laterne, das Licht ist schlecht.»

Simon ließ sich von einem der Arbeiter eine Laterne geben.

«Guter Mann Stone», sagte Sidney freundlich, «ich möchte Euch nicht in Verlegenheit bringen, darum bitte ich Euch, mir die Wahrheit zu sagen. Könnt Ihr lesen?»

Adams Mund öffnete sich und schloß sich wieder. Er schluckte und tat zufällig genau das Richtige, indem er Richard Broom einen wilden Blick zuwarf. Broom nickte.

«Ja, Sir.»

«Ich meine, mehr als Euren Namen und das Vaterunser. Könnt Ihr einen beliebigen Text lesen, den ich Euch zeige?»

«Wenn es nicht ausländisch ist», sagte Adam, der die Sprache wiedergefunden hatte.

Sidney lachte. «In Ordnung. Es wird nichts Ausländisches drinnen stehen. Dann hättet Ihr nichts dagegen, Euch einer kleinen Prüfung zu unterziehen, guter Mann. Wollt Ihr versuchen, dieses für mich zu lesen?»

Es war ein Blatt Papier, das Simon zufällig bei sich trug und auf dem auf die Gefahren des Tabaks hingewiesen wurde. Adam nahm es, runzelte die Stirn und las es in einem abgewogenen Geleier.

«Hervorragend. Ich bin sehr erleichtert, denn ich muß Euch bitten, den Text zu lernen, den ich für diesen Drachen schreibe. Wenn ich mit Eurem Herrn über die Dinge gesprochen habe, die der Drache tun kann, werden wir eine Liste seiner Aktionen am Turniertag und beim Umzug aufstellen und so zusammenarbeiten. Würdet Ihr das für mich tun?»

Adam zog den Kopf ein und murmelte, daß er es tun würde, und Sir Philip klopfte ihm auf den Rücken und lud ihn ein, mitzukommen und den Drachen zu inspizieren.

Es waren Entscheidungen zu treffen: Sollte der Kopf vergoldet werden? Ja, sagte Sir Philip. Sollte der Schwanz sich bewegen? Wenn es möglich sei, sagte Sir Philip. Wer würde die Pferde kaufen? Sir Philip würde Lord Leicester um Rat bitten und herausfinden, ob ein paar erfahrene Pferde aus dem Besitz Ihrer Majestät benutzt werden könnten. Andernfalls müßte man Vorkehrungen treffen, die Tiere an den Lärm und den Beifall der Menge zu gewöhnen, und außerdem – war ihr Festtagsgeschirr vorbereitet? Dann müsse er mit seinem Sattler sprechen, und das bald. Für die Flügel sollte es mit Gold durchwirkter Seidenstoff sein, rot, der sich bei jeder Bewegung bauschte. Als Feldzeugmeister könne er es sicher einrichten, eine Lunte vom Tower bringen zu lassen, um damit Rauch für den Drachen herzustellen, wie in der Tat das meiste Pulver im Tower besser für Rauch als für Feuer geeignet war, da es im Feuchten gelagert und außerdem von den Feldzeugbediensteten veruntreut wurde. Würde Mr. Ames sich darum kümmern? Simon machte sich eine weitere Notiz in seinen Papieren.

Und jetzt, sagte Sir Philip lachend, brauche er nur noch beim Turnier selbst Fulke Greville überzeugend zu schlagen, und alles wäre in Ordnung. Greville habe Unterricht bei einem italienischen Fechtmeister genommen, um etwas über den spanischen Fechtstil zu erfahren für seine Rolle als Philipp von Spanien.

«Ich höre, Ihr habt Euren eigenen Meister der Fechtkunst, Mr. Ames», sagte Sir Philip zu Simon, der rot wurde. «Wie heißt er? Basket, oder? Mr. Hunnicutt hat mir davon erzählt.»

«Becket», sagte Simon, sicher in Adams Hörweite, obwohl dieser sich nichts anmerken ließ. «David Becket.»

«Welchen Stil bevorzugt er? Spanisch? Italienisch? Oder gehört er zu jenen rauhen alten Meistern der Fechtkunst, die nur den englischen Stil gelten lassen und von keinem anderen hören wollen?»

Simon seufzte, denn diese Frage war ihm mindestens schon fünfzehnmal gestellt worden, und zwar immer von Männern, die sich bemühten, ihr Lächeln zu verbergen. Sir Philips Interesse war wenigstens freundlich gemeint.

«Er sagte, er habe in den Niederlanden gelernt, daß der einzige gute Stil jener sei, der den Feind tötet, und daß ihm der Name dieses Stils gleichgültig sei. Er sagt, daß der spanische zu steif sei und daß er nichts von seiner Geometrie halte, daß der englische gut für Sport und Turniere sei, aber zu rücksichtsvoll für das Geschäft des Tötens, und der italienische sei gut, setze aber zu sehr auf den Passado und verlasse sich zu sehr auf einen einzigen Hieb.»

«Ich muß dieses Vorbild aller Fechter kennenlernen. Zumindest müßte ich keine geometrischen Figuren und Zahlen studieren wie der arme Fulke... Würdet Ihr ihn heißen, mich nach den Turnieren aufzusuchen? Vorher werde ich keine Zeit haben, ihn zu sprechen.»

Simon verneigte sich und bemühte sich, mit Sir Philip Schritt zu halten, denn dieser eilte ein zweites Mal zu Richard Broom hinüber. Hinter Broom stand Adam in seiner derben Kleidung, unbeachtet und vergessen, und nagte an seiner Unterlippe.

16

Am folgenden Sonntag machte Ames sich auf den Weg, Becket in der Gegend aufzusuchen, wo er meistens zu finden war. Becket hatte an diesem Morgen seine Pflicht getan und war mit seiner Hauswirtin, Mrs. Carfax, zur Kirche gegangen, und der Stumpfsinn und die Länge der Predigt hatten ihn in eine üble, streitsüchtige Stimmung versetzt.

«Über die Spanier und Franzosen zu sprechen, als wären sie Hunde oder Pferde, und zu sagen, sie seien keine Menschen, sondern Teufel, und im nächsten Atemzug zu sagen, sie hätten nicht den Mumm, gegen echte Engländer zu kämpfen ... Pah.» Er spuckte aus. «Bei Gott, ich würde ihm gern eine Pike in die Hand drücken und ihn gegen das Tercio von Sizilien antreten lassen und sehen, wie dem dummen Schwätzer das gefällt. Dieses Bier ist noch schlimmer als sonst.»

«Hm», sagte Simon.

«Ja, gebt ihm eine Pike, sage ich, wenn er so gern gegen die Spanier kämpfen will, und laßt es ihn versuchen. Ich wette den ganzen Hof gegen ein Pfund Kacke, daß er sich in die Hosen scheißt und davonläuft wie ein Kaninchen. Ich weiß, daß ich es das erste Mal so gemacht habe.»

«Ihr habt was?» fragte Simon ungläubig.

«Nun ja, ich habe mir nicht in die Hosen gemacht, aber ich bin gerannt wie alle anderen.» Becket lachte über Simons Gesichts. «So viele Engländer habt Ihr noch nie soviel Pisse und soviel Heldenmut auf einmal verlieren sehen, und ich schätze, wir hätten jedes Kaninchen zertrampelt, so schnell rannten wir. Die Spanier haben sich den Bauch gehalten vor

Lachen. Oh, warum schaut Ihr denn so entsetzt, Ames, wir zogen nach Flandern und hielten den Krieg für ein Turnier, bei dem man höchstens ein paar Streiftreffer an Kopf und Schultern abbekommen könnte, so daß man sich später furchtbar tapfer vorkam. Keiner von uns hatte eine Ahnung, wo bei einer Hakenbüchse vorne und hinten war, aber wir wußten, daß Gott die papistischen Kanonenkugeln von uns fernhalten würde. Wir wurden eines Besseren belehrt. Zu sehen, wie die eigenen Freunde vor deinen Augen in Fetzen zerrissen werden, nun, das ist eine gute Lektion über den Willen Gottes.»

Simon nickte und nagte geistesabwesend an seinem Daumennagel. Becket nickte ebenfalls, seufzte und winkte drei Würfelspielern in der Ecke flüchtig zu. Einer von ihnen kam herüber und lud Becket und seinen höfischen Freund zu einem Spiel ein, aber Becket lachte und lehnte ab.

«Spielt niemals mit dem Mann oder mit jemandem, den er Euch vorstellt», sagte er leise zu Ames, als die Würfel wieder klickten. «Er kann die Würfel so schnell vertauschen, daß man schwören könnte, er hätte sich nur am Kopf gekratzt. Wie er es jetzt tut, seht nur. Versteckt sie in seinem Hut.»

«Hm», sagte Simon, blinzelte kurzsichtig zu dem Mann hinüber und klopfte mit dem Fingernagel an seinen Becher. Becket seufzte wieder, drückte sein dickes Hinterteil bequemer in die Ecke der Nische und legte die gestiefelten Füße auf den Tisch.

«Weckt mich, wenn Ihr Euch entschlossen habt auszuspucken, was an Euch nagt», sagte er und löste die Bänder seiner Halskrause, um sein Kinn auf dem zu engen Hemd zu betten. Simon blinzelte ihn an und fand, daß die Halskrause eine bemerkenswerte Ähnlichkeit mit einer grauen Raupe hatte, die auf Beckets Schlüsselbein zustrebte.

«Es ist nur, ich weiß nicht, was ich tun soll», sagte er aufs Geratewohl.

«Ah.» Becket öffnete die Augen nicht.

«Wo ich anfangen soll. Die Räuber, vor denen Ihr mich gerettet habt ... Es waren keine bloßen Räuber.»

«Knochenbrecher Smith ist nie etwas anderes gewesen.»

«Stimmt, aber jemand hat sie angeheuert, mich umzubringen.» Becket öffnete die Augen, sagte aber nichts, sondern hörte nur zu. «Es hängt mit meiner Arbeit in Whitehall zusammen, über die ich mit niemandem ausführlich sprechen kann.»

Becket hob eine Augenbraue. «Ihr wollt doch nicht sagen, daß Ihr einer von Minister Walsinghams Männern seid?»

Simon nickte. «Im Augenblick nur ein Sekretär.»

«O ja», sagte Becket mit gedehnter Stimme. «Und mit der guten und hinreichenden Erklärung, daß am Hof ein Mann gewöhnlich das Gegenteil von dem ist, was er behauptet, betrachte ich Euch hiermit als Walsinghams Untersuchungsrichter.»

Simon errötete, denn das war der Wahrheit näher, als ihm recht war.

«Trachtet irgendein papistischer Messe-Brabbler Euch nach dem Leben?» fragte Becket. «Oder ein Höfling aus Burghleys Gruppe?»

«Wenn ich die Antwort darauf wüßte, würde ich wohl nicht mit Euch sprechen.»

«Hm.»

«Ich erhielt in der Seething Lane eine Nachricht, ich weiß nicht wie, wenn ich mehr über die Männer wissen wolle, die mich angegriffen haben, müsse ich heute nachmittag zum Brisket's Court in der Nähe vom Bank End gehen.»

«Ah. Hinter der Bärenarena.»

«Ja. Nun, es ist ein Ort, den ich nicht kenne, und um einen Mann zu treffen, den ich nicht kenne... Es könnte meine Verwirrung klären, oder es könnte...»

«Deren Verwirrung klären, gewissermaßen.»

«Genau.»

«Und Ihr braucht einen Gefolgsmann, der Euch schützt?»

«Ja.»

«Wieviel?»

«Eh?»

Becket erklärte geduldig: «Wieviel ist Euch Eure Haut in Silber wert?»

«Fünf Schilling?»

«Kommt, Ames, Ihr seid mehr wert als das. Mindestens zehn.»

Simon sah nicht besonders glücklich aus, nickte aber. «Fünf jetzt und fünf Schilling... hm... danach.»

Becket lachte. «Abgemacht. Unter der Bedingung, daß Ihr Euch von mir leiten laßt.»

17

Jeden Sonntag gibt es Horden von Menschen, die, gerade von Gott entlassen, ihre Pennies in den Fäusten haben und nur eine Idee im Kopf, nämlich die Themse vom Nordufer zum Südufer zu überqueren und dort ihr Geld auf den Bullen oder den Bären zu setzen. Aus diesem Grund kann man auf dem Fluß nie ein Boot bekommen, und darum nahm ich, während gescheitere Leute sich ihre Predigten anhörten, den Weg über die Brücke. Bei der Bärenhatz wird mehr und lockerer gespendet als jemals an einer Kirchentür, wo die

Besucher tugendhaft sind und gerade das Gleichnis vom Reichen und dem Nadelöhr gehört haben. Die Huren vom Bell gaben mir einmal sogar ein Stück Schweinshaxe, als es regnete und ich zwei Tage nichts gegessen hatte; sie sagten, ich sei besser als ein bemaltes Schild für sie, da sie auf mich zeigen konnten als Beispiel für einen Mann, den ungestillte Begierde in den Wahnsinn getrieben habe.

Becket und Ames kamen zu spät zum Kampf, da sie zuerst Barnet, Beckets Pfandleiher, einen Besuch abstatten mußten und dann kein Boot bekamen. Sie schlossen sich der Menge am Ufer an, wo die Marktschreier noch immer den Kampf für den Nachmittag ankündigten (Harry Hunks und Tom of Lincoln waren die Bären) und Balladenverkäufer und Verkäufer von Eintrittskarten und Orangen-Händler und Taschendiebe so geschäftig waren wie Bienen auf einer Sommerwiese.

Es bestand keine Hoffnung mehr auf einen Sitzplatz, aber Becket und Ames hätten sich an der Absperrung zu den Hunde-Anhängern gesellen können; Becket jedoch hätte dort eine Prügelei riskiert, da es allgemein bekannt war, daß er auf die Bären setzte, besonders auf Harry Hunks, der ihm als erster Bär Geld eingebracht hatte. So unternahmen sie gar keinen Versuch, Zulaß zur Bärenarena zu erhalten, und blieben bei den Ställen stehen, um Harry Hunks' glänzende Nase und seinen Pelz zu bewundern und um zuzusehen, wie Tom of Lincoln zum Kampf hinausgeführt wurde. Tom of Lincoln trug sein prächtiges Messinghalsband und antwortete mit Gebrüll auf das Jaulen der angeketteten Hunde, die alle danach strebten, als nächste in den Kampf geschickt zu werden.

Hinter den Bärenställen war ein Durcheinander von Buden, Bierschenken, Speisehäusern und Zuckerbäckern, um die hungrige und durstige Menge zu versorgen. Becket unterhielt sich mit Jardin, dem Bärenwärter, über das in letzter Zeit bedauerliche Nachlassen der Qualität bei Bären, selbst bei den in Essex gezüchteten Bären, die angeblich so wild sein sollen. Simon trat von einen Fuß auf den anderen und versuchte, über eine Gruppe von Deutschen hinweg vom Steelyard in eine Gasse hineinzuspähen, die hinter den Buden entlangführte.

Jetzt sang mir ein Engel vom Dach des Bell zu, und so kletterte Tom auf eine Mauer, sprang von dort über eine Gasse auf einen Balkon, und von dort hinauf und über das Dach und entlang einer Dachrinne, wo er sich hinhockte. Die Menge in der Bärenarena wurde für eine Weile leiser und hörte zu, als Tom of Lincolns Stammbaum vorgetragen wurde, und die Stammbäume aller acht Hunde, die gegen ihn kämpfen würden.

Von den Speisehäusern an der Bankside und der Clink Street wehten Küchengerüche herüber, die meinen Gaumen quälten mit der Erinnerung an Rindfleisch und Zwiebeln und Hammelfleisch und Minzsoße. Die Trompeten am Bärengarten ertönten, als Tom of Lincoln auftauchte, auf den Hinterbeinen stehend, und seinen Beifall klatschenden Anhängern zubrüllte.

Von dort, wo ich hockte, sah ich, wie Ames eine mit Sirup gefüllte Orange kaufte, an dem zuckrigen Saft lutschte und sich dabei mit gerunzelter Stirn umsah. Er wanderte die Gasse hinunter, und Becket verabschiedete sich von dem Bärenwärter und folgte ihm. Der Bärenwärter ging zu Harry Hunks' Käfig, zog das Gitter hoch, befestigte die Leine am Halsband des Bären und tauschte einen abgenutzten Riemen an seiner Schnauze aus.

An der anderen Seite von Brisket's Court öffnete sich ein

Fenster, und der schwarze Lauf einer Feuerwaffe schob sich langsam hinaus. Trotz der Essensgerüche und des Gestanks von Bären und Hunden roch es sandig nach schwelendem Schießpulver. Im Dunkel hinter dem Fenster konnte ich die rote Glut eines Zündholzes sehen, die die Hälfte eines angespannten Gesichts beleuchtete, nicht mehr.

Ausnahmsweise verhielt Tom sich wie ein normaler Mensch. Er erhob sich und wippte mit einer Schindel in der Hand auf der Dachrinne, jaulte wie ein eingeklemmter Hund und warf die Schindel. Becket kam in den Hof; er sah auf, entdeckte das glühende Zündholz und den Pulvergeruch gleichzeitig und stürzte sich auf Simon. Beide gingen mit wild rudernden Armen zu Boden. Der Knall von der Feuerwaffe ging in all dem Geschrei und Gebrüll aus der Bärenarena unter wie ein Stück Eisen in der Themse. Ich verlor meinen Halt, rutschte lachend das Dach von einem Nebengebäude hinunter und landete in einem Dunghaufen neben dem Schweinestall eines Bärenwärters.

Zwei weitere Männer kamen aus der Bude eines Orangen-Verkäufers gestürmt, Schwerter in den Händen. Becket ließ sich von Simon herunterrollen, rappelte sich auf und bewachte mit Schwert und Dolch Simon und sich selbst. Als er die beiden Kämpfer sah, kratzte er Schlamm zusammen und warf ihn dem einen ins Gesicht; den anderen griff er an.

Der Mann mit der Hakenbüchse war von seinem Fenster verschwunden, und unten im Hof herrschte ein verworrenes Handgemenge aus Armen und Beinen und Klingen, in dem Becket hin und her sprang und tänzelte wie ein übermütiger Bär. Simon hielt sich an dem äußeren Rand des Kampfes, mit erhobenem Dolch wie eine Jungfer vom Hof bei einem Bankett, die sich nicht entscheiden kann, welche gefüllte Feige sie durchstechen soll. Becket brüllte. Ein Mann hatte ihn von hinten gepackt und drückte ihm die Luft ab. Beckets Gesicht lief rot an, und er kickte und bockte und schlug mit dem Schwert hinter sich. Der Mann wich geschickt Beckets Tritten aus, sagte etwas Ausländisches und wartete darauf, daß Becket müde wurde.

Endlich gelang es mir, Toms scheußliches Lachen abzustellen; ich stand auf, ging zur Pforte neben dem Dunghaufen und öffnete sie, gerade als Simon sich wieder faßte und dem Mann, der Becket würgte, in den Hintern trat. Becket stieß dem Mann die Ellbogen in den Bauch und riß sein Schwert mit seinem Dolch gekreuzt in dem Augenblick hoch, als der andere Angreifer ihm mit dem Schwert den Kopf einzuschlagen drohte. Simon rief um Hilfe, aber aus einem Fenster des Bell lehnten sich nur zwei Huren, die lachten und Partei ergriffen und Wetten abschlossen.

Neben mir ertönte friedliches Schnarchen. Ich schaute hin, und da lag ein niedliches kleines Ferkel im Dung und schlief. Ich nahm es hoch und warf es auf den Mann, der versuchte, Becket mit seinem langen Rapier aufzuspießen. Es prallte am Bein des Mannes ab, streckte sich und begann umherzulaufen, quiekend wie ein kleiner, exorzierter Dämon. Seine Mutter torkelte auf die Füße und grunzte ärgerlich.

Becket keuchte, während er Hiebe wechselte, und Blut schimmerte auf seinem Bein. Jetzt tauchte der Mann mit der Hakenbüchse wieder auf; er lehnte seine Büchse gegen eine Mauer, bereit, wieder zu schießen, aber die verärgerte Sau griff ihn als den ihr am nächsten stehenden Feind an und biß ihm in die Wade. Er kreischte und trat sie, sie griff an, und ich sprang auf und ab und spornte beide an. Simon versteckte sich hinter einem Stapel von Fässern und wich damit der Wildheit eines Fechters aus, der sein Geschäft kannte, wenn auch im spanischen Stil. Plötzlich erhob sich jenseits des Hofs ein Gebrüll, das näher war als der Lärm von der Arena.

Ein riesiger, brauner, pelziger Körper kam grollend in den Hof und erhob sich auf die Hinterbeine; sein Wärter keuchte hinterher, wedelte mit dem abgerissenen Ende einer Leine und fluchte fürchterlich.

Die Sau fühlte sich gestellt und schrie den Bären trotzig an; der Bär – es war Harry Hunks –, den der Geruch nach Blut von seinem eigentlichen Geschäft abgelenkt hatte, brüllte und griff nach dem Mann mit der Hakenbüchse. Die Hakenbüchse ging zum zweitenmal los und ließ Splitter von der Wand neben mir in die Luft fliegen. Harry Hunks packte den Mann in einer gewaltigen Umarmung, bei der die Büchse zersplitterte und zerdrückt wurde wie ein Schilfrohr. Der Besitzer der Hakenbüchse verschwand kreischend hinter breiten, pelzigen Schultern.

Becket blutete am Bein, und seine Kräfte ließen offensichtlich nach: Beide Fechter konzentrierten sich jetzt auf ihn, nachdem sie Simon zu Recht als Feigling eingestuft hatten. Dabei übersahen sie aber, daß dieser nicht dumm war. Er war gerade dabei, sich wieder hinter den Fässern zu verschanzen, sie mit aller Kraft anzuschieben und zum Hof hin in Bewegung zu setzen. Eines verlor an einem scharfen Stein den Deckel, woraufhin sich Met über den ganzen Hof ergoß und die Hühner in ihrem umzäunten Auslauf erschreckte. Der süße Honiggeruch lockte Harry Hunks fort vom nachdenklichen Lecken am aufgeschlitzten Schädel seines Opfers, des Mannes mit der Hakenbüchse, und er schlurfte verwirrt auf die Quelle des Duftes zu, wobei er seinen großen Kopf von Becket zu den beiden Fechtern und wieder zurück wendete. Die letzteren konnten die Blicke nicht von ihm lösen, und während beide sich nervös nach dem Bären umsahen, nahm

Becket sein Schwert in die rechte Hand, packte mit der linken den Handschutz des einen Mannes, zog den Arm nach unten und führte seine Klinge unter die Achselhöhle des Mannes und durch seine Lunge hindurch, zerrte es wieder heraus und wandte sich mit gefletschten Zähnen dem dritten Angreifer zu, der daraufhin kehrtmachte und davonlief.

Becket grüßte den Bären mit seinem roten Schwert. Harry Hunks schnupperte, grunzte, ließ sich auf alle viere nieder und begann, an dem Met auf dem Kopfsteinpflaster und den Steinplatten zu schlecken. Der Wärter schlich sich an ihn heran und rief: «Aber, aber, mein Honigtopf, aber, aber, mein Kleiner», und versuchte, die Leine wieder zu befestigen. Der Bär brummte wütend.

«Jetzt seht ihn Euch an», knurrte der Wärter. «Ihr habt den Nachmittag verdorben, Master, jawohl, das habt Ihr. Er ist zu betrunken, um zu kämpfen, und morgen wird er einen dicken Kopf haben, der arme Kerl. Ich muß jetzt tatenlos zusehen, wie er sich vollaufen läßt. Ihr solltet mir den Verdienstausfall zahlen, ja, das solltet Ihr...»

«Leck mich am Arsch», brummte Becket freundlich, bückte sich, um die Klinge seines Schwertes an dem kleinen, runden Umhang seines Opfers zu säubern, hielt inne und gab einen Grunzer von sich, als hätte jemand ihn in den Bauch geboxt. Sein Gesicht wurde weiß, und sein Atem ging krächzend.

«Scheiße», sagte er und stolperte zu einem noch stehenden Faß, um sich zu stützen. Der Muskel in seinem Schenkel, wo das Rapier ihn erwischt hatte, bebte und zuckte unter der zerrissenen Pluderhose, und die Vorderseite seines Wamses war merkwürdig eingedellt. In der Nähe lag der Mann mit der Hakenbüchse, dessen Kopf fast völlig abgerissen war, und Simon blinzelte hinunter auf den unglücklichen Schwertkämpfer, der endlich sein Leben ausgehustet hatte und in den grauen Himmel starrte.

«Ich wünschte, einer von ihnen wäre mit dem Leben davongekommen», sagte er wacklig.

«Du lieber Gott.» Becket begann zu lachen, mußte husten und fluchte, die Hände um die Wunde in seinem Bein geklammert.

Simon gab sich einen Ruck, steckte seinen nicht benutzten Dolch weg und ging zu Becket. Der andere Bärenwärter war am Eingang zu dem kleinen Hof mit einer Schale Honigwaben aufgetaucht, gefolgt von einer Schar neugieriger Jungen und Dirnen, die sehen wollten, was der Lärm zu bedeuten hatte.

Harry Hunks witterte den Honig und wandte den Kopf in die Richtung, unentschlossen und vom Met schon ein wenig unsicher auf den Beinen. Die Sau stieß ihr Ferkel mit der Nase zurück in den Koben.

Einen Augenblick lang herrschte Stille, dann grunzte Harry Hunks fröhlich, folgte dem Zureden seines Wärters zu den Honigwaben und überließ es der Sau, den Rest des Mets zu schlürfen.

«Nun komm, Harry, mein Guter», sagte der Wärter und brachte die Leine wieder an, «hier ist Honig für dich. Ahh. Und ihr, ihr Hurensöhne, verschwindet mit euren vom Teufel erfundenen Schlägereien, und wenn ich euch jemals ...»

Simon Ames hatte seinen Dolch wieder hervorgeholt und sich über Beckets Bein gebeugt. Jetzt richtete er sich auf und öffnete den Mund, um etwas zu sagen, aber Becket unterbrach ihn.

«Wir gehen jetzt, Jardin», sagte er. «Es war nicht unsere Schuld ...»

«Das ist mir völlig gleich. Schafft eure Ärsche aus meinem Hof, oder ich hetze ihn auf euch, armer kleiner Liebling ...»

Becket und Ames humpelten durch eine enge Gasse hinaus an das Ufer. Am Fluß lehnte Becket sich an eine Mauer und griff mit seiner blutverschmierten Hand nach seinem Oberschenkel.

Simon pfiff einem vorbeikommenden Boot verzweifelt zu und winkte mit dem Arm. Der Bootsfahrer musterte sie, begriff die Situation und ruderte rasch weiter. Der zweite, der vorbeikam, zeigte auf das Molestrand-Dock und legte dort an, so daß Becket dorthin humpeln mußte, vorbei an den Leuten, die die Bärenhatz vorzeitig verärgert verlassen hatten. Jetzt kam ich dazu, klopfte den Schweinemist von meinem Rücken und nahm Beckets anderen Arm, und mit vereinten Kräften schafften wir ihn in das Boot, dessen Fährmann zusah und keine Fragen stellte.

«Wohin, Herren?» fragte er nach einer angemessenen Pause.

«Petty-Wales-Stufen, am Tower», entgegnete Simon.

Der Fährmann lutschte an den Zähnen. «Da muß man unter der Brücke durch, und es is Ebbe», sagte er. «Würde ich nie empfehlen, falls die Herren es nich eilig haben.»

Tom johlte und machte Oink-oink-Geräusche wie ein Schwein am Trog, um seine Meinung dazu von sich zu geben. Simon beschäftigte sich mit Beckets Wams.

«Und dann noch ein stadtbekannter Schwachkopf im Boot», fügte der Fährmann hinzu und stützte sich auf seine Ruder. «Nich, daß ich ihn nich gern nehm, wenn er Euch Gentlemen behilflich is, aber ich muß mehr verlangen, fürs Saubermachen von den Kissen und ...»

«Es wartet ein Schilling auf dich, wenn du uns zu den Petty-Wales-Stufen bringst.»

«Ein Schilling und Sixpence.»

«Großer Gott», knurrte Becket und schlug nach Simons Händen, «ich werde verbluten, während Ihr um den Fahrpreis feilscht. Fährmann, bring uns zu den Temple-Stufen, und ich werde Mr. Gifford aufsuchen.»

«Und dann wär' da noch das Gesetz gegen das Duellieren», sagte der Fährmann gedankenvoll.

Ames' blaßbraune Augen glitzerten ein wenig. «Gar nicht zu sprechen von den Verordnungen der Zunft der Fährleute über Preise. Einen Schilling, wenn wir heil und schnell dort ankommen.»

Der Fährmann spuckte einen Brocken von irgend etwas in den Fluß. «Wohin, sagtet Ihr, Sir?»

«Temple-Stufen», knurrte Becket.

«Petty Wales», sagte Ames hartnäckig. «Mein Onkel kennt einen hervorragenden Wundarzt, der kein Pomadehändler ist, sondern sein Geschäft in den Kriegen gelernt hat...»

«Gott verdamm mich, das fehlt mir gerade noch, irgendein versoffener Fleischer, der seine Lektionen in Flandern begraben hat...»

«Und bei dem lombardischen Infanterie-Regiment gedient hat.»

«Oh», murmelte Becket, etwas nachgiebiger. «Vielleicht ist er gut, aber...»

«Was soll es also sein, Herren?» fragte der Fährmann höflich.

«Ein Schilling, zu den Petty-Wales-Stufen.»

Der Fährmann nickte. «Ihr werdet es wohl eilig haben», sagte er und trieb das Boot in die starke Strömung in der Mitte des Flusses, «denn der Gentlemen könnte wirklich verbluten. Ich wäre Euch dankbar, wenn Ihr das Blut nicht auf meine Kissen schmiert, wenn es Euch recht ist, Sir. Mittlerer Brückenbogen, denk ich.»

«London Bridge bei Ebbe», stöhnte Becket, während Simon ihm sein durchnäßtes Taschentuch mit seinem Gürtel ums Bein band und anzog. «Herrgott im Himmel.»

«Keine Gotteslästerung in meinem Boot, wenn's recht is, Sir», sagte der Fährmann.

18

Ein paar Tage später lag Becket in sauberer Bettwäsche in einem eichengetäfelten Zimmer, der angenehme Geruch von sauberen Binsen stieg vom Boden auf, und Becket trug ein sauberes Hemd, von Dr. Nuñez ausgeliehen, der fast ebenso breit war wie er. Seine Nachtmütze war von Leonora passend zur Einfassung des Hemdes schwarz bestickt worden, und er trank aus einem silbernen Pokal einen ausgezeichneten, würzigen Sherry. Simon hockte nervös auf der Kante eines Stuhles neben dem Bett und zupfte an der Stickerei der Vorhänge.

«Habt Ihr den Bastard gefunden, der den Hinterhalt gelegt hat?» fragte Becket.

Simon runzelte die Stirn. «Nein. Die Kuriertasche, mit der die Botschaft kam, war unversiegelt, und sie hatte mehrere Tage in Mr. Hunnicutts Büro gelegen, sagte er mir. Es gibt Dutzende von Leuten, die aufgrund ihrer Arbeit darangekommen sein konnten, und weitere fünfzig, die es mit etwas List auch geschafft hätten.»

«Macht Eure Feinde ausfindig.»

Simon zuckte mit den Schultern und antwortete nicht; er

war damit beschäftigt, einen gestickten Vogel kaputtzumachen. Becket lehnte sich mit halbgeschlossenen Augen in die hohen Kissen zurück, einen nachdenklichen Ausdruck in seinem breiten Gesicht.

«Die Männer bei der Bärenarena – wer waren sie? Spanier?»

Simon schüttelte den Kopf. «Nein, ein Flame und ein Deutscher. Aber Ihr sagtet, einer sei in einem spanischen Infanterie-Regiment ausgebildet...»

«Nach der Art zu schließen, wie er seine Hakenbüchse lud und wie er sie hielt. Aber es gibt viele, die auf beiden Seiten gedient haben.»

«Keiner von ihnen hat Verbindungen zur französischen Botschaft.»

«Ich sagte, die spanischen...»

«Noch zur spanischen.»

«So sind all Eure Erkundigungen umsonst gewesen.»

Simon hob die Hände mit den Handflächen nach oben und ließ sie wieder fallen. «Wie fühlen sich Eure Wunden an?» fragte er schüchtern.

«Hervorragend. Ich denke, ich werde mich morgen verabschieden.»

«Onkel Hektor meinte, eine ganze Woche im Bett und dann...»

Becket lachte. «Beim Blute Christi, Ames», sagte er. «Ich bin in drei Tagen zehn Meilen marschiert, mit schlimmeren Wunden als diesen und ohne die Hilfe eines Wundarztes.»

«Aber warum wollt Ihr uns so schnell verlassen? Mein Onkel hat Euch gewiß gesagt, daß Ihr herzlich eingeladen seid, so lange zu bleiben, wie Ihr wollt; er ist sehr froh, daß Ihr meine Haut gerettet habt, und meine Tante ebenso...»

«Ah, Eure außerordentlich schöne, anmutige, vornehme

Tante. Ich bin verliebt in Eure Tante, Simon, sie bringt mir dreimal am Tag wärmende Getränke und Haferschleimsuppen und fünf Fleischgänge, und ich hätte mich schon heute auf und davon gemacht, nur will sie mich ihre französischen Biskuits probieren lassen, wenn ich noch eine Nacht bleibe, Gott segne sie.»

Ames runzelte besorgt die Stirn. Er hatte Becket von Petty Wales hierhergebracht, vorbei am Tower nach Poor Jewry, und die ganze Zeit hatte Becket ausgiebig in die Kissen aus Pferdestreu geblutet, und sein Atmen hatte sich so angehört, als suche er einen Weg über zerbrochenes Glas. Simon zog es vor, nicht an ihre Passage unter der Brücke hindurch zu denken, mit dem Fährmann, der brüllte und schrie, während er sein kleines Boot von einem donnernden Strudel aus weißem Wasser zum nächsten hatte wirbeln lassen und die glitschigen steinernen Piers zu beiden Seiten wie Seeungeheuer aufragten. Simon hatte noch nie irgendeine Wunde gehabt, obwohl er seine Kindheit damit verbracht hatte, von einer Krankheit in die nächste zu stolpern, und Beckets prahlerische Tapferkeit machte ihn nervös. Doch dann erinnerte er sich, wie er den bewußtlosen Becket ausgezogen gesehen hatte, für Señor Erasos Verpflastern und Nähen, und wie er seinen Onkel hatte brummen hören, daß dieser Mann in seiner Vergangenheit bestimmt nicht nur Soldat gewesen war. Simon war auch fähig, Narben zu deuten, und noch nie zuvor hatte er einen Gentleman mit den Spuren einer Peitsche auf dem Rücken gesehen.

Becket sagte etwas. «Wie?» fragte Simon.

«Ich fragte, ob Tom sich gut benommen hat.»

Ames nickte. «Er aß alle Reste in der Küche und schlüpfte hinaus, während wir mit Euch beschäftigt waren. Seitdem habe ich ihn nicht mehr gesehen.»

«Er hat hier also keine Teufel bekämpft.»

«Nein, er sprach freundlich von dem Engel, der Wache am Türpfosten stand, und murmelte dann irgendwelchen Unsinn über Luzifer und einen Drachen, bevor er ging. Onkel Hektor hat das bedauert; er hatte ein Medikament, das er an ihm ausprobieren wollte, mit einer Tinktur aus Eisenhut. Warum habt Ihr es so eilig, uns zu verlassen, wenn die Küche meiner Tante Leonora Euch zusagt? Sie wird entzückt sein, für einen Mann zu kochen, der gern ißt; sie hat die Köchin schon verärgert mit dem Wirbel, den sie in der Küche macht, und sie...»

«Tragt Ihr den Brustharnisch, den wir für Euch ausfindig gemacht haben?»

«Nun, nein, ich...»

Becket rollte die Augen. «Ihr habt gesagt, Ihr würdet Euch von mir leiten lassen. Derjenige, der es zweimal versucht hat, wird es auch ein drittes Mal versuchen. Sollen sie beim drittenmal Glück haben?»

«Er scheuert auf der Haut. Und er wiegt...»

«Natürlich scheuert er auf der Haut und wiegt eine Menge. Er ist aus Metall, was sonst würde wirken? Ihr werdet eine Weile brauchen, Euch dran zu gewöhnen, allen geht es so, aber bedenkt: Wenn am Sonntag nur das Büffelleder und das Wams zwischen mir und der Kugel aus der Hakenbüchse gewesen wären – wo wäre ich jetzt? Bestenfalls würde ich als Engel mit Tom streiten. Die Kugel streifte mich und warf mich zu Boden und verbeulte meinen eigenen Harnisch so, daß kein Waffenschmied da noch etwas tun kann, und brach mir die Rippen. Tragt zwei oder drei Hemden darunter oder sogar eine wattierte Jacke, aber tragt ihn. Außerdem, es gibt keine vergleichbare Leichtigkeit und kein so einfaches Vergnügen wie das, wenn man den Harnisch endlich abnimmt.»

Simon nickte. Er verstand, worauf Becket hinauswollte. «Ihr seid also fest entschlossen, uns zu verlassen?»

«Ja, das bin ich.»

Nachdem er sich von Becket verabschiedet hatte, ging Simon gewissenhaft in das Zimmer, das einmal seines gewesen war, und legte unter seinem Wams den Harnisch an; schwitzend mühte er sich mit den Riemen ab, bis ein Page vorbeikam, den er zu seiner Hilfe heranwinkte. Er hatte bereits zwei Amulette von der Köchin seiner Tante Leonora, die ihn vor Mord schützen sollten, aber wie Becket wußte er, daß geschmiedetes Metall besser war. Dennoch verwirrte ihn die ganze Angelegenheit. Abgesehen von Hinrichtungen und einem gelegentlichen Hahnenkampf stammte seine Kenntnis vom Töten und von Gewalt aus zweiter Hand und gehörte zu den Berichten aus dem Mundus Papyri, ordnungsgemäß beschriftet und abgelegt. Jetzt schien er plötzlich über eine verborgene Grenze getreten zu sein in ein fremdes Land, wo Schwerter rote Löcher ins Fleisch machten und Hakenbüchsen aus Fenstern geschoben wurden. Es war, als kenne man Löwen aus Tierbüchern und sehe dann das lebendige Vorbild im Tierhaus beim Tower.

19

Sir Francis rennt durch die Nacht von Paris, keuchend und schwitzend, stampft durch den roten Matsch enger Gassen, das Heulen des Pöbels hinter und vor ihm, gefangen in einem Labyrinth von Häusern und Ställen. Männer mit Fackeln drängen sich durch einen schmalen, überwölbten Gang, erblicken ihn, triumphierendes Rufen und Brüllen, das Donnern von Füßen hinter ihm, er biegt um eine Ecke und findet sich in einer Sackgasse. Neben ihm eine andere Gasse, die von der Falle fortführt, aber die Angst hat ihn in ein menschliches Tier verwandelt, sein Verstand ist nacktem Entsetzen gewichen. Er kratzt an der Mauer, schlägt mit den Fäusten dagegen, und dann wimmert und kreischt er wie eine Frau, als der Herzog von Guise, in makellosem Gewand, das fleischige, intelligente Gesicht ausdruckslos, vorspringt, um ihm ein Messer in den Rücken, die Nieren und den Bauch zu stoßen, und der Pöbel rings um ihn heult.

«Ich bin sicher, er wird ihn bald ausscheiden», sagte der Herzog von Guise und hatte plötzlich einen Bart und trug eine lange Arztrobe aus dunkelrotem Brokat, und sein Akzent wechselte von Französisch zu Portugiesisch. Dr. Nuñez murmelte in seinen Bart. «Diese Krämpfe, das Fieber, das Delirium ... Alles Zeichen, daß sein Körper arbeitet, um die Körpersäfte wieder auszugleichen.»

«Er glüht.» Ursulas Stimme über ihm.

«Natürlich. Das Element Hitze muß die Trockenheit, die zu dem Stein führt, begleiten.»

«Sollten wir ihm dann nicht helfen, kühler zu werden?»

«Wir nähern uns der Krisis, und es wäre unklug ...»

Ursulas unscheinbares, offenes Gesicht, die vor Sorge gerunzelte Stirn unter der gestärkten, weißen Haube, das weiße Kinntuch, ihr blasses Gesicht, weicher im Schein der vielen Kerzen hinter ihr. Und Frances war auch da, umgeben von bestickten Vorhängen, Augen wie brauner Samt, ein Gesicht wie cremefarbene Seide, die Lippen wie eine rosa Stickerei, sie sollte nicht hier sein, er war nachlässig gewesen, sie sollte in England sein ...

Paris war ihm als Botschafter im August 1573 sicher genug erschienen. Einige der Katholiken dort hatten ihn auf der

Straße angespuckt, weil er Engländer war und Protestant dazu. Er hatte Mitleid mit ihnen, weil sie Franzosen und – als Katholiken – zur Hölle verdammt waren. Gewiß, es hatte Gerüchte gegeben, daß etwas im Gange sei, aber bei der letzten Audienz war der Herzog von Guise, die eigentliche Macht am französischen Hof, so liebenswürdig gewesen, so freundlich, beinahe ausgelassen. Man hatte sich über Hochzeiten unterhalten, die der Königin Elisabeth und natürlich die von dem jungen Heinrich von Navarra und Margarete von Valois am 18. August. Walsingham war ganz sicher gewesen, daß der Herzog nichts von den Truppen wissen konnte, die der Hugenotte Admiral Coligny aufstellte, um im Norden der Niederlande die Spanier zu bekämpfen.

Alles begann ganz langsam. Auf Admiral Coligny wurde zwei Tage nach der Hochzeit von einem unbekannten Attentäter geschossen; er entkam dem Tod nur, weil er sich gebückt hatte, um seinen Unterschuh zu binden. Der König schickte Wachen an sein Krankenbett und zeigte sich über die Gewalttat entsetzt.

Walsingham hatte noch immer keine Ahnung von dem näherkommenden Sturm. Seine Frau Ursula und ihre siebenjährige Tochter Frances waren mit ihm in Paris. Der junge Philip Sidney besuchte sie auf seinem Weg nach Italien, ein hochaufgeschossener, schlaksiger, unbeholfener Bursche voller Pickel, der es dank seines Charmes schaffte, jedermann davon zu überzeugen, daß er anmutig und gutaussehend war.

Drei Tage nach der Schießerei beschloß Coligny, Paris noch nicht zu verlassen. Es war der Bartholomäustag, der 23. August. An jenem Tag starb Coligny.

Am Nachmittag hatte es in der Nähe des Louvre Schüsse und Unruhen gegeben, und obwohl der König einen Edelmann schickte, der Monsieur l'Ambassadeur d'Angleterre beruhigen sollte, waren alle froh gewesen, daß sie das kleine Haus in einem Vorort von Paris nicht zu verlassen brauchten.

Bei Anbruch der Nacht lag die Hitze wie eine feuchte Decke über Paris und dämpfte das Geräusch der Feuerwaffen. Es herrschte ein leises Gemurmel, hier und da gesprenkelt mit dem hellen Kesselgeräusch von Klingen, als schlüge ein wildes Tier eiserne Zähne aneinander. Ein verwundeter englischer Handelsherr stolperte durch die Tür ins Haus und keuchte heraus, was wirklich geschah: Katharina von Medici hatte die Bewohner von Paris aufgefordert, sich zu erheben und alle Protestanten zu vernichten, und der fanatisch katholische Pöbel ermordete jetzt jeden Hugenotten, jeden Häretiker, den er finden konnte.

Bald kam ein nicht abreißender Strom von Menschen an die Tür, manche verwundet und blutend, die meisten blaß und zitternd wegen dem, was sie gesehen hatten. Es kamen nur wenige Frauen, denn die Frauen konnten nicht so schnell laufen wie die Männer und waren leichtere Beute. Es wurde von aufgespießten Säuglingen berichtet, von vergewaltigten Kindern. Einige der Flüchtlinge waren Engländer, manche nur französische Hugenotten, die darauf vertrauten, daß die einzige protestantische Macht in Paris sie vor dem Wahnsinn retten konnte.

Francis Walsingham kam es vor, als sei die Apokalypse über sie gekommen und als würden alle niedergemetzelt, die nicht das Zeichen der römischen Bestie auf ihren Seelen trugen. Ständig rechnete er damit, über den Dächern von Paris den metallischen Klang einer himmlischen Trompete zu hören.

Ursula Walsingham öffnete ihre Vorratsräume und ihre

Speisekammer, um den Flüchtlingen Fleisch und Brot und Getränke zu geben, holte Medikamente und Verbandszeug aus ihrem Destillationsraum. Walsingham selbst stand auf der Treppe und befahl kälter, als es seine Absicht war, den Katholiken unter den Dienstboten, das Haus sofort zu verlassen, damit sie nicht dem Zorn ihrer Gefährten zum Opfer fielen. Er hielt es nicht für angebracht zu erwähnen, daß einer von ihnen vielleicht eine Tür öffnen könnte, die verschlossen bleiben sollte. Der Majordomus, Monsieur Ricard, sank auf die Knie, als er sich von Monsieur l'Ambassadeur verabschiedete, und schwor, daß er noch in derselben Nacht der Heiligen Jungfrau Kerzen für die Rettung seines Herrn anzünden würde. Sir Francis nickte ernst, taktvoll.

Für Walsingham selbst war dies die Nacht, in der er deutlich sah, was er war, nämlich ein Instrument in der Hand Gottes, dem die Gnade gewährt war, sich an die reine Wahrheit zu halten. Während die Bestie von Paris ihr eigenes Fleisch zerstörte und zerriß, war die Englische Botschaft wie ein Leuchtfeuer in der Dunkelheit, ein Ort des Gebets, wo die Männer laut von dem Auszug und der Rettung der Kinder Israels und von der Leidensgeschichte Christi lasen, in dessen Namen sie hofften, nicht dem eigenen Tod ins Auge zu blicken.

Die Fenster wurden mit Brettern vernagelt, die Türen verbarrikadiert, aber alle wußten, daß dieser Ort einer Belagerung nicht standhalten würde. Eine Fackel auf das Dach, ein Rammbock an der Tür ... In der Halle, wo alle versammelt waren, wuchs die Furcht. Als die Geräusche des Mordens näher kamen und lauter wurden und ein Zittern in der Luft lag, das an den Rand der Hysterie grenzte, begann der bartlose Junge, Sidney, mit einem Diskurs über bemerkenswerte Belagerungen.

Zuerst war Walsingham verärgert über das lachende, muntere Geschwätz – wie sie die Seine umleiten und einen Burggraben um das Haus anlegen sollten, wie sie Flügel aus den Gobelins machen sollten (die sehr angemessen die Geschichte von der Plünderung Trojas erzählten), um zurück nach England zu fliegen, und wie sie einen Hahn anbinden würden, damit er vom Dach krähe und die Pariser an den Verrat aus Rom erinnere. Er stellte die Kinder zu einem Chor zusammen und ließ sie Hahnenschreie üben; er begann einen Rätselwettbewerb, und als die Nacht sich dem Morgen entgegenneigte, brachte er eine Laute zum Vorschein und ließ sie singen; zuerst italienische Lieder frisch vom Hof und dann, als die Schreie von draußen und das Geräusch der Flammen deutlicher wurden, Psalme, die sie alle kannten.

Dann krachte es gegen die Tür, Schläge mit einem Stock. Mr. Hunnicutt war unter den letzten gewesen, die hereingekommen waren, mit zerzauster Kleidung und übel zugerichtetem Gesicht. Er ging an die Tür. Durch die Sprechklappe drangen die lauten Stimmen von Männern.

Nach einem Augenblick klärte sich der Nebel von Worten, und Sir Francis wußte, daß sie Monsieur Walsingham verlangten. Hunnicutt gab vor, sie nicht zu verstehen, obwohl er sehr gut Französisch sprach.

Sidney hörte auch zu, mit endlich ernstem Gesicht.

«Versteckt Euch, Sir», sagte er direkt zu Walsingham. «Schnell.»

Wie schwer, mit einem so trockenen Hals zu schlucken.

«Wenn meine Anwesenheit am Hof erwünscht ist, könnte ich vielleicht mäßigend ...»

«Würde der König Pöbel schicken, um Euch zu rufen? Die da draußen wollen Euren Kopf, und sie dürfen ihn nicht bekommen, oder wir alle sind verloren.»

Er war vorgetreten und faßte Walsinghams Arm mit einer Vertraulichkeit, wie er sie sich noch nie herausgenommen hatte, weil Sir Francis ihm größten Respekt einflößte.

In dem Rest der Halle kamen Männer müde auf die Füße, und Messer und Schwerter wurden wieder in ihren Scheiden gelockert. Ein blasses Mädchen mit zerrissenen Röcken hob einen Dolch auf. Die übermäßig geschminkte Ehefrau eines englischen Kaufmanns, wohlbekannt als schrecklich langweilige Person, versteckte drei hohläugige Kinder unter ihren Röcken.

«Wenn sie mich nicht bekommen, könnten sie angreifen, um mich zu suchen», zischte Walsingham Sidney zu.

«Ihr seid der Mann der Königin. Wenn sie Euch von hier wegschleppen, gibt es hier weder Autorität noch eine Vertretung unseres Landes. Sie werden uns alle umbringen.»

«Ich darf mich nicht verstecken, ich kann es nicht. Es ist meiner nicht würdig ...»

«So hört doch, die Anführer sind von vornehmer Gesinnung; sie wissen, daß dies keinem zur Ehre gereicht, aber sie fürchten sich vor dem Mob. Sie haben nur versprochen, nach Euch zu suchen, nicht, Euch zu finden. Mr. Hunnicutt, sagt Ihnen, daß drei von ihnen eintreten mögen, um mit uns zu sprechen. Ich bitte Euch, Sir, vertraut mir in dieser Sache. Ich weiß, daß ich recht habe.»

Woher wollte er es wissen? Doch sein Gesicht strahlte eine solche Überzeugung aus, daß Walsingham sich wider eigene Meinung überzeugen ließ und in ein anderes Zimmer lief, in einen kleinen Raum, der geschickt hinter der Täfelung verborgen war, eine Toilette. Dort saß er, der Botschafter Ihrer Majestät am Französischen Hof, hockte auf dem Deckel des Nachtstuhls inmitten von Gestank. Vater unser, begann er im Herzen, der du bist im Himmel, laß meinen Darm nicht nachgeben, geheiligt sei dein Name, schütze den Jungen, dein Reich komme, laß sie mich nicht an diesem Ort finden, dein Wille geschehe im Himmel wie auch auf Erden, doch laß mich nicht sterben, wenn es dein Wille ist, bitte Gott, doch wenn ich sterben muß, dann laß mich tapfer sein, nur laß mich nicht sterben...

Auf der anderen Seite der Tür betraten drei französische Edelleute die Halle und fragten, mit Verbeugungen, nach Monsieur l'Ambassadeur Walsinam. Sidney, der hervorragend Französisch sprach, trat vor und fragte, ob Messieurs ihn gefunden hätten; die Engländer seien schon die ganze Nacht auf der Suche nach ihm und warteten jetzt auf ihn und beteten, daß er von den gottlosen Räubern in den Straßen nicht irrtümlich getötet worden sei. Denn Ihre Majestät die Königin von England würde außerordentlich zornig werden, wenn er getötet worden sei, auch wenn dies nur versehentlich geschehen wäre, da Botschafter durch die Gebote der Ritterlichkeit und der Diplomatie in allen zivilisierten Ländern geschützt würden. Sie sei eine Frau, aber Frauen seien impulsiv: Sie könnte sogar den Krieg erklären.

Messieurs hörten zu und verstanden die versteckte Drohung, die der Junge irgendwie in seine honigsüßen Worte wob. Sie dachten darüber nach und erkannten, daß sie selbst von Männern umgeben waren, die vielleicht gern ein wenig auf eigene Rechnung töten würden, während der Pöbel das Haus besetzte und plünderte. Am Ende wären sie sehr wahrscheinlich tot, inmitten eines fürchterlichen Durcheinanders, nicht besser als nach einer Schlägerei in einer Taverne, mit niemandem, der ihre Tapferkeit bezeugen könnte.

Und so verbeugten sie sich wieder und verliehen ihrem Bedauern Ausdruck und ihrer inbrünstigen Hoffnung, daß

Monsieur Walsinam in der Tat die unselige Erregung des Volkes überlebt habe. Die Haustür schlug zu und wurde hinter ihnen wieder verbarrikadiert, es gab eine kurze, laute Unterredung, und dann entfernte sich der Pöbel brummend auf der Suche nach leichterer Beute.

In dem Augenblick legte Walsingham ein feierliches Gelübde ab, daß er sich mit jeder Faser und mit jedem Blutstropfen seines Körpers dem Sturz und der endgültigen Vernichtung der Bestie in Rom widmen würde, als Dank für seine unverdiente Rettung.

Als Mr. Sidney kam, um ihn zu holen, schüttelte Walsingham den Kopf und sagte nur trocken: «Ich bitte Euch inständig, Mr. Sidney, daß Ihr mir das nächste Mal ein lieblicher duftendes Versteck sucht.»

Sidney lachte und verzog sich dann rücksichtsvoll, als Ursula Walsingham angelaufen kam, mit kreideweißem Gesicht und zitternden Händen, und sich in die Arme ihres Mannes warf. Es sah ihr gar nicht ähnlich, aber es sah Sir Francis auch nicht ähnlich, sich seinerseits an sie zu klammern, als ertrinke er wieder in einem Meer der Furcht, als habe das Meer, das er mit einem Deich aus Stolz eingedämmt hatte, den Schutzwall durchbrochen und käme tosend und schäumend herein, und sie sei sein einziger Fels.

Ja, ich weiß, was dann kam, denn die Mondkönigin hatte eine Hand im Spiel. Gott hat das Fleisch ebenso wie die Seele erschaffen, und wenn Walsingham seine eigene Ehefrau wie eine Dirne auf dem Boden nahm, inmitten einer Wolke von Unterröcken und Binsen und einer wilden Freude, daß er noch lebte, um das zu tun – na, wenn schon. Aber er ist immer strenger gegenüber seinen eigenen Schwächen gewesen, als Gott es je sein wird, und selbst während seiner Steinerkrankung zuckte er zusammen, wenn er daran dachte, wie er seine Rettung aus der Pranke des Löwen gefeiert hatte. Wenigstens seiner Tochter, die neun Monate nach jener Nacht geboren wurde, lastete er es nicht an. Sie war immer ein Licht in seinem Leben, ein Symbol seiner Rettung, ein liebes, sanftes Kind. Sie starb, als sie sieben war, und der Verlust krampft ihm noch immer das Herz zusammen, denn er ist der Meinung, daß Gott sie ihm nahm, um ihn an die Geschichte mit dem Kampf gegen die Papisten zu erinnern, daß es seine Schuld war, daß sie starb. Aber in Wahrheit weiß er dieses über sich selbst nicht und glaubt, er trauere nicht mehr um sie; er glaubt sogar, er sei froh, daß sie unberührt und unschuldig zu Gott gegangen sei und eine gemeißelte, weiße Taube der Jungfräulichkeit ihr kleines Grab schmücke. Er belügt sich selbst, und Gott weiß, daß er lügt. Und so haben die vielen Tränen, die er nicht vergießen will, sich in trockene Steine verwandelt und einen Weg hinunter durch seinen Körper und zum falschen Ausgang gesucht und bilden ein Rätsel, das Dr. Nuñez nicht lösen kann.

Seit der Bartholomäusnacht hat die Bestie von Rom zu ihm mit französischer Zunge gesprochen, und der Herzog von Guise ist für ihn der Erzfeind. Und doch kam der Sturm der Bartholomäusnacht für ihn aus heiterem Himmel, als er in die falsche Richtung sah, und so irrt er wieder durch das Labyrinth von Komplott und Gegenkomplott, gejagt und gehetzt vom Pöbel, verloren und allein, einen Dolch im Rücken aus einer unerwarteten Richtung ...

Der Dolch bewegt sich, dringt in sein Glied ein, Höllenqualen, rund um ihn brüllt der Pöbel von Paris, sie treten ihn, durchbohren seine Geschlechtsteile, das Brüllen wird zum Schrei ...

Und plötzlich war alles friedlich. Der Hals tat ihm weh, unten spürte er ein dumpfes Pochen, doch nichts im Vergleich zu dem, was vorher gewesen war. Ursula und Frances saßen rechts und links von ihm, als sei er eine Frau im Wochenbett und sie zwei alte Freundinnen. Dr. Nuñez deckte eine Schale zu, und Kerzen erleuchteten die Dunkelheit.

«Es ist vorbei», flüsterte Walsingham.

«Si», sagte Dr. Nuñez, während Frances sich heimlich Tränen aus den Augen wischte. «Endlich.»

«Gott sei Dank.» Walsingham lag da wie ein Säugling, während sie ihn hochhoben, seine Bettwäsche und sein tropfnasses Hemd wechselten und ihm eine andere Nachtmütze gaben, um die zu ersetzen, die er mit den Zähnen zerfetzt hatte. Immer aus einer unerwarteten Richtung, immer, das war das Teuflische... Er ergriff Frances Hand und sah, daß seine Nägel Vogelspuren auf ihr hinterlassen hatten. Er tätschelte sie um Entschuldigung bittend, aber er hatte einen dringenden Auftrag.

«Wie spät ist es, welcher Tag?»

«Etwa sieben Uhr abends, der 4. November.»

«Was, so spät? Ist Throgmorton noch da? Die Maus, ist sie noch in ihrem Loch?»

«Ich glaube ja, Sir», sagte Frances, und ihre Augen verdunkelten sich plötzlich.

«Laßt Norton, Ellerton und Ames kommen. Wir müssen ihn heute nacht erwischen, bevor es dämmert. Sie sollen sofort zu mir kommen.»

20

Die passendste und natürlichste Zeit, einen Verräter festzunehmen, ist die Zeit um den Monduntergang, wenn Ebbe herrscht, drei Stunden vor der Morgendämmerung, wenn das Blut eines jeden Mannes dicker fließt und wenn Schwermut und Träume seinen Verstand trüben. Aber diese Schwermut befällt leider auch die festnehmenden Offiziere, besonders, wenn sie an den Westminster Stufen auf ein Boot warten, der Regen ihre Hüte und Umhänge durchnäßt und der Ostwind die Oberfläche des Flusses wie geschlagenes Eiweiß aussehen läßt und unsichtbare Löcher in ihre Kleider reißt, durch die er sich mit kalten Fingern nach innen schlängelt.

Die gleiche Strömung, die sie flußaufwärts nach Westminster getragen hatte, wo sie sich den Haftbefehl besorgten, würde sie auch zurücktragen. Es waren James Ramme und Henry Mall, Thomas Kinsley und William Henderson, angeführt von Mr. Thomas Norton, den die Papisten Foltermeister Norton nennen, außerdem Simon Ames, der unbeachtet am Ende der Gruppe stand. Henderson, Mall und Kinsley gehörten zum Gefolge des Ministers Ihrer Majestät der Königin, große unerschütterliche Männer, die auch dann noch fest auf den Beinen stehen, wenn sie von allen Göttern Roms und Griechenlands angegriffen werden; sie gehören zu einer sehr englischen Art von Spartanern.

Mr. Norton trat auf den dicken Holzbohlen der Anlegestelle von einem Fuß auf den anderen und blies in seine Hände, deren Fingernägel aussahen wie immer, nämlich mit den tiefen Trauerrändern eines fanatischen Gärtners, der seine kostbaren Damaszenerrosen nicht einem ungehobelten

Arbeiter überlassen kann, sondern sie selber düngen muß. Er hatte den unsicheren Lichtkreis, der von einer Laterne herrührte, verlassen, um in der Dunkelheit besser Ausschau nach dem Boot halten zu können, während Henderson, Kinsley und Mall sich ihre Umhänge bis über die Ohren zogen und eine Taschenflasche Aqua Vitae teilten. Simon stand da, versunken in Elend, seinen Umhang fest um sich gewickelt, seine Nase von einem leuchtenden, wunden Rot mit einem endlosen Tropfen von Schleim. Er hatte einen Flohbiß unter Wams und Harnisch, an dem er nicht kratzen konnte. Mall disputierte darüber, ob schwarze Katzen Unglück bringen, da ihm auf seinem Weg zu Tyrrel eine begegnet war.

Das Bild einer Katze paßte gut zu ihnen, dachte Simon, denn sechs Monate lang hatten sie ein ganz bestimmtes Mauseloch unauffällig beobachtet, während eine ganz bestimmte Maus verstohlen ein und aus ging, und jetzt, so schien es, die Zeit für einen Sprung und ein bißchen Spielerei gekommen war, bevor der Henker seinen Lohn erhielt und die verfaulenden Köpfe auf London Bridge einen neuen Freund bekamen, mit dem sie sich unterhalten konnten.

«Aha», sagte Mr. Norton und kniff die Augen zusammen. «Dem Herrn sei Dank. Endlich.»

Aus der Dunkelheit und der Nässe tauchte knarrend ein Boot auf, das auf dem braunen Wasser unheilvoll schwarz glänzte; wenigstens war es groß genug für sie alle und die beiden Hellebardiere, die in durchnäßtem, jämmerlichem Schweigen am Heck saßen.

Die beiden Bootsführer legten vorsichtig neben den Stufen an. Der Regen malte eine neue Landkarte von Flüssen auf ihre mit Wachs abgedichteten Segeltuchumhänge und ein Mare Novum auf den Boden des Bootes. Simon ging als letzter an Bord; er fürchtete sich vor dem Wasser und zögerte, bis er einen lächerlichen Satz machen mußte, wie eine Ziege, und mit seinem Schwert fast in den Sitzkissen hängengeblieben wäre.

«Einer von Euch muß Wasser schöpfen, Herren», sagte einer der Bootsführer, an alle gerichtet. «Wegen dem Regen.»

Schließlich nahm Mall den Eimer und begann, Wasser zu schöpfen, während die Hellebardiere stumm dasaßen, als seien sie aus durchweichtem Holz geschnitzt. Simon schniefte und hustete gelegentlich.

Der Fluß war ein dahinschießendes, zischendes, lebendiges Wesen; der Wind häufte das zurückgehende Wasser zu gefährlichen Strudeln und Wirbeln auf. Simons Meinung nach war das einzige Gute an der ganzen Geschichte, daß es nicht in Frage kam, unter der Brücke hindurchzuschießen, denn er hatte kein Verständnis für die Edelleute, die zum Spaß unter der Brücke hindurchschossen und für das Privileg doppelt zahlten. Wenigstens war ihr Bootsführer erfahren und durchaus fähig, den Fluß bei Nacht sicher zu befahren. Als Rangältester in der Zunft der Fährmänner war er nach langer Lehrzeit gekrönt worden nach einem heidnischen Ritus, so sagte das Gerücht, zu dem ein papistisches Relikt von der Arche Noah gehörte. Er mied die Ufer, wo vielleicht unbefugte, nicht zu sehende Schiffe in der Dunkelheit angelegt hatten, und steuerte sein Boot von einer Strömung zur anderen, um sich die Arbeit zu erleichtern. Sie hätten ebensogut auf hoher See sein können, abgesehen von der gelegentlichen Andeutung einer Privatanlegestelle eines hohen Würdenträgers oder eines Torhauses, wo eine Lampe brannte. Trotz seiner Erkältung spürte Simon den schalen Schwefelgeruch von den Brennöfen im Scotland Yard.

Würde seine Erkältung sich zu einem Lungenfieber entwickeln, fragte er sich bange. Er hatte kein Gefühl in Fingern oder Zehen, und seine Ohrläppchen brannten, obwohl er seine Samtkappe so weit wie möglich heruntergezogen hatte. Rund um seine Knöchel in den Tiefen seiner Stiefel juckten ihn Flohstiche, die er sich geholt hatte, als er Becket in seine Unterkunft zurückbegleitet hatte. Die Flöhe hatten ihn mit weit größerer Begeisterung willkommen geheißen als Bekkets Wirtin, die gerade im Begriff gewesen war, das Zimmer zum doppelten Preis wieder zu vermieten. Das große Scheusal von einer Ratte, das Becket wie einen Haushund zu halten schien, quiekte und hüpfte auf dem Boden herum aus Freude über seine Heimkehr. Becket hatte das Tier eingefangen und gestreichelt und ihm eins von Leonora Nuñez' Plätzchen gegeben.

Es könnte Lungenfieber sein. Er hatte das Gefühl, daß seine vier Körpersäfte sich alle in grüne Gallenflüssigkeit und Schleim verwandelt und sich hinten in seinem Hals zu einem unheilvollen neuen, scharfen Saft vermischt hatten.

Die Zweige von alten Bäumen schlugen im Wind ächzend gegeneinander; sie waren auf der Höhe von Temple Gardens. Da war ein anderes einsames Boot auf dem Fluß, fuhr von Norden nach Süden zurück zu den Bordellen von Upper Ground; ein blasses, pockennarbiges Gesicht über einem gestreiften Mantel tauchte kurz auf, gleich darauf verschwand alles in der Dunkelheit. Dann hatten sie Baynard's Castle hinter sich gelassen und ihren Bestimmungsort am Paul's Wharf erreicht, wo die Papierwarenhändler ausländisches Papier und Tinte und neue Lettern und Druckwalzen für ihre Lager an Land bringen und die Schiffe gedruckte Bücher laden.

Sie krochen die schlüpfrigen Stufen hinauf und stellten

fest, daß – o Wunder – die Männer vom Tower sie bereits erwarteten, etwas weiter kaiaufwärts außer Sicht des Mauseloches, am Anfang der Thames Street. Es waren fünf Männer, die mit Hellebarden ausgerüstet waren und Laternen trugen. Norton begrüßte ihren Anführer und sprach mit leiser Stimme rasch auf ihn ein, und Simon wußte, daß er ihm einschärfte, Begeisterung für die gute Sache der Königin solle sie nicht blind machen für die Tatsache, daß lebende Männer und unzerstörte Papiere nützlicher waren als Leichen. Als er fertig war und sie den Weg hinaufgingen, versanken ihre Unterschuhe in Schlamm und Jauche.

Das Haus ihres Opfers war still, ein fast totes und scheinbar leeres Mauseloch, die Tür versperrt und verriegelt, und die Läden vor den unteren Fenstern sahen aus wie schlafende Augen. James Ramme blieb plötzlich stehen und spähte in die Dunkelheit.

«Hebt die Laterne dort . . . nein.»

«Habt Ihr etwas gesehen?» fragte Mr. Norton leise.

«Ich dachte . . . nein. Eine Katze vielleicht, oder ein Hund. Zu klein für einen Menschen.»

Sie warteten schweigend, während vier Männer über eine Mauer in der Gasse hinter dem Haus kletterten und sich einen Weg zwischen Hühnerställen suchten. Ein Huhn wachte auf, gackerte, flatterte und gab sein Todesröcheln von sich, denn der Königin zuliebe war ihm der Hals umgedreht worden.

Endlich nickte Norton Henderson zu; dieser hob eine Holzfälleraxt hoch, und das Blatt versank mit einem dumpfen Knirschen im Holz der Tür. Vier weitere Schläge, und Norton steckte seinen Stiefel durch das Loch, entfernte den Balken von der Innenseite und öffnete das, was noch übrig war von der Tür.

Ein Dienstbote stand ihnen im Hemd gegenüber, mit weit aufgerissenen Augen und kreidebleichem Gesicht, und griff sich an die Hoden, im Glauben, daß er noch träume.

«Master!» schrie er dann und spuckte vor Aufregung, «Master, die Männer der König...»

Malls Faust schnellte hoch, und der Mann stürzte nach hinten. Da er noch immer zu schreien versuchte, schlug Kinsley ihn umsichtig mit dem Totschläger zusammen. Norton war schon auf der Treppe, mit gezogenem Schwert, und nahm zwei Stufen auf einmal. Ramme mit seinem italienischen Rapier und Henderson folgten ihm. Simon musterte die enge Treppe und hörte das unverständliche Gebrüll und das blecherne Klirren eines verzweifelten Rückzugsgefechts. Er bedeutete Mall und Kinsley, nicht auch noch die Treppe hinaufzulaufen und sie noch schlimmer zu verstopfen, und betrachtete die sehr schöne Decke mit ihren symmetrisch verteilten Tudorrosen und kunstvollen Schnitzereien, alles in Blau und Rosa und Rot und Gold. Die Wandbehänge waren nur bemalte Tuchstreifen, die die Gründung Londons vor Ankunft der Römer zeigten und die für wenig Geld auf dem Marktplatz zu kaufen waren, aber die Decke war neu vergoldet.

Simon lauschte mit Staunen auf ein sehr leises, leichtes Kratzen über der Decke an der Tür, während die Kampfgeräusche auf der Treppe heftiger wurden. Norton hatte es offenbar nicht leicht, wurde behindert durch die Enge und auch durch den Enthusiasmus von James Ramme hinter ihm, der versuchte, mit seinem Rapier über Nortons Schulter zu stoßen und ihm dabei fast das Ohr abschnitt.

Simon verzog sich leise in die Schatten und gab Mall und Henderson zu verstehen, daß sie es ebenso machen sollten. Die Männer hinter dem Haus überwachten die Fenster dort nach Fliehenden, kümmerten sich aber nicht um die Vorderfenster, die zu hoch für einen Sprung waren. Im Haus begann eine geschnitzte rote Rose zu schaukeln und sich in ihrem Beet zu drehen. Ein rechteckiger Teil der Decke hob sich und wurde zur Seite geschoben. Simon stand ganz still da; das Blut hämmerte in seinem Hals. Ein Lederwams und ein Umhang, die ein Schwert und einen Dolch an einem mit Silberarbeit verzierten Gürtel umwickelten, fielen herunter auf das Stroh.

Dann schlängelten sich zwei wattierte Beine in grün und weiß gestreiften Pluderhosen durch das Loch, gefolgt von einem etwas reichlich ausgestopften Wams aus modischem grünem Samt. Das verfolgte Wild schwang sich hin und her und ließ sich leise auf den Boden hinunter, kam wieder auf die Füße und ging auf die Tür zu.

Simons Schwert fand einen Ruheplatz zwischen den Kragenstäbchen des Mannes. Seine Hand zuckte, und Blut drang hinter dem Ohr des Mannes hervor.

«Guten Morgen, Mr. Throgmorton», sagte Simon leise. «Ich verhafte Euch im Namen der Königin wegen Hochverrats.»

21

In der Dunkelheit zitterte der Junge und biß in seinen Ärmel, um sich nicht zu verraten, während das Trappeln von Stiefeln und Unterschuhen durch das Haus hallte und die Männer alles durchsuchten. Er konnte kaum atmen, so eng war es in dem Raum, wo Bücher versteckt wurden; seine Knie waren gegen die Brust gepreßt, die Arme vor dem

Gesicht und weitere geheimnisvolle, furchteinflößende Papiere unter seinem Hemd.

«Ames», ertönte eine laute, selbstbewußte Stimme. «Was starrt Ihr denn an?»

«Den Wäscheschrank», antwortete eine andere, dünnere Stimme. «Sein Boden paßt nicht ganz, seht Ihr?»

«Zu klein für einen Mann, denke ich. Klopft einmal gegen die Borde.»

Das Klopfen an der einen Seite seines Kopfes durchfuhr ihn wie ein Dolch. Der Junge erstarrte und hielt den Atem an.

«Es hört sich kompakt an.»

«Ich stemme vorsichtshalber ein Bord heraus. Wenn Ihr gestattet ...»

Ein dumpfer Schlag war zu hören, ein knarrendes, knirschendes Geräusch.

«Nein, hier ist alles kompakt. Kommt, Kinsley hat etwas von der Täfelung heruntergenommen und eine andere Stelle gefunden, wo wir auf Geräte für papistische Messen gestoßen sind. Warum sollte er mehr als ein Versteck gehabt haben?»

«Ich bin dabei, Mr. Ramme.»

Es dauerte Stunden, und gelegentlich wurde die Suche von Ausrufen unterbrochen, etwa wenn sie etwas gefunden hatten, was ihnen gefiel, oder einmal sprang eine Katze einen Mann an, der sie auf einem Betthimmel aufgespürt hatte.

Als der Krach nachließ, knurrte der Magen des Jungen schrecklich laut, und er lag noch immer da und wußte nicht, was er tun sollte. Warte, bis die Nacht kommt, hatte Mr. Throgmorton gesagt, bleibe bis dann dort, und wenn ich kann, werde ich jemanden schicken, der dich erlöst. Wenn ich es nicht kann, mußt du dich selbst befreien und die Papiere zu dem Haus bringen, das du kennst. Er hatte laut und deutlich gesprochen und es viele Male wiederholt, während er den Jungen in den Hohlraum steckte und den Boden des Wäscheschranks zurechtrückte.

Schließlich war es ein natürliches Bedürfnis, das ihn hinaustrieb, die dringende Notwendigkeit zu pissen. Wie man es ihm mindestens dreimal erklärt hatte, schob der Junge den stabilen Bolzen diagonal in die Wand, dort, wo sich eine Höhlung befand. Der Boden des Wäscheschranks glitt zur Seite, aber eines der Bretter war durchgebrochen, und der Boden rutschte nicht mehr weiter. Der Junge schob und stieß und benutzte dabei die Füße. Er keuchte und schluchzte vor Angst und Anstrengung, bis er mit der Wut der Verzweiflung zupackte und der Boden ein Stück nachgab.

Sekunden später war er draußen, schwindelig vor Durst und Hunger, und fand sich in einem völlig zertrümmerten Haus. Er konnte nicht stehen und kroch langsam und unter Schmerzen zum Bett, wo die Katze sich versteckt hatte, und dort war auch ein Nachttopf. Danach hatte er keine Kraft, noch etwas anderes zu tun. In dem Zimmer war es taghell, und er fürchtete sich jetzt vor Licht, doch noch mehr vor Bewegung. Wie ein Tier suchte er nach einem Versteck und kroch schließlich unter das Bett, rollte sich zusammen und weinte sich in den Schlaf. Die Katze gesellte sich zu ihm.

Etwa um die Zeit, als der Junge sich zum erstenmal regte, saß Simon Ames in dem Versandraum in Walsinghams Haus, hielt vorsichtig Papiere in das Licht und blinzelte auf die kritzlige Handschrift; ein Teller mit Brot und Käse und Kapern stand vergessen neben ihm.

Die Stimme einer Frau setzte an: «Mr. Hunnicutt, ich glaube, sie ... Oh, Mr. Ames, ich wußte nicht, daß Ihr hier seid. Ich dachte, Ihr würdet an der Sitzung des Geheimen Staatsrats teilnehmen.» Sie lächelte und bückte sich, um das

Essen aufzuheben, das er mit dem Ellbogen hinuntergestoßen hatte. «Seid Ihr auch in Ordnung? Ihr seht müde aus.»

Hunnicutt schnalzte leise mit der Zunge. «Das würdet Ihr auch, Lady Sidney, wenn Ihr wie er die ganze Nacht aufgewesen wärt. Und auch heute nacht wird er erst spät ins Bett kommen.»

«Mr. Ames, ich fürchte, mein Vater behandelt Euch sehr schlecht. Darf ich Euch ein warmes Getränk bringen oder einen Schluck Aqua Vitae?»

«Nein. Vielen Dank.» Seine Stimme klang abweisender und kälter als beabsichtigt. Frances Sidney ließ sich etwas ungeschickt auf einem vollen Sack nieder und streichelte den Hund, der aus der Passage gekommen war, um an den Speiseresten zu schnüffeln.

«Was haben Lord Burghley und Sir Christopher und die anderen denn vor?»

«Sie wollen den Verräter befragen, den Mr. Ames heute morgen geschnappt hat.»

Frances' Augen weiteten sich. «War es sehr gefährlich? Hat der Papist sich gewehrt? Wer ist es?»

Simon lächelte ein wenig. «Wir nannten ihn die Maus.»

Ihr Gesichtsausdruck veränderte sich, und ihre Hände flogen zu ihrem Mund. «O nein. Arme Maus, so hat man ihn also endlich erwischt.»

«Ja.»

Sie trug noch ein Korsett, stellte er fest, doch so weit gelockert, wie es die Schnürbänder zuließen. In seinem leicht benommenen Zustand dachte Simon, was für seltsame unbeständige Wesen Frauen doch waren. Ganz abgesehen von ihren Stimmungen und Launen, die dem Geheiß des Mondes folgten, konnten selbst ihre Körper sich nie ausruhen, ganz gewiß nicht, wenn sie verheiratet waren, und manchmal auch dann nicht, wenn sie keinen Ehemann hatten. Heute schlank wie ein Bettpfosten, wurden sie schon morgen dicker und blähten sich auf, bis sie endlich für einige Monate verschwanden und dann wieder auftauchten, gertenschlank und mit Korsett, und das Baby war entweder tot oder bei einer Amme. Manchmal tauchten sie auch nie wieder auf. Nur die Königin selbst blieb immer dieselbe, aber zum Ausgleich dehnten ihre Kleider sich aus und wechselten so ungezügelt wie der Bauch irgendeiner gewöhnlich Sterblichen.

Frances bewegte sich wieder, unbehaglich, und jetzt versuchte sie, sich zu erheben. Hunnicutt reichte ihr hilfsbereit den Arm, weil Simon zu begriffsstutzig war.

«Arme Maus», sagte sie wieder. «Glaubt Ihr, daß sie ihn foltern werden?»

Sie hatte sich etwas zu ihm geneigt, so daß er die Rundung ihrer Brüste sehen konnte. Auf ihrer Haut lag ein gewisser Schimmer, und Tante Leonora sagte immer: Wenn du wissen möchtest, ob eine Frau guter Hoffnung ist, sieh dir zuerst ihre Haut an. Obwohl bei Frances überhaupt kein Zweifel bestand.

«Wenn er weise genug ist, uns alles zu sagen, dann vielleicht nicht.»

Sie verzog das Gesicht. «Was denkt Ihr? Ich hörte meinen Gebieter, den Earl, laut brüllen, als ich an der Tür vorbeikam.»

Simon legte das Papier hin und wandte sich ihr zu. «Ich glaube, daß er nichts sagen wird. Daher wird er gefoltert werden, und er wird zusammenbrechen. Dann wird er vor Gericht gestellt und hingerichtet werden.»

Sie trat einen Schritt zurück, als rieche er schlecht. Du Dummkopf, schalt er sich, sie ist Sir Francis' Tochter, und er suchte nach ein paar freundlichen Worten, um das Gesagte abzumildern, aber sie hatte den Versandraum bereits verlassen. Einen Augenblick später wandte er sich wieder seinem Papier zu und fing an, einzelne Worte zu unterstreichen.

22

Wie die Engel bevorzugt Tom Dachfirste. Selbst in den dünner besiedelten Vororten außerhalb der Mauern können wir, die unter dem Schutz der Mondkönigin stehen, von Dachrinne zu Dachrinne die Gassen überqueren, als wären diese ein Bach, während die, die keine Engel haben, nach unten schauen, schwanken und fallen. So kletterte ich an den roten Gitterfenstern der Nine-Stones-Schenke hinter der Französischen Botschaft am Salisbury Court hoch und schritt wie ein Riese über zwei Gassen und einen Bauplatz, um zum Hanging Sword Court zu gelangen, der erfüllt ist vom lieblichen Duft frischen Holzes. In der Mitte stand auf zwei Karren das Skelett des Feuerdrachen, halb bekleidet mit roten und goldenen Schuppen, an dem sich trotzig dreinblikkende Männer in Lederschürzen mit Kreide hinter den Ohren zu schaffen machten.

An einem Tisch in einer Ecke, die aus zwei Holzgittern gebildet wurde, saßen Adam Strangways – früher Semple, jetzt Stone, immer Luzifer – und Zimmermannsmeister Richard Broom und tranken aus Zinnbechern billigen Wein. Vor ihnen lag der gezeichnete Entwurf von Sir Philip Sidneys kostbarem Drachen ausgebreitet sowie eine Kopie des Kostenvoranschlags, der vor sechs Monaten akzeptiert worden war.

Imprimis: zwei Karren mit kräftigen Achsen, einer mit sechs Rädern, einer mit zweien;
sowie: abgelagertes Holz, Esche, Ulme und Eiche;
sowie: Hanfseil und Rollen für die inneren Vorrichtungen;
sowie: ein Blasebalg für das Ausstoßen von Drachenrauch und Lunte, um den Rauch herzustellen;
sowie: zwei runde silberne Spiegel für das Funkeln der Drachenaugen, drehbar befestigt;
sowie: Lohn für einen Mann, der im Inneren des Drachen arbeitet;
sowie: Lohn für einen Jungen, der den Drachenschwanz bewegt;
sowie: acht kräftige Zugpferde, Wallache aus holländischer Zucht, mit Schabracken aus roter Seide, die das Ganze ziehen...

Die Liste umfaßte fünf Seiten, geschrieben in der sauberen Schrift eines geübten Schreibers. Die Beträge waren gering, besonders wenn man bedachte, daß die Arbeit für einen Höfling bestimmt war; für gewöhnlich erhöhte in solchen Fällen ein Handwerksmeister seine Preise um ein Drittel, da es die Zeit zwischen Vorlage der Rechnung und Eingang des Geldes zu überbrücken galt. Meister Broom hatte seinen Gewinn bis aufs äußerste gekürzt und baute Sidneys Drachen nur um der Ehre willen. Das jedenfalls sagte er zu Sir Philip, und auch zu seinem neugierigen Schreiber.

Ich, der zwischen schlecht gebauten Schornsteinen hindurchblicken und ihn mit meinem Bruder Kain reden sehen kann, ich weiß etwas, das weder Sir Philip noch Minister Walsingham noch Mr. Ames wissen, nämlich daß dieser hochgewachsene, gutaussehende alte Mann sich für einen rechtmäßigen König hält.

«Habt Ihr genug, um den Fehlbetrag zu überbrücken?» fragte Adam.

«Mehr als genug», sagte Mr. Broom. «Unser Freund ist sehr großzügig.»

Adam nickte.

Nach einer Weile klopfte Mr. Broom mit seiner breiten, eckigen Hand leicht auf das Papier. «Meine Tochter freut sich, daß ich diese Arbeit tue», sagte er. «Sie sei stolz auf mich, sagt sie und denkt, ich hätte mich mit meinem Schicksal abgefunden. Sie denkt, ich hätte meine alten Märchen, wie sie es nennt, vergessen. Mein Gott, wenn sie wüßte!»

«Ihr habt nicht vor, sie zu warnen?» fragte Adam.

Mr. Broom schüttelte den Kopf. «Wie könnte ich? Wie ihr Ehemann, ist sie eine Häretikerin, sogar schlimmer als das: Bibellesen jeden Tag, lange Predigten jeden Sonntag, die ihren armen Frauenverstand mit religiösen Fragen quälen. Ihre Kinder wachsen ebenso auf. Sie lachen mich aus, wenn ich ihnen von ihrer Abstammung erzähle.»

Für mich gibt es so wenige Schranken zwischen Vergangenheit und Gegenwart; während ich hinter einem Holzstapel kauerte und ein Teil von mir durchtränkt war von der Furcht, entdeckt und nach Bedlam zurückgebracht zu werden, konnte ich gleichzeitig den Geruch von gesägtem Holz wahrnehmen und in die Diele unseres Hauses zurückkehren, wo mein Vater meiner Mutter zuliebe ein Priesterversteck einbauen ließ. Broom kam; man munkelte, er sei zuverlässig und vorsichtig. Er entfernte die Täfelung von einer Wand des Salons, nahm Maß und überlegte und zeichnete einen Plan und begann mit dem Ausbauen, während ich mich aus Fra Gurneys Lateinstunde stahl und Adam seinem Kindermädchen weglief, und dann kauerten wir in seiner Nähe und reichten ihm Hammer und Säge und stellten törichte Fragen.

Gegen Ende erzählte er eine merkwürdige Geschichte. Wir beide saßen zwischen Holzblöcken, aus denen Adam ein Fort bauen wollte.

«Die Menschen sind nicht immer das, was sie scheinen», begann er. «Habt ihr schon einmal die Geschichte von Robin Hood gehört, und wie König Richard sich als einfacher Ritter verkleidete?»

Ich nickte, und Adam auch.

«Und nun: Könnt ihr mir sagen, wie ich heiße?»

«Richard Broom», piepste Adam, der versuchte, einen Holzblock auf einem anderen zu balancieren, und zusah, wie er hinunterfiel.

«Du, Ralph, weißt du, was Broom in altem Französisch heißt?»

Ich dachte eine Weile nach und schüttelte dann den Kopf.

«*Planta Genesta*. Planta genêt.»

Wir saßen beide da und sahen ihn verständnislos an, und er seufzte. «Wißt ihr, wer vor unserer jetzigen Herrin, Königin Elisabeth, Königin war?»

«Die gute Königin Maria?» sagte Adam, der unsere Mutter von ihr hatte sprechen hören.

«Gut. Und vor ihr?»

«Der arme König Eduard, der vom Reichsverweser vergiftet wurde», sagte ich.

«Und vor ihm?»

Wir sagten beide zugleich, wieder das Echo unserer Mutter: «Der böse König Heinrich VIII.»

«Sagt das nie zu irgendwem außer zu mir oder eurer Mutter, aber es stimmt. Er trennte uns von Rom und stahl der Kirche ihr ganzes Land, um es seinen Günstlingen zu geben, damit er seine Schlampe heiraten konnte. Heinrich, der Häretiker. Und vor ihm?»

Wieder sahen wir ihn verständnislos an. Ich hätte ausführlich über die Gründung Londons durch Brutus den Römer oder über König Artus sprechen können, aber dies spielte sich in dem ziemlich großen Zeitraum zwischen den Geschichten unserer Eltern und den Nebeln der Vergangenheit ab.

Mr. Broom seufzte. «Heinrich VII., der Sparsame, der als Henry Tydder begann, der Niemand aus Wales, unehelicher Nachkomme der Beauforts und der Tochter des verrückten Königs von Frankreich.» Er spuckte in zusammengerollte Sägespäne, und Adam und ich wechselten Blicke. «Und wer war vor ihm?»

«Brutus?» fragte ich.

Er lachte. «Nun, zumindest haben sie euch noch nicht beigebracht, ihn den Buckligen zu nennen. Nein, Richard der Dritte, Richard von York, Richard der weiße Eber, Richard Plantagenet.»

Ich runzelte jetzt völlig verwirrt die Stirn. «Warum habt Ihr den gleichen Namen wie . . .?»

Er streckte die linke Hand zur Faust geballt aus, und ich sah den goldenen Ring mit der abgewetzten Figur eines in Emaille gearbeiteten weißen Ebers. «Er war mein Großvater», sagte Richard Broom.

«Habt Ihr ihn jemals kennengelernt?» fragte Adam begierig, während ich mich noch benommen vorwärtstastete. Die Enkel von Königen waren mindestens Herzöge oder Grafen, die sich in Samt und Hermelinpelze kleideten und nie etwas anderes taten, als aufregende Schlachten und Turniere auszutragen. Vielleicht war Mr. Broom für so etwas zu alt.

«Nein», sagte Mr. Broom freundlich zu Adam. «Henry Tydder tötete ihn im Kampf und stahl ihm seine Krone, damit er König werden konnte. Aber meine Großmutter war

König Richards Buhle, und sie erzählte mir Geschichten von seinem Hof und seinem schrecklichen Leid, und wie sie ihn dazu gebracht haben, eine schwere Sünde zu begehen. Sie kannte seine Königin und stillte den kleinen Jungen, der später starb, und aus Kummer darüber verlor König Richard die Schlacht mit Henrys Armee.»

Wir hatten längst den Faden verloren, es war zu sehr wie Geschichte, wie Livius. Ich klammerte mich an eine Spur. «Eure Großmutter war nicht seine Königin.»

«Nein, sie war seine Buhle. Könige können sich andere Frauen nehmen, wenn sie wollen. Das ist so.»

«Aber dann war Euer Vater ein ...»

«Er war ein Bastard, das ist wahr. Aber Königin Elisabeth ist auch einer, da ihr Vater zum Zeitpunkt ihrer Geburt nicht rechtmäßig mit ihrer Mutter verheiratet war. Das scheint heutzutage kein Hindernis für den Thron zu sein.»

Sein Bart war damals grau, nicht weiß, und seine Stimme hatte einen Unterton, von dem ich heute weiß, daß es Verbitterung war.

Die Geschichte ging weiter und verschmolz mit dem Geräusch von Hammer und Säge und einem gelegentlichen zufriedenen Brummen, wenn eine Holzplatte an den richtigen Platz glitt. Fra Gurney kam, um mich zu weiteren unangenehmen Berechnungen in römischen Ziffern abzuschleppen. Adam blieb und mühte sich ab, Mr. Brooms Werkzeugtasche zu tragen, und er platzte fast vor Stolz, als Mr. Broom aus Abfällen ein kleines Steckenpferd für ihn fertigte. Wenige Tage später kehrte Mr. Broom nach London zurück; nur ein wenig Sägemehl in den Spalten in der Nähe des Priesterverstecks verriet, daß er dagewesen war, und das Sägemehl wurde am nächsten Tag zusammen mit den alten Binsen weggefegt. Als er uns verließ, waren seine alte Abstammung und sein Stolz in jeder Bewegung seines Kopfes zu sehen. Er liebte sein Handwerk, doch seine Großmutter hatte sein Gemüt vergiftet, so daß er den Gedanken nicht ertragen konnte, er, der Enkel eines Königs, müsse in einem kleinen Herrenhaus gegen Bezahlung Holz sägen und Nägel einschlagen und könne nicht für die Ehre Köpfe auf dem Schlachtfeld einschlagen. Für ihn war es eine Sache der Moral: England stöhnte unter der schändlichen Unterdrükkung durch die Herrschaft einer Frau, einer Häretikerin dazu, nur weil der König, sein Großvater, gezwungen worden war, eine schwere Sünde zu begehen.

Das war, bevor unsere Mutter sich in der Heftigkeit ihrer Liebe zu Jesus zerfleischte, als das Stehlen von Äpfeln oder das Beschmutzen von Manschetten Sünde waren.

Viele Jahre später sah ich ein Porträt von Eduard IV., dem königlichen Großonkel Richard Brooms, und ich entdeckte eine Ähnlichkeit, obwohl es ein sehr schlechtes Bild war. Die Ähnlichkeit war auch in Brooms hohem Alter noch vorhanden, in seiner stattlichen Größe, in der Linie seines Mundes und in den kleinen Augen. Als er jetzt dort saß und sich mit Adam unterhielt, sah er sehr alt und ehrwürdig aus, aber seine Wangen waren eingefallen, weil er viele Zähne verloren hatte, sein Gesicht hatte ein graues, ungesundes Aussehen, und seine Knochen schienen sich durch das dünner werdende Fleisch zu bohren.

«Sie lachen mich aus ...», sagte er zu Adam, und Sorgenfalten durchzogen sein Gesicht, «meine Enkel lachen mich aus, aber trotzdem will ich nicht, daß sie hiervon erfahren. Wenn wir scheitern ...»

Adam tätschelte seine Hand. «Wir werden nicht scheitern.»

Mr. Broom starrte hinunter auf den Entwurf. «Ich werde

nicht mehr lange da sein. Die Linie endet mit mir; meine Tochter ist kein wahrer Nachkomme von Königen; sie schlägt ihrer Mutter nach ... Ich werde das Ende nicht mehr sehen, denke ich. Wirklich, ich brauche das Geld unseres Freundes nicht.»

«Da es da ist, könnten wir es ebensogut benutzen.»

Es war Geld, das das Meer überquert hatte; seinetwegen mußten die Wilden der Neuen Welt bluten und hungern und sterben. Weil man das Risiko vermeiden wollte, einen der deutschen Geldwechsler von Cheapside einzuschalten, ließ man es zu Mr. Tyrrel bringen und mit einem Preisnachlaß verkaufen.

Adam erhob sich, und Richard Broom ebenfalls. Adam berührte grüßend seinen Hut, für den Fall, daß jemand sie beobachtete. Ich kletterte wieder über Dächer und folgte meinem Bruder auf seinem Weg zur Fleet Bridge. In kurzem Abstand folgte ihm der Balladenverkäufer, und es bestand keine Verbindung zwischen ihnen außer der, die meine Augen aufspürten. Wenn es möglich gewesen wäre, hätte ich ihn angesprochen und gefragt, ob er vor kurzem einen Hakenbüchsenschützen und zwei Fechter in Dienst genommen habe, aber ich wagte es nicht, und ich kannte die Antwort ohnehin. Und dies war mein Bruder, aber es war auch Kain, der mich nach Bedlam gebracht hatte und der glaubte, er diene Gott.

Und warum konnte ich nicht zu Simon Ames gehen und ihm sagen, hier ist ein Mann, der vor kurzem mit Silber und Gold in der Tasche aus Spanien eingetroffen ist, und hier baut er einen prächtigen Festwagen anläßlich des Jahrestages der Thronbesteigung der Königin, und dort, in dem Haus, dort wohnt er? Ames würde seine englischen Spartaner zusammenrufen, und es würde einen weiteren Überfall am frühen Morgen geben und eine Durchsuchung, und so würde der Hochverrat verhindert und der Plan vereitelt werden. Aber wie konnte ich das tun? Hier war Kain, stolz wie Luzifer in seiner Gewißheit und Selbstgerechtigkeit, Sir Francis Walsingham so ähnlich, so unähnlich, doch hier war auch mein Bruder, der um keinen Preis weinen wollte, als sein Pony ihn abwarf und er sich den Arm brach, der dasaß und zuhörte, wie ein alter Zimmermann von Königen und Buhlen erzählte. Und er wohnte bei meiner Schwester.

23

Wenn Simon Ames zusammen mit Thomas Norton einen Gefangenen bearbeitet, will es scheinen, als wickle Simon sich in einen Mantel aus Eis, denn jemand, der Menschen ausfragt, darf nicht zulassen, daß auch nur ein Hauch menschlicher Wärme ihn nachgiebig machen könnte. Manche Männer leiden an einer Geisteskrankheit, die sie an Schmerzen Freude finden läßt, an ihren eigenen oder an den von anderen Kreaturen, Männer wie Richard Topcliffe zum Beispiel, dem Sir Francis gestattet, in seinem eigenen Haus eine Folterkammer zu betreiben. Sir Francis stellt keine Fragen, denn der Mann ist ein erstklassiger Beschaffer von Geständnissen. Da Minister Walsingham für die gute Sache arbeitet, überläßt er die Frage nach Mitleid und Erbarmen mit jenen, die Topcliffe hilflos ausgeliefert sind, Jesus Christus, der alle Ursachen kennt und die Herzen aller Menschen. Und obwohl Christus selbst gekreuzigt wurde, fürchtet Walsingham sich nicht davor, am Tag des Jüngsten Gerichts aufgefordert zu werden, sich zu rechtfertigen, denn Ursache all seiner Handlungen ist Schutz und Verteidigung der wahren Religion gegen die Macht der Bestie.

Aber Simon Ames wird nicht so fest von seinem Glauben gestützt. Was er tut, tut er letzten Endes dem Königreich zuliebe, und er nimmt es zu ernst, als daß er eingehend und oft darüber nachdenkt. Außerdem lehrt seine Religion, daß er dem Land, in dem er lebt, und dessen Herrscher loyal zu dienen hat.

Und doch nagt unter dem schützenden Eis ein Wurm des Zweifels an seinem Herzen sowie die Schlange der Selbstanklage. Weder Walsingham noch sonst einer seiner Männer hegen derartige Gedanken, denn sie haben keinen Zweifel daran, daß ihr Tun nicht nur dem Gemeinwohl dient, sondern vielleicht auch eine arme Seele, die im Augenblick in dem Sumpf der Götzenanbetung und der Verderbtheit Roms versunken ist, vor der Hölle rettet. Was für sie eine Rüstung ist, ist für Simon keine Hilfe, denn es ist eine seltsame Tatsache, daß ein Jude niemanden aus religiösen Gründen verfolgen darf. Aber wie Walsingham blind gegenüber seinen eigenen Tränen für sein verlorenes Kind ist, so ist Simon taub gegenüber seinen Zweifeln. Er tut, was er kann, halb unwissend, und verrichtet seine Arbeit, so barmherzig er kann.

Bei einer Befragung sind die Rollen gut verteilt. Bei allen Befragungen, die Simon mit Norton durchführt, spielt Simon einen bloßen Sekretär, einen kleinen und furchtsamen Mann, eine Maus im Versteck der Katze. Zu Hilfe kommen ihm dabei sein zierlicher Körperbau und seine Gewohnheit zu blinzeln. Bei der Befragung von Francis Throgmorton tropfte auch reichlich Schleim aus seiner Nase, und er hustete trocken und stoßweise.

Es ist kalt im Tower; alle, die dort gewesen sind und es

überlebt haben, bestätigen dies und beklagen sich darüber. Im runden oberen Zimmer des Lanthorn Tower werden Kälte und Feuchtigkeit verdoppelt durch die Nähe des Themsewassers im Burggraben, das mit seinen ekligen, krankheitserregenden Ausdünstungen all die armen Gefangenen belästigt.

Die Kälte machte es für Simon beklagenswert schwer, eine Feder zu halten, außerdem sah er nur wenig, denn die wäßrige Sonne konnte das Zimmer kaum erhellen. Er hätte gern nach einem Kohlebecken geschickt, aber das würde schlecht zu ihm passen und außerdem einem Gefangenen Erleichterung bringen, der schnell aufgebrochen werden mußte, wie eine Auster, wegen der Perle der Wahrheit in ihm. Zugegeben, nicht alle Austern haben Perlen, aber sie müssen dennoch geöffnet werden, denn wie sonst soll man herausfinden, welche die Perle in sich tragen?

Francis Throgmorton war blaß und zitterte, und er war für den Tower unzulänglich gekleidet, nur mit Wams und Hemd, Kniehose und Stiefeln. Simon wurde niedergedrückt von zwei Hemden, einer gefütterten Weste, dem lästigen Harnisch, seinem Wams, einem gefütterten Lederrock und einem einfachen, mit Kerzenwachs bestrichenen Wollumhang. Da sein Wams aus rotem, geripptem Seidentuch war, sah er aus wie ein dickes Rotkehlchen auf spindeldürren Beinen.

Endlich war er mit dem Bericht über die Umstände der Festnahme und der Liste der in dem Haus gefundenen Papiere fertig, legte seine Feder auf den Tisch und entspannte seine Finger. Throgmorton saß auf einem niedrigen Melkschemel vor ihm und starrte hinunter auf die kalten Fesseln an seinen Handgelenken, als sei er eben aufgewacht und habe sie gerade entdeckt. Von Zeit zu Zeit hob er sie an, als wolle er ihr Gewicht überprüfen, etwas, was neue Gefangene häufig tun, wie Simon beobachtet hatte.

Simons Kehle brannte lichterloh. Er hustete und blinzelte zu Mr. Mall, der gleichmütig an der Tür stand.

«Mr. Mall, würdet Ihr so freundlich sein, Mr. Henderson zu fragen, ob er nach heißem Ale schicken könnte?»

«Ja, Sir», sagte Mall, mit einer sorgfältig abgewogenen Spur von Verachtung in der Stimme. Sein Stiergebrüll hallte durch das Guckfenster den Gang hinunter, ohne daß Malls Gesicht sich geändert hätte.

Francis Throgmorton räusperte sich.

«Hm ... Euer Ehren ...»

«Ich bin Mr. Ames», sagte Simon freundlich. «Ich bin hier nur der Sekretär, der Eure Worte niederschreibt, wenn Mr. Norton kommt.»

«Oh. Gut, Mr. Ames. Wenn ich fragen dürfte ... Ihr sagtet ... Norton. Ist das Mr. Thomas Norton?»

«Ja, das ist er.»

«Der *A Declaration of Favourable Dealing by Her Majesty's Commissioners for the Examination of Certain Traitors* schrieb?»

«Derselbe.»

«Der, den sie Foltermeister Norton nennen?»

«Einige Papisten nennen ihn zu Unrecht so, Mr. Throgmorton. Habt Ihr die Schrift seiner Ehren gelesen?»

«Ich habe sie überflogen ...»

«Dann werdet Ihr wissen, daß hier nur gewisse Verräter gefoltert werden und daß niemand nur wegen seines Glaubens gequält wird. Die Königin hat gesagt, sie wolle keine Fenster in die Seelen von Menschen machen, und das wollen wir auch nicht. Nur wenn ein Mann so töricht und verräterisch ist, uns die Antworten auf unsere Fragen zu verweigern, müssen wir uns anderer Methoden bedienen.» Simon ließ seine förmliche Stimme fallen und sagte mit einem nervösen Seitenblick auf Mall zu Throgmorton: «Was mir persönlich nicht gefällt. Ich bitte Euch inständig, Mr. Throgmorton, haltet nichts zurück. Es war sehr ungünstig, vor dem Geheimen Staatsrat zu schweigen, wie Ihr es heute morgen tatet.»

«Was ist, wenn ich nichts Unrechtes getan habe, nichts zu sagen habe?»

«Was könnte es denn schaden, ein paar Fragen zu beantworten?» Simon lächelte. «Je schneller geantwortet, desto schneller vor Gericht gestellt, desto schneller raus aus der Ungewißheit.»

«Vor Gericht gestellt? Ich bin nicht schuldig...»

«Sir, Ihr seid ganz gewiß des Besitzes von papistischem Schund schuldig; wir haben Darstellungen des Agnus Dei und ähnliches in Eurem Haus gefunden.»

Throgmorton nickte eifrig. «Ich habe nie ein Geheimnis daraus gemacht, daß ich es mit der alten und wahren Religion unserer Väter halte. Ich zahle meine Strafen.»

«Wahrhaftig, es tut mir leid.»

«Warum? Wenn alles zu Ende ist, ist die Länge unseres Lebens auf dieser Erde weniger als ein Bruchstück eines Bruchstücks der Unendlichkeit.» Throgmorton sprach leise, als wolle er sich selbst überzeugen. «Gleichgültig, ob wir dreißig Jahre leben oder dreimal dreißig... Wenn ich der Ewigkeit in Anwesenheit unseres Herrn würdig sein soll, wenn Schweigen etwas so Schreckliches ist, so ist vielleicht ein kleines Feuer hier auf Erden notwendig, damit es nicht mein Los in alle Ewigkeit ist.»

Simon schüttelte den Kopf. «Ich fürchte, Ihr seid ein tapferer Mann, Mr. Throgmorton.»

Throgmorton sagte nichts, sondern leckte sich die Lippen und schluckte.

«Mr. Ames», sagte er dann, «würdet Ihr mir etwas verraten?»

«Was wäre das?»

«Welchen Tag haben wir heute?»

«Den fünften November. Warum?»

«Ich habe mich nur gefragt. Ich hatte die Übersicht verloren, weil ich so beschäftigt war.»

«Womit?»

«Geschäften.»

Simon sagte absichtlich nichts, sondern faltete nur seinen Bericht zusammen und steckte ihn in eine Segeltuchtasche, damit er dem Minister gebracht werden konnte. Dann seufzte er. Die Tür rasselte und öffnete sich knarrend, und Kinsley kam mit einem großen Lederkrug dampfenden Ales herein, stellte ihn vorsichtig auf Simons Tisch und drängte sich wieder an Mall vorbei.

Simon füllte den Hornbecher, der an dem Tisch hing, und ließ das heiße, nelkengewürzte Ale in seine Kehle rinnen und einen Pfad durch die kalten, feuchten Körpersäfte schneiden, die von seinem Gehirn, wo sie entstanden, in seine Lunge drangen. Throgmorton sah zu und leckte sich die Lippen, die die Trockenheit der Angst schon hatte aufspringen lassen. Nach kurzem Zögern ließ Simon etwas von dem Ale im Krug, ging um den Tisch und bot es Throgmorton mit einem verstohlenen Blick auf Mall an.

«Kommt, ich werde es für Euch halten.»

Während er zusah, wie Throgmortons Adamsapfel sich dankbar auf und ab bewegte, und während er die charakteristische Ausdünstung der Angst roch, die mit den Atemwolken von Throgmorton ausging, rührte Mitleid Simon. Es saß kein Unschuldiger vor ihm, das wußte er, aber Francis Throgmorton war kein bedeutender Spieler in dem Spiel, zu dem der Herzog von Guise, die Königin der Schotten und zweifellos auch Philipp II. von Spanien gehörten. Doch jetzt mußte er für sie alle leiden, denn es war für Simon klarer als Quellwasser, daß er eine Menge wußte. Je größer sein Mut war, desto schlimmer mußte er leiden, wie es so oft der Fall ist.

Kinsley trat wieder ein – Mall öffnete ihm feierlich die Tür – und überreichte Simon ein Stück Papier, das dieser mit zusammengekniffenen Augen las.

«Kommt Mr. Norton?» fragte Throgmorton mit einer Stimme, die dünn klang, weil er eigentlich fest entschlossen gewesen war, nicht zu fragen.

«Nein, er muß Sir Francis Walsingham Bericht erstatten über Eure Papiere. Die meisten blieben unverbrannt.» Throgmorton starrte auf seine Füße. «Heute wird er keine Zeit haben, mit Euch zu sprechen, fürchte ich.»

Throgmorton erstarrte und senkte seinen Kopf, wie ein Hund, der nicht weiß, ob er gestreichelt oder verprügelt werden wird. Simon stampfte mit den Füßen, um die Durchblutung wieder in Gang zu bringen, und bedeutete Throgmorton, seinem Beispiel zu folgen. Dann verließen beide das Zimmer und gingen in einer prosaischen Prozession die engen Treppen hinunter und durch die verstaubten Korridore entlang den Wohnräumen der Königin. Draußen am Tower Green dröhnte ihnen das Klirren und Zischen und Blasebalgpumpen der königlichen Münze in den Ohren, ein unaufhörlicher, infernalischer Lärm, der von Sonnenaufgang bis Sonnenuntergang auf die Steine des Tower prallt.

Throgmorton wollte noch eine andere Frage stellen, das war offensichtlich, aber er wagte es nicht und schwieg.

Simon sagte nichts, nickte nur einem der Sekretäre des Feldzeugamtes zu, der zu den Waffenkammern im White Tower eilte. Dieser Throgmorton, rief Simon sich ins Gedächtnis, hatte nicht in einem Seminar studiert, dessen Wände mit scheußlichen Szenen von Märtyrertoden verziert waren, die die angehenden Priester und Missionare schon mit ihrem vermutlichen Ende vertraut machen sollten. Dieser Mann war ein Bote, ein Koordinator; er arbeitete in einer Sache, von der er inbrünstig hoffte, daß sie das Königreich verändern würde. Im Lauf solcher Veränderungen würden einige aufsteigen und andere fallen: Burghley und Walsingham konnten auf die Gunst des Henkerbeils hoffen, Leicester, Hatton, Raleigh und all die Günstlinge der Königin würden gut daran tun, gleich auf dem Schlachtfeld zu sterben. Simon und seine Familie mochten als Juden verbrannt werden, doch Throgmorton würde die Chance haben, Macht und Reichtümer zu erwerben. Er mochte seinen Hochverrat in römischen Gewändern verpacken, aber im Grunde floß durch seine Adern ähnliches Blut wie bei ränkeschmiedenden Höflingen.

Sie gingen um St. Peter ad Vincula herum und, wieder innerhalb der Steinmauern, weitere Stufen hinunter zu den unterirdischen Räumen, in denen es nach steigendem Themsewasser roch. An der Tür von Little Ease blieben sie stehen; Throgmorton musterte die schwere Tür mit dem Guckfenster und klapperte mit den Zähnen. Simon war überzeugt, daß es drinnen kälter war als draußen. Mall sperrte die Tür auf, und zum Vorschein kam ein tunnelartiges Verlies mit einem Schimmelteppich und einigen Büscheln stinkenden Strohs. Ein Straßenköter würde ein solches Loch verachtet haben, obwohl tiefer in dem Dunkel, jenseits der Reichweite von Malls Laterne, es zu einer winzigen Zelle führte, vier

Fuß sechs Zoll an ihrer längsten Stelle, vier Fuß breit und drei Fuß hoch. Absurderweise entspannte Throgmorton, der fünf Fuß acht Zoll maß, ein wenig, weil er Little Ease unterschätzte, so wie alle es tun. Das Klirren von der Münze drang herein, verstärkt und verzerrt durch die Hohlkehlen im Gemäuer.

Simon bedeutete ihm hineinzukriechen und entwirrte Throgmortons Fußschellen. Mall schob einen Eimer für seine Notdurft hinter ihm her, einen Eimer, den Kinsley an einer Seite listig mit einem Stilett durchlöchert hatte. Wie einer plötzlichen barmherzigen Regung folgend, nahm Simon eine alte Decke vom Boden und warf sie hinter Throgmorton her, der zwischen Händen und Knien hindurch einige Worte des Dankes murmelte. Wenn man in die Seele eines Menschen eindringen will, muß man ihn zuerst demütigen, ihm aber auch ein Zeichen des Erbarmens geben, die Illusion, er könne entkommen. Mall schlug die Tür zu und verriegelte sie.

Simon hustete und tupfte mit dem dritten durchweichten Taschentuch an seiner Nase. Mall ging mit seiner Laterne voran und löschte sie, als sie ans Tageslicht zurückkehrten.

«Mr. Norton ist im Wakefield Tower und wünscht Euch zu sprechen, Sir», sagte er. «Anscheinend ist bei der Durchsuchung jemand übersehen worden.»

24

Der Junge war unter dem Bett aufgewacht, und sein Mund fühlte sich vor Durst wie Pergament an. Die Papiere raschelten noch immer gegen seine Haut, und die Katze hatte sich auf seinem Bauch zusammengerollt. Sie miaute empört, als er sich umdrehte und vorsichtig zu kriechen begann: Obwohl noch immer Sonnenlicht durch die zerbrochenen Läden drang, interessierte ihn das nicht; er mußte sich etwas zu essen suchen und die schrecklichen Papiere loswerden.

Er machte einen Bogen um die Falltürklappe im Boden, ging zum Fenster und spähte hinaus. Im Hof sah er einen Mann auf und ab marschieren. Der Junge öffnete das Fenster, kletterte auf das Dach, ließ sich halb rutschend, halb kriechend die Schräge hinunter und kletterte auf das nächste Dach. Als er auf den Boden kam, war er so vernünftig, ein gemäßigtes Tempo anzuschlagen; er wußte, wie wichtig es war, nicht zu hasten, wenn man Papiere bei sich trug, das war ihm oft genug eingebleut worden. Und er wußte, zu welchem Haus er gehen mußte; in seiner Angst nannte er es für sich «das Haus, in dem die Männer sonderbar sprechen». Er stand in Southwark, und er überquerte auf der Brücke die Themse. Er wagte es nicht, das Haus in Gedanken wahrheitsgemäß die Spanische Botschaft zu nennen. Selbst er wußte, was das bedeuten mußte und warum Señor Mendoza ihn willkommen hieß.

Etwa zu der Zeit, da der Dienstbote die Küchentür öffnete und draußen den blassen englischen Jungen entdeckte, fand eine zweite Suchmannschaft den Ort, wo er wiedergeboren war, nämlich die frische Pisse im Nachttopf und die Stelle, wo er geschlafen hatte. Simon Ames traf eine Stunde nach Sonnenuntergang ein und inspizierte den Ort, das Gesicht starr vor kalter Wut.

«Ein kleiner Mann, eine Frau oder ein Junge», sagte er zu James Ramme, der nickte.

«Zweifellos ein gutes Versteck», sagte Ramme, womit er sie beide entlasten wollte, aber er verstummte, als er den häßlichen Ausdruck in Simons Augen sah.

«Das nächste Mal werden wir jedes Fußbodenbrett aufreißen.» Das war alles, was Simon sagte, bevor er hinausstolzierte.

Einmal draußen, sah er sich einen Augenblick lang ratlos um, ohne das Singen inmitten der Menge zu beachten, die sich eingefunden hatte, um den Spaß mitanzusehen. Drüben bei den roten Gitterfenstern der Schenke sah er eine breite, bekannte Gestalt bequem auf einer Bank sitzen; auf einem Knie balancierte sie ein mit einem Eintopfgericht beladenes Holzbrett, in der Hand hielt sie einen gefüllten Bierkrug, und in ihrem Mund steckte eine lange Tonpfeife. Becket winkte ihn zu sich, und schielend vor Müdigkeit und hungrig wie er war, ging Simon zu ihm und ließ sich auf die Bank fallen.

«Herr im Himmel, Ames», sagte Becket, «Ihr seht aus wie ein Gespenst. Wo seid Ihr gewesen? Wart Ihr bei der bemerkenswerten Erstürmung dieses Papistennestes dabei? Ist er schließlich doch noch entkommen?»

Ames nickte. «Irgendwer ist entkommen. Wir wissen nicht, wann es geschah, noch wer es war.»

«Dann werdet Ihr ihn auch nie erwischen. Habt Ihr heute schon gegessen? Nein? Hier, Junge, das Übliche und ein Pint vom Besten.»

Becket im Besitz von Geld war ein hübscher Anblick, der Simons Verdacht bestätigte, daß sein Onkel den Retter seines

Neffen mit Gold belohnt hatte. Er nahm den Teller mit dem Eintopf und hatte die Hälfte gegessen, bevor er den ungewohnt salzigen Geschmack bemerkte. «Was ist das?» fragte er Becket.

«Speck, Erbsen und Karotten», sagte Becket und tauschte Blicke mit einer hübschen, jungen Verkäuferin. «Warum, schmeckt es Euch nicht? Dann gebt es her, mir schmeckt es.»

Simon trank Bier, um das Gefühl der Übelkeit hinunterzuspülen. In seinem Kopf summte es, und die Augen fielen ihm immer wieder von selbst zu. Er dachte daran, wieder zum Fluß hinunterzugehen und ein Boot zu suchen, das ihn zurück zur Seething Lane bringen würde, aber er konnte sich nicht dazu aufraffen. Statt dessen saß er dort und trank mit Becket etwas Tabakrauch und nippte an seinem Bier und beobachtete das Hin- und Herhasten der Buchhändlerleute beim Laden eines Schiffes, das mit der Flut auslaufen sollte. Müßige Vorstellungen drangen wie Schaum an die Oberfläche seiner Gedanken.

«Was ist die beste Methode, jemanden zu finden, der sich in einem Haus versteckt hat?» fragte er Becket einmal.

«Es anstecken», entgegnete Becket, und Simon nickte zustimmend, ja, das war sicher die beste Methode.

Sie gingen durch Ludgate, als die Wachen gerade die Tore schlossen und das Abendläuten erklang, und schlugen die falsche Richtung ein, hin zu Beckets Lieblingsplätzen entlang der Fleet Street, wo er jetzt, nachdem er seine Schulden bezahlt hatte, wieder willkommen war. Es war pure Dummheit, im Green Lion mit Becket zu würfeln, und dann im Cock und schließlich im Globe. Einmal sagte eine Frau, die offenbar Sweetbush Julia hieß, er könne sie haben, allerdings zum doppelten Preis, da er so knochig sei, und bei einer anderen Gelegenheit erhob sich Becket wie ein Berg von seiner Bank und beugte sich über einen Jungen, der Simon fast zu Boden geschleudert hatte.

Zweimal schlief Simon ein, den Kopf auf klebrige Tische gelegt, und er war so betrunken, daß er zustimmend murmelte, als Becket vorschlug, ebensogut wie auf dem Boden könne er auch in einem Bett das Bewußtsein verlieren. Als sie in der Fetter Lane ankamen, flüsterte Becket ihm zu, daß Sweetbush Julia voller Pusteln sei wie eine Winchester Gans; außerdem habe Ames alles Geld, was er bei sich trug, verloren, so daß sie für ein Gasthaus nichts mehr hatten. So schoben sie einander Mrs. Carfax' Treppen hinauf, und diesmal überließ Becket wie ein wahrer Gentleman Ames das schmale Bett und legte sich selbst auf den Boden. Während er langsam seine Umgebung aus dem Griff verlor, wünschte Ames sich matt, eine Möglichkeit zu finden, das schnarchende Wesen in seiner Nähe zu beseitigen, und dann fiel ihm ein, daß er in den sauberen Bettüchern in Sir Francis' Haus vielleicht nicht so gut schlafen würde. Hier zumindest plagte ihn nicht die stumme Anwesenheit von Throgmorton mit all seinen Komplotten, hier gab es keine christlichen Gebete zum Tagesende und keine unerledigten Arbeiten, die ihn vom Schreibpult her anstarrten. Die Worte seiner üblichen Gebete schwebten zusammenhanglos vor ihm her, und das Wirbeln in seinem Kopf war ...

25

Diesen ganzen Tag lang befand ich mich inmitten eines großen Anfalls von Engeln, die Tom über halb London führten und ihm ein paar Schilling Bestechungsgeld brachten, an dem einen Ort, um keine Reden über Drachen mehr zu halten, an einem anderen, um damit zu beginnen. Ich wagte es nicht, meinen gewohnten Platz zum Betteln am Temple Bar einzunehmen, weil er dem Brutplatz des Drachen so nahe war, und außerdem wurde mein Lied eines Verrückten von den Balladenverkäufern dort gesungen, was mir jedesmal, wenn ich es hörte, einen Stich ins Herz versetzte. Der Refrain war nicht von mir, alles andere aber stammte von mir, und jeder Vers enthielt die Keime meiner Leiden, gereift während der Träume, die mich quälen. Und Kain war es, der mein Lied genommen und mißbraucht hatte. Über mir brach der Himmel immer wieder auf und zeigte jenen Schattendrachen aus Verrat und Anarchie, der Gestalt annahm in dem Sternenspiegel.

Stunden vor Sonnenaufgang erwachte ich in einem Feld, kalt und steif und regendurchnäßt, obwohl die Mondkönigin mich mit Farn und Blättern ein wenig zugedeckt hatte. Vier Kühe, die das Brandzeichen des Lords von Leicester trugen, blinzelten mir von unter einer Eiche her freundlich zu. Ich erhob mich, und mir war schwindlig vor Hunger; mein Bauch krampfte sich unter meinem Brustbein zusammen und tat mir weh, und in meinem Kopf pochte es. Die Mondkönigin lachte hinter ihrem Schleier aus Regenwolken über meine Misere und flüsterte mir die Antwort ein, und so ging ich zu den Kühen. Während die Mondkönigin jede einzelne besänftigte, melkte ich die Tiere in meine Bettlerschale und füllte so meine Leere mit warmer, süßer Milch. Sie muhten leise, dankbar, daß ich ihre Euter etwas leichter gemacht hatte. Wenn ich Glück hatte, würden die Kuhhirten den Igeln oder dem Hauskobold die Schuld an dem geringeren Ertrag geben.

Die Mondkönigin nickte und zeigte in die Richtung, die ich einschlagen sollte: Ich kletterte über das Tor und platschte die Gray's Inn Lane hinunter in südliche Richtung, auf Holborn zu. Die wahre Zeit für Engel sind die letzten Stunden einer regnerischen Nacht, wenn die Sonne den Kopf vor dem Erwachen versteckt, doch ich fühlte mich jetzt so klar wie ein Minister der Königin. Die Gartenmauern von Gray's Inn schimmerten im Nieselregen deutlich und scharf, wo das Licht der Laterne hinfiel, und jedes Geräusch schnitt durch die Luft wie ein Messer.

Es war noch immer eine Stunde vor der Morgendämmerung, als ich endlich über eine Abkürzung hinter Rolls House und Clifford's Inn zur Fetter Lane kam. Aus der Lane drangen Getrappel und Geschrei und der Ruf nach Wasser. Ich spähte hinter der Gartenmauer hervor und sah ein Haus in Flammen; Rauch rollte vom Reetdach, und Flammen züngelten an den Fenstern empor und brachten sie zum Zerbersten. Unten in der Straße hatten sich Männer in Hemden versammelt und schrien einander an, und Mistress Carfax im Nachthemd, mit Nachtmütze und Umhang, schlug sich auf die Brust und weinte. Einige der Männer hatten eine lange Eimerkette vom Brunnen in der Fleet Street gebildet, andere pumpten so schnell sie konnten, Wasser aus dem Ziehbrunnen hinter Rolls House.

Tom liebt Feuer, und er lachte und jubelte den Teufeln zu, die in den Funken auf dem Dach tanzten und sich fröhlich von Dachbalken zu Dachbalken schwangen. Zwei Teufel im besonderen, einer groß und breit, der andere dünner und kleiner und weniger behende, waren durch ein kleines Fenster im Dachboden geklettert und klammerten sich an einen Sims. Ihre Nachbarn auf der Straße benutzten lange Feuerhaken, um das Reet auseinanderzuziehen, während kleine Bengel zwischen ihnen hin- und herschossen, sich als Taschendiebe betätigten und Ratschläge brüllten.

Die beiden am Sims schoben sich Zoll für Zoll vorwärts. Schließlich stieg der größere Teufel hinunter auf den oberen Teil des Torbogens in der Fetter Lane, klammerte sich an die kopflosen Figuren einiger Heiliger, hielt sich mit den Fingern an einem Sims fest und ließ sich die letzten wenigen Fuß auf einen weichen Misthaufen hinunterfallen. Der kleinere Teufel kam hinter ihm her gekrochen, plumpste auf den Hintern und hustete sich auf der Stelle die Seele aus dem Hals. Der größere Teufel stand mit den Händen in die Hüften gestemmt da, hustete hin und wieder und beobachtete eindringlich das brennende Dach, mit einem bösen Ausdruck in dem von Ruß und Schweiß geschwärzten Gesicht.

Gott ließ es dichter regnen, und so schmolz das Feuer zwischen den Eimern und dem Himmel allmählich zusammen, ging schließlich in ein mürrisches Schwelen über und ließ das Haus dachlos, doch noch stehend zurück. Mistress Carfax lehnte sich weinend und schniefend an den Busen einer Nachbarin.

Der Flickschuster gegenüber hatte Becket und Ames in sein Haus eingeladen, wo eine kleine Menschenmenge Bier trank und sich lautstark über das Glück eines rechtzeitigen Regens und die bemerkenswerte Tapferkeit von Jemmy Burford unterhielt, der das schlimmste Stück brennenden Reets selbst heruntergezogen hatte. Viel disputiert wurde auch über die richtige Art, Eimerketten zu bilden. Irgendwer brachte Becket das Schwert und den Umhang, die er aus dem Fenster auf die Straße geworfen hatte, doch Ames hatte sein Schwert verloren. Becket aber hatte alles verloren, was nicht gerade im Pfandhaus war, ausgenommen die Kleider, die er trug. Hitze, Regen und Furcht ließen seine schwarzen Locken an seinem Hals kleben, und als im Osten das erste graue Tageslicht durchsickerte, wurde sein Gesichtsausdruck noch unangenehmer, selbst nachdem er sich in dem Wasser gewaschen hatte, das die Frau des Flickschusters in einem Krug brachte. Er und Ames husteten dann und wann ruckweise, wie ein Krähenduett, aber Ames schien die Sprache verloren zu haben; er saß in einer Ecke neben einem Stapel Kalbshäuten und einigen beschrifteten Leisten, hatte die Arme verschränkt und blinzelte auf seine angesengten Stiefel hinunter.

Als die Wache schließlich hereingewankt kam und ihre Fragen stammelte, antwortete Becket den Männern, zwischen Hustenanfällen jämmerlich Wörter hervorstoßend.

Nein, das Feuer im Kamin habe nicht gebrannt, weil er nämlich kein Brennmaterial habe und noch nicht dazu gekommen sei, neues zu kaufen. Nein, er sei nicht bei brennender Kerze eingeschlafen. Er wisse nicht, wie das Feuer ausgebrochen sei, da er geschlafen habe, und sein Freund auch, und nein, sie seien beide nicht betrunken gewesen; sie seien beide gottesfürchtige Leute.

Dann fiel Beckets Blick auf mich; ich war eben dabei, ein halbes Würstchen zu essen. Er ließ die Frager stehen, packte mich am Ellbogen, drückte mich in eine Ecke neben einige halb verblühte Rosen und Dahlien und beugte sich mit grimmigem Gesicht zu mir. Ich konnte sehen, wie seine Zunge sich hinter einer Lücke bewegte, die ein vor langer Zeit verlorener Eckzahn hinterlassen hatte.

«Was weißt du von dieser Sache, Tom?»

«Nichts», sagte ich zitternd. «Nichts. Ich habe mit den Engeln getanzt, und ...»

«Das weiß ich», knurrte er. «Du hast mir gestern etwas von einem Mann vorgefaselt, den du für Luzifer hieltest, und irgendeinen Unsinn von einem Feuerdrachen. Was weißt du von *dieser* Sache?»

«Nichts. Ist es ein Geheimnis?» fragte ich und versuchte, meine Gedanken zu entwirren und die schöne Klarheit der Kuhmilch wiederzufinden. «Könnten Engel es getan haben? Nein. Engel legen nie Feuer.»

«Ah, aber *du*, Tom, du hast einmal mit einer Fackel Feuer an eine Plane gelegt und gesagt, ein Teufel verstecke sich darunter ... Nun?»

«Nicht dieses», sagte ich. «Nein, nicht dieses. Dein eigener Engel hätte mich davon abgehalten.»

«Pfft», sagte er angewidert. «Und auf der Straße hast du auch nichts gesehen?»

«Ich bin erst gekommen, als ich den Lärm hörte.»

«Von Blackfriars?»

«Gray's Inn.»

Er sah den ländlichen Matsch an meinen Schuhen und ließ brummend meinen Arm los, nicht ohne seine Fingerabdrücke zu hinterlassen.

«Wenn ich feststelle, daß du gelogen hast ...»

«Nein, David», sagte Simon Ames, der wie ein Schlafwandler sprach und sich nicht aus seiner Ecke fortbewegte, wo er noch immer fröstelnd neben den Leisten saß. «Ich sah eine Pfeilspitze in einem Balken stecken und daneben einen offenen Weinschlauch. Würde Tom so intelligent sein, Farbverdünner oder Terpentin auf ein Dach zu gießen und dann Feuer hineinzuschießen?»

«Lieber Gott, nein», sagte Becket und rieb sich die blutunterlaufenen Augen mit schmutzigen Knöcheln. «Nein, das würde er nie tun. Warum habt Ihr das nicht früher gesagt?»

«Ich wollte nicht vor der Wache sprechen. Ich fürchte, ich habe Euch wieder in Todesgefahr gebracht, David, was mir von Herzen leid tut. Was hat Euch rechtzeitig geweckt?»

«Meine kleine Ratte, die auf meiner Brust tanzte und mich in die Nase zwickte. Wenn sie nicht gewesen wäre, wären wir jetzt so knusprig gebraten wie Latymer und Ridley, und niemand würde uns eine Märtyrerkrone aufsetzen. Sie rannte in die Mauer und fort, sonst hätte ich sie mitgebracht. Mein Gott, ich bete, daß die arme kleine Ratte nicht verbrannt ist beim Versuch, ihre Familie zu retten; ich habe sie noch nicht gesehen.» Becket rieb sich wieder die angesengten Augen und sah so traurig aus, als hätte er einen Hund verloren.

26

Nachdem Simon aufgehört hatte zu zittern und sich mit Brot und Käse gestärkt hatte, ließ er sich von der Frau des Flickschusters den dicksten Ruß vom Umhang bürsten und ging zu einem Laden in Cheapside, um ein neues Hemd und eine Halskrause auf Kredit zu kaufen, bevor er sich direkt zum Tower begab. Dort war Throgmortons Dienstbote mit den eingeschlagenen Zähnen und der Beule auf dem Kopf das für den Tag vorgesehene Menü.

Der Dienstbote war keineswegs eine Auster; er öffnete sich sofort, und nach einem großen Berg Abfall mit keiner einzigen Perle bestätigte er alles, was Simon und die anderen Anhänger Walsinghams herausgefunden hatten, seit sie sich mit Throgmorton beschäftigten. Er war so eifrig darauf bedacht, sich hilfsbereit zu zeigen, daß es schwer war, in dem, was er sagte, den Abfall vom Gold und den Edelstein vom Glas zu unterscheiden. Zumindest einige von Throgmortons geheimnisvolleren Umherschweifereien wurden geklärt, stellte Simon fest. Er hatte gespielt und auch Glück dabei gehabt, wie sein Dienstbote aussagte, obwohl es bei Throgmorton nie eine so große Leidenschaft gewesen war wie bei einigen am Hof.

Als er mit dem Dienstboten fertig war, klopfte es in Simons Kopf vor üblen Körpersäften, und seine arme Nase sah aus wie ein Leuchtfeuer auf einer Landspitze. Er verbrachte einige Zeit mit einer Pfanne glühender Kohlen, indem er Throgmortons Papiere vorsichtig Stück für Stück erwärmte, sogar ein paar vereinzelte Balladenblätter, um herauszufinden, ob sie mit Milch oder Orangensaft beschrieben worden waren, und das verschlimmerte den Zustand seines Kopfes. Endlich legte er das letzte Papier angewidert beiseite und verließ den Raum. Er nickte Mall kurz zu und bedeutete ihm, ihn als Leibwächter zu begleiten. Der durchdringende Geruch nach Rauch hing noch immer in seinen Kleidern.

Als er in die Fetter Lane kam, stocherten die Männer des Baumeisters in den Balken des dachlosen Hauses herum, um festzustellen, ob sie ein Dach tragen könnten oder abgerissen und durch neue ersetzt werden mußten. Im Erdgeschoß sortierte Mrs. Carfax ihre Habe und weinte über die Wandbehänge und Kleider, die verdorben waren; gleichzeitig fragte sie ihre Nachbarn, wie sie jemals Geld auftreiben sollte, um das Dach wieder in Ordnung bringen zu lassen.

Und jetzt sei der dicke schwarze Bastard Becket, der zweifellos das Feuer selbst gelegt habe, fortgegangen und habe sich wie Rauch aufgelöst, mit drei Wochen Miete im Rückstand. Dieses Geld zahlte Simon ihr, ein nicht unbeträchtlicher Schock für sie, und dann ging er die Fleet Street hinunter zum Gatehouse.

Dort war die Wirtin Alys durchaus freundlich zu ihm, aber keiner der Anwesenden hatte Becket seit dem Morgen gesehen oder von ihm gehört, und niemand wußte, wo er sein könnte, und das machte Simon etwas mißtrauisch; er war zu Recht erstaunt über eine solche Übereinstimmung in einer solch zweifelhaften Gesellschaft wie die der Stammkunden des Gatehouse. Er aß das Tagesgericht und erhob sich mit der Bemerkung, es tue ihm leid, Mr. Becket verpaßt zu haben, aber er müsse jetzt zurück zum Tower, und so verließ er das Gatehouse, dessen Gäste einander gratulierten, daß sie ihn auf den Leim geführt hatten.

Nun stand Simon in der Fleet Street, während Mall mit versteinertem Gesicht geduldig wartete, und dachte angestrengt darüber nach, wie er in dem Dschungel London Becket ausfindig machen sollte.

Als sein Blick auf den Brunnen mit der kleinen Laterne darüber fiel, mußte er an mich und Tom denken, und er wußte auch, wo er zumindest uns finden könnte. Er winkte Mall, ihm zu folgen, und ging weiter über die Fleet Bridge, den Fleet Hill hinauf nach Ludgate und durch das alte Tor, als die Wache gerade im Begriff war, es zu schließen, und dann um die Mauer herum und hinunter nach Blackfriars. Die ganze Strecke marschierte er ahnungslos an Banden von Stadträubern vorbei, die nur vor Mall, seiner Größe und seinem halb sichtbaren Totschläger zurückschreckten.

Ames fand mich schließlich, wie ich versunken ein Fenster

mit der Darstellung Gottes betrachtete, ein Fragment der alten Kirche, die sie abgerissen hatten, um davon Häuser zu bauen, und es waren Kopf und Schultern des gekreuzigten Christus, eingefügt in ein grob herausgehauenes, neues Fenster. Das Gesicht war fein gezeichnet, das Haar und die Dornen ein schmerzlich blutiger Anblick, und weinende Engel waren zu beiden Seiten. Eine Hure hatte es aus der Ruine gerettet und wegen seiner Schönheit in ihr Fenster gestellt. Tom sieht es sich gern an, und ich auch, denn ich denke, daß die Qual eines Mannes nie besser und liebevoller in Glas und Blei dargestellt worden ist. Simon sah es auch, denn die Hure pflegte eine Wachskerze danebenzustellen, und er blieb stehen, um es eine Weile zu betrachten. Mall lehnte sich an eine Mauer, schnitt sich die Nägel und murmelte etwas von Götzenanbetung.

«Es ist gut gemacht», sagte Simon schließlich.

«Ja», sagte ich zu ihm. «Was hülfe es dem Menschen, so er die ganze Welt gewönne, und nähme doch Schaden an seiner Seele?»

Er erstarrte, als hätte ich mit einem Pfeil auf ihn geschossen, und sah mich von der Seite an.

«Warum sagst du das?» fragte er.

«Weil Ihr es dachtet», erklärte ich ihm und bedauerte meine Worte sofort, denn er wurde bleich. Die Gaben von Engeln erwecken immer Furcht in den Menschen.

«Woher weißt du das?»

Ich zuckte mit den Schultern und zerzauste mir die Haare mit den Händen. Ames zeigte auf das leidgezeichnete Gesicht. «Es wurde von jemandem gemacht, der die Qual kennt», sagte er, und dann: «Was für eine Religion ist es, in deren Mittelpunkt ein Mann steht, den man zu Tode gemartert hat?»

«Ist es besser, wenn der Mittelpunkt aus Triumph und Pracht und der Vernichtung von Feinden besteht?» fragte ich, und Toms Lieblingsengel nickte auf meiner Schulter.

«Leiden zu verherrlichen und zu einem begehrten Preis zu machen», murmelte er nicht zu mir, sondern mehr zu sich selbst. «Und dann seine Überzeugung anderen aufzuzwingen, die sich dem Willen der Märtyrer beugen und ebenfalls leiden werden, obwohl sie verflucht sind.»

«Bittere Worte», sagte ich. «Wenn es Euch nicht gefällt, tut es nicht.»

«Aber es muß getan werden», sagte er. «Und ich glaube, ich mache es besser und verursache weniger Leiden. Was uns heute morgen ausgebrannt hat, gehörte auch dazu: Würmer, die das Commonwealth verseuchen, die es zu Tode nagen werden, wenn man sie nicht ausmerzt.»

«Was ist es, was Ihr tut?» fragte ich, obwohl ich es natürlich wußte.

«Ich breche Männer auf», entgegnete er düster, «so daß sie mir die Geheimnisse verraten, die sie in ihren Herzen horten. Meistens sind es alberne, schmutzige kleine Dinge, diese Geheimnisse, aber von Zeit zu Zeit stoßen wir auf jemanden, der einen wichtigen Teil eines größeren Geheimnisses kennt, ohne es zu wissen. Oder der es weiß und sich daran weidet. Was muß ich tun? Erbarmen haben, die Folter vermeiden, die Schrauben umgehen, ihm keine Schmerzen zufügen und so die Zerstörung dieses Königreichs riskieren und den Tod von unschuldigen Männern, Frauen und Kindern? Oder soll ich zuschlagen wie Topcliffe und vielleicht meine Seele bis in alle Ewigkeit verdammen, aber dafür das Königreich retten? Walsingham hegt keine Zweifel dieser Art, und auch nicht Thomas Norton. Ich wollte, ich sähe auch so klar.»

«Es gibt keine würdige Rolle für eine Ziege», sagte ich, um ihn zu trösten. «Auch eine Ziege ist belastet durch Sünden und wird verjagt und getötet, und so sind auch die Sünden verschwunden.»

«Das ist die Rolle des Erlösers, glaube ich», sagte er. «Um wie ein Christ zu sprechen: Ich bin derjenige, der die Ziege tötet. Wenn du so willst, Tom, bin ich Pontius Pilatus, der seine Hände in Unschuld wäscht.»

Er sprach leise, eigentlich weder zu mir noch zu Tom, und seine Stimme kam von weit jenseits des grausamen Flusses.

Ich konnte ihm nicht antworten, und auch die Engel konnten es nicht, denn es ist ihnen nicht erlaubt zu sagen, ob Pilatus in der Hölle schreit oder jetzt Christus im Himmel liebt. Ich hockte mich statt dessen hin und fing an, im Schmutz an der Klostermauer Muster vom Drachen zu zeichnen. Mall stampfte mit seinen kalten Füßen auf den Boden und seufzte und nahm die Fackel in die andere Hand.

Ames steckte seine Taschenflasche Aqua Vitae wieder ein, putzte sich die rote Nase und blinzelte mich aus trüben Augen an.

«Sag, Tom», sagte er schwerfällig, «hast du Becket gesehen? Ich muß mit ihm sprechen.»

«Ich habe ihn mit einem Stück Käse in der Hand gesehen, wie er rief und brüllte nach der Ratte, die Euer beider Leben gerettet hat», sagte ich.

«Wann?»

«Heute morgen.»

«Wo ist er jetzt?»

Ich zog die Schultern hoch, fuchtelte mit den Armen und schnappte mit dem Mund wie ein Fisch, um ihm zu zeigen, daß ich es nicht wußte. Er schüttelte mich und brüllte mich an, aber das sagte mir auch nichts, und so konnte ich ihm nicht helfen, und am Ende fluchte er auf portugiesisch und ging davon.

27

Der Küster von St. Dunstan im Westen fand Becket in einer Kirchenbank, die nicht seine war, sinnlos betrunken und weinend. Da er den Mann kannte und klug genug war, nicht in seine Nähe zu gehen, wenn er sich in diesem Zustand befand, stand der Küster eine Weile nachdenklich da und nagte an seiner pockennarbigen Unterlippe, bevor er die Fleet Street überquerte und mit einer Frau sprach, die einen Laden für gebrauchte Wäsche unterhielt und Eliza Fumey hieß. Der Küster wußte, daß sie eine Freundin von Becket war, weil er sie an einem Sonntag nach dem Gottesdienst miteinander hatte sprechen sehen. Sie hörte ihm mit gerunzelter Stirn zu, überließ ihrem Jungen die Aufsicht über den Laden und eilte hinüber, noch immer in ihrer Schürze.

Er roch nach Tabak und Alkohol, und Tränen liefen in Bächen über den halb abgewischten Schmutz in seinem Gesicht.

«Worum geht es?» fragte sie. «Ist es das Feuer?»

Becket schüttelte den Kopf, hickste und murmelte Unverständliches.

«Ist jemand gestorben?»

Becket nickte.

«Wer ist es? Tom? Ein Mädchen?» Becket schüttelte den Kopf und gab einen tiefen Seufzer von sich.

«Du wirst lachen», sagte er mit belegter Stimme.

«Nein, das verspreche ich.»

Becket öffnete eine Faust und zeigte ein zerdrücktes Stück Käse. «Arme kleine Seele», flüsterte er. «Armes Geschöpf, zu Tode verbrannt.»

«Wer?»

«Hat mir das Leben gerettet, und dem Juden. Wußtest du das? Wir wären verbrannt, wenn sie uns nicht gerettet hätte. Siehst du? Sie zwickte mich in die Nase. Ich habe versucht, sie mit mir zu nehmen, aber sie wollte zurück zu ihrer Familie.»

«Wovon sprichst du? Von einem Hund?»

Becket schüttelte wieder den Kopf. «Von meiner Ratte.»

«Ratte?»

«Ja, Ratte. War ein besserer Freund als die meisten Menschen, bei Gott.»

«Zweifellos», sagte Eliza trocken. «Aber hast du die Leiche gesehen?»

«Nein, aber sie kommt nicht, wenn ich rufe, und würde nie...»

«Na also, dann fürchtet sie sich vor dem Feuer und hat sich an einen sicheren Ort zurückgezogen. Ich würde keinen als tot bezeichnen, bis ich seinen Leichnam gesehen habe, und das erst recht bei einem Tier, das zwischen Mauern hindurchkriechen und sich unter Dächern verstecken kann.»

«Sie würde kommen, wenn ich sie rufe. Hat sie immer getan.»

«Ja, aber es ist eine Ratte, David. Eine bessere Kreatur als so mancher Mensch, zugegeben, aber trotzdem ohne Vernunft.» Eliza schaute hinauf ins Gebälk und schüttelte dann den Kopf heftig in Richtung Küster, der im Kampf mit der Neugier von einem Fuß auf den anderen hüpfte. «Vielleicht ist sie so weit vom Feuer weggelaufen, daß sie dich nicht hören kann.»

Beckets Schultern bebten, und er begann von neuem zu weinen. «Dann werde ich sie nie wiedersehen...»

«Besser, als sie für tot zu halten.»

«Die Ratte war mein Freund.»

«Das muß sie gewesen sein, wenn sie der Angst vor dem Feuer trotzte, um dich zu wecken...»

«Selbst wenn ich kein Fleisch für sie hatte, freute sie sich immer, wenn ich kam, das sah ich, und jede Nacht kam sie hervor und...»

«Lieber Gott», sagte Eliza leise. «David, ich wette mit dir, daß sie noch lebt und nur zu weit fortgelaufen ist, um dich zu hören. Jetzt komm mit mir und wasch dir das Gesicht.»

Sie mußte ihm noch etwas länger gut zureden, aber als der Regen einem kalten, trüben Licht gewichen war, hatte sie ihn aus der Kirche geholt, und er wusch sich das Gesicht in dem Brunnen. Da das nicht genügte, ihn wieder ganz auf die Beine zu bringen, nahm sie ihn mit zu ihrem Haus, brachte ihn die Treppe hinauf und steckte ihn in ihr Bett. Dann entkleidete sie ihn, deckte ihn zu und nahm die grauen Überreste seiner Wäsche, um sie dem Lumpensammler zu geben.

Becket schlief den ganzen Tag. Bei Sonnenuntergang schickte Mrs. Fumey ihr Mädchen hinauf zu Becket, damit sie im Kamin ein Feuer entzündete. Eine Stunde später ging sie selbst hinauf mit einem warmen Getränk und einem Eiergericht, seine ausgebürsteten und geflickten Hosen über dem Arm. Er saß auf einem Hocker, seine Bettdecke wie eine römische Toga um seine Nacktheit gewickelt, und schürte das Feuer. Er zuckte zusammen, als sie die Tür schloß, obwohl sie es sehr leise tat.

«Lieber Gott, warum bringen Frauen einem immer etwas zu essen, wenn einem der Kopf fast abfällt?» brummte er.

«Weil es dir guttut. Trink.»

«Was ist es?»

«Gift.»

«O ja, zweifellos irgendein wahrhaft königliches Heilmittel für einen Mann, den das Saufen zerrüttet hat. Eulenscheiße aufgelöst in Pferdepisse, gewürzt mit Tollkirsche oder so etwas ...»

«Wein, heißes Wasser, Gewürze und Zitronat, und jetzt trink.»

Er trank demütig. Sie ließ das Eiergericht neben ihm stehen, wo er es riechen konnte, während sie aus ihrer Kommode ein sauberes Hemd für ihn hervorkramte.

«Warst du es, die in der Kirche zu mir kam?»

«Ja.»

«Du mußt mich für einen Halbirren halten – um eine Ratte zu weinen ...»

«Ich halte nicht weniger von dir, David, weil du um einen Freund trauerst, auch wenn der Freund ein Fell und einen Schwanz hatte. Außerdem, ich habe mehr salzige Tränen um meine kleine, gescheckte Katze vergossen als um meine Säuglinge, die gestorben sind; wenn das also Wahnsinn ist, bin ich auch damit behaftet.»

Becket hatte die Eier entdeckt und stopfte sie sich geistesabwesend in den Mund. Als Eliza ein Hemd gefunden hatte, das ihr groß genug erschien, brachte sie es ihm und hielt es ihm an die Schultern.

«Ich gehe heute abend zu Pickering», sagte Becket mit vollem Mund.

«Zu Laurence dem König? Warum? Ich dachte, du hättest geschworen, nie wieder mit ihm ...»

«Mir fällt sonst niemand ein, der mir helfen könnte.»

«Ich habe gehört, er bedauert, daß du ihn verlassen hast.»

«War er wütend?»

«Nein, er kannte deine Gründe, und du hast es getan wie ein Gentleman, aber trotzdem ... Du hast geschworen, du würdest nie wieder zurückgehen.»

Becket zuckte mit den Schultern.

«Ist es wegen des Juden, dem du Fechtunterricht gegeben hast?»

«Irgendwie schon. Jemand gibt sich große Mühe, ihn zu töten, in einer Angelegenheit, die seine Arbeit am Gericht berührt, und heute morgen hätten sie um ein Haar Erfolg gehabt.» Seine Gedanken schweiften ab, und er erinnerte sich an das Quieken und Beißen auf seiner Brust, und wie er sich aus den Bierdünsten mühsam hochgerappelt hatte und sich von Rauch und Hitze umgeben fand.

«Du warst nicht so auf Rache aus, als man dich verwundete.»

Becket streckte sein Bein unter der Toga hervor und betrachtete die purpurfarbene Narbe. «Nein, denn das gehörte zu meiner Tätigkeit, als ich Mr. Ames bewachte. Letzte Nacht ... Warum meine Unterkunft anzünden? Sie hätten Ames aus dem Hinterhalt umbringen können, als er das Haus am Morgen verließ. Nein, sie wollten auch mich umbringen ... und das macht mich ärgerlich. Wenn jemand mich töten will, soll er kommen und es in aller Öffentlichkeit tun. Ich kann das Hemd nicht bezahlen, Eliza ...»

Sie tätschelte seine Wange. «Pst. Habe ich Geld gefordert? Außerdem habe ich selber nichts dafür gezahlt.»

Becket lachte und küßte sie auf den Mund und dann unter dem Ohr. Sie schloß die Augen.

«Ich muß ehrbar sein, David», sagte sie. «Meine Nachbarinnen beobachten jeden Schnitzer, jede Andeutung von ...»

«Vergiß die Ehrbarkeit», sagte Becket und küßte ihr anderes Ohr.

«Aber was, wenn ...»

«Wir können nächste Woche alle an der Pest sterben. Pickering kann mich heute nacht wie einen Fisch aufschlitzen lassen.»

«Aber die Sünde ...»

Becket küßte sie wieder auf den Mund und lachte ein wenig, als sie die Hüften fort von seinen Händen wand, ihn aber nicht von sich stieß. «Der Teufel soll die Sünde holen», flüsterte er. «Wenn du kein Mitleid mit mir hast, muß ich zu einer der Winchester Gänse gehen.»

Sie gab ihm halbherzig einen leichten Klaps aufs Ohr, dann seufzte sie, nahm seinen Kopf in die Hände und spielte mit den Fingern in seinem Haar. Becket gab sich große Mühe mit dem Aufschnüren ihres Mieders, versuchte es mit Gewalt, wurde aber von stabilem Leinen und Fischbeinstäben geschlagen und mußte bescheiden zusehen, wie sie sich selbst mit einer Hand entpanzerte und ihr Hemd aufknöpfte.

«Ah, Eliza», sagte er mit gedämpfter Stimme glücklich, «du hast so schöne Titten ...»

Nun, es gibt eine jähe, verzweifelte Hast, die einige Männer packt, das Tier mit den zwei Rücken zu machen, bevor sie in das Tal der Todesschatten gehen, etwas zu durchbohren, bevor sie sterben; darum gibt es bei Soldaten soviel Vergewaltigung. Schließlich war Laurence Pickering unberechenbar und nicht gerade bekannt für seine Güte gegenüber jenen, die nicht mehr für ihn arbeiten wollten. Andere trifft die Furcht so jammervoll, daß ihre Geschlechtsteile wie durch Hexerei alle Kraft verlieren, aber zu diesen gehörte Becket nicht. Für mich selbst habe ich festgestellt, daß die Gesellschaft von Engeln das Animalische in mir gemildert und mich von unreinen Gedanken abgehalten hat, wenn ich auch nachts manchmal belästigt werde von einem weiblichen Teufel mit dem Namen Succubus, gegen den ich kämpfen muß, bis ein Engel oder die Morgendämmerung mich befreit.

Im warmen Nachglühen ihrer Sünde überließ Becket es Eliza, ihr Korsett zu schnüren und ihr Mieder wieder zuzuknöpfen, und hob das saubere Hemd, das sie ihm gegeben hatte, von den Binsen am Feuer auf.

«Wann bist du ausgepeitscht worden?» fragte Eliza aus bloßer weiblicher Neugier, während er Mädesüßblüten vom Hemd bürstete. «War es in den Niederlanden?»

«Ja. Als ich ein junger Bursche war, ohne Verstand und mit einer zu großen Leidenschaft fürs Würfelspiel.»

«Wegen des Würfelns?»

Becket lachte verlegen. «Nein, wegen Aufruhr und Trunkenheit und der Zerstörung einer Schenke.»

«Du hattest Glück, nicht gehängt zu werden.»

«Stimmt. Ich glaube, ich bin dazu bestimmt, zu ertrinken.»

«Und das zweite Mal?»

Diesmal setzte er eine ausdruckslose Miene auf. «Es gab nur das eine Mal.» Das war eine Lüge, wie sie deutlich sehen konnte, aber sie nickte und beschäftigte sich damit, ihren Haarknoten wieder aufzustecken.

«Und du, bist du jemals ausgepeitscht worden?» fragte Becket, als sie unter ihrem Unterrock verschwand.

«Oh, zweimal, in den alten Zeiten. Aber ich habe es dem Mann heimgezahlt, und es hinterließ kaum Spuren. Die Nachbarinnen haben es bedauert.»

«Daß du ausgepeitscht wurdest?»

«Nein.» Eliza lachte. «Daß kein Blut floß. So, jetzt siehst

du wieder anständig aus. Warum trägst du deine Hemden immer so lange, bis sie verrotten oder dir vom Leib fallen?»

«Faulheit und die Gesellschaft von schlechten Frauen.»

Wieder angezogen und mit tugendhaft befestigter Haube ging sie nach unten und holte sein Wams, das sie ausgebessert, gedämpft, mit einem Schwamm bearbeitet und zuletzt über einem Räucherstäbchen durchgelüftet hatte, so daß es so ordentlich aussah, wie es überhaupt aussehen konnte. Ihre beiden Kinder saßen in der Küche und aßen Brot und Milch und Äpfel und sahen ihr mit großen Augen zu. Das Dienstmädchen sagte gar nichts.

Während er wartete, sah Becket sich die Wandbehänge an, die mit Szenen aus der Hochzeit von Kana und mit Penelope an ihrem Webstuhl bemalt waren. Eliza war immer eine sauberkeitsliebende Hure gewesen, und jetzt war sie eine ehrbare Witwe. Ihre Zimmer strahlten wie die einer Holländerin, nicht eine einzige Binse auf dem Boden, die älter als eine Woche gewesen wäre, und alles nach Mädesüß und Labkraut aus dem Garten des einfältigen Neddy duftend.

Er hatte es bedauert, als er nach seine Rückkehr aus den Niederlanden feststellen mußte, daß sie ihr Gewerbe vor langem aufgegeben hatte, verheiratet war und zwei kleine Kinder hatte. Er bedauerte es noch mehr, als er sie endlich in sein eigenes Bett zurückgelockt hatte und auf ihren Hinterbacken die Narben und Male eines Stockes fand, der nicht dicker war als der Daumen ihres Ehemanns.

Der Ehemann wurde einen Monat später tot in einer Gasse gefunden.

Jetzt war Eliza eine wohlhabende Frau, an die die meisten Zaundiebe Londons sich wandten, wenn sie einen guten Fang mit der Wäsche von jemand anderem gemacht hatten, und sie lehrte die Diebe, welches Leinen das beste war. Becket gefiel sie als stramme Witwe noch besser, als sie ihm als rundliche, geschäftstüchtige Hure gefallen hatte, aber sie sah keinen Sinn darin, sich wieder unter das Ehejoch zu begeben, selbst bei einem so guten und liebenswerten Freund wie Becket. Wenn man bedenkt, wie heiß und lüstern alle Frauen von Natur aus sind, was alle, die es wissen müssen, bestätigen, ist es merkwürdig, wie viele Frauen in der Witwenschaft aufblühen, wenn sie keinen Mann mehr haben, der sie führt und beschützt.

«Heirate mich», sagte Becket trotzdem, als sie zurückkam und ihm sein Wams entgegenhielt. Sie lachte und schüttelte den Kopf. «Ich bin keine so üble Partie, auch dann nicht, wenn ich betrunken bin. Ich könnte ehrbar werden ...»

«Wenn ich einen ehrbaren Mann wollte, könnte ich ein halbes Dutzend heiraten, die gern ein Stück von meinem Silberkuchen hätten. Habe ich dir erzählt, daß Mr. Custance mich vor ein paar Sonntagen nach dem Gottesdienst gefragt hat?»

«Aber er ...»

«Ja, früher hat er es unverheiratet getrieben, und es fehlte ihm nicht an Begeisterung. Er war es, der das kleine Kruzifix heruntergeholt und zerbrochen hat, das Molly mir aus Blackfriars gegeben hat. Er sagte, es sei Götzenanbetung und schlecht.»

«Was hast du ihm wegen des Heiratens gesagt?»

«Daß ich nie einen Mann heiraten könnte, von dem jeder wisse, daß er hinter Huren her sei, und ich hab's ihm überlassen, sich zu fragen, woher ich das wisse.»

«Hat er dich denn nicht erkannt?»

«Wie sollte er, er hat mich doch nie angesehen?» Sie lachte über Beckets verwirrtes Gesicht. «Weißt du, David, Schätzchen, was mir in den alten Tagen so an dir gefiel? Du sahst mich hin und wieder an ...»

Becket küßte sie und verdarb beinahe ihre ganze Mühe, ihn ordentlich herzurichten, aber diesmal gab sie ihm einen Klaps und wand sich aus seinen Armen.

«Wann willst du zu Pickering?» fragte sie.

Becket zuckte mit den Schultern. «Heute abend», sagte er. «Warum noch lange warten?»

«Der Preis für seine Unterstützung könnte hoch sein.»

«Ohne Zweifel.»

«Wenn er es verlangt, würdest du für ihn morden?»

«Warum nicht? Das habe ich für unbedeutendere Männer getan.»

«Das war im Krieg.»

«Nun, trotzdem waren die Männer am Ende tot.»

Becket wollte nicht länger über das Thema sprechen, und sie bürstete ihn ab und stand da und betrachtete ihr Werk und lächelte ihn an, als wäre er wirklich ihr Ehemann.

«Mach dich nur auf», sagte sie. «Ich glaube, es wäre klug, Laurence den König zu fürchten. Er ist härter geworden, habe ich gehört.»

«Ich fürchte ihn auch», sagte Becket. «Es ist keine Schande, sich vor einem Mann zu fürchten, der mir aus einer Laune heraus jeden Knochen brechen könnte und es dann unterlassen würde, mich zu töten. Ich würde die Königin selbst nicht weniger fürchten.»

28

Von Blackfriars ging Simon Ames durch die Water Lane hinunter zum Fluß, um sich ein Boot zu suchen. Zu dieser späten Stunde erledigte Mall das für ihn; er hatte eine Art sechsten Sinn für die Fährleute. Nachdem Simon in der Seething Lane angekommen war, rief er nach seinem Diener.

«Warum hat er nach dem Datum gefragt?» fragte Simon niemanden im besonderen und vergaß den Mann, der das Feuer schürte.

«Wer, Sir?»

«Ach ... ein Mann im Tower.»

«Hm. Throgmorton.»

«Das sollte eigentlich noch geheimgehalten werden ... Was ist das für ein Krach?»

«Ein Page bekommt Prügel, weil er weggelaufen ist. Es wird auch geheimgehalten, Sir, keiner von uns würde wagen, es einem Außenseiter zu verraten.»

«Also gut, Throgmorton. Warum fragte er nach dem Datum?»

«Um zu hören, welches Datum wir hatten, Sir? Puh ... Habt Ihr zu nahe am Feuer geschlafen, Sir?»

«Was ... Oh, der Geruch. Hatte ich schon vergessen. Es liegt soviel Zeit zwischen Sonnenaufgang und Sonnenuntergang, manchmal ... Ja, da war ein Feuer, aber es ist nichts passiert, jedenfalls nicht mir.»

«Gott sei Dank.»

«In der Tat. Wenn du den Geruch nicht herausbekommst, ist es wohl besser, die Sachen wegzugeben ... Nein, laß mir das Buch und die Kerze da, ich bin noch nicht müde.»

Der Diener wartete vor der Tür, bis er hörte, wie das leise

Murmeln von Gebeten aufhörte und Simon begann, pfeifend zu schnarchen, dann schlich er wieder ins Zimmer, löschte die Kerze und zog die Bettvorhänge zu.

Inzwischen war Becket draußen in der schwarzen Londoner Nacht und hustete gelegentlich noch immer wegen des Rauches, der sich einen Weg in seine Lunge gesucht hatte. Er ging vorsichtig von Gasse zu Gasse, bewegte sich im Kreis herum, als sei er betrunken, aber in Wirklichkeit änderte er ständig die Richtung, um sich zu vergewissern, daß er nicht verfolgt wurde. Eigentlich besteht in der City während der Nacht Ausgangsverbot, und eigentlich ist es unmöglich, hinein- oder herauszukommen, wenn die Tore einmal geschlossen sind, aber es gibt ja die breite Themsestraße, die sich durch das Zentrum zieht und neben der man sich nur ein wenig nördlich von Ludgate in das Elendsviertel von Amen Corner zu begeben und durch eine schmale Gasse zu ducken braucht, um zerbröckelnde und verstohlene Stellen in der alten Mauer zu finden, die kaum einer Belagerung von Kaninchen und Feldmäusen standhalten würden.

Laurence der König selbst lebt in einem Vorort, in einem gepflegten großen Haus, mit seiner Ehefrau, seinen Kindern, zwei Dienern, einer Köchin und einer Kammerzofe für seine Frau. Er hält an verschiedenen Orten hof, jeden Tag an einem anderen, und tätigt seine Geschäfte einmal von diesem Lagerhaus im Vintry, einmal von jenem Hof in East Cheap aus, und ein großer Teil seiner Macht stützt sich auf die Tatsache, daß seine Schwester die Ehefrau des Henkers von London ist.

Becket ging in nördliche Richtung durch Old Bailey Street, Gifford Street und Pie Corner, bis dort, wo in Smithfield die Raufbolde auf den Rasenflächen brüllen und sich schlagen. In der Schenke Cock fragte er, wo Pickering in dieser Nacht ein Spielchen mache.

Schließlich fand er einen Mann, von dem er wußte, daß er zur Gruppe von Laurence dem König gehörte, und der sich vor einem von Tyrrels Anhängern versteckte. Becket stellte den Antrag, in dieser Nacht von Laurence empfangen zu werden.

Als er etwas später wieder durch die Long Lane ging, wurde er von zwei Männern angehalten.

«Mr. Becket», sagte einer, «der König wünscht, daß wir Euch zu ihm bringen.»

Man beachte das Vertrauen, das in den Namen Laurence der König gesetzt wurde, denn Becket ließ sich von den beiden sofort Schwert und Dolch abnehmen und sogar das kleine Messer, das er versteckt im Nacken trug. Das ist so, weil alle Gauner in London wissen, daß jeder, der den Namen des Königs mißbraucht, einen Tod erwarten muß, der nicht weniger blutig ist als der jenes Mannes, der ebenso leichtfertig mit dem Namen Ihrer Majestät der Königin umgeht, und so wird in beiden Richtungen Ordnung und Regierungsgewalt aufrechterhalten.

Sie brachten ihn zu einem großen Haus am Strand, und in einem Zimmer im oberen Geschoß saß Laurence Pickering, der König von London, an einem lodernden Kohlenfeuer, seine Pfeife in der Hand. Für jene, die ihn nie gesehen haben: Er ist ein kleiner, unscheinbarer Mann mit einem kugelrunden Kopf, in Kleidern, die so prächtig und dunkel sind wie die eines Goldschmiedes von Cheapside, und mit fröhlichen, kleinen, tiefliegenden und strahlenden Augen.

Becket entblößte den Kopf und verbeugte sich, was der Eitelkeit des Mannes schmeichelte. Er forderte Becket auf, sich neben ihn zu setzen (ein wenig näher dem Feuer und auf einem niedrigeren Hocker, als es Becket recht war), und gab den Auftrag, Becket eine Pfeife und einen Silberhumpen vom besten Wein zu bringen, und ehrte so seinen Gast.

Es wurden höfliche Bemerkungen ausgetauscht, wie es bei einer Audienz sein muß, denn Höflichkeit und Liebenswürdigkeit unterscheiden den Prinzen von der breiten Masse ebensosehr wie die Schwerter seiner Soldaten und seine edle Abstammung (über die auch Laurence der König verfügt, da er aus einer sehr alten Familie von Dieben und Mördern kommt).

Hinter ihnen im Raum drängten sich Samt und schwerer Satin neben geschlitztem Leder und dunklem Brokat; hier würfelten Männer höflich und spielten Karten und hofften, daß ihnen Lady Luck zum Sieg verhelfen würde. Auf dem Boden lagen Binsenmatten, so daß sich kein Würfel dort verstecken konnte, und auf den polierten Eichentischen gab es keine Decken, und Männer mit Erfahrung im Umgang mit schwerer gemachtem Elfenbein und gezinkten Karten beobachteten alles. Der Einsatz war Gold. Bei diesem Spiel, dem besten in ganz London, garantiert Laurence Pickering, daß es keinen Betrug gibt, keinen Diebstahl, kein Ausrauben von Gewinnern und keinen Schwindel. Das zieht die Höflinge und ihre überfließenden Geldbeutel in Scharen an und bildet eine der Säulen vom Besitz des Königs von London. Einigen räumt er sogar Kredit ein, zu einem Preis, der Simons Vetter, Pfandleiher Señor Gomes, große Augen machen lassen würde, und er erhebt den zehnten Teil eines Pennys von allen Gewinnen als Preis für Redlichkeit und Sicherheit.

Becket war schon früher dort gewesen und fürchtete sich nicht vor den Männern in bestickter Seide oder geschickt gefaltetem Samt. Er saß breit auf seinem kleinen Hocker, über den er auf allen vier Seiten hinausragte und der unter seinem Gewicht kläglich knarrte, und hatte seine großen Hände auf die Knie gelegt.

«Irgend jemand in London versucht, einen Freund und Gönner von mir zu töten, einen Mr. Simon Ames, Sir Francis Walsinghams Mann. Ich weiß nicht, worum es geht, aber offensichtlich hat man mich mit hineingezogen. Heute morgen hat man meine Unterkunft in Flammen aufgehen lassen, und ich... ich protestiere.»

Laurence verneigte sich und paffte an seiner langen Pfeife. Becket zählte die anderen Versuche an den Fingern ab, ließ aber die Geschichte mit der Ratte weg.

«Was erwartet Ihr von mir?» fragte der König umgänglich.

«Es geht um jemanden, der andere dafür bezahlt, daß sie für ihn töten, in spanischem oder in französischem Gold, wir wissen es nicht. Zumindest muß er Ausländer sein und gegen das Gemeinwohl. Laßt es mich wissen, wenn er das nächste Mal Männer anheuert oder wenn das nächste Mal jemand bezahlt wird.»

«Weiß Mr. Ames, daß Ihr zu mir gekommen seid?»

«Nein.»

«Und was bietet Ihr mir als Gegenleistung?»

Becket spreizte die Hände. «Was immer in meinen Kräften steht, Sir, und nicht gegen meine Ehre geht. Ich bin ein armseliger Profos der Verteidigung, sogar ohne eigene Schule und mit keinem Penny Kapital außer meinem Schwert und meinem besten Schild, der noch beim Pfandverleiher liegt. Bedauerlicherweise kann ich nicht...»

«Verschont mich», sagte Laurence lächelnd. «Ich mochte Euch immer, David, und habe es bedauert, als Ihr mich damals verlassen habt. Aber ich glaube, dieser Gefallen, um den Ihr mich bittet, kommt eher Eurem Freund zugute als

Euch selbst, und so wäre es gerecht, wenn er ... die Schuld tragen würde.»

Becket sah besorgt aus. Laurence beugte sich vor und schlug ihm leicht aufs Knie. «Keine sehr große Last, glaubt mir, David. Ich werde es Euch sagen, Ihr tragt es ihm vor und entscheidet Euch dann. Und zum Zeichen meines guten Willens werde ich mich ein wenig für Euch umhören, wie seine Entscheidung auch ausfallen mag.»

Becket wartete, während Pickering seine Pfeife über dem Feuer ausklopfte. «Ich möchte eine Audienz beim Gebieter von Mr. Ames.»

«Bei Walsingham?» fragte Becket erstaunt.

«Bei Minister Walsingham, ja.»

«Aber ...» Becket rundete den Mund, um die Frage «Warum?» zu stellen, doch er überlegte es sich anders und schluckte die Frage hinunter. «Natürlich. Ich werde Ames darum bitten, sobald es gewünscht wird.»

«Nein, wartet ein wenig. Fragt Euren Freund, wenn er in dankbarer Stimmung ist. Ihr werdet wissen, wann. Nun, David, wenn Ihr heute nacht Geld braucht, mögt Ihr hier für mich Wache stehen, wie Ihr es früher getan habt.»

Becket machte mit geöffneten Händen eine kleine Geste des Danks, und nachdem er seine eigene Pfeife zu Ende geraucht hatte und sein Glas leer war, stellte er sich zu jenen, die die Uneingeladenen davon abhielten, am Spiel teilzunehmen.

In Wirklichkeit war es eine schlechte Nacht für Becket. Das Problem für einen Mann wie ihn, der sich im Krieg in Flandern kein Vermögen erworben hatte, ist nicht, wie man bei Laurence dem König eine Beschäftigung findet, sondern wie man wieder herauskommt ohne einen Strick um den Hals und eine kippende Leiter unter den Füßen. Er hatte es ernsthaft versucht, doch jetzt war ihm ein Strich durch die Rechnung gemacht worden. Die Audienz beim König hatte den Charakter einer Niederlage, und beide wußten es.

29

Für Throgmorton war der Tag viel schlimmer verlaufen. Während Becket in Eliza Fumeys Bett schnarchte und ich meine Kraft mit vergeblichen Prophezeiungen und Warnungen vertat, wurde Throgmorton aus Little Ease herausgezerrt und in den Keller des White Tower gestoßen, zwischen Fässer und zerbrochene Spieße. Dort, in einer Ecke unter einem Gewölbebogen, der voller Waffen hing, vermählten sie ihn mit der Tochter des Herzogs von Exeter, nämlich mit der Streckfolter, während Foltermeister Norton ihn schikanierte und befragte und Simon Ames, in seiner Rolle als Judas, vorgab, sein Freund zu sein. Simon hatte den Mann für weniger stark gehalten, als er tatsächlich war, denn er sagte nichts außer dem Wort Jesus, wie grausam er auch gefoltert wurde.

Am Ende gab Mr. Norton die Angelegenheit als mißlungen auf, und Ames ließ Throgmorton in eine Zelle im Lanthorn Tower mit trockenem Boden und sauberem, tiefem Stroh tragen. Dann brachte er ihm einen Aufguß aus Mohnsaft und hielt ihm den Kopf hoch, damit er trinken konnte.

«Wenn Ihr mir ein oder zwei Worte sagt», flüsterte Simon dem armen Mann verführerisch wie Satan ins Ohr, «irgend etwas, das sich wenigstens anhört wie etwas, kann ich die nächste Folter vielleicht verhindern.»

Aber selbst diese vorgetäuschte Weichheit führte zu nichts, denn Throgmorton war so weit weg, daß er ihn nicht mehr hörte, und so verließ Simon ihn. Als er aus der Zelle kam, fragte Henderson, ob ihm etwas nicht gut bekommen sei, und seine Besorgtheit wurde mit einem sehr unangenehmen und kalten Blick belohnt.

Simon ging zu einem kleinen Raum im kaum benutzten Coldharbour-Gebäude, den er sich von den Archivaren erbettelt hatte. Er schrieb seinen Bericht wegen des trüben Tages bei Kerzenlicht, und seine geliehene Brille drückte noch mehr auf seine Nase und ließ seine schmerzenden Augen tränen. Er notierte seine Betrachtungen über Throgmortons überraschende Standhaftigkeit – vielleicht wartete der Mann auf etwas – und empfahl, eine geraume Weile auf weitere Folterungen zu verzichten, da sonst Throgmortons Gelenke auseinandergerissen werden könnten und er verblute. Dies war seine Art von Güte.

30

Wenn man die City von London mit einem Mann vergleicht, und das Herz dieses Mannes ist die große Kirche St. Paul's, dann ist das Herz Londons völlig verfault. St. Paul's quillt über vor Dieben und Geldwechslern, genau wie einst der Tempel in Jerusalem, den der Herr mit einem Strick von ihnen befreite. Wer einen sündhaft teuren neuen Rock hat oder ein Wams, muß auf- und ab- und umherstolzieren, vorbei an den Lebensmittel- und den Papierwarenständen, und wer Arbeit sucht, muß zur Säule mit den Angeboten. Jene, die all ihren Grundbesitz veräußert haben, um sich feine Kleider zu kaufen, wandern auch umher und müssen zur Dinnerzeit hören, wie ihnen der Magen knurrt.

Ich selbst flog durch das Mittelschiff, getragen von Engelsarmen, und unterhielt mich mit den Gesichtern in den Dachverzierungen und mit den Heiligen in den Nischen, die die Reformatoren nicht hatten erreichen können.

Tom tollte unten umher und verdiente ein paar Pennys, weil er einen Günstling der Königin mit der Behauptung unterhielt, es sei möglich, Tabakrauch zu wiegen. Becket war dort; er stand, die Daumen im Gürtel, neben einer kopflosen Statue und beobachtete unter halb geschlossenen Lidern hervor die Parade aus Rot und Grün und Butterblumengelb und Violett. Er lächelte, als er mich auf den dünnen, durch die Löcher im Dach eindringenden Strahlen von Sonnenlicht tanzen sah, und beobachtete, wie ich das Wasser in den Pfützen zwischen den Steinplatten und den Bronzetafeln auf dem Boden verspritzte. Der Regen dringt dort ein, wo der Turm war, bevor Gott ihn mit seinem Blitz traf. Damals geiferten die Priester, das sei ein offenkundiges Zeichen Seines Zorns darüber, daß eine Frau sich anmaßte, der Kirche vorzustehen; selbst die Bischöfe zeigten sich ein wenig betroffen. Jetzt ist es nicht anders, als es immer war, und das provisorische Dach, das sie nach dem Blitzschlag errichteten, wurde älter als viele der neuen Blüten, die ihre Eitelkeit unten zur Schau stellen.

Ich verdiente gutes Geld mit meinen Späßen, aber als ich sah, wie drei der Küster sich versammelten und mit gerunzelter Stirn auf mich deuteten, verbeugte ich mich, kratzte meinen Verdienst zusammen und trottete hinaus auf den Kirchhof, zwischen die Buden der Buchhändler und Papierverkäufer. Dort sah ich den kleinen, pockennarbigen Balladensänger, der Peterkin ermordet und zum Verfaulen im

Graben zurückgelassen hatte. Er war dabei, sich einen neuen Stapel von Liedern zu besorgen; Tom O'Bedlam war noch darunter, doch von seiner ersten Stelle verdrängt; dieser Platz wurde jetzt von *A New Song of the Hatter's Daughter from Islington* eingenommen. Als der Balladenverkäufer den Kirchhof verließ und zu singen begann, gingen zur gleichen Zeit ein zerlumpter Junge und ein Mann, der eine vor ihm, der andere hinter ihm, und nichts wies auf einen Zusammenhang hin.

Ich denke, es war kein Engel, der mich nach Osten zog, fort von meiner eigentlichen Umgebung, hin zur Old Change in der City. Es war ein Haus, das ich gut kannte und oft heimlich beobachtet hatte und gern mochte, wegen der Menschen, die dort wohnten. Jetzt liegen sein hohes, spitzes Dach, die schönen, rautenförmigen Fensterscheiben und der abgewetzte, verrußte Elefant über der Tür unter dem Schatten von Kain, und das Rosa der Ochsenbluttünche hat häßliche, blasse Klumpen an den Wänden gebildet. Das konnte ich meinem Bruder am wenigsten verzeihen; daß er, der als Verräter nach England gekommen war, sich bei unserer Schwester versteckte.

Als ich durch den Torweg kam, der von St. Paul's in die Old Change führt, sah ich den Jungen, der mir schon vorher aufgefallen war, in seinem blauen Gewand und mit Schwänen auf dem Hemd durch die Küchenpforte zum Haus laufen, und ich folgte ihm, was ich noch nie zuvor getan hatte. Tom war jetzt so tief und fest in seinem Wahnsinn verwurzelt, daß ich nicht widerstehen konnte. Ich wollte nicht, daß Agnes mich in diesem Zustand sah, doch hockte ich mich neben die Küchentür, wo der Junge hineinging, und schüttelte den Kopf, als er wieder herauskam.

«Hier ist Traurigkeit, hier ist Leid», flüsterte ich ihm zu.

«Sprich nicht mit Luzifer, denn er wird sich erheben und deine Seele verschlingen, wenn er kann.»

Der Junge blieb stehen und starrte mich an; seine strahlend blauen Augen waren von langen Wimpern umrandet.

«Hier ist der arme Tom aus der Fleet Street, der mit Engeln spricht, er ist da, um dich vor Luzifer zu warnen, halte dich fern.»

Er schüttelte den Kopf, schlüpfte an mir vorbei, obwohl ich keinen Versuch machte, ihn festzuhalten, und lief die Maidenhead Lane hinunter. Ein Stein traf mich an der Schulter, und ich drehte mich um und sah meine Tante, Catherine Nisbet, auf der Küchenschwelle stehen, die Hände auf den Hüften, das Gesicht zornentbrannt.

Sie öffnete den Mund, um mich anzuschreien, hielt aber inne, voller Zweifel über die gespenstische Vertrautheit meines Gesichts.

«Hallo, Tante Catherine», sagte ich friedlich. «Meine Ehrerbietung. Ist meine Schwester im Haus?»

Ihre blassen, wäßrigen Augen traten hervor, und ihr Gesicht wurde so weiß wie ihre Halskrause. Aus ihrer Kehle kam ein Gurgeln, das die Engel vor meinen Ohren verbargen, da es mein alter Name war, der vor den Dämonen verschwiegen werden muß.

Noch nie zuvor hatte ich das getan, obwohl es leicht genug gewesen wäre. Ich hatte das Haus entdeckt, als ich zufällig Agnes' Ehemann sah, den ich früher gut kannte, und ihm zu seinem Haus folgte. Ich hatte beobachtet, wie meine Schwester kam und ging, die Lastpferde und Wagen für die Rückkehr zu ihrem Haus auf dem Land aufmarschieren ließ und zusammen mit ihrem Verwalter voranritt, immer wieder kam und ging und die Interessen ihres Ehemannes vor den Gerichten in Westminster Hall vertrat. Tante Catherine war gewöhnlich hinter ihr geritten, im Damensattel und mit einem Diener, und hatte verstohlen den Rosenkranz gebetet. Einmal war auch eine Amme dabeigewesen, und ein Säugling, der winselte und kotzte. Aber noch nie hatte ich gewagt, so nahe an das Haus heranzugehen oder mit einem Mitglied meiner Familie zu sprechen, aus Furcht, sie würden mich zurück nach Bedlam schleppen.

Tante Catherine faßte sich mit einer Hand an den Hals und bekreuzigte sich mit der anderen wie wild. Ich dachte, vielleicht würde ein Dämon sie würgen, deshalb stand ich auf und ging lächelnd auf sie zu, mit ausgestreckten Händen, um zu helfen, ihn von ihrem Hals zu entfernen. Sie erbebte, warf den zweiten Stein, den sie noch in der Hand hatte, und eilte dann mit einem Wirbeln ihrer Röcke ins Haus zurück und schlug die Tür zu.

Ich starrte auf die Tür und trat nahe heran.

«Sagt Kain, daß ich ihm Bedlam vergebe», brüllte ich durch das Holz, und man muß mich sicherlich bis in die Fleet Street gehört haben. «Sagt ihm, die Männer des Ministers werden kommen, er ist in Gefahr.»

Im Haus ertönten schrille Stimmen, und ein Kratzen von Krallen auf Steinplatten war zu hören und ein leises, knurrendes Bellen. Ich zog mich von der Tür zurück, und als sie sich weit genug öffnete, um einen Hund herauszulassen, lief ich wie ein Hirsch die Straße hinunter und durch das Tor wieder in den Hof von St. Paul's, den Hund dicht auf den Fersen.

Oh, es war schwer, mit den Augen voller Tränen und einem Stein in der Brust zu laufen. Tom schüttelte die Tränen weg, als er nach Ludgate kam und hindurchrannte, während ein Engel belustigt fragte, warum ich weinte. Wozu das Ganze? Tante Catherine hatte mich als in Bedlam an der Pest gestorben vor Jahren beklagt und zweifellos im stillen Gott für die barmherzige Erlösung gedankt. Meine Schwester hatte mich sicher völlig vergessen. Wer würde einen Geist in Lumpen und Fetzen willkommen heißen, einen Mann der Schatten und Engel, der aus vermeintlichem Tod und Vergessenheit herausgebrochen war, ein Bruder, der Schande über ihren Namen gebracht hatte mit seiner Wildheit und der das Bankett der Königin auf den Kopf gestellt hatte? Adam würde solche Dinge nie tun.

Zweifellos war es der Hunger, der den neuen Anfall von Engeln brachte. Ein weiterer Nachmittag ging verloren in dem Bemühen, mich zu der Herde meiner verlorenen Tage im verschlossenen Glockenturm meines Geistes zu gesellen. Als ich Tom wieder einmal besiegt hatte, stand ich vor dem wunderschönen Christus-Fenster der Hure, Simon Ames schüttelte mich, und Henderson hielt eine Fackel hoch, um Simon von hinten Licht zu geben.

«Es ist, als spreche man zu Wasser und Wind, wenn man mit dir vernünftig reden will, Tom, ich weiß nicht, warum ich zurückgekommen bin. Und ich werde auch nicht wiederkommen, wenn nichts dabei herauskommt, das kannst du Mr. Becket sagen, wenn er es war, der dich geschickt hat.»

Er war müde und fühlte sich nicht wohl, sein Gesicht war blaß, und er hatte schwarze Ringe um die Augen und eine wunde Stelle unter der Nase, wo er sie zu oft abtupfte.

Sein Wächter Henderson lehnte sich an die nasse Mauer, und sein Gesicht zeigte die Geduld eines Heiligen. Aber ich konnte seine Gedanken lesen und wußte, was er und seine Gefährten dachten, nämlich, daß Simon Ames als nächster reif für Bedlam und die Bettlerschüssel sei, mit diesen angeblichen Mordversuchen und dem gefährlichen Spiel mit David Becket.

An diesem Punkt tauchte wie der Teufel, von dem man gerade gesprochen hat, Becket selbst auf, zuerst nur ein undeutlicher, schwarzer Schatten am Ende einer Gasse, die in den kleinen Hof der Hure führte, außerhalb der Reichweite von Hendersons Fackel, doch mit seiner eigenen Fackel an der einen Seite und einem dicken Bündel in der anderen Hand. Als er näher kam, wurde aus dem Bündel ein Mann, dessen pockennarbiges Gesicht sehr mitgenommen aussah und dessen Arm nach der Art, wie er schlaff hinunterhing, gebrochen war.

«Was hat das zu bedeuten, Mr. Becket?» verlangte Simon zu erfahren, während Henderson sich aufrichtete und nach seinem Stockdegen griff.

Becket schwenkte den Arm, und der Mann krachte gegen die Mauer und glitt ächzend auf den Boden. Aus seinem Wams fielen zerknitterte Papierbögen.

«Da», sagte Becket schwer atmend, «der da arbeitet für den Mann, der dafür zahlte, daß man uns ausräuchert.»

«Hm.»

«Erzähl ihm deine Geschichte, Bastard, oder ich piß dir in die Schnauze.»

Der Balladenverkäufer kroch auf die Knie und begann, aufs Geratewohl daraufloszustammeln, daß das nichts mit ihm zu tun habe und er arbeite nur für die, die ihn bezahlten, und er stelle keine Fragen und wisse nichts von gar nichts. Simons Augen wurden schmaler. Er ging vor dem Mann in die Hocke.

«Für was hat man dich bezahlt?» fragte er durchaus freundlich.

Der Balladenverkäufer schaute ängstlich Becket an, der mit einem Dolch in der Hand finster über ihm stand.

«Steckt Euer Messer weg, Sir», sagte Ames kurz. Becket

folgte der Aufforderung. «Und jetzt sag mir, für was man dich bezahlt hat.»

«Euch zu folgen, Euer Ehren, und zu markieren, wo Ihr Euch befindet, mehr nicht, ich schwöre es bei...»

«Sein Bündel stinkt nach Terpentin», sagte Becket. «Und er hat auch eine kleine Armbrust, eine Vogelflinte. Und ich habe ihn vor einiger Zeit auf der Brücke mit einem von Tyrrels Männern sprechen sehen.»

Ames musterte den Balladenverkäufer lange. Dieser erschauerte. Sein Kopf und seine Schultern waren naß und stanken nach der Gosse, wo Becket ihn zweifellos halb ertränkt hatte, aber hinter dem vor Furcht und Demut verzerrten Gesicht arbeitete es fieberhaft.

«Warst du am Tyburn?» fragte Ames mit unbeteiligter Stimme. «Da, wo sie Verräter hinrichten? Hast du Campion sterben sehen? Hast du gesehen, wie sie ihn nur kurze Zeit hängen ließen und dann schnell abschnitten, noch atmend, und ihm die Eingeweide aufschlitzten? Über seinen Verrat wurde ein Lied gemacht, und Männer wie du verkaufen es an die Menge. Warst du dort?»

Auch jetzt war Ames umhüllt von seiner schützenden Rüstung aus Eis, ausschließlich mit seinem Opfer beschäftigt, während Becket und Henderson still dastanden, beide gefangen von der Magie der Furcht, in die er den Balladensänger verflocht. Einmal nickte der Sänger zu Simons Frage.

«Du warst also dort. Du hast also gesehen, wie sie ihm vor seinen Augen die Eingeweide herausrissen, wie Schlachter, die Würste machen? Du hast gesehen, wie sie seine Hoden nahmen und auf das Feuer warfen? Ich glaube, er hörte nicht auf zu schreien, bis sie ihn vierteilten. Es ist wundervoll, nicht wahr, wessen es bedarf, um einen Menschen zu töten, wenn man es richtig macht?»

Edmund Dun nickte ein einziges Mal. Seine Abstammung aus einer Familie von Sängern und fahrendem Volk reichte ebenso weit zurück wie die von Richard Broom, und seine dunkle Haut und die dunklen Augen kamen nicht von Ägyptern, sondern aus dem Languedoc, aus den Zeiten der Ketzerei. Er stammte aus einer Familie, die in Armut geriet durch die Erfindung der Druckkunst, und dies war eine schwere Last für den Stolz eines Mannes, dessen Fähigkeit, Hunderte von Balladen auswendig zu kennen, jetzt niemand mehr zu schätzen wußte.

«Was mich betrifft, ich war froh, als Campion endlich tot war», fuhr Ames fort. «Ich hatte Mitleid mit ihm. Es ist ein Tod, den ich keinem Mann wünsche, was auch sein Verbrechen gewesen sein mag. Und doch glaube ich, daß er diesen Tod dem Leben vorzog, nachdem wir mit ihm im Tower fertig waren.»

Hier kam ein tiefer Atemzug, wie ein Seufzer, von Becket, aber nur ich hörte ihn.

«Sag mir, wo Mr. Semple wohnt», sagte Ames leise, überredend, «das ist alles, was ich wissen möchte.»

Der Balladenverkäufer schloß die Augen. Nach einer langen Pause flüsterte er etwas, und als Ames sich näher zu ihm beugte, um zu verstehen, schrie er: «Das Haus mit dem Elefanten über der Tür, in der Old Change.»

Jetzt geschah vieles auf einmal. Zuerst wurde Becket kreidebleich, als Simon sich wieder aufrichtete und den Siegelring von seinem Finger nahm.

«Ihr habt es gehört, Mr. Henderson», sagte Simon knapp. «Geht sofort zu Richter Fleetwood, zeigt ihm diesen Ring und heißt ihn, sich umgehend mit einem guten Aufgebot an Männern am Südtor von St. Paul's mit mir zu treffen.»

Aber während er sprach, flüsterte ein römischer Teufel

Dun etwas ins Ohr, und Dun sprang auf die Füße, stieß Ames in die Seite und warf ihn in eine Pfütze. Dun lief unbeholfen die Gasse hinunter, seine Füße in den abgewetzten Schuhen scherten eigenmächtig zur Seite aus und schlitterten durch Hundescheiße, sein gebrochener Arm schrammte an der Mauer entlang, und er wimmerte vor Schmerzen.

«Haltet ihn!» brüllte Ames. Becket schien aufzuwachen, duckte den Kopf, griff mit der Hand zum Nacken, kniff die Augen zusammen und warf. Der Liedersänger fiel aufs Gesicht, und ein kleines Messer von angenehmem Gewicht und mit glattem Heft ragte aus seinem Rücken hervor. Bis sie bei ihm waren, hatte er Blut erbrochen und war tot.

Ames stand ein wenig beiseite, während Becket einen Stiefel auf die Rippen des Mannes setzte und sein Messer herauszog. Er wischte es sorgfältig am Haar des Balladenverkäufers ab, um es zu reinigen und zu fetten, bevor er es wieder in das Nest unter seinen eigenen Locken schob.

«Ich wollte nicht, daß er stirbt», sagte Simon in die Stille.

«Nein?» sagte Becket, während Henderson die vielen Papiere des Mannes durchwühlte.

«Nur Balladen», sagte Henderson.

«Dann werft ihn in die Themse», sagte Ames, schüttelte sich ein wenig, kletterte wie eine Katze über den Balladenverkäufer und ging voran zur Water Lane. Henderson machte sich auf den Weg, Richter Fleetwood zu suchen, und Becket und ich nahmen die Leiche hoch und folgten Ames hinunter zum Fluß, wo der Balladensänger traurig und fast ohne einen Spritzer im Wasser versank.

Ames wärmte sich die Hände in den Ärmeln seines Umhangs und sah zu.

«Wollt Ihr mich begleiten, Mr. Becket?» fragte er höflich, «da Ihr so gut für mich gearbeitet habt?»

David Becket hätte die Einladung nicht annehmen müssen. Er hätte in der Nacht untertauchen können und mit etwas Vorsicht Simon Ames nie wiederzusehen brauchen. Aber das tat er nicht. Und doch wußte er so gut wie ich, was er getan hatte.

Ich fürchte mich vor Becket, wenn er tötet, denn eine häßliche Stimmung ergreift dann Besitz von ihm. Gefahr und Gleichgültigkeit ergossen sich aus den dunklen Stellen seiner Seele. Es ist merkwürdig, wie Menschen Rache an sich selbst nehmen.

Er wandte sich mir zu und hob die Hände, als wollte er mich um Vergebung bitten.

«Wenigstens könntest du mich für einen guten Wurf loben, Tom», sagte er.

Was konnte ich sagen? Ich kauerte mich an eine Mauer und hielt mit den Händen Toms Raserei in meinem Mund zurück.

«Du kannst mitkommen, wenn du willst, Tom», sagte Ames ahnungslos.

Ich lachte ihn aus. Vor die Wahl gestellt zwischen Dunkelheit und Eis, das einen erstarren läßt, entschied ich mich für keines von beiden. Statt dessen ging ich hinaus und hinauf und wanderte zwischen den Sternen und überließ es dem animalischen Teil von mir, unten zu toben, während ich über die dunklen, knirschenden Wolken Londons lief und der Sternendämon in meiner Seele sich freundlich mit der Sternenkönigin und den sieben Gouverneuren des Himmels unterhielt.

31

Sie behandelten meine Schwester ausgesprochen höflich, weil sie eine Frau und hochschwanger war und kurz vor der Entbindung stand. Sie gestatteten ihr, sich anzuziehen und zusammen mit all ihren Dienstboten in der Diele zu warten, während Simon Ames und Richter Fleetwood mit ihren Leuten das Haus auf den Kopf stellten, als plünderten sie eine Stadt. Ames knöpfte sich die Dienstboten einzeln vor, in einem sonnigen, kleinen Zimmer gleich neben der Diele, und auch Catherine Nisbet, die weinte und rief, sie seien alle von dem Narren verraten worden. Und die Köchin fluchte mit lauter Stimme und sagte, daß keiner von ihnen ihm je etwas mitteilen würde, nein gar nichts, und außerdem habe Mr. Semple sie verlassen, für immer, Jesus sei Lob und Dank.

Ames ließ Mistress Fant bis zuletzt warten. Sie saß auf dem geschnitzten Stuhl ihres Ehemannes, und die langen, wachsweißen Finger ruhten auf ihrem Bauch. Das Kinn war in die Falten ihrer Halskrause gedrückt, und sie trug ein altes, grünes Samtkleid im losen Stil, denn sie würde jetzt kein Korsett mehr tragen, bis sie von ihrer Last befreit war. Einige launische Strähnen roten Haares entwischten wie immer dem schwarzen Samt ihrer französischen Haube, und die Leinenkappe darunter war so farblos wie ihr Gesicht.

Sie versuchte nicht absichtlich, Simon in eine ungünstige Lage zu versetzen, tat es aber aus reinem Instinkt, mit Hilfe ihres alten Blutes, das subtil ans Werk geht. Zwar war der Stammbaum meines Vaters zu neu und zu dünn, um sehr alt zu sein, und verdankte dem Großvater der Königin seinen vornehmen Klang, aber der Stammbaum meiner Mutter konnte mühelos auf einen der Raufbolde Wilhelm des Eroberers zurückgeführt werden.

Als Ames eintrat, stand nur eine einzige Kerze neben Agnes auf dem Tisch. Ein Brevier lag daneben, und im Kamin brannte ein schwaches Feuer.

Sie sah ihn an und wartete darauf, daß er redete; sie sagte nichts, was ihm die Befangenheit hätte nehmen können. Als er sprach, hatte er das erste Scharmützel bereits verloren.

«Madam, ich muß Euch sagen, daß wir Messegeräte und Agnus-Dei-Darstellungen in Eurem Versteck hinter der Treppe gefunden haben.»

Sie neigte den Kopf ein wenig, sagte aber nichts.

«Wer war der Mann, der sich Semple nannte und in den vergangenen Wochen in diesem Haus gewohnt hat?»

«Mein Bruder.»

«Wußtet Ihr, daß er ein Papist ist und für den Herzog von Alba arbeitet?»

«Ich weiß, daß er ein Katholik ist», sagte meine Schwester leise, «wie ich auch.»

«Wußtet Ihr, daß er ein Verräter ist?» fragte Simon. Wieder Schweigen, denn Agnes schloß die Lippen, als schlage sie ein Buch zu. «Wo ist er jetzt?» Noch immer kam nichts. Simon nahm ein Stück Papier, das er gefunden und auf gut Glück dem ganzen Haushalt gezeigt hatte, und hielt es ihr entgegen. «Wer hat Euch diese Ballade verkauft?»

Agnes warf einen Blick darauf. «Es ist Tom O'Bedlams Ballade», sagte sie. «Wenn Ihr jeden Haushalt festnehmen wollt, der eine Abschrift besitzt, habt Ihr eine anstrengende Nacht vor Euch, Sir.»

«Von wem habt Ihr sie gekauft?»

«Ich habe sie gewiß nicht gekauft. Fragt die Küchenmädchen, oder vielleicht einen der Diener.»

«Madam, ich muß Euch in der Angelegenheit Eures Bruders um Auskunft bitten.»

Sie schloß kurz die Augen. «Daß ich, wie Ihr es ausdrückt, eine Papistin bin und den gleichen Glauben wie mein Vater, mein Großvater und mein Urgroßvater habe, das gebe ich gerne zu», sagte sie. «Ich bewahre Geräte für die Messe auf und habe Messen beigewohnt, auch das gebe ich zu.»

«Was gegen das Gesetz verstößt.»

«Ja, das tut es. Aber das ist alles. Abgesehen von der Frage der Religion bin ich Ihrer Majestät Vasallin und eine ergebene Untertanin. Weder ich noch irgend jemand in meinem Haus ist ein Verräter.»

«Angesichts der Tatsache, daß Gott die Welt erschaffen hat – was kann es neben der Religion noch geben, Madam?»

Agnes lächelte. «Doch sicherlich das, was die Königin wünscht.»

«Und was haltet Ihr von der päpstlichen Bulle zur Exkommunikation Ihrer Majestät? Wenn Alba mit seiner Armee anrückte, für wen würdet Ihr beten, für die Königin oder den Spanier?»

«Ah. Die Gewissensfrage. Ich würde ohne Unterschied für alle Engländer und Engländerinnen beten, Sir, so wie ich es jetzt schon tue.»

Simon schwieg einen Augenblick lang. «Wo ist Euer Gemahl?» fragte er dann.

«Er weiß weder von dem Besuch meines Bruders noch um die Messegeräte, da er die vergangenen sechs Monate in Tilbury gewohnt hat. Er geht jeden Sonntag zur Kirche und zahlt aus Liebe zu mir auch meine Strafe.»

«Dann seid Ihr ihm eine sehr schlechte Ehefrau», sagte Simon kalt.

Agnes neigte den Kopf. «Ja, das bin ich», sagte sie, «aber er weiß nichts. Er überwacht in Tilbury den Bau eines Schiffes für die Erforschung der Nordwestpassage sowie das Laden und Löschen seiner Frachten für Rußland und für die Hanse. Ich sehe ihn kaum, außer im Winter, wenn die Meere nicht befahrbar sind. Ich bin wegen eines Gerichtsverfahrens in London.»

Simon ging zum Feuer und legte seine Hände auf den Kaminsims, um sie ein wenig zu wärmen.

«Madam, ich habe bereits nach Tilbury geschickt, um Euren Ehemann festnehmen zu lassen. Außerdem muß ich, so ungern ich es auch tue, Euch zum Tower bringen. Würdet Ihr eine Sänfte bevorzugen oder lieber mit dem Boot fahren? Sagt, was Ihr wünscht, und ich werde es in die Wege leiten.»

Agnes lächelte und legte die Fingerspitzen aneinander. Ihre Hände zitterten nicht.

«Ich wünsche überhaupt nicht, zum Tower zu gehen», sagte sie. «Wie Ihr sehen könnt, ist es nicht wahrscheinlich, daß ich Euch davonlaufe. Ich war im Begriff, mich in mein Gemach zurückzuziehen und zu warten, bis meine Stunde gekommen ist.»

Simon neigte den Kopf. «Dennoch muß ich darauf bestehen.»

«Hübsch, wenn eine Frau ihr Kind im Tower zur Welt bringen muß.»

«Ihr werdet nicht die erste sein, Madam», sagte Simon, «und gewiß auch nicht die letzte. Ich werde mich darum kümmern, daß eine Hebamme dort ist, die Euch beisteht.»

«Wenn Ihr hofft, daß mein Bruder heute nacht in dieses Haus zurückkehrt, kann ich Euch schon jetzt sagen, Sir, daß Ihr enttäuscht sein werdet. Er wird nicht zurückkommen.»

Da Simon dies in der Tat gehofft hatte, antwortete er nicht.

«Ich werde Euch behilflich sein, wenn wir die Sänfte

vorbereitet haben», sagte er abschließend und wandte sich der Tür zu, während Agnes ins Leere schaute.

Als er die Türschwelle überquerte, hob sie das Kinn und rief ihm hastig nach: «Seid rücksichtsvoll mit meinem Ehemann, Sir, ich flehe Euch an, er ist von cholerischem Temperament, es geht ihm nicht gut, und er weiß nichts von meiner Torheit...»

Simon verneigte sich. Sie erwiderte die höfliche Geste nicht, und die Blicke all ihrer Dienstboten durchbohrten ihn wie Pfrieme, als er an ihnen vorbeiging, um mit James Ramme zu sprechen, der in diesem Augenblick vom Hof kam und noch immer an einer gebratenen Gänsekeule nagte.

32

Zwei von Richter Fleetwoods Priesterjägern gingen im Korridor auf und ab, als Simon sich zur Küche begab. Dort stieß er auf Becket, der im Kamin ein Feuer anmachte. Zwei Schürhaken lagen in der Asche, zwei Humpen standen auf einer Bank und warteten darauf, heiß gemacht zu werden.

Simon blieb stehen und sah Becket zu, während er gleichzeitig seinen Umhang an den Schultern hochzog und sich an der wunden Stelle unter seiner Halskrause kratzte. Becket drehte sich um und grinste, was Simon fast zur Flucht veranlaßte, weil er sah, daß der Mann betrunken war.

«Kommt, Freund, trinkt mit mir», sagte Becket und schwenkte einen Schürhaken, bevor er das Ale damit erwärmte. Simon hockte sich vorsichtig auf eine Bank, lauschte dem Zischen und Blubbern des Ales und roch die Gewürze.

Er nahm den Humpen entgegen, unterdrückte die Bemerkung, daß die Küche nicht Becket gehöre, wenn er auch so tat, als sei er dort zu Hause, und nippte vorsichtig. Becket setzte sich neben ihn, woraufhin die Bank protestierend knarrte, bewegte seinen Humpen liebevoll hin und her und stieß Simon den Ellbogen in die Rippen.

«Das war Gold, was ich Euch mit dem Balladenverkäufer gebracht habe, was?»

«In der Tat», stimmte Simon friedfertig zu, «obwohl wir leider etwas zu spät kamen.»

«Erzählt mir die Geschichte.»

Der Geruch nach altem Schweiß, altem Rauch, Alkohol und Furcht war so durchdringend, daß Simon husten mußte. Er putzte sich wieder die Nase, die ganze Zeit von David Beckets unnatürlich glänzenden Augen auf der Bank festgenagelt. Er hielt es für besser, ein wenig zu reden.

«Der Mann, den wir suchen, kam unter dem Namen Semple nach England, aber in Wirklichkeit heißt er Adam Strangways, denn er ist der Bruder von Mistress Fant.»

Becket spuckte in das Feuer und nahm noch einen Schluck.

«Es ist bekannt, daß er mit Charles Paget befreundet ist, dem Agenten der Königin der Schotten in Paris, der im September selbst hier war, doch entwischen konnte, bevor wir seiner habhaft wurden. Wir wissen, daß Strangways im Frühsommer eine Privataudienz bei dem spanischen König hatte.»

Becket zog die Augenbrauen hoch. «Was wurde besprochen?»

Simon spreizte die Hände. «Das wissen wir leider nicht.»

Becket murmelte mißbilligend, trank sein Ale aus und ging in die Speisekammer, um noch etwas vom Faß zu zapfen.

«Die letzten Tage haben meine Geschäfte mich übermäßig

beansprucht», rief Simon ihm nach. «Es ging um einen gewissen Francis Throgmorton, den wir jetzt im Tower haben.»

Becket tauchte schwankend in der Türöffnung auf. «Ist er gefoltert worden?»

«Ja.»

«Hat er etwas gesagt?»

«Nein.»

Becket schnaufte verächtlich und trank, ohne das Ale erst anzuwärmen. Simon nippte wieder.

«Wir haben ihn festgenommen, aber ich fürchte, es war ein Reinfall. In seinem Haus hielt sich jemand versteckt, den wir nicht gefunden haben und der uns später entwischte, zweifellos mit allem, was Throgmorton uns nicht sehen lassen wollte.»

Simon sprach hastig weiter; er wollte vermeiden, daß Becket ihn falsch verstand.

«Walsingham war überzeugt, daß es sich um ein Komplott der Guisen handelte und daß wir darum in der Französischen Botschaft nach der Ursache suchen sollten. Hinter ihnen allen steht natürlich der König von Spanien; er hat das Geld, alle zu bezahlen, aber wir vermuteten die treibenden Kräfte in Frankreich. Doch aus den Papieren, die wir gefunden haben, ging hervor, daß der kleine Mr. Throgmorton nicht nur Botschaften zwischen Guise und der Königin der Schotten befördert hat, sondern auch zu dem Botschafter von Spanien, Mendoza, von dem wir annahmen, daß er es nicht wagen könnte, so direkt verstrickt zu sein. Mit anderen Worten, sie waren weniger durchtrieben, als wir erwartet hatten, und haben uns so an der Nase herumgeführt. Dies ist keine Verschwörung der Guisen. Wir haben im falschen Dickicht nach der Spur gesucht.»

«Und ...», Becket wedelte mit der Hand in der Luft, «was ist Ende und Zweck dieser ausländischen Komplotte?»

Simon legte die Finger flach auf den Mund, schloß die Augen für einen Augenblick und dachte zum drittenmal, daß er am nächsten Tag zum Barbier gehen müsse.

«Stöcker und Stroh zeigen, wie der Wind weht. Ich sehe einen Fußabdruck im Schlamm, und wie Elektra kenne ich den Besitzer, obwohl es für jeden anderen nur eine Spur im Schlamm ist. Aber wo Elektra Orest sah, sehe ich ein Heer in Waffen gegen uns und den König von Spanien seine Armeen versammeln. Doch es gibt so wenig, das zu beweisen.»

«Wenn Alba im Namen der schottischen Königin bei uns eindringt, braucht Ihre Majestät doch sicher nicht mehr zu tun, als die Frau um einen Kopf kürzer zu machen», sagte Becket mit der Halsdurchschneidergeste der Straße. «Der Herr mag wissen, warum sie das nicht schon längst getan hat.»

«Nun ja, das ist ein Beweis, daß Ihr nichts von Politik versteht, David», sagte Simon. «Denkt doch einmal nach. Die schottische Königin steht zwischen Philipp von Spanien und dem Thron von England, auf den sie aufgrund des Erbrechts Anspruch hat, und zwar noch vor Philipp, der durch seine Heirat mit Königin Maria Tudor ebenfalls Anspruch erheben kann. Wir hatten gehofft, er würde weniger geneigt sein einzumarschieren, wenn es mehr um ihre Interessen ging als um seine eigenen. Offenbar haben wir uns geirrt. Und mit dem Kopfabschlagen ist es nicht so leicht oder so einfach; es muß ein wirklicher Grund dasein. Die Königin ist sehr dagegen, eine andere gesalbte Königin zu töten. Ich würde sogar sagen, sie hat einen Horror davor. Wer auch immer sie dazu bringen wird, es endlich zu tun, wird wohl damit seine eigene Laufbahn zerstören, denn sie wird danach immer vor ihm zurückschrecken. Und dann gibt es da noch etwas.»

«Und das wäre?» hakte Becket nach, setzte sich wieder neben Simon und schien sich nur mit Mühe von dem Anblick eines weiteren geschnitzten Elefanten über dem Kamin loszureißen.

«Nun, daß unsere Königin Mühe haben wird, Maria Stuart von Schottland töten zu lassen, wenn sie selbst vorher getötet worden ist.»

Becket zuckte zusammen.

«Es ist geplant, eine Armee von den Niederlanden herzuschicken, das wissen wir», fuhr Simon fort, «aber noch können sie den Kanal nicht überqueren. Sie haben nichts vorbereitet, keine Schiffe, keine Flotte, keinen Nachschub, und der Prinz von Oranien befindet sich wieder einmal in einer verzweifelten Lage.»

«Ich kenne keinen Soldaten, der so vom Pech verfolgt ist wie er...», sagte Becket und holte Luft, zweifellos, um eine langatmige Geschichte zu erzählen.

«Eine Armee kann nicht herbeigezaubert werden wie Milch aus der Kuh, und eine Flotte auch nicht. Aber ganz England und unsere Einheit hängen an einem einzigen dünnen Faden. Wenn der Spanier vor den Toren steht und die Königin getötet wird, wird unter den Engländern Verwirrung ausbrechen, und sie werden dem erstbesten folgen, der ihnen verspricht, den Ausländer aus dem Land zu jagen.»

Becket schnalzte mit der Zunge und nickte. «Stimmt. Sogar dem blutrünstigen Graf von Leicester.»

«Aber wenn die Königin jetzt beseitigt würde, ohne Drohung von außen, die uns zusammenschweißt... Würdet Ihr dem Grafen von Leicester folgen? Was ist mit dem schottischen Knaben-König Jakob? Was mit seiner Mutter? Wie würde der Kronrat entscheiden? Ihre Majestät hat keinen Erben geboren und wird es jetzt nicht mehr tun. Das Land würde auseinanderbrechen. Und dann, in ein oder zwei Jahren, wenn wir ausgeblutet und erschöpft vom Kampf sind, kommt Philipp von Spanien mit seiner wohlgerüsteten Armee und stiftet so Frieden unter uns allen ...»

Becket sah sich um. «Es scheint unmöglich, daß ...»

«David, Ihr habt die Niederlande gesehen, die so reich waren. Habt Ihr nicht erfahren, wie zerbrechlich eine Herrschaft der Gerechtigkeit ist und wie leicht zu stürzen?»

«Doch», sagte Becket mit schwerer Stimme und starrte in seinen Humpen, als suche er im Bodensatz nach Spaniern. «Aber ...»

«Aber? Der Allmächtige wird uns beschützen? Der Allmächtige wird, da er ja englisch ist, so etwas nicht zulassen?» Simon verhöhnte ihn. «Erzählt das doch den Portugiesen oder den Holländern, ja, erzählt es sogar den Böhmen. Es ist nicht so schwer, einen Herrscher zu töten. Man macht es, indem man einen einzigen Mann schickt, dem es gleichgültig ist, ob er lebt oder stirbt, Hauptsache, er gewinnt die Märtyrerkrone. Ich glaube, das ist es, was sie getan haben. Aber einen solchen Menschen zu ergreifen kommt einer Jagd auf einen bestimmten Fisch unter den Kabeljaus in den Fischgründen von Neufundland gleich.»

«Aber Ihr seid ... ihm jetzt ein wenig näher», sagte Becket schließlich, «nicht wahr?»

«O ja.» Simons Stimme klang müde. «Daß Ihr den Balladensänger aufstöbern konntet, war sehr geschickt. Wie habt Ihr es angestellt?»

Becket lachte spröde auf. «Nun ja, ich bin zum König gegangen und habe mit ihm gesprochen», erklärte er. «Und er empfing mich und gab mir eine Audienz, und als Gegenleistung für einen kleinen Gefallen fand er heraus, wer in Spanien ausgebildete Hakenbüchsenschützen und Straßenräuber wie Knochenbrecher Smith angeworben hatte. Es war keine große Mühe.»

«Der König? Meint Ihr den König der Diebe?»

«Wer sonst würde so etwas wissen?»

«Ich habe von ihm gehört, doch nicht geglaubt ...»

«Oh, kommt, Simon, wo es Gold und Macht und keine Gesetze gibt, kommt zuerst die Anarchie und am Ende ein König.»

«Und was war der kleine Gefallen, den er für seine Hilfe forderte?»

«Er wünscht eine Audienz bei Eurem Herrn.»

«Bei Sir Francis?»

«Ja.»

«Das habt Ihr mir gegenüber noch nie erwähnt.»

«Er wollte nicht, daß ich es tat, bevor Ihr Anlaß hättet ... dankbar zu sein.»

Simon musterte David lange und scharf. «Hm», sagte er schließlich. «Er hat mir ganz gewiß einen Gefallen getan. Ihr könnt ihm sagen, daß ich mit meinem Herrn darüber sprechen werde. Wenn ich um seinen Namen bitten dürfte.»

«Laurence Pickering.»

Simon nickte. Dann seufzte er, nahm seinen abgekühlten Humpen und leerte ihn. Becket stieß ihm wieder mit dem Ellbogen in die Rippen und schob ihn dabei fast von der Bank.

«Warum so melancholisch, Simon? Ist das nicht ... eine Art Sieg für Euch?» Er sprach undeutlich, ein wenig zu lustig, und schwankte, während er sprach.

«Es macht mich traurig, wenn ein Freund mir nicht die Wahrheit sagt.»

Der Allmächtige mochte ihm helfen, es war nicht seine Absicht gewesen, es so ungeschickt auszudrücken; die Worte waren aus dem Mund gestolpert wie ungezogene Jungen aus der Schule. Becket erstarrte und sah ihn finster an.

«Bezichtigt Ihr mich der Lüge, Sir?» fragte er aufbrausend.

«Nein, nein, nicht direkt», versuchte Simon zu beschwichtigen, «ich bin Euch aufrichtig dankbar für Eure Hilfe in dieser Sache, aber...»

«Aber?» Beckets Gesicht war dunkel angelaufen.

Simon schluckte kräftig. «Aber ich wünschte, Ihr hättet mir aus freiem Willen gesagt, daß Ihr sowohl Anthony Fant als auch Adam Strangways kennt.»

Becket sagte nichts.

«Ich gehöre, wie Ihr wißt, zu Sir Francis Walsinghams Haushalt», mühte Simon sich weiter ab. «Er ist ein außerordentlich achtbarer Mann, aber... mißtrauisch – sonst könnte er nicht tun, was er tut. Wir werden alle so mißtrauisch wie er, wir müssen es werden, denn es gibt in der Tat Leute, die in merkwürdigen Winkeln arbeiten, Männer, die verdächtig sind. Verrat entwickelt sich leicht unter Männern, die nach Macht und Gold greifen...»

«Wollt Ihr sagen, daß ich ein Verräter bin?»

«Nein, Sir. Es ist nur – ich habe Euch viele Chancen gegeben, mir mitzuteilen, daß Ihr den Herrn dieses Hauses kennt sowie den Mann, den ich suche, und Ihr habt es nicht getan, und... es macht mich traurig. Ihr wart doch mit ihnen in Gray's Inn.»

Oh, wie dünn verlor sich seine Stimme. So hatte er es ganz und gar nicht geplant.

«Würdet Ihr... würdet Ihr mir alles, was Ihr über sie wißt, sagen?»

«Sollte nicht ein Schreiber dabei sein, der niederschreibt, was ich sage? Und vielleicht Foltermeister Norton mit seinem Spielzeug, um mir Ehrlichkeit beizubringen?»

Ames sah ihn an und fuhr sich wieder mit der Hand übers Gesicht. «Ihr seid nicht verhaftet. Ihr braucht nichts zu sagen, wenn Ihr nicht wollt. Ich frage als Freund.»

«Und wenn ich nichts sage? Was dann? Der Tower? Ich sehe, Ihr habt genug Macht, um den Richter von London nachts aus dem Bett zu holen. Zweifellos habt Ihr irgendwo einen Haftbefehl und könntet mich vor Morgengrauen in Little Ease haben, eh?»

Wie seltsam, durchfuhr es Simon, einen so kraftstrotzenden Mann so heftig mit der Angst kämpfen zu sehen, auch wenn er es gut verbirgt.

Plötzlich hing ein Geruch von Gewalt in der Luft. Wenn Becket dachte, er würde gleich verhaftet werden, würde er nicht brav mitgehen, sondern alles aufs Spiel setzen, Simon mit einem Schürhaken niederschlagen und sich aus dem Staub machen. Der eben noch freundliche Becket war in Sekunden an den Rand eines Wutanfalls geraten.

Wie kann ich ihn besänftigen, fragte sich Ames, wenn ich mir selbst seiner Aufrichtigkeit nicht sicher bin? Wenn ich Ausflüchte mache, bin ich mit Sicherheit ein toter Mann.

Im Durchgang zur Küche ertönte plötzlich Lärm, als der Suchtrupp begann, die Wandtäfelung zu entfernen. Becket zuckte leicht zusammen, wandte die Augen aber nicht eine Sekunde von Ames ab. Eben unterhielt ich mich noch mit einem Freund, dachte Ames traurig, und jetzt ist er zu einem wilden Tier aus dem Wald geworden, das ich beruhigen muß.

Becket hatte sich auf der Bank etwas anders gesetzt, so daß sein Schwert frei herunterhing. Seine Hand umschloß seinen Dolch.

«Ich bin kein Spanier», sagte Simon überstürzt und hörte das Schrille in seinen Worten, als sie planlos hervorsprudelten. «Es waren Spanier, die Euch gefoltert haben, nicht wahr?» Stell keine Fragen, warnte ihn eine innere Stimme, und er beantwortete seine Frage selbst. «Ja, es waren Spanier.» Simons Mund war trocken, fühlte sich vor Furcht pelzig an. «Ich habe nur meinen Dolch. Wenn Ihr mich für einen so falschen und vergeßlichen Freund haltet, daß ich Euch verhaften lassen könnte, dann tut, was Ihr vorhabt. Ich werde mich nicht wehren.» Irgendwie brachte er es fertig zu lächeln, obwohl seine Lippen an den Zähnen klebten. «Ich weiß, daß es eine Verschwendung von Zeit und Mühe wäre.»

«Ich darf gehen?»

«David, ich weiß so wenig von Euch, ich wünschte... Wenn ich mein Leben dafür verpfänden muß, daß Ihr kein Verräter seid, dann will ich das tun. Aber wenn Ihr mir nicht vertraut, dann geht sofort.»

Becket stand auf. Sehr langsam und vorsichtig ging er auf die Dienstbotentür zu und suchte sich sorgfältig und stumm einen Weg über die Steinplatten. Als er die Tür öffnete, sagte er: «Ich glaube Euch, Simon.»

Und dann war er draußen, durchquerte den kleinen Kräutergarten, lief an den Toiletten vorbei und durch die Hinterpforte hinaus. Ames holte tief und langsam Luft. So nahe bin ich dem Tod noch nie gewesen, dachte er in einer Art kaltem Staunen, und dann sackten seine Schultern zusammen, und er fühlte sich erschöpft. Er sehnte sich nach Schlaf, fragte sich aber verzweifelt, wo er wohl sicher wäre. Denn Adam Strangways war noch immer frei, wenn er sich vermutlich auch versteckt halten mußte und ohne seinen Balladensänger als Mittelsmann nichts unternehmen konnte. Doch hatte er vielleicht schon vorher Verfolger auf Simon angesetzt, die ihm noch immer auf den Fersen waren.

Ames stellte fest, daß es ihn nicht mehr interessierte. Er wartete, bis die Sänfte für Mrs. Fant kam, sagte dann die üblichen Worte, verließ Anthony Fants Stadthaus und ging die Old Change hinunter zur Knightrider Street, wo er im Crusader Inn noch Einlaß fand, obwohl es lange nach der Sperrstunde war.

Vielleicht hatte er jetzt mehr Glück. Die Wirtin begrüßte ihn mit einem Kuß, und die Bettwäsche war sauber. Die Wirtin legte ihm eine Wärmflasche ins Bett, während er sich entkleidete, und als sie die Wärmflasche wieder herausgenommen und ihm eine gute Nacht gewünscht hatte, stieg er in Hemd und Unterhosen in ein warmes Nest. Er sagte seine Gebete ohne die gebührende Andacht, reihte bloße Worte aneinander wie Perlen auf eine Schnur. Hinter den fest geschlossenen Bettvorhängen konnte er sich in Sicherheit wiegen und schlafen wie ein Toter.

33

In jedem Kopf auf jedem Kissen verbirgt sich eine Welt mit ihren Gedankenstädten und Traumwäldern. Wir alle haben Wüsten und Berge in unseren Schädeln, und nur die Städte bringen Licht und Gelehrsamkeit ins wüste Land. Meine Städte liegen alle zerstört und in Ruinen wie die Steinwälder im alten Rom, aber selbst für jene, deren Köpfe so bevölkert sind wie die Ebene von Flandern, kommt die Nacht und kommt der Schlaf, und die Mondkönigin besteigt ihr weißes Pferd und reitet mit bimmelnden Glöckchen am

Zaumzeug über Wald und Heide, und Bettler und Gestalten in Lumpen und Flicken kommen tanzend aus ihren Verstekken. Bei Nacht wimmelt London von Träumen, und es fällt mir schwer, einen sicheren Weg zu finden zwischen den Schatten der wahren Welt und denen der wahreren Welt jenseits davon, wo ich täglich weile und alle Menschen nächtliche Besuche machen. Hier haben wir Walsingham, der sich in seinem Bett hin und her wirft, während der Pöbel von Paris ihn durch das Labyrinth seiner eigenen Erinnerungen jagt, und dort haben wir Simon Ames, vor dem die spanischen Scheiterhaufen seiner Onkel lodern, ein zu schreckliches Bild, als daß er sich am Morgen daran erinnern kann. Becket hatte sich eine schmierige kleine Saufhöhle gesucht, um seine Ängste zu ertränken, lag geborgen in der Freiheit von Whitefriars und schnarchte wie ein Schwein, traumlos, den Kopf auf die Arme gestützt.

Das Königliche Münzamt, das den Tower zwischen der inneren und der äußeren Mauer umgürtet, beginnt im Winter lange vor Sonnenaufgang mit der Arbeit, mit einem scheußlichen Zischen und Blasebalgpumpen und anschließend dem runden hellen rhythmischen Klirren von Prägestöcken auf Metall. In schneller Folge ergießen sich Bilder der Königin aus den mißtönenden Maschinen: Pennys, Groats, Shillings, halbe Kronen, Kronen. Ist es der Zauber des Gesichts der Königin, der ihnen ihren Wert verleiht, oder das Silber in den höheren Münzen?

Im Salt Tower brachte das Klirren Kanonen in Anthony Fants Träume. Er erwachte in kalten Schweiß gebadet und von Steinmauern umgeben, und die unerträglichen Schmerzen eines von der Kugel einer Hakenbüchse zerschmetterten Arms durchliefen ihn wie Feuer und versetzten ihn ruckartig zehn Jahre zurück. Gott habe Erbarmen, sollte es alles noch einmal geschehen? Er griff mit seiner rechten Hand nach der verwundeten linken und fand dort nichts. Er hatte solches Erwachen schon vorher erlebt und glitt so zurück in die wahre Welt, wo amputierte Arme nicht auf wunderbare Weise über Nacht nachwachsen. Schließlich hatte er mit eigenen Augen gesehen, wie der stinkende schwarze geschwollene Greuel, der einmal seine Hand und sein Arm gewesen war, in einen Eimer geworfen wurde, und hatte gehört, wie das rotglühende Eisen in seinem Blut gedampft und gezischt hatte. Er wunderte sich oft, wie deutlich er sich erinnerte: Er wußte noch, wie er sich gesträubt und gewehrt hatte gegen Riemen und starke Arme, wie der Geschmack von Leder in seinem Mund durch seinen Kopf gegangen war und sich dort mit Galle vermischt hatte, wie er noch immer ein Stückchen Verstand tief in sich spürte, das sich fragte, warum er nicht ohnmächtig wurde, und doch erinnerte er sich nicht an die Schmerzen, nur an das, was er tat, während der Schmerz da war. Die Schmerzen, die in dem Gespenst seines verlorenen Arms kamen und gingen, waren etwas anderes; die Erinnerung an den Verlust des Arms war barmherzig zensiert worden von einem geheimnisvollen Gott, der es nicht zulassen wollte, daß er in Ohnmacht fiel.

Der gleiche barmherzige Gott hatte jetzt veranlaßt, daß er in den Tower gebracht wurde, als er gerade ins Bett gehen wollte, aus seinem Quartier diskret und höflich begleitet von einem gutgekleideten jungen Mann, der ihn sofort flußaufwärts brachte. Er wußte nicht, aus welchem Grund, außer, daß seine Ehefrau eine Katholikin war.

Fant setzte sich auf und sah sich um, in dem kleinen runden Zimmer, in dem nur der Form halber eine Lage älterer Binsen den Boden bedeckte und ein Bett mit einem dünnen Strohsack stand. Das durch vergitterte Fenster eindringende Sternenlicht prallte von Wänden ab, die mit ominösen Schnitzereien bedeckt waren. Es war der modrige, feuchte Geruch, die Härte seines Bettes und das Schlafen in allen Kleidern, was ihn zurück nach Haarlem versetzt hatte, wo sein Arm lag (manchmal fragte er sich, ob er am Tag des Jüngsten Gerichts dorthin zurückkehren müsse, um nach ihm zu suchen).

Etwas, was seine Frau getan hatte, hatte ihn hierhergebracht. Zweifellos war auch sie im Tower und hörte das Klirren. Einen Augenblick lang empfand er Zorn über ihre Torheit und ihren Ungehorsam, dann seufzte er. Bis jemand kam, um ihn zu befragen, konnte er nichts tun. Alles lag in Gottes Hand, auf den er hauptsächlich aus unerschütterlicher Gewohnheit vertraute. Hatte Gott ihn nicht aus der Klaue des Spaniers erlöst mit der Absicht, die Neue Welt englisch und nicht verrottet spanisch werden zu lassen? Hatte nicht gerade der Verlust seines Arms ihm das Leben gerettet? Er stieg aus dem Bett, kniete auf den Boden nieder und dankte Gott für sein bisheriges Leben, bat um Gnade für sich selbst, weil er ein Sünder war, für seine Kinder, weil sie unschuldig waren, und, wenn möglich, für seine Ehefrau, weil sie nur eine Frau war und es nicht besser wußte. Dann kletterte er zurück auf den Strohsack, zog sich seinen Umhang bis zu den Ohren, legte sich seinen Hut aufs Gesicht und schlief wieder ein.

Agnes war inzwischen aufgewacht und sah Catherine Nisbet, die sich über den Kamin beugte und bittere Tränen vergoß, weil sie ein Feuer angelegt hatte und es jetzt nicht anzünden konnte, wie oft sie auch Flint und Stahl gegeneinanderschlug. Das Ungeborene strampelte unbarmherzig gegen Agnes' Rippen, und sie mußte sich an den Vorhängen hochziehen, weil das Bett alt war und in der Mitte durchsackte. Sie rollte sich vorsichtig vom Bett, schlüpfte in ihre Schuhe und ging hinüber zum Kamin, wo sie Flint und Stahl aus Catherines zitternden Händen nahm und feststellte, daß der Zunder feucht war, wahrscheinlich von den Tränen. Sie fischte ein anderes Stück aus der Kiste und hatte kurze Zeit später den kleinen Kerzenstummel angezündet. Als das Feuer sich durch Heu zum Holz schlängelte, ging sie zur Truhe, wo ihre Sachen lagen.

Mrs. Nisbet stolperte in der Dunkelheit hinüber zu Agnes, um ihr beim Anziehen der Unterhosen zu helfen, da Agnes nicht an ihre Füße herankam. Mrs. Nisbet schimpfte ununterbrochen, daß Agnes sich noch so kurz vor der Niederkunft im Kalten aufhalten müsse, das erweise sich immer als verhängnisvoll, und Walsingham sei böse und grausam, einer Frau in ihrem Zustand so etwas anzutun. Gleich am Morgen werde sie mit diesem mageren kleinen Schreiber darüber sprechen und eine bessere Unterkunft verlangen.

Agnes sah zu, wie Catherine Nisbets Atem sich in der Luft kräuselte wie der eines Drachen, und ließ das Wehklagen widerstandslos zu. Sie wunderte sich, wie ruhig sie selbst war. Beim Aufwachen hatte sie sofort gewußt, wo sie war und warum, und doch hatte es sie nicht mit Entsetzen erfüllt. Hatte Gott so den Märtyrern in Rom geholfen? Sie hatte davon geträumt, wie Eduard, Mary und Elizabeth ihr damals im Sommer zum Abschied zugewinkt hatten, und in ihrem Traum war auch Catherine dabeigewesen, in ihrem neuen Röckchen.

Als sie fortgegangen war, hatte sie gehofft, daß sie rechtzeitig für Eduards erste Hosen zurück sein werde, aber ihr Kindermädchen Dorcas hatte ihm die Kinderröckchen ausund die ersten Männerhosen angezogen und ihm ein stumpfes kleines Schwert gegeben, um das Bild eines Gentleman abzurunden. Eduard selbst hatte ihr in einem Brief darüber berichtet, sehr sorgfältig geschrieben mit nur einem einzigen Fleck, unterschrieben mit «Euer gehorsamer und Euch liebender Sohn». Die Mädchen hatten auch ihre Zeichen auf das Blatt gemalt, und Mr. Carbury, der Hauslehrer der Kinder, hatte einen eleganten und unverständlichen Bericht über ihre Taten, ihre Fortschritte und Eduards großen Tag verfaßt. Sie hatte Adam die Briefe gezeigt und sich danach gesehnt, ihm ihre Kinder vorzustellen, damit er sie segne, aber er hatte nur einen Blick darauf geworfen und sie gefragt, ob die Kinder im wahren Glauben erzogen würden, wie ihre Mutter es gewünscht hätte. Sie hatte ihn zögernd gefragt, ob es ihm möglich sei, zu kommen und Eduard die Erstkommunion zu erteilen, aber er hatte ihr in scharfem Ton gesagt, daß seine Arbeit das nicht zulasse.

«Sie haben unsere Rosenkränze mitgenommen», schluchzte Mrs. Nisbet. «Wie sollen wir beten?»

Agnes blinzelte sie benommen an und stellte fest, daß Mrs. Nisbet sie fertig angekleidet und ihr Haar aufgesteckt hatte, während sie an ihre Kinder dachte. Sie lächelte gequält über Mrs. Nisbets Kummer.

«Sie hätten Schlimmeres mitnehmen können», sagte sie und fügte weicher hinzu: «Wir können mit unseren Fingern beten, wie sie es unter Diokletian getan haben.»

Inzwischen wachte Becket in seiner Saufhöhle auf, als ein mageres Mädchen versuchte, den Tisch um seine Arme herum abzuwischen, und dabei seinen Kopf anhob. Seine Hände waren taub und kribbelten, sein Rücken und sein Hintern taten weh, und in seinem Kopf hämmerte es vom schlechten Wein und Bier. Er erhob sich und sah aus wie ein Gespenst, und das Mädchen sprang zur Seite und zog sich an die Wand zurück. Er ignorierte ihre dünnen Rufe nach

Bezahlung und schob sich aus der Tür. Draußen gab es zuviel Sonnenlicht, obwohl der Morgen erst dämmerte. Becket kniff die Augen zusammen und schwankte zum Brunnen, wo er die Eisdecke durchbrach und den Kopf eintauchte und nach Luft schnappte, als wäre er verwundet. Dann setzte er sich auf die Mähne eines Steinlöwen und jammerte leise vor sich hin.

Es hatte schon schlimmeres Erwachen für ihn gegeben. Langsam, wie ein verlorener Wanderer in einem Sumpf, wanderte sein Gedächtnis zum Ende und zum Ursprung seiner Trunkenheit und stieß dort auf Simon Ames und auf die plötzliche gespenstische Verwandlung von Anthony Fants Küche in ein kleines holländisches Bauernhaus, in dem er blutend und keuchend auf dem saubergescheuerten Boden der verschlossenen Vorratskammer gelegen hatte.

«Herr im Himmel», sagte er und bohrte die Finger in die Augenhöhlen, bemüht, bei der Erinnerung daran und an das, was danach kam, nicht zu kotzen. Aber das Saufen hatte die Erinnerung nicht vertrieben, und seine üble Laune danach konnte es auch nicht, denn immer wieder hatte er die Stimme jenes alten spanischen Soldaten Julian Romero sanft und unbarmherzig fragen hören, welche Botschaft er denn nun nach Haarlem bringen solle.

Er hob den Kopf und sah sich nach einem Gasthaus um, das geöffnet sein könnte, aber als er nach seiner Börse griff, stellte er fest, daß sie leer war. So trank er kaltes Wasser, stellte sich dann auf die Beine und begann die Fleet Street hinunter zu Eliza Fumeys Wäscheladen zu marschieren, weil das der nächste Ort war, wo er vielleicht Papier, Federn und Tinte finden könnte. Er gab nicht zu erkennen, ob er den schlanken, gescheit aussehenden Mann mit der Schiebekarre voll Obst zur Kenntnis genommen hatte, der sich auf gleicher Höhe mit ihm auf der anderen Straßenseite bewegte. Ich sah ihn, wie ich auch Agnes auf der anderen Seite der City sah, wie sie auf den kalten Steinen kniete und versuchte, ihre abschweifenden Gedanken zurück auf die fünf kummervollen Mysterien Unserer Lieben Frau zu lenken, während die Präger der Münze ihre wertvollen Metalle mit Stempeln versahen und die Schreiber vom Archiv und von der Feldzeugmeisterei durch das Lion Gate und das Watergate geeilt kamen und der Nebel über dem Fluß aus dem steinernen Tower ein auf der Luft schwimmendes Schiff machte.

34

Ein Stein fiel in die klare diamantene Pfütze, in der ich diese Dinge betrachtete, und zerbrach sie zu Scherben. Tom hätte zornig um sich geschlagen, weil ihm sein Spiel verdorben worden war, aber ich hielt ihn zurück und schaute auf zu demjenigen, der es getan hatte, und das dunstige Sonnenlicht verwandelte sich in Säulen und Regenbogen.

Ein Junge stand dort und kratzte sich träge an den Genitalien. Er trug ein feines rotes geschlitztes Seidenwams, das einem ausgewachsenen Mann gepaßt hätte und in dem seine armseligen mageren Schultern und Arme ertranken.

«Gabriel», sagte ich, denn ich kannte ihn gut. Er ist ein böser Schlingel, auf der Straße geboren von einer Frau, die ihrerseits von einer der verdorbenen Nonnen König Heinrichs geboren worden war. Gabriel ist aufgewachsen zwischen Gaunereien und Diebstahl und setzt darauf, an Laurences Stelle König von London zu werden, wenn dieser stirbt oder gehängt wird.

«Wer ist es?» fragte er mißtrauisch, die langen schmalen Finger am Messer. «Tom oder der Gescheite?»

«Der Gescheite», sagte ich friedfertig. «Für den Augenblick. Warum störst du mich?»

Als Antwort nahm er meine Hand und zog mich hinter sich her von der Gasse in die Fleet Street, durch den Temple Bar und entlang der Matschbrühe vom Strand, wo die Häuser der Reichen stehen. Diese reichen Männer sind zu geizig, ihre Straße zu pflastern, weil sie den Fluß benutzen, wenn sie von Osten nach Westen reisen müssen.

Gabriel tauchte in einer kleinen Gasse nahe der Holywell Street unter. Dort kauerte ein nackter Junge, mit dem Rükken gegen die eiskalten Steine; er hatte Gänsehaut am ganzen Körper, seine Augen waren weit geöffnet und sahen nichts, und seine übel zugerichteten Arme umklammerten die übel zugerichteten Knie.

Ein älterer Junge in zu großen Samtlumpen rekelte sich gegen die Steine und schnitt sich die Nägel mit einem absurd großen Messer. Als er Gabriel sah, richtete er sich auf, schob das Messer in die Scheide und schluckte nervös. Gabriel hatte sich einen Namen gemacht, als er einen rechtschaffenen Mann tötete, weil dieser einen Freund von ihm geschlagen hatte, und es war bekannt, daß er auch seine eigenen Anhänger verletzte, wenn sie ihm nicht gehorchten oder keine Achtung erwiesen.

«Keine Veränderung», sagte der andere Junge mit einer armseligen Verbeugung. «Sitzt still da wie ein Stein. Außer, daß er zittert.»

Gabriel sah mich an und wies mit dem Kopf auf den nackten Jungen. «Was hältst du von ihm, Tom?»

Ich hockte mich neben den Jungen und wedelte nahe vor seinen Augen mit den Fingern, berührte dann seine Hände, die kalt und feucht waren. Er hätte tot sein können, wenn da nicht das Zittern und das Blinzeln gewesen wären. Ein anderer Junge kam durch die Gasse angelaufen, unter den Armen ein Hemd und eine Decke, in denen noch die Zweige von einer Hecke steckten. Er warf Gabriel beides zu und rannte wieder davon.

«Ich habe dich zu ihm gebracht, weil ich wissen möchte, ob er verrückt ist», sagte Gabriel. «Ist er verrückt? Er sieht aus, als sei ihm der Verstand davongeflogen, und er sagt kein Wort.»

«Komm, Junge», sagte ich, «steh auf, damit wir dich anziehen können.»

Zu meinem Erstaunen stand er auf und hob die Arme hoch wie ein kleines Kind oder wie ein Edelmann, der es gewohnt ist, daß man ihm beim Ankleiden behilflich ist. Auf seinem Rücken waren alte Prellungen und Kratzer von Schlägen mit Birkenruten. Ich zog ihm das Hemd über – es hing flatternd an ihm herunter – und wickelte die Decke darüber. Dies war eine andere Bekleidung als das vornehme Hemd mit den stummen Schwänen und der feine blaue Anzug, die ihm in der Nacht jemand geraubt hatte!

«Wie heißt du?» fragte ich. «Ich werde Tom O'Bedlam genannt, was nicht mein richtiger Name ist, aber du kannst mich so nennen.» Er nickte und lächelte mich unter dem blonden Schopf schüchtern an, und ich wußte, sein Verstand hatte ihn nicht so weit verlassen, daß er nicht durch die Fenster in seinem Kopf wieder zurückkommen konnte. Er kannte mich seit der Zeit, da ich ihm bei seinem Botengang zu Agnes Fants Haus gefolgt war und ihn vor Luzifer gewarnt hatte.

«Sag uns deinen Namen», sagte Gabriel barsch. «Wer bist du?»

Der Junge wandte sich zu mir und machte «ung-ung»-Geräusche wie ein Stummer, der einem weismachen will, daß er nicht sprechen kann, damit beim Betteln mehr herausspringt, doch als er den Mund weit öffnete und hineinzeigte, sahen wir, daß er wirklich stumm war, denn seine Zunge hatte nur ein Viertel der normalen Länge.

«Großer Gott», sagte Gabriel, faßte den Jungen am Kinn und spähte ihm in den Mund. «Hat man sie abgeschnitten?»

Der Junge hatte die Augen geschlossen; Schamröte färbte seine blassen Wangen dunkelrot. Ich schüttelte den Kopf. «Nein, ich glaube nicht. Ich habe einmal einen Drucker gesehen, dem man wegen Verleumdung die Zunge abgeschnitten hatte, und es war alles vernarbt von dem Brandeisen. Ich glaube, der Junge ist so geboren.»

Gabriel kniff die Augen zusammen und musterte den Jungen, wie ein Bauer eine Milchkuh mustern mochte.

«Zu gut genährt und gekämmt», sagte er, «aber mit etwas weniger Fett...» Er grinste. «Wenn er auch noch verrückt ist, um so besser.»

«Ich bin kein Arzt», sagte ich ernst, denn ich verstand jetzt, daß seine gestickten stummen Schwäne ein Zeichen und ein Signal sein sollten, «aber ich glaube, er hat einen großen Schock erlitten. Weißt du, wer ihm seine Kleider geraubt hat?»

«Keiner von meinen Leuten», sagte Gabriel, «obwohl es eine rauhe Nacht war. Ich werde die Bettler fragen, aber ich bezweifle, daß wir die Klamotten finden. Warum, waren sie gut?»

«Ja, ein paar Pfund wert, würde ich sagen.»

«Kennst du ihn denn?»

«Nein, aber er hat hier in der Gegend schon öfter Botengänge gemacht. Ist er dir noch nie aufgefallen?»

«Natürlich», log Gabriel, «ich wollte nur wissen, ob er auch dir aufgefallen ist. Er könnte einen Batzen wert sein. Behältst du ihn also bei dir, bis ich ihn abhole?»

Ich zögerte. Was wäre, wenn Tom zurückkäme und ihn auf irgendeine Weise verletzen würde? Aber wenn man ihn so zurückließe, würde er verhungern oder erfrieren, und wenn er etwas im Bauch hätte, konnte er notfalls Tom immer davonlaufen.

«Er muß besser gekleidet sein», sagte ich, «und das kann ich nicht tun. Und er kann auch noch nicht betteln.»

Gabriel griff in seine Hosenklappe und zog ein paar Shilling hervor.

«Hier», sagte er, «laß ihn nicht sterben und versuche herauszufinden, was er ist und woher er kommt. Und wenn ich dir einen Rat geben darf, gib ihm nichts zu essen, bis er dünn genug ist, sein Brot nach dem Bettelgesetz zu verdienen, und wenn du klug bist, schlag ihn oft, damit er auf dich hört.»

Gabriel und seine Anhänger machten sich davon und tauchten in der morgendlichen Menschenmenge unter. Ich wandte mich dem Jungen zu und lächelte über seine Furcht.

«Gut, aber ich bin Tom», sagte ich, «wohlbekannt für meine Unklugheit. Komm.»

35

Die Boote bedeutender Männer gleiten auf der Themse dahin wie Schwäne zwischen kleineren Entenarten. In einem sitzt Burghley, in Zobel und schwarzen Brokat gehüllt, im anderen steht Lord Leicester, wie ein Tiger in gelbbraunem und schwarzem Samt, ein Cape über die Schulter geworfen und mit Handschuhen, die vor Topasen, Rubinen und Bernstein glitzern. Ein Teil seiner Gedanken beschäftigt sich mit den Kosten von Seidenblumen, da Ihre Majestät am Jahrestag der Thronbesteigung als Prosperina auftreten möchte und jetzt erwartet, daß ihr Gemach mit Frühlingsblumen geschmückt sein wird; die vorhandenen Blumen sind aber von Mäusen gefressen worden und müssen jetzt innerhalb einer Woche ersetzt werden, und zwar ohne Kosten für den Hof.

Walsingham, der nahe am Tower in der Seething Lane wohnt, braucht mit seinen Begleitern nur zum Lion Gate zu gehen und dort das Gelände des Tower zu betreten, aber nichts darf ohne die Kronräte geschehen.

Währenddessen saß Simon Ames im Wakefield Tower hinter einem kleinem Tisch und tupfte vorsichtig an seiner wunden Nase. Mit einem schwungvollen Türklappern brachte Kinsley Anthony Fant herein, und Simon sah zu seinem Schock, daß der Mann nur einen Arm hatte. Er war groß, neigte zur Fülle, hatte ein rundes rotes Gesicht und sich lichtendes schwarzes Haar und trug einen gutgeschnittenen Anzug aus feingewebter braunroter Wolle, dessen linker Ärmel ordentlich zurückgesteckt war. Er stand da, starrte auf Simon hinunter und ignorierte den Hocker, auf den Kinsley zeigte. Dann sagte er mit tiefer Stimme: «Ich nehme an, Ihr werdet mir erklären, was dies zu bedeuten hat, Sir.»

«Ja, Mr. Fant, das werde ich.» Simon zeigte wieder auf den Hocker, den Fant wieder ignorierte, ganz der würdevolle Gentleman. «Ihr werdet vor den Kronrat gebracht, damit Ihr Euch verantworten könnt für das Verstecken eines Verräters.» Kinsley zuckte zusammen über soviel Offenheit gegenüber einem Gefangenen.

«Was für eine Art von Verräter?» fragte Fant gebieterisch. «Irgendein verdammter Priester?»

«Nein, Sir. Euer Schwager, der ...»

«Der Bastard? Ich hatte gehofft, er sei tot.»

«Nein.»

«Warum sucht Ihr ihn?»

Simon holte tief Luft. «Mr. Fant, ich werde mich deutlich ausdrücken. Ich glaube, daß er nach England gekommen ist, um die Königin zu ermorden. Eure Ehefrau hat ihn in Eurem Haus an der Old Change versteckt.»

«Allmächtiger», sagte Fant und setzte sich endlich doch auf den Hocker.

«Werdet Ihr mir helfen, ihn zu suchen, Mr. Fant?» fragte Simon leise. «Ich höre von Eurer Ehefrau, daß Ihr kein Katholik seid. Und dies ist nicht nur eine Angelegenheit von Jesuiten und Druckerpressen, es betrifft das Königreich und das Leben der Königin. Ich bitte Euch, mir zu helfen.»

«In meinem Haus. Adam Strangways. Verdammt, ich kann nicht glauben, daß Agnes ... Ihr Bruder, natürlich. Schwer für sie, ihn abzuweisen, aber Himmelherrgott ... Als er ... Ich muß mit ihr sprechen.»

«Mit ihr sprechen?»

«Ja, bei Gott, ich möchte mit meiner Frau sprechen.» Vor Simons Augen schwoll Fants Gesicht an und wurde rot. Ames erinnerte sich an das, was Becket ihm nicht gesagt hatte, und beobachtete kalt, ob Fants Zorn vorgetäuscht war oder nicht. Wenn er vorgetäuscht war, konnte der Mann auf Befehl erröten.

Sie gingen über den Wehrgang, kletterten die Treppe hinauf und fanden Agnes Fant und Catherine Nisbet beim Frühstück aus Brot, Käse und Dünnbier. Als Agnes aufstand und vor ihrem Herrn und Gebieter einen Knicks machte, stand Anthony Fant steif und steinern vor ihr. Unter seiner Halskrause pochte seine angeschwollene Ader, stellte Simon fest, und seine eine Faust war geballt.

«Was hat das zu bedeuten, Madam?» fragte Fant. Agnes schluckte, verschränkte ihre Finger über dem Bauch, stand stumm da und beobachtete eine Schabe, die über die Mauer huschte. «Bei unserer Hochzeit ordnete ich an, daß weder Ihr noch unsere Kinder Euren Bruder zu Gesicht bekommen solltet, falls er je wieder in dieses Land käme. Nicht, weil er ein Papist ist, was ich, wie Ihr sehr wohl wißt, nicht als einen Stock benutzen würde, um einen Mann zu schlagen, sondern aus einem anderen Grund, einem für mich guten und hinreichenden Grund. Habt Ihr mir das geschworen?»

«Ja, Sir.»

«Er kommt zurück nach England, der Teufel soll ihn holen, und auf der Stelle gewährt Ihr ihm Unterschlupf in *meinem* Haus, ernährt ihn mit *meinem* Essen, bringt *meine* Kinder in Gefahr, weil er ein Verräter ist, ein abscheulicher, schlechter Mensch. Was habt Ihr dazu zu sagen, Madam?»

Die Schabe hatte einen Riß gefunden und kroch hinein. War das die Strafe dafür, daß sie Dorcas beneidet hatte, weil die Kinder zu dem Kindermädchen liefen, wenn sie sich verletzt hatten, und nicht zu ihr? War die Strafe dafür, keines von ihnen wiederzusehen? Agnes hatte Anthony noch nie so zornig gesehen; sie hatte nicht gewußt, daß er so zornig sein konnte, weil sie immer versucht hatte, ihm das Leben angenehm zu machen, wie eine gute Ehefrau es tun sollte. Sie dachte, daß sie ihm eine gute Ehefrau gewesen war, bis an Peterkins Stelle der sonderbare Hausierer kam mit seinem stummen Papier, das ihr wie ein Donnerschlag erschienen war. Ihr Mund war trocken, ihre Kehle wie zugeschnürt; Anthony hatte sie noch nie zuvor öffentlich ausgescholten.

Catherine Nisbet starrte ihn mit offenem Mund an. In der Tat, er hatte sie überhaupt noch nie ausgescholten. Er war immer ein gütiger und freundlicher Ehemann gewesen, der manchmal des Nachts den Kopf an ihre Schulter lehnte und im Schlaf lächelte, als ob er sie liebte.

Das Schweigen war schwer wie ein Amboß, aber sie konnte nicht sprechen. Sie war nicht völlig ahnungslos gewesen. Adam hatte einen Balladensänger kennengelernt, der dem Mann mit der Botschaft ungewöhnlich ähnlich gesehen hatte; ihr Verwalter hatte ihr geschrieben und von dem verfaulten Leichnam in Peterkins Kleidern berichtet, den die Männer fanden, als sie die Wildschutzzäune wegnahmen; da war der seltsame Hanswurst gewesen, eher ein Bündel von Zweigen als ein Mann, der kreischend vor Walsinghams Männern warnte, und Adam hatte das Haus innerhalb einer Stunde verlassen. Und tatsächlich waren Walsinghams Männer am gleichen Abend gekommen.

Sie schluckte wieder, Übelkeit und Sodbrennen machten sie noch immer stumm, und unter ihren Fingern spürte sie, wie das Ungeborene mit seinen kleinen Füßen heftig gegen die Umhüllung aus Fleisch stieß und schob.

«Du hast mich nicht informiert», sagte Anthony schließlich. «Du hast mein Haus benutzt, aber du hast mir nichts gesagt.» Um dich zu schützen, wollte Agnes sagen, konnte es aber nicht. «Wenn es irgendein Priester gewesen wäre, irgendein Mann außer Adam Strangways, würde ich ... würde ich versuchen, dir zu helfen, Agnes.» Waren Tränen in seinen Augen? Nein, sicherlich nicht. Doch, er versuchte, eine von ihnen mit dem Zeigefinger zurückzudrücken. Ihr war zumute, als müßte sie ersticken, und ihre Beine fühlten sich ungewohnt und schwach an. Warum konnte sie nicht wenigstens sagen, daß es ihr leid tue, da es ihr doch wirklich leid tat? Sie öffnete wieder den Mund, aber es kam nichts heraus.

Anthony wandte sich von ihr ab und wartete, während Mr. Ames klopfte und der Mann draußen die Tür öffnete, und dann gingen sie wieder hinaus. Noch lange, nachdem sie verschlossen und verriegelt worden war, starrte Agnes auf die Tür, bis Catherine Nisbet herangeflattert kam und sie zu dem einzigen Stuhl führte und ihr half, sich zu setzen, und während der ganzen Zeit jammerte sie, wie hart Mr. Fant Agnes behandelt habe.

«Sei still», fuhr Agnes sie endlich an, nachdem ihre Stimme wiedergekommen war, als sie keine Verwendung mehr dafür hatte. «Er war mir ein guter Gebieter, und ich habe ihn tief verletzt.»

«Aber für die gute Sache...», sagte Catherine, und ihre törichten blassen Augen füllten sich mit ihren leichtfließenden, bedeutungslosen Tränen.

Ich komme, ein Schwert zu bringen, hatte Christus gesagt, und Er hatte die Wahrheit gesagt. Sie wünschte, sie könnte um Führung beten, aber sie konnte es nicht.

Auf dem Wehrgang starrte Anthony Fant finster über den mit einer neuen Eisschicht bedeckten glitzernden Burggraben auf die rauchenden Schornsteine von London.

«Ich glaube Euch, Sir», sagte er. «Meine Frau ist sehr wahrheitsliebend, und es fällt ihr schwer zu lügen. Wenn sie etwas abgestritten hätte, hätte ich ihr geglaubt, aber in ihrem Schweigen verbirgt sich ihre Schuld.» Er hielt inne und blinzelte hinüber auf einen Wagen, der unsicher vom Little Tower Hill hinunterfuhr. «Wenn Ihr mich in die Old Change bringt, werde ich mich davon überzeugen, daß Ihr nichts übersehen habt, was in meinem Haus versteckt sein könnte. Und dann werde ich Euch helfen, so gut ich kann.»

Ames wählte seine nächsten Worte sorgfältig. «Was hat Strangways getan, das Euch so erbittert, Sir?»

«Er ist ein Verräter, wie Ihr selbst mir gesagt habt.»

«Das wißt Ihr nur von mir. Bei allem Respekt, gewöhnlich glaubt man mir nicht so leicht.»

«Nein. Hm. Nun, wenn er nicht tot in irgendeinem Graben liegt, macht einen Mann namens David Becket ausfindig und fragt ihn.»

«Ich frage Euch, Mr. Fant.»

Fant wandte den Kopf, um Simon anzusehen, aber Simon konnte seinen Gesichtsausdruck nicht deuten.

«Was Ihr auch wissen mögt, ich bitte Euch dringend, es mir zu sagen, Sir», bat er eindringlich. «Lord Burghley und Lord Leicester sind auf dem Weg hierher, um Euch und Eure Ehefrau zu überprüfen, und wenn ich ihnen etwas zeigen kann ...»

«Kronräte wollen mir ihre Aufwartung machen?»

Simon hustete. «Hm ... nein, ich bin nur überzeugt, daß eine Frau so kurz vor ihrer Niederkunft nicht von einem Ort zum anderen befördert werden sollte; es wäre nicht schicklich.»

«Hm.»

«Ihr sagtet, Ihr würdet mir helfen, den Mann zu finden.»

«Ja, das habe ich. Aber es ist nicht so leicht, eine Geschichte zum besten zu geben, die man noch nie erzählt hat.»

«Vielleicht könnten wir in mein Arbeitszimmer gehen.»

Zurück im Zimmer ließ Ames das Frühstück bringen. Fant aß Brot und den Käse in mürrischem Schweigen, trank ein paar Schlucke Dünnbier, setzte sich schließlich zurück und starrte auf seine eine Hand, die auf seinem Oberschenkel ruhte. Ames war zu aufgewühlt, um mehr als einen Bissen Brot zu essen, und das Bier schien ihm sauer.

«Wart Ihr unter jenen, die 1572 mit Hauptmann Morgan nach Flushing gingen?» half er sanft nach.

«Walter Morgan hat Lord Burghley darüber berichtet, nicht wahr?»

«Ja.»

«Er hat damit geprahlt, daß er es tue. Habt Ihr den Bericht gelesen?»

«Ja, in der Tat.»

«Er ist der Vetter des Hauptmanns, aber nicht ganz so töricht. Nun, wenn Ihr ihn gelesen habt, wißt Ihr über das Unternehmen mehr als ich.»

«Offenbar war es nicht besonders erfolgreich ...»

«Erfolgreich?» Anthony Fant lachte unangenehm. «Mein Gott, es war ein hirnverbrannter Witz, eine Herde von Taugenichtsen vornehmer Herkunft, die rüber nach Holland stolzierten, um die armen holländischen Bürger vor den stupiden Spaniern zu retten, ein paar reiche Städte zu plündern und Weihnachten zurückzustolzieren, wohlbeladen mit Gold.»

Simon schwieg.

«Ich weiß noch, wie auf der Reise nach Flushing ein junger Dummkopf in Tränen ausbrach, weil er seekrank wurde und weil das Salzwasser seinen neuen Samtanzug verdarb, so daß er bei der Landung keine ganz so elegante Figur abgeben würde.»

Fant betrachtete die Muster, die der Frost auf das Fenster hinter Simons Kopf malte. «Bis heute kann ich keinen Stockfisch essen.»

«Stockfisch?» fragte Simon.

«Flushing oder Vlissingen, wie die Butterfresser es nennen, es ist ein Fischerhafen, und dort stellen sie Stockfisch her, der nach England und den Rhein hinunter nach Frankreich gebracht wird. Die ganze Stadt stinkt nach Fisch, jeder Hof ist mit Fisch geschmückt und mit Salzfässern übersät, und was sie nicht verkaufen können, das essen sie selbst. Neun oder zehn Monate haben wir dort verbracht, möge Gott uns helfen, kein Sold, nur Scheine, um Lebensmittel zu kaufen, und nie gab es etwas anderes zu kaufen als Fisch, und die verdammten Franzosen überall in den besten Quartieren. Als die Nachricht von der Bartholomäusnacht kam, jubelten wir, möge Gott uns vergeben, denn die Franzosen, die in Flushing waren, waren Hugenotten. Becket erhielt damals seine Streifen, von Roger Williams.»

«Oh?» fragte Simon in unbeteiligtem Ton.

«Er fing in betrunkenem Zustand in einem der wenigen Wirtshäuser, die Engländer noch bedienten, eine Schlägerei an, wurde zusammengeschlagen und legte aus Rache Feuer an das Haus. Williams statuierte ein Exempel an ihm. Damals war ich schockiert, weil ich zusehen mußte, wie ein Gentleman ausgepeitscht wurde.»

«Und heute?»

«Heute? Ich hätte ihn hängen lassen und mir damit viel Kummer erspart. Aber damals murrte ich selbst und dachte zusammen mit seinen anderen Kumpanen an Meuterei, bis die Franzosen gingen und die Spanier kamen.»

Simon blieb stumm. Fant schlug sich mit der Hand aufs Knie. «Nun, Ihr wißt, was aus uns wurde, wenn Ihr Morgans Bericht gelesen habt. Ihr wißt, was für eine feine Schau wir gegen die spanischen Tercios abgezogen haben.»

«Warum, meint Ihr, haben sie gewonnen?»

«Oh, es gab viele Gründe, Mr. Ames. Erstens waren sie erfahrene Soldaten, wir waren blutige Anfänger. Zweitens wußten sie ihre Hakenbüchsen zu laden und damit zu schießen, wir wußten es nicht. Drittens wußten sie, wie man einen

Spieß hält, wir wußten es nicht. Viertens wußten sie, an welcher Seite einer Kanone die Kugel herauskommt, wir wußten es nicht. Fünftens hatten sie Kommandeure, die gewohnt waren, zu befehlen und Disziplin zu halten, und wir hatten Gilbert und Morgan, die von der Morgendämmerung bis zur Abenddämmerung miteinander stritten und dann von der Abenddämmerung bis zur Morgendämmerung tranken.»

«Aber die Engländer waren doch sicher die besten Kämpfer auf See», sagte Simon.

«Oh, sicher, Mr. Ames, auf See schon. Aber einmal an Land, in einem dreckigen kleinen Nest... Wir waren schon in Ordnung, wenn wir sie überfielen, wenn wir loszogen und die Spanier in ihren Betten umbrachten und etwas Spaß mit ihnen hatten, aber Auge in Auge mit einer Tercio in Kampfaufstellung, mit angelegten Spießen und Artilleriefeuer, brachen wir in Panik auseinander und liefen davon. Gilbert begab sich mit eingezogenem Schwanz nach Hause, und die meisten seiner Krieger mit ihm.»

«Ihr nicht?»

«Nein, ich war ein zu großer Dummkopf. Becket brachte mich auf den Gedanken, der verdammte Kerl: Er sagte, er würde für den Prinzen von Oranien in Sassenheim kämpfen, weil er nicht wollte, daß die Holländer glaubten, die Engländer könnten nur in die Hosen scheißen, den Schwanz einziehen und abhauen. Ich war seiner Meinung. Etwa einhundert von uns schlugen sich auf die Seite des Prinzen.»

«Wußtet Ihr nicht, daß Becket sich vor seinen Gläubigern versteckte?»

Fant machte ein verdrießliches Gesicht. «Natürlich wußte ich das, schließlich war ich es, der ihm sagte, daß Tyrrel wegen seiner Schulden eine Vorladung gegen ihn erwirkt hatte.» Er lächelte. «Ich riet ihm, nach Hause zu gehen, seinem Vater alles zu gestehen und ihn um Gnade und um Hilfe zu bitten.»

«Und?»

«Wie Becket mir sagte, verpaßte sein Vater seinem dritten Sohn eine unbiblische Tracht Prügel, brach ihm die Nase und jagte ihn aus dem Haus. Becket stahl ihm sein Lieblingspferd, das ihn zurück nach London trug.»

Simon lächelte verstohlen.

Fant seufzte. «Der Zeitpunkt, uns dem Prinzen anzuschließen, war hervorragend gewählt. Es war das Jahr, in dem die Spanier durch die aufständischen Provinzen fegten und die Städte zerstörten wie ein Junge, der Sandburgen mit den Füßen eintritt. Dann ... wo war es? Naarden versuchte zu verhandeln, aber der Capitano del Campo, Julian Romero, marschierte in die Stadt und metzelte alle Bewohner nieder.»

Fant fuhr sich mit der Hand über die Augen.

«Was wißt Ihr von Haarlem, Mr. Ames?»

«Wenig genug», sagte Simon, was nicht der Wahrheit entsprach. «Eine Stadt, die in der Nähe von Amsterdam liegt.»

«Niemand dachte, daß es sich halten könne, nicht einmal der Prinz, der es jedoch insgeheim hoffte. Die Mauern waren zu hoch und zu dünn, keine nennenswerten Schanzen, einen Haufen am Haarlemermeer. Man sagt, es sei eine schöne Stadt gewesen, und es war eine reiche Stadt.»

Simon füllte ihm Bier nach.

«Mein Gott, warum ein Troia daraus machen. Die Spanier stellten fest, daß die Nuß härter war, als sie erwartet hatten, aber am Ende nahmen sie die Stadt ein.»

«Wart Ihr dort?»

«Ja, zusammen mit Becket, Strangways und Balfour, der in seiner Treulosigkeit wenigstens aufrichtig war. Er überzeugte die Spanier – der liebe Gott mag wissen, wie –, daß er Mittel und Wege finden würde, Wilhelm von Oranien umzubringen, wenn sie ihn – Balfour – nicht töteten.»

«Das tat er aber nicht.»

«Nein, nein, als sie ihn laufen ließen, ging er geradewegs zum Prinzen, erzählte ihm alles und profitierte noch jahrelang von der Geschichte. Balfour war gerissen, ein Schotte. Er brachte uns nach Haarlem hinein, und um fair zu sein: Er sagte uns klar und deutlich, daß dies sehr töricht sei und wahrscheinlich zu unserem Tod führen werde. Rund um die Stadt lagerten über dreißigtausend Spanier, aber da der See gefroren und der Winternebel so dicht war, konnten sie nicht verhindern, daß Nachschub in die Stadt kam. Wir brachten einhundertsiebzig mit Lebensmitteln und Schießpulver beladene Schlitten direkt unter Julian Romeros Nase in die Stadt. Es war großartig.»

Er verstummte, und Simon hustete wieder. «Was geschah danach?»

«Es war eine Belagerung. Die Spanier gruben sich ein, wir machten Überfälle und holten uns Lebensmittel, wir schufteten wie die Bauern, um die Mauern gegen ihre Artillerie abzustützen. Sie verminten uns, wir verminten im Gegenzug sie und sprengten ihre Petarden in die Luft, und sie schlugen immer wieder die Entsatztruppen des Prinzen. Und im Lauf der Zeit lernten wir, ganz neue Sachen zu essen: Pferde-, Hunde- und Rattenfleisch, und Tulpenzwiebeln, wenn man sie vorher gut einweicht und salzt, um ihnen den bitteren Geschmack zu nehmen. Am Ende gab es nur ein Viertelpfund Brot pro Tag für die Männer, und das Brot bestand hauptsächlich aus Sägemehl. Es war eine Vision des Todes,

Mr. Ames, diese Stadt ohne Kinder auf den Straßen, und die, die noch lebten, waren in wenigen Monaten zu alten Leuten geworden. Da war ein Kind, das ich kannte, die Tochter einer Frau, bei der Becket und ich einquartiert waren. Die Frau war früher reich gewesen, aber ihr Ehemann war gefallen bei dem um Weihnachten erfolgten Angriff. Ein zweites Kind hatte sie schon vorher verloren. Als Becket mit einer Schwertwunde am Bein im Bett lag, brachte die kleine Anna ihm Holländisch bei.» Fant schüttelte den Kopf. «Dies war ihr Plan: Sie wollte Becket ihre Sprache beibringen, um sein Werben um ihre verwitwete Mutter zu unterstützen, da sie ihn lieber mochte als mich.»

«Wie?»

«Ihr werdet es kaum glauben, aber Becket und ich standen fast auf Kriegsfuß wegen dieser Holländerin. Ich denke, er hätte sie erobern können, aber ... dann kam der Frühling, das Eis schmolz, und die Spanier gewannen Herrschaft über das Haarlemermeer. Ilse steckte Anna ins Bett, und Becket verbrachte Stunden damit, ihr Geschichten aus der Bibel vorzulesen – die Genesis, Jonas und der Wal, Tobias.

Dann wurde er von Balfour gebeten, eine Botschaft nach Sassenheim zu bringen, in der der Prinz dringend zu einem weiteren Versuch aufgefordert wurde, die Stadt zu entsetzen. Balfour wußte, daß Becket Holländisch sprach und mit ein wenig Glück als Flame durchgehen konnte. Becket erklärte sich einverstanden, wir griffen die Belagerer wieder an, um uns Pferdefleisch zu beschaffen, und während der Kämpfe machte er sich davon.»

Diesmal schwieg Fant lange, und Simon hörte die Rufe und das Klirren der Hellebarden, als die Kronräte am Watergate einzogen.

«Und?» fragte Simon schließlich.

«Er kam nie zurück. Anna wurde von einem Fieber befallen und starb. Als Graf Batenburg mit seiner kümmerlichen Rekrutenarmee anrückte, wußte Romero, was er zu tun hatte, und machte unsere Signalfeuer mit Rauch von frischem grünem Holz unkenntlich. Er kannte die Richtung und legte Hinterhalte und metzelte sie nieder, als sie in dem Rauch umherirrten. Wir konnten von den Mauern aus zusehen.

Oranien forderte uns per Brieftaube auf, uns zu ergeben. Aber die Haarlemer lehnten das ab; sie schworen, sie würden lieber wie die Einwohner von Naarden und Zutphen im Kampf sterben und die Stadt in Brand stecken. Am Ende war der Herzog von Alba so verwirrt, daß er einen gnädigen Vertrag anbot: Er würde nur die Besatzungstruppe, die Offiziere, die protestantischen Pastoren, den Stadtrat und all jene töten, die gegen ihren rechtmäßigen König gekämpft hatten. Der Rest dürfe leben, und er würde nach der Übergabe die Stadt nicht plündern, obwohl er fast ein Jahr gebraucht hatte, sie zu erobern.»

«Aber Ihr – gehörtet Ihr nicht zur Besatzungstruppe? Wie konntet Ihr überleben?»

«Bei dem Angriff, der Becket seine Chance gab, hatte mich eine Hakenbüchsenkugel am Arm erwischt. Die Wunde entzündete sich, und in der Nacht vor der Übergabe brachte Ilse einen Wundarzt, der den Arm amputierte. Als die Soldaten kamen, überzeugte Ilse sie davon, daß ich ihr Ehemann und auf den Mauern angeschossen worden sei. Ich weiß nicht, wie sie es geschafft hat, da ich zu der Zeit dem Tod nahe war.»

«Aber ... woher wußte Romero, wann die Entsatztruppe kommen würde?»

«Muß ich Euch das vorbuchstabieren wie ein Hauslehrer? Adam Strangways hatte Monate vorher seinen Mantel gedreht; er verschwand nach einem unserer Ausfälle und schloß sich Romero an – er war ein Papist, und ihm gefielen unsere Scherze mit Messegeräten und Götzenbildern nicht, die den Papisten so heilig sind. Julian Romero behielt ihn bei sich und ließ sich von ihm bedienen und beraten. Und als Becket von Prinz Wilhelm zurückkam, traf er Strangways und verriet ihm das Datum und die Richtung, aus der die Einsatztruppe kommen würde.»

Simon atmete tief aus. «Becket hatte seinen Mantel auch gedreht?»

Fant zuckte mit den Schultern. «Wie sonst blieb er am Leben, nachdem die Spanier ihn gefaßt hatten?»

«Aber... ich habe gehört, daß Becket später gegen die Spanier gekämpft hat, sie überfallen hat, ihnen sogar eine Pulverfabrik abgenommen hat. Ich habe Briefe von Informanten in den Niederlanden bekommen, die besagen, daß die Spanier ihn fürchteten.»

«Dann hat er halt den Mantel wieder zurückgedreht. Einmal getan, ist es leicht genug, es wieder zu tun. Roger Williams hat das gleiche getan, nur weniger gemein.»

«Nein, aber ich... Nun. Und Ihr? Wie ist es Euch nach dem Ende der Belagerung ergangen?»

Fant lächelte, ein wärmeres Lächeln. «Als mein Arm verheilt war, habe ich die Holländerin geheiratet, da es Gott gefiel, mein Leben zu verschonen. Wir pflanzten Lindenschößlinge in ihrer Straße, um die Bäume zu ersetzen, die verdorrt und gestorben waren, als wir ihre Rinde aßen. Ich hatte keine Ahnung, daß inzwischen mein älterer Bruder am Schweißfieber gestorben war, sonst wäre ich zurückgekehrt. Mein Vater hielt mich für tot. Wie ich Euch sagte, war Ilse wohlhabend, die Frau eines Bürgers, und obwohl sie in der Frauentruppe gekämpft hatte, ließen die Spanier ihr ihren

Besitz. Sie war eine gute Partie, und... wir mochten uns gern.»

Sein Gesicht verdüsterte sich wieder. «Ich würde noch jetzt dort leben, aber sie starb bei der Fehlgeburt unseres Kindes, und ich erbte ihr Vermögen. Und das war auch gut so; als ich alles verkauft hatte und nach England zurückkam, sah ich, wie mein Vater unsere Ländereien hatte verkommen lassen. Da er seine beiden Söhne für tot hielt, hatte er sich nicht mehr für die Geschäfte interessiert. Gott sei Dank, daß er meine Rückkehr noch erlebt hat.»

«Mr. Fant», sagte Simon, «ich bin Euch zu Dank verpflichtet für diesen Bericht, aber etwas muß ich noch aufklären. Ihr sagt, daß Becket die Entsatztruppe an Strangways verraten und daß Strangways die Information an Julian Romero weitergereicht habe. Woher wißt Ihr das?»

«Von Balfour.»

«Das hätte eine Lüge sein können.»

«Ja, aber David Becket hat es mir selbst erzählt, Jahre später. Er kam eines Nachts zu mir nach Hause, betrunken und gekleidet wie ein Bettler, und wollte Geld von mir. Ich hätte ihn erschossen, wenn ich einen Bogen oder eine Hakenbüchse gefunden hätte. Ich habe ihn gefragt, ob er Balfours Worte bestreite, und er bestritt sie nicht. Ich gab ihm einen Shilling und ließ ihn von meinem Vogt hinausjagen.»

Simon nagte an seinen aufgerissenen Lippen, blinzelte hinunter auf seine aufgerissenen Finger und zog dann seine Handschuhe an.

«Sir, ich muß mich beeilen und Lord Burghley und Lord Leicester und meinem Herrn meine Aufwartung machen. Ich werde ihnen sagen, daß Ihr geholfen habt und weiter helfen werdet, und daß ich es nicht für nötig halte, Euch vor sie zu bringen. Es wird viel Zeit sparen, wenn Ihr einen schriftlichen Bericht einreicht. Eure Ehefrau aber muß den Kronräten gegenübergestellt werden.»

Fant schaute weg. «Sie ist nicht mehr meine Frau.»

«Kennt sie diese Geschichte?»

«Nur in groben Zügen. Ich wollte sie nicht beunruhigen. Als Kind hat sie ihren Bruder sehr geliebt.»

«Hätte sie nicht vielleicht Strangways den Unterschlupf verweigert, wenn sie die Zusammenhänge gekannt hätte?»

Fants rundes freundliches Gesicht war kalt. «Von meiner Ehefrau erwarte ich, daß sie mir gehorcht.»

Simon sagte nichts, verbeugte sich und ging.

36

Es war eines der besseren Zimmer im Wakefield Tower, mit alten, von Motten zerfressenen Wandteppichen, auf denen häßliche Männer, schlangenähnlich gewundene Frauen mit weißen Puddinggesichtern und verschnörkelte lächerliche Pflanzen zu sehen waren. Das Kaminfeuer loderte hell; man hatte es aufgehäuft in dem Bestreben, das Zimmer für die Ratsmitglieder freundlicher zu gestalten. Der kristallklare Sonnenschein, der durch das Fenster eindrang, spottete diesen armseligen Versuchen, und das Zimmer sah besser aus in dem Schatten, wo Simons Tisch stand, wenn auch eine Kerze erforderlich war. Sir Francis saß an einem schweren alten Tisch und las einen Bericht, als Ames eintrat und sich verbeugte.

«Wenn ich Euch einen Augenblick sprechen dürfte, Mylord?» sagte er zaghaft. Sir Francis sah auf und hob die Augenbrauen. Simon beeilte sich: «Diese Gefangennahme wurde zustande gebracht dank der Informationen von einer ... Person namens Laurence Pickering.»

«Ah. Der König von London, kein Geringerer.»

«Ja, Mylord.»

«Und?»

«Er bittet um die Gunst einer Audienz bei Euch, Sir. Ich habe nur versprochen, sein Gesuch zu überbringen.»

«Hm. Und der Ort?»

«Wo es Euch beliebt, Sir.»

«Dann mag er mich am kommenden Samstagabend in der Seething Lane aufsuchen und einen Begleiter mitbringen, in Anerkennung seines ... hm ... Ranges.»

«Ich werde dafür sorgen, daß er informiert wird, Sir.»

Als der Graf von Leicester und Lord Burghley eintraten, zog Simon sich still in seinen Schatten zurück und stand dort den ganzen Vormittag und beobachtete die Anwesenden, und es war, als wäre ein zweiter Wandteppich über den alten gehängt worden und die Frau nun allein vor dem hochherrschaftlichen Kronrat.

Anfangs sprachen sie freundlich von ihrer natürlichen Dummheit als Frau und forderten sie auf, sich ihrer Schuld zu entledigen durch eine klare und offene Darlegung aller Handlungen ihres Bruders. Am Ende durchmaß Lord Leicester das Zimmer wie der Löwe am Tower seinen Käfig und brüllte, daß ihr Schweigen so schuldig sei wie die Sünde und sie zur gewöhnlichen Verräterin abstemple, und bei Gott, sie würden sie auf die Folter spannen.

Daraufhin hob Agnes Fant zum erstenmal den Kopf und sprach mit zornbebender Stimme. «Ich kenne kein Verbrechen, das das Ungeborene in mir begangen hat, Mylord. Selbst Frauen, die des Mordes überführt sind, können ihren Bauch als Verteidigung gegen den Galgen geltend machen.»

«Versucht Ihr, Zeit zu gewinnen, Madam?» fragte Sir Francis kalt.

«Ja, Mylord. Wenn das Kind geboren ist, mögt Ihr mit mir tun, was ihr wollt und zweifellos auch tun werdet. Bis dahin, ich flehe Euch an, Mylords, erniedrigt Euch nicht durch dieses unziemliche Verhalten.»

Der Graf von Leicester öffnete den Mund und verschluckte sich fast vor Wut. Simon senkte den Kopf, während er seine Feder eintauchte, um sein Lächeln zu verbergen. Sie konnten Agnes zu keiner weiteren Antwort veranlassen, und am Ende führte Kinsley sie aus dem Zimmer, und auf der Treppe fiel sie prompt in Ohnmacht.

«Gott gebe, daß ihr Zusammenbruch das verdammte Kind zur Welt kommen läßt», sagte der Graf derb und leerte seinen Becher Sherry. «Christus verschone mich vor ihresgleichen, obwohl sie in nichtschwangerem Zustand zweifellos anziehender ist. Wie kann ein Mann mit solch einem Wesen vernünftig reden?»

Als Simon entlassen war, eilte er zuerst zu Mrs. Fant in die Zelle, um zu sehen, ob sie sich erholt hatte. Catherine Nisbet hatte sie sofort ins Bett gebracht, ihre Füße höher als das Herz gelegt, und war dabei, über dem kleinen Feuer ein heißes Getränk zusammenzubrauen.

«Mr. Ames, ich muß Euch um eine Pfanne Holzkohle bitten, wie kann ich für sie sorgen mit nichts, worauf ich kochen kann? Und ich muß auch Wein haben, um sie zu beruhigen, und Ingwer und Fieberwurzel und ein wenig, ganz wenig Flohkraut und ...»

«Bitte, Mistress, schreibt mir eine Liste, und ich werde mich darum kümmern. Geht es ihr gut genug, um ...»

«Nein, Sir, es geht ihr nicht gut, sie mußte diese fünf Stunden stehen, und ich muß ihre Beine einreiben und wäre

Euch dankbar, wenn Ihr die Bettvorhänge zuzieht und die Tür schließt, wenn Ihr geht.»

Es war schon Nachmittag, bevor er wieder zu Anthony Fant gelangte, der geduldig in seinem eigenen Zimmer im Tower wartete. Er war viel zu stolz, um zu fragen, wie es seiner Ehefrau vor den Kronräten ergangen war, aber er lächelte ein wenig, als Simon es ihm trotzdem erzählte.

«Wollten sie sie einschüchtern?» fragte er. «Sie ist oft genug in Westminster Hall gewesen, um meine Prozesse zu verfolgen, und ich weiß genau, wie hartnäckig sie sein kann. Auf diese Weise werdet Ihr nichts aus ihr herausbekommen. Aber ich habe nachgedacht, Mr. Ames, und ich glaube, ich kann Euch andere Verstecke zeigen, die Eure Sucher vielleicht übersehen haben.»

«Wir sind sehr gründlich ...»

«Dennoch.»

Mit einem Schulterzucken traf Simon die nötigen Vorkehrungen, und sie gingen, diskret begleitet, durch die City zur Old Change. Dort zeigte Anthony Fant sich nur wenig erstaunt über den Trümmerhaufen, den Simons Männer aus seinem Haus gemacht hatten, und führte Simon an eine Stelle, auf die man als eine der ersten gestoßen war.

«Ich glaube, hier hat er gearbeitet. Ja, hier ist es.»

Er beklopfte die Wände des Verstecks, das hinter der abgerissenen Täfelung zum Vorschein gekommen war, und ein dumpfer Ton war zu hören. Zweifelnd sah Simon zu, wie Fant in dem Versteck umhertastete. Schließlich klickte es, und ein dickes Holzbrett, gut gepolstert mit Baumwollwattierung und alter Leinwand, drehte sich um die eigene Achse und zeigte ein kleines, aber tiefes Loch. Simon hielt Fant davon ab hineinzugreifen, tat es selbst und holte einen verschlossenen Kasten hervor.

Malls Brecheisen öffnete ihn, und in dem Kasten lagen die gesegneten Wachsscheiben, die *Agnus Dei* genannt werden, ein Rosenkranz und eine Pergamentrolle. Ames nahm die Rolle, warf einen flüchtigen Blick auf das Siegel, stutzte und schaute noch einmal hin; dann öffnete er die Rolle und überflog den lateinischen Text.

«Mr. Fant, ich stehe in Eurer Schuld», sagte Simon erregt. «Gibt es noch mehr Verstecke dieser Art?»

«Nein», sagte Fant trocken, «ich glaube, alle anderen habt Ihr gefunden. Wo hatte er die Hostien versteckt?»

«Wir haben keine gefunden, nur Messegeräte und etwas Weihwasser und ein paar Knochen in einer mit ziseliertem Silber verzierten Flasche, zweifellos irgendwelche Reliquien.»

«Catherine Nisbets Sachen.»

«Mein Herr muß das sofort sehen; es bestätigt all meine Befürchtungen.»

«Und die wären?» fragte Fant.

Simon zögerte, entschloß sich aber dann zur Antwort. «Ein Ablaß vom Papst», sagte er. «Er besagt, daß, gleichgültig, was Adam Strangways tut, und gleichgültig, welche Sünden er begeht zur Unterstützung seiner Mission, er nicht sündigt, da das, was er tut, zum größeren Ruhm Gottes geschieht. Damit wird Mord zu einer läßlichen Sünde gemacht.»

Fant sah aus, als wolle er ausspucken, sich aber innerhalb seines eigenen Hauses nicht dazu bringen konnte, auch wenn es zertrümmert war.

«Aber es sagt Euch nichts, was Ihr nicht schon wußtet. Ich habe Euch gesagt, daß Adam Strangways ein Verräter ist.»

«Das wird hier bestätigt. Ich bin mir vorher nicht sicher

gewesen, ob er ein Trugbild war oder eine echte Gefahr, oder in irgendeiner Weise in mein eigenes Problem verwickelt. Aber da ich es jetzt weiß, kann ich die Suche eingrenzen. Wißt Ihr, wer dieses gerissene Versteck ersonnen hat?»

Fant dachte lange nach.

«Agnes kannte ihn – ein großer, verbitterter Mann, von kräftiger Gestalt, wie war sein Name... Gorse? Es fällt mir nicht ein.»

«Das macht nichts. Wir machen Fortschritte, Mr. Fant, eindeutige Fortschritte.»

37

Ich wußte zu dieser Zeit nichts von alledem, da ich ja mit meinem neuen Lehrling voll beschäftigt war. Als Gabriel verschwunden war, nahm ich den stummen Jungen an die Hand und führte ihn zum Strand. Er drückte sich an den Hauswänden entlang, ich nahm an, weil er sich seines unbekleideten Zustands schämte, und so ging ich mit ihm durch enge Gassen, bis wir zum Pfandleiher Barnet kamen. Dort kaufte ich ihm Schuhe und einen braunen Anzug, der für einen Pagen von etwa seiner Größe gemacht worden war. Der Anzug, bestehend aus Kniehosen und einem Wams, hatte einen Schnitt, der vor zwanzig Jahren in Mode gewesen war, und der Samt war vorne und hinten völlig abgescheuert. Für den Rest von Gabriels Geld kaufte ich Brot und dicke Erbensuppe und das Ende einer Speckseite und ging dann mit dem Jungen zu meinem kleinen Loch in Blackfriars. Wir saßen am Teich im Klosterhof und nahmen ein reichliches Mahl zu uns. Der Junge aß achtsam und langsam, um nicht zu kleckern. Seine Manieren schienen aus dem Haus eines großen Herrn zu kommen.

«Kannst du lesen oder schreiben?» fragte ich ihn, und er errötete und schaute auf den Boden und schüttelte den Kopf. Das kam mir sehr seltsam vor, angesichts seiner wohlerzogenen Art in anderen Dingen.

Nach Jungenart war er sehr an dem Kloster interessiert, und als er mit dem Essen fertig war, stand er auf, wanderte umher, warf Steine auf das Eis auf dem Teich und musterte die Hühner, als habe er solche Ungeheuer noch nie gesehen. Sein Haar war goldfarben, seine Augen intensiv blau, wie der Winterhimmel über uns. In seinem Gesicht war nichts von der Härte, die in den Gesichtern Gabriels und seiner Anhänger zu erkennen war; es war weich und unschuldig und aufgeschlossen. Nur von Zeit zu Zeit erinnerte er sich an etwas, und dann setzte er sich so hin, wie ich ihn das erste Mal gesehen hatte, die Arme um die Knie verschränkt und den Blick ins Leere gerichtet.

«Ich muß einen Namen haben, mit dem ich dich anreden kann», sagte ich zu ihm. «Wie lautet er? Kannst du das wenigstens aufschreiben?» Er errötete wieder und schüttelte den Kopf. «Nun, dann werde ich dich Ralph nennen.» Ich weiß nicht, warum ich diesen Namen aussuchte, nur daß er angenehm und bequem schien und leicht zu behalten. Der Junge zuckte mit den Schultern. «Also bleibt's bei Ralph», sagte ich, streckte den Arm aus und goß ihm den Bodensatz meines Biers ins Haar. Er sprang auf und rieb sich wie wild den Kopf, und ich lachte und sprach den Taufspruch für jene, die dem Bettlergesetz unterstehen: «Und hiermit ernenne ich dich zum Gauner, der die Genehmigung hat, für seinen Lebensunterhalt zu betteln und zu stehlen, so Gott dir helfe.»

Nach einer Weile lachte er auch; er verstand nicht, war aber bereit, über einen Spaß zu lachen, da ihm nichts anderes übrigblieb. Ich sah mich im Klosterhof um: Die Sonne schien, und die feuchten, mit Reif bedeckten Dächer um uns herum glitzerten und trockneten langsam. Es war ein angenehmer Tag, und wir brauchten nicht zu betteln, da ich noch Sixpence hatte, die uns am nächsten Tag mit Essen versorgen würden. Außerdem war dies immer ein Ort des Wissens, der in seinen Steinen die Substanz von Worten barg, ein weiterer Grund, gern in einem alten Kloster zu wohnen, das allmählich zu Staub zerfiel wie die Mönche, die es einst durchschritten hatten.

«Soll ich dir das Lesen beibringen, Ralph?» fragte ich.

Welch eine Folge von Ausdrücken in seinem Gesicht! Zuerst errötete er und nickte wie ein eifriger Junge, dann kam Verdrossenheit, und er senkte den Blick auf den Boden. Schließlich schüttelte er den Kopf.

«Warum nicht? Weil du stumm bist? Na und? Du verstehst mich, warum solltest du das geschriebene Wort nicht verstehen können? Es ist zwar ein Kniff dabei, aber es ist wirklich nicht schwer.»

Er klopfte sich an den Kopf, ließ den Unterkiefer hängen und schüttelte wieder den Kopf.

«Was meinst du ...? Denkst du, daß du zu dumm bist?»

Er nickte heftig, traurig.

«Was für ein Affe hat dir das erzählt? Es gibt eine erstaunliche Menge von Dummköpfen, die nicht nur lesen, schreiben und rechnen können, sondern es auch Jungen deines Alters beibringen. Ich bin wirklich ein Dummkopf, das ist wahr, aber ich glaube nicht, daß du einer bist, du hast nur Pech gehabt. Komm.»

Ich hatte keine Engel gesehen und konnte sie nicht um Rat

bitten. Dies schien mir etwas Schönes zu sein, dem Jungen einen Schlüssel anzubieten, mit dem er die ummauerte Stadt seines Kopfes öffnen konnte, wenn er auch als Bettler wenig Verwendung für diese Kunst haben würde. Immerhin, er könnte sich entschließen, als Schreiber in den Schatten von St. Paul's zu arbeiten, und vielleicht wäre er als solcher wohlangesehen, da er keine dümmlichen Vorschläge für die Verbesserung des Stils seiner Kunden und die Verschönerung ihrer Formulierungen machen könnte.

Aber der, den ich den Gescheiten nenne, war doch nicht so gescheit, oder ich hätte weiter gedacht, an jene, die ihn gelehrt hatten, sich den Mund säuberlich mit einer Serviette abzuwischen, doch nicht zu schreiben, und warum sie das nicht getan hatten. *Mea culpa, mea culpa, mea maxima culpa.* War es Stolz, der mich blind machte?

Er und ich dachten zu dem Zeitpunkt nicht darüber nach. Er ließ es zu, daß ich ihn zum Kirchhof von St. Paul's führte, wo ich einen Buchhändler in seiner Bude fand, der mir nicht verbot, seine Bücher zu lesen, wenn ich in guter Verfassung war. Auf dem Weg dorthin überlegte ich mir, wie der Unterricht aussehen sollte, denn der Junge Ralph konnte seine Lektionen nicht laut lesen, sondern mußte es alles in seinem Kopf tun.

Und so erbettelte ich Papierfetzen von meinem Freund, dem Buchhändler, der herzlich lachte über den Witz, daß ein Verrückter Lehrer eines Stummen werden wollte, und eine halb zerbrochene Schiefertafel und eine Fibel, die im Regen ihr Paternoster verloren hatte, deren Alphabet aber noch einwandfrei war. Bei einem anderen Stand fand ich abgebrochene Kreidestücke. Dann gingen wir zurück nach Blackfriars, und ich machte mich an meine neue Aufgabe als Schulmeister.

Versammelten sich meine alten Freunde, die Mönche, um mir über die Schulter zu schauen? Ich weiß es nicht, denn ich sah nur den schwankenden Walnußbaum am Teich und den einfältigen Neddy, der getrockneten Farn auf seine empfindlichen Pflanzen stapelte, um sie vor der Kälte zu schützen.

Ich las Ralph die Buchstaben laut vor, und wir legten eine Reihe von Dingen oder Bildern an, auf die er zeigen konnte und damit zu erkennen gab, daß er wußte, nach welchem Buchstaben ich ihn fragte, wie ein Apfel für A, eine Birne für B, eine City für C (die mußte auf Papier gemalt werden) und so weiter.

Am Ende des Tages konnte ich mit meinem Lehrerstock auf jeden beliebigen Buchstaben in seiner Fibel zeigen, und er zeigte auf den dazugehörigen Gegenstand. Während wir arbeiteten, wuchs mein Zorn über das, was man ihm angetan hatte, denn seine Zartheit, sein Eifer und seine Reinlichkeit sprachen dafür, daß er an ein leichtes und wohlhabendes Leben gewöhnt war, und doch hatte niemand sich die Mühe gegeben festzustellen, ob er trotz seiner Viertelzunge geistig gesund war. Aber ich fragte mich nicht, ob das absichtlich nicht geschehen war.

Als der Abend kam, aßen wir den Rest des Brotes und ein wenig Käse, den ich noch hatte, und teilten den Rest Bier mit dem einfältigen Neddy. Zu Ehren des Anlasses und für seine Bequemlichkeit machte ich in meinem kleinen Raum Feuer und verbrannte einen weiteren zerbrochenen Tisch und ein Stück Täfelung. Leider war noch etwas Farbe darauf, und als das Holz richtig brannte, leuchtete im Feuer für einen Augenblick das Gesicht einer Frau in blauen Schleiern in schmerzlicher Schönheit auf und wurde dann schwarz und zerfiel, bevor ich es retten konnte. In ihrer Asche brieten wir Äpfel, und dann zeigte ich ihm mein Lager, und wir legten uns unter zwei Umhängen in der Nähe des Feuers nieder, während frostige Sterne nach London griffen wie kleine bissige Insekten.

Er drängte sich an mich und legte die Arme um mich, und ich dachte, ihm sei nur kalt. Dann spürte ich seine Hand an der Verschnürung meiner Kniehosen, die er außerordentlich schnell aufzog, und dann an meinem Glied. Zwei Herzschläge lang lag ich dort, und Begreifen wuchs wie eine verfaulte schwarze Blume in mir, dann schob ich, so sanft ich es vermochte, seine Hand von meinen Geschlechtsteilen, setzte mich auf und schnürte die Hosen wieder zu. Ohne Zweifel wollte er mir nur zu Gefallen sein, um seine Dankbarkeit zu zeigen, wie er es gelernt hatte. Leider machte ich ein finsteres Gesicht.

Er hatte sich an die Wand zurückgezogen, starrte mich mit Tränen in den Augen an und zitterte. «Ung ung», sagte er, schüttelte niedergeschlagen den Kopf und weinte wie ein junges Mädchen.

Ich stand auch auf, und ich zitterte auch, aber vor Zorn, daß dies die Erklärung sein sollte. Wenn ein Mann so verdreht ist, daß er nicht Mädchen, sondern Jungen liebt, ist das schon Sünde genug. Aber hier lag eine viel größere Sünde vor: Ein reicher Mann, der auf diese Weise verdreht war, hatte sich einen Lustknaben genommen, der niemals sagen konnte, wer ihn verdorben hatte, hatte ihm gewinnendes Auftreten und den Umgang mit Reichtum und Höflichkeit beigebracht, ihm aber nie den Zugang zum gedruckten und geschriebenen Wort ermöglicht, so daß er für immer ein versiegeltes Gefäß blieb, eine verschlossene Schatulle, nie fähig, über seinen Herrn zu sprechen oder ihn zu bedrohen. Und wer immer das getan haben mochte, dachte ich, war seines Spielzeugs müde geworden oder hatte jüngeres Fleisch gefunden, und er hatte ihn hinausgeworfen, damit er auf der Straße sterbe wie ein Hund. Und darum war er so bestürzt gewesen, denn der, der ihn zur Sünde erzogen hatte, hatte seine Welt in Stücke gebrochen.

«Wußtest du nicht, daß es für einen Mann Sünde ist, mit einem Jungen zu liegen?» fragte ich ihn und verschränkte die Hände, denn ich wollte nicht, daß er meinen Zorn sah und sich fürchtete.

Er starrte mich mit offenem Mund an, wirklich stumm. Ich versuchte es noch einmal. «Weißt du, was es bedeutet, eine Sünde zu begehen?»

Jetzt nickte er eifrig. Er hob ein Stück Holz auf, sah sich um, als habe er Angst, erwischt zu werden, versteckte es unter seinem Wams und richtete sich dann auf und schlich sich davon. Dann legte er das Holzstück hin und kam zu mir, öffnete die Arme und legte den Kopf auf die Seite wie ein verliebtes Mädchen.

Ich ergriff seine Hand und hielt sie fest, damit er nicht dachte, ich verabscheue ihn, und forderte ihn auf, sich wieder zu setzen.

«Jetzt, Ralph», sagte ich, «mußt du mir sehr gut zuhören, denn was ich sage, betrifft deine Seele. Weißt du, was deine Seele ist?»

Er nickte, verhakte die Daumen vor der Brust und ließ die Hände wie Flügel flattern. Dann schloß er die Augen, ließ den Kopf hängen, und die Hände flatterten fort von der Brust.

«Ah, dann bist du nicht ganz und gar heidnisch», sagte ich. «Hör mir zu. Der Mann, der dein Herr war, holte er dich in sein Bett und ... und benutzte dich, wie ein Mann eine Frau benutzt?»

Er runzelte die Augenbrauen und starrte mich verwirrt an.

Ich holte tief Luft und ahmte es nach, so gut ich konnte, und Ralph lächelte und nickte.

«Weißt du, was Gott ist?»

Er sah beleidigt aus, zeigte hinauf zur Decke und ahmte Beten nach.

«Dein Herr hat dir das nicht gesagt, weil er von dir haben wollte, was er sich wünschte, aber Gott hat gesagt, daß es eine Sünde ist, wenn ein Mann einen Jungen so benutzt. Es ist schlecht.»

Sein Gesicht umwölkte sich, sein Mund begann zu zittern, und er schüttelte heftig den Kopf.

«Nein, nicht *du* bist schlecht, aber dein Herr war schlecht, denn er hat dich so benutzt und dich in Unkenntnis gehalten über das, was er tat. Ich werde das nicht mit dir tun, Ralph. Ich bin zwar verrückt, aber nicht schlecht. Du hast mich noch nicht gesehen, wenn Tom kommt und mich mir selbst entreißt und mit Engeln spricht. Tom tut dann seltsame und törichte Dinge, aber ich glaube, selbst Tom wird diese Sünde nicht begehen. Und während ich bei Sinnen bin, werde ich es auch nicht tun. Es würde etwas Böses in mir sein, das das täte.»

Er legte das Gesicht in die Hände und jammerte leise. Ich konnte mir nicht vorstellen, was ihn jetzt bekümmerte, aber als er aufstand und mit hängendem Kopf zur Tür ging, wurde mir klar, was er dachte.

Ich stand auf und holte ihn zurück ans Feuer. «Hör mir zu, Ralph. Daß ich nicht mit dir liegen will, bedeutet nicht, daß ich dich nicht mag oder dich auf die Straße setzen werde, wie dein Herr es getan hat, sondern nur, daß es unrecht ist, und außerdem ziehe ich Frauen vor, wenn ich schon sündigen muß. Du kannst hier so lange bleiben, wie du willst, obwohl es armselig genug ist, verglichen mit dem, was du wahrscheinlich gewohnt bist. Und obwohl ich wenig genug habe, ist das wenige auch deines.»

Er starrte mich an, angespannt wie eine Katze, die an einem Hund vorbei muß.

«Verstehst du, was ich gesagt habe?» fragte ich. Nach einem Augenblick nickte er. Dann streckte er behutsam, zaghaft die Hand aus, ergriff die äußersten Spitzen meiner Finger, zog meine Hand zu sich und küßte sie ehrerbietig.

Obwohl die Nacht so kalt war, schliefen wir zu beiden Seiten des Feuers. Ich schlief fast überhaupt nicht, weil wir, anstatt zwei Hüllen über uns beiden, jeder nur eine Hülle hatten. Aber wir konnten das Bett nicht länger teilen, bis er von seiner Sünde entwöhnt war. Er war erschöpft und schlief; einmal drehte er den Kopf und rief etwas ohne Worte, ein häßliches, trauriges Geräusch. Ich dachte über ihn nach und fragte mich in den Abgründen meines Zorns, wer sein Herr gewesen sein mochte.

38

Tom schlief traumlos in mir, während ich Ralph als Lehrling anlernte. Er hatte einen schier unstillbaren Hunger, und Geld und Essen waren bald zu Ende, und so nahm ich ihn am nächsten Tag mit auf den Bettlerschwindel, obwohl er weinte wie ein Mädchen und verzweifelt den Kopf schüttelte. Ich rüttelte ihn und brüllte, daß es ihm vielleicht nichts ausmache, wenn sein Bauch sich so anfühle, als klebe er an seiner Wirbelsäule, daß ich dies aber ganz und gar nicht mochte, und daß wir mit ihm bessere Einnahmen haben würden als ohne ihn, was nur gut sei, da er dreimal soviel esse wie ich. Es bricht mir das Herz, daß ich ärgerlich über ihn war, denn er hatte guten Grund, sich zu fürchten. Doch da ich ein Mann war und er ein an Gehorsam gewöhnter Junge, zog er den kürzeren in unserer Auseinandersetzung, und er stand mürrisch neben mir auf der Straße und ließ den Kopf hängen, während ich sein Unglück hinausschrie wie ein Budenbesitzer aus Smithfield. Hunger verlieh meiner eigenen Zunge Flügel, und ich erzählte eine zu Herzen gehende Geschichte: daß er nur mit dem Viertel einer Zunge geboren worden sei, daß es für ihn keine Worte gebe, daß er aus guter Familie komme, aber ausgestoßen worden sei, als seine Mutter, die ihn beschützt habe, gestorben sei, und daß er somit doppelt gestraft sei, weil er ein friedliches Leben gekannt und es jetzt verloren habe. Das ist etwas, das ich aus eigener Erfahrung kenne: daß es viel schwerer ist, den Verlust von Wohlstand zu ertragen, als in Armseligkeit und unter Hunger aufzuwachsen und später Reichtum zu finden.

Einmal blieb eine vornehme Kaufmannsfrau aus der City vor uns stehen und warf mir vor, ich hätte dem Jungen selbst die Zunge abgeschnitten, um besser mit ihm betteln zu können.

Ralph errötete vor Zorn, trat zwischen uns und schüttelte heftig den Kopf, machte eine tiefe Verbeugung und öffnete den Mund. Als sie keine Narben sah, gab sie mißbilligende Geräusche von sich, ließ einen Groat in unsere Schüssel fallen und stolzierte davon.

So hatten wir gut zu essen, dank der anderen Frauen und der scheuen Art und dem sanften traurigen Gesicht des Jungen. Nachdem wir für den Tag genug zu essen hatten sowie ein Bündel Holz für den Abend, hörten wir mit dem Betteln auf und wandten uns dem Unterricht zu. Es war nicht leicht, ihm das Lesen beizubringen, denn er konnte seine Lektionen ja nicht wiedergeben – wie sollte ich da wissen, ob er alles verstanden hatte? Bald war der ganze Klosterhof übersät mit kleinen Zetteln, die den Baum BAUM und die Hühner HÜHNER und Neddys Garten GARTEN nannten. Manchmal tauschte ich die Zettel aus und forderte ihn auf, sie wieder richtig anzubringen, oder ich schrieb ihm einen Auftrag auf die Schiefertafel, der besagte, er solle seine Mütze abnehmen und sich damit an der Nase kratzen, und so weiter. Es war schwer für ihn, da er nicht fähig war, die Buchstaben laut zu sprechen und so die Bedeutung eines Wortes zu finden, aber er war von Männern umgeben gewesen, die lesen konnten und es taten, und so war er auf die Arbeit vorbereitet. Tatsächlich war es, als gieße man Wasser auf einen ausgetrockneten Boden; was immer ich ihm an Wissen vermitteln konnte, wurde aufgesaugt und hinuntergeschluckt.

Als es Abend wurde, fühlte ich mich veranlaßt, ihn in die St. Bride's Kirche mitzunehmen und zu der großen Bibel zu führen, die dort angekettet war. Er schien sich in Kirchen gut auszukennen, denn er nahm ehrfürchtig seine Mütze ab und spuckte oder hustete auch nicht, während wir dort waren. Am Pult schlug ich die Bibel aufs Geratewohl auf, um nach einem geeigneten Text für ihn zu suchen, und fand ihn an der Stelle, wo Christus sagt, daß alle, die an ihn glauben, nicht verloren sein werden, sondern das ewige Leben haben.

Das Kerzenlicht lag wie der Schatten eines Schattens auf seinem schmutzigen Gesicht, und er lächelte mich an und nickte.

«Hier ist Schlichtheit», sagte ich zu ihm, denn ich bin auch eine Lilie auf dem Felde, die nicht arbeitet und auch nicht spinnt, «hier ist Trost.»

Er nickte wieder, dann zuckte er zusammen, als jemand

aus dem unbeleuchteten Ende der Kirche brüllte: «Ihr beiden! Verschwindet! Ja, ihr beide, hinaus aus dieser Kirche.»

Nun, es war ein Küster, der zwischen den Schnitzereien hin und her eilte, mit seinem Stab wedelte und uns anbrüllte. Wir liefen wieder hinaus in die dunkle Gasse und weiter in die Fleet Street, wo ich einen Lachanfall bekam wegen des wütenden Gesichts und der furchtsamen Augen des Mannes. Ralph dagegen runzelte die Stirn und schlug sich mit seiner Jungenfaust in die Handfläche.

Da entdeckte ich Becket an einem Fenster über Mrs. Fumeys Laden, von hinten beleuchtet von einem Kaminfeuer und einer Talgkerze; die drohende Haltung seiner Schultern war unverkennbar.

Sein Umriß verschwand, und aus einer Laune heraus, die zweifellos ein Engel meinem plötzlich schwerfälligen Verstand eingab, nahm ich Ralphs Hand und führte ihn zu den Tischen einer gegenüberliegenden Kneipe, wo wir uns auf eine Bank unter den roten Gitterfenstern setzten. Ralph war ungeduldig, aber ich beruhigte ihn.

Kurz darauf schlenderte Becket aus Mrs. Fumeys Tür, warf einen Blick auf den Himmel, spuckte, richtete einen seiner Unterschuhe, kam auf uns zu, als höre er das Bier rufen, machte dann plötzlich kehrt und ging in die andere Richtung.

Ein hochgewachsener, gutgekleideter Mann hinter ihm stieß beinahe mit ihm zusammen, entschuldigte sich und hatte Beckets Hand plötzlich am Wams, wurde zwei Zoll vom Boden gehoben und rückwärts durch den Eingang in einen Hof getragen.

Ich riskierte es, an drei Pferden und einem Druckerwagen vorbei über die Straße zu hüpfen, gefolgt von Ralph, und schlüpfte durch den Eingang.

Man hörte, wie der Mann ein Messer zog, sah Metall und Augen aufblitzen und dann den dumpfen Aufschlag von Beckets Knie im Unterleib seines Opfers. Ralph wollte hinlaufen, doch ich hielt ihn zurück. Becket war meines Wissens nie so tief gesunken, sich als Straßenräuber zu betätigen.

Er wartete, bis der Mann auf dem gefrorenen Matsch aufhörte zu wimmern, und beugte sich dann näher zu ihm. Diesmal war das Messer in Beckets Hand.

«Wer hat Euch geschickt?»

Der Mann stöhnte und würgte nur.

«Sprecht, oder ich werde Kleinholz aus Euch machen.»

«Nicht nötig», rief ich aus dem Dunkeln, «ich kenne ihn, David.»

«Ist das Tom?» rief er mißtrauisch.

«Nein, der Gescheite.»

Becket seufzte. «Und was lassen deine Engel mir diesmal sagen? Daß dieses Bündel ein Drache mit einem tödlichen Blick sei oder ein ähnlicher Unsinn?»

«Meine Engel sagen nichts über ihn, ich habe ihn nur mit Simon Ames gesehen.» Ich sagte nicht, unter welchen Umständen, denn der Gescheite hatte von Takt gehört. «Er heißt James Ramme.»

«Stimmt das?» fragte Becket sein Opfer.

«Ja, verflucht noch mal, ich bin gekommen, um Euch eine Botschaft zu überbringen.»

«Ach wirklich? Und warum habt Ihr Euch dann in Ecken herumgedrückt und einen Obstverkäufer gespielt, wenn Ihr nur eine Botschaft für mich habt? Ich hätte Euch freundlicher begrüßt, wenn Ihr mich direkt angesprochen und mir die Botschaft übergeben hättet wie ein aufrechter Mann.»

Ramme, der gehofft hatte, Ames' seltsamen Freund im

Gespräch mit Spaniern oder beim Besuch einer Messe zu überraschen, erhob sich ächzend und versuchte jammernd, den Matsch von seinem Seidentuch und seinem kleinen Samtumhang zu bürsten. Becket war etwas zurückgetreten, das Messer noch immer in der Hand.

«Sagt Eure Botschaft», forderte er Ramme auf.

«Seine Gnaden, Minister Walsingham, wird Euren Lehnsherrn, den König von London, morgen abend in seinem Haus in der Seething Lane empfangen.»

Beckets Wimpern verhüllten seine Blicke, als er die ironischen Worte hörte, und er lächelte milde.

«Nun, ich habe eine Botschaft für Ames, aber ich denke, ich werde keinen so flatterhaften Hermes benutzen. Wer weiß, welch seltsames Schicksal ihn ereilen würde?»

Ramme war mürrisch und sagte nichts, noch immer damit beschäftigt, den Schaden an seiner eleganten höfischen Kleidung zu beheben.

«James Ramme?» fragte Becket. «Hm, ich erinnere mich, daß Mr. Ames Euch erwähnte, daß Ihr eine Art Fechter seid. Seid Ihr auch ein Gentleman?»

Ramme reckte das Kinn hoch bei dieser Beleidigung. «Das bin ich, Sir.»

«Dann, Mr. Ramme», sagte Becket heiter und steckte seinen Dolch ein, «fürchte ich, daß ich Euch einen Hieb schuldig bin.»

«Das seid Ihr, Sir. Ich muß Satisfaktion von Euch fordern.»

«Nun, nun, wir wollen uns deswegen sicher nicht duellieren; ich würde Mr. Ames nicht gerne Kummer bereiten, indem ich Euch töte, noch mir selbst, indem ich dafür gehängt werde. Vielleicht können wir unseren Streit in fairem Austausch schlichten? Ihr habt einen Schlag von mir eingesteckt, jetzt werde ich mich hinstellen und einen Schlag von Euch entgegennehmen, und dann lassen wir's gut sein, einverstanden?»

«Einverstanden», sagte Ramme mit zusammengepreßten Zähnen. Alles wäre in Ordnung gewesen, wenn er nur mit der Faust zugeschlagen hätte, aber nein, er war dumm und unehrenhaft. Er zog sein langes Rapier und griff Becket an. Becket blickte ihn erstaunt an, trat zur Seite und stellte Ramme ein Bein. Dolch und Schwert waren plötzlich in Beckets linker und rechter Hand, und als Ramme sich gefangen hatte und wieder angreifen wollte, fing Becket die dünne italienische Klinge mit seinen gekreuzten Waffen ab und zerbrach Rammes Rapier mit einem Schlenker seines Handgelenks in zwei Teile. Ramme starrte bestürzt auf die Trümmer seines teuren Stahlbestecks, nachdem vorher schon seine Seidenlappen ruiniert worden waren, und dann weiter zu Becket, der seine Zähne zeigte und Schwert und Dolch hochwarf, so daß sie in der Luft aneinander vorbeiflogen und wieder in seinen Händen landeten.

«O je, o je», sagte Becket leise. «Mr. Ramme, ich fürchte, Ihr seid kein Gentleman, und ein Fechter seid Ihr auch nicht.»

Ramme wich zurück, sein Halbschwert pathetisch hochhaltend. Ich sah das Funkeln in der Dunkelheit, als Becket mich anschaute und wieder wegblickte, und wer weiß, wenn wir nicht als Zeugen dagewesen wären, hätte Ramme seine kleinliche Hinterlist vielleicht an Ort und Stelle mit dem Leben bezahlt. Vielleicht auch nicht.

Becket spuckte Ramme auf die Füße und steckte seine Klingen in die Scheide.

«Lauft und bittet Eure Mutter, Euch den Hintern abzuwischen, Ramme, und kommt erst wieder und ruft nach mir, wenn Ihr erwachsen seid. Und entbietet Mr. Ames meinen Respekt, doch wenn er noch einmal eine Botschaft durch Euch überbringen läßt, wird sie mich nie erreichen. Dir eine gute Nacht, Tom.»

Es entstand wieder Bewegung, und plötzlich war der Hof leer bis auf den schnell atmenden James Ramme und ein schlafendes Schwein, und Ralph und ich eilten zurück zur Kneipe und dann weiter nach Blackfriars. In der Eiseskälte der Nacht erwärmte mich der Gedanke ein wenig, daß meine Engel sich noch immer um mich und die Meinen kümmerten, obwohl es mich mit großer Sorge erfüllte, daß ich die Mondkönigin nicht mehr sehen konnte, die auf ihrem wirbelnden Pferd immer näher nach London kam.

39

Seit der Nacht vor ihrer Krönung, als sie dort nach altem Brauch ruhte, hat die Königin nie mehr im Tower gewohnt, und ihre unbenutzten Gemächer verrotten und verschimmeln unbeachtet. Das kann niemanden überraschen, der um ihre Erinnerungen an den Tower weiß, diesem Ort, wo ihre Mutter starb und wo sie selbst von ihrer Schwester eingesperrt wurde. Aber auch wenn sie die Kälte nie als Gefangene am eigenen Leib gespürt hätte, würde Ihre Majestät nicht so töricht sein, dort zu schlafen, denn tagsüber verbreitet die Königliche Münze ihren klirrenden Lärm, und nachts ist es kein Aufenthaltsort für die, die ohne Engel sind.

Mit etwas modrig riechenden Kissen neben sich, die das Gewicht ihres Bauches trugen, konnte Agnes Fant dort so gut schlafen, wie eine Frau im neunten Monat eben schlafen kann, was nie sehr gut ist, und zwar wegen der Anstrengung bei jeder Bewegung und der vielen Male, die sie aufstehen und sich des Nachtgeschirrs unter dem Bett bedienen muß.

Catherine Nisbet aber konnte überhaupt nicht schlafen, gleichgültig, wie viele Ave Maria und Vaterunser sie vor sich hinmurmelte. Sie lag dort und blinzelte verzweifelt auf den mottenzerfressenen Betthimmel über ihnen; ihre Nichte neben ihr quälte sie mit ihren tiefen und gleichmäßigen Atemzügen. Und die Glocke schritt langsam durch die Nacht und nannte ihr die Stunden, die sie wach lag und einfältig in ihrer Sünde und in ihrer Schwäche stocherte.

In ihrer Jugend, als törichte Mädchen sich selbst quälten mit heroischen Bildern vom Märtyrertod für Christus, hatte sie sich nie die Kälte und die Trostlosigkeit des Towers vorgestellt. Wenn sie mit einem Priester darüber sprechen könnte, würde sie sich vielleicht besser fühlen, dachte sie, aber das war unmöglich, obwohl Priester ganz in der Nähe waren, hinter noch mehr Steinmauern. Sie könnten genausogut in der Neuen Welt sein, was ihren Nutzen für Catherine betraf. Das einzige, was sie vom lauten Weinen abhielt, war ihre Hoffnung, daß ihre heimliche Unterhaltung mit Mr. Kinsley Früchte tragen könnte.

Am nächsten Tag saß sie mit ihrer Handarbeit am tiefen Fenster, ohne Mädchen, denen sie Anweisungen erteilen könnte, ohne Köchin, die sie beaufsichtigen könnte, ohne Verwalter, den sie um Rat fragen könnte, ohne Abrechnungen, die Agnes vorzulegen waren, ohne Freundinnen, um über das Neueste zu schwatzen. Sie nähte und starrte und starrte und nähte. Agnes ruhte auf dem einzigen bequemen Stuhl, und ihre eigene Näharbeit lag auf ihrem Bauch, ihre Füße standen auf einem alten abgenutzten Schemel, der das Wappen der Dudleys trug. Beiden Frauen fiel die Arbeit nicht leicht; trotz des Feuers waren ihre Finger kalt und steif, weil der Tower in seiner steinernen Seele zu kühl und zu feucht ist, als daß bloßes Holzfeuer ihn leicht erwärmen könnte.

Als die Glocke endlich zu Mittag schlug, stemmte Agnes sich hoch und kniete steif auf dem Hocker, um ihr Angelus zu sprechen, demütig vor Gott. Catherine schmerzten die Knie zu sehr zum Niederknien; sie blieb stehen. Bevor sie ihr Gebet beendet hatten, wurde die Tür aufgeschlossen, und Simon Ames trat ein, gefolgt von Kinsley, der ein Tablett mit Essen trug, Hammelfleisch und einen gebratenen Fasan, mit Maronen und Beeren gefüllt, feines Weißbrot und Wein in einem Zinnkrug und ein Salat aus Winterkräutern. Kinsleys Gesicht war gleichmütig, aber er warf Catherine einen verstohlenen Blick zu und nickte fast unmerklich.

Als Ames sah, daß sie beteten, bedeutete er Kinsley, stehenzubleiben; wartend standen sie da, bis die Frauen fertig waren. Dann trat er vor, bot Agnes zum Aufstehen seinen Arm und begleitete sie zu ihrem Stuhl, brachte einen Tisch heran und stellte das Essen dort ab, so höflich, als sei er ihr Diener. Mrs. Nisbet hätte gern heimlich mit Kinsley gesprochen, wagte es aber nicht; ihr war nur aufgefallen, daß er das Tablett demonstrativ zur Kleidertruhe getragen und dort abgestellt hatte. War da etwas auf den Boden gefallen?

Kinsley schritt würdevoll zur Tür, rief, man solle sie öffnen, und ging dann hinaus; durch das Guckloch wurde er nochmals sichtbar und nickte ihr wieder zu. Mit der Hand berührte sie die Stelle innerhalb ihres Korsetts, wo ihr kleines goldenes Kreuz hätte sein sollen; dann ging Catherine zur Truhe, um das Tablett wegzustellen und sich dort hinzusetzen. Als sie nach unten spähte, lag eine gepriesene kleine schwarze Lederflasche im Staub.

«Oh», sagte sie, «ich habe meine Nadel fallenlassen.» Ihre Knie waren nicht so steif, als daß sie sich nicht hätte bücken und auf dem Boden herumtasten und die kleine Flasche mit ihrem Körper verdecken können, bis sie sie unter ihren Röcken in der Tasche ihres Unterrocks in Sicherheit gebracht hatte.

Sie stand wieder auf und machte viel Aufhebens von ihrem schmerzenden Rücken und hielt sich obendrein auch noch den Kopf.

«Madam, ich fürchte, ich habe eine Migräne.»

«Vielleicht würde etwas Fleisch guttun?»

«Nein, nein, ich glaube, ich muß mich hinlegen.»

Agnes sah ihr zweifelnd zu, wie sie zum Bett ging, sich hinlegte und die Vorhänge zuzog.

Simon Ames hob die Augenbrauen. «Hättet Ihr gern eine andere Frau zu Eurer Bedienung, Madam?» fragte er. «Ich könnte es veranlassen, wenn Ihr wollt. Eine andere Frau aus Eurem Haushalt vielleicht?»

«Nein», sagte Agnes, eine Spur von Verdruß in der Stimme. Dann lächelte sie ein wenig. «Ich weiß nie, ob ich mich über Eure Güte freuen oder sie fürchten soll, Sir.» Ames neigte den Kopf und ging zum Schemel am Feuer, während sie ihr Tischgebet sprach. Er setzte sich hin, eng in seinen Umhang gewickelt. Wie immer tropfte Schleim aus seiner Nase, den Agnes gern abgewischt hätte wie bei einem Kind, und seine Augen waren rot und von dunklen Schatten umgeben. Sie fand, daß er eher wie ein Gefangener aussah als sie, aber das war wirklich weibliche Eitelkeit.

Sie schnitt mit ihrem kleinen Messer etwas Fasanenbrust ab, knabberte an dem Brot und trank zurückhaltend von dem Wein, den sie mit dem guten Brunnenwasser aus dem Tonkrug mischte. Dann hielt sie inne.

«Hört, Mr. Ames, ich esse nicht gern allein. Wenn Mrs. Nisbet mir nicht Gesellschaft leisten kann, dann teilt Ihr mit mir; das Kind nimmt soviel Platz in meinem Bauch ein, daß ich nicht mehr als ein Viertel hiervon essen kann.»

Simon zögerte; dann zog er seinen Schemel an den kleinen Tisch und benutzte sein Federmesser, um sich ein Stück von dem Fasan abzuschneiden. Das Fleisch war etwas zäh.

«Habt Ihr mit Father Hepburn über mich gesprochen?» fragte sie kurze Zeit später. «Ich möchte gern die Beichte ablegen, bevor meine Stunde kommt.»

Simon schüttelte den Kopf und schlang wenig elegant ein Stück Fleisch hinunter.

«Father Hepburn ist durchaus dazu bereit; es ist vielmehr Norton, dem das nicht gefällt.»

«Ah», sie tupfte sich die Lippen mit der Serviette ab. «In ihm hat die neue Religion einen starken Mann.»

«Er ist ein Puritaner, das ist wahr.»

«Armer Mr. Foltermeister. Wie seltsam, sich der Reinheit einer Sache so sicher zu sein, die erst fünfzig Jahre alt ist und auf den Worten Luthers beruht, dem verdorbenen Mönch, und einem Verrückten ...»

Simon zog fragend mit vollem Mund die Augenbrauen hoch. Wenn er in sein Dechiffrieren versunken war, vergaß er das Essen oft.

«Ich meine Calvin, den Schweizer, der Thomas von Aquin an Logik übertroffen hat», erklärte Agnes.

«Ist denn Gott... nicht logisch?» fragte Simon überrascht.

«Gott erschuf die Logik, aber er ist nicht an sie gebunden und kann es nicht sein, da er grenzenlos ist.» Simon nickte zustimmend. «Calvin sagt», fuhr Agnes fort, «daß es keinen freien Willen noch Erlösung durch unsere eigenen Taten geben kann, weil Gott von Anfang an wußte, wer von uns gerettet wird und wer verdammt, und darum ist alles geplant, und nur Seine vorbestimmte Gnade kann uns retten.»

«Das ist logisch», räumte Simon unsicher ein.

«Aber nicht vernünftig. Nehmt uns beide und behauptet, daß Ihr zu den Auserwählten Gottes gehört und ich verdammt bin, wie Mr. Norton glaubt! Was für eine verzweifelte Lage wäre dies! Denn Ihr braucht nichts zu tun und nichts zu versuchen, um weiter zu den Auserwählten zu gehören, und ich kann nichts tun, um tauglich für den Himmel zu werden. Alles ist jetzt und für immer kalt voneinander getrennt: eine melancholische Aussicht und ein Glaube, der zu Melancholie und Wahnsinn führt.»

Simon bemerkte: «Ich habe Wahnsinn und Melancholie auch unter Katholiken gesehen, Madam.»

Wie auch ich, aber Agnes war zu jung, um sich an unsere Mutter im Jahr vor ihrem Tod zu erinnern, als überall um sie herum Teufel versuchten, ihre Seele zu stehlen. So lächelte Agnes und beugte sich so weit vor, wie sie konnte, und ihre blassen Augen glänzten.

«Ah, aber für mich gibt es immer Hoffnung. Wie schwarz meine Sünde auch sein mag, ich brauche mich nur wieder Gott zuzuwenden, mein Verbrechen zu beichten und Absolution vom Priester zu erhalten. Und Gott in seiner Gnade und mein Hunger nach Ihm werden sich an den Händen fassen und mich fröhlich hinauf in den Himmel schwingen. Einen so milden Gott zu lieben ist nicht schwer, Mr. Ames, noch ist es seltsam, daß Er, der die Welt erschaffen hat, Brot und Wein wie diese hier in Seinen Leib und Sein Blut verwandeln kann. Nichts davon ist seltsam, nichts ohne Hoffnung. Hoffnung scheint überall auf der Welt wie das Licht der Sonne.»

Sie lächelte, während sie sprach, und vielleicht wurde das Kind in ihr von ihrer Freude angesteckt, denn der Samt ihres Kleides bewegte sich, als das Kind sich bewegte. Simon blickte weg.

«Ich fordere Euch nicht auf, Euch vom Allmächtigen abzuwenden», sagte Simon. «Das würde ich von niemandem verlangen. Nur wendet Euch vom Papst ab, der nicht der Allmächtige ist, sondern ein Mann, der zu viel Macht hat und zu wenig Frömmigkeit.»

«Aber Gott hat ihn ernannt, er ist der Nachfolger vom heiligen Petrus. Ihr sprecht von einem so kleinen Schritt...» Agnes lächelte. «Aber ein Schritt führt zum anderen, und so weiter bis zur Verdammnis.»

Zwischen ihnen trat Schweigen ein, eher traurig als angespannt, wie bei zweien, die durch ein Gitter miteinander sprechen und sich nicht näher kommen können.

Simon räusperte sich. «Da wir von der Sonne sprachen», setzte er verlegen an, «habt Ihr jemals Thomas Digges gelesen, seine *Perfect Description of the Celestial Orbs*? Nein? Ich werde es Euch bringen, denn es war ein wahres Wunder für mich.» Er begann, Becher und kleine Brotstücke auf dem Tisch zu verteilen, um ihr das Wunder von Kopernikus' Universum vorzuführen, das für einen Verstand wie dem von Simon so viele Rätsel löst. Mit einem einzigen Schritt, einer Veränderung der Sicht, durchschneidet es den Gordischen Knoten von Zyklen und Epizyklen und Epi-Epizyklen. Für Simon, den die häßliche Komplexität des aristotelischen Weltbildes mit der Erde als Mittelpunkt verwirrt hatte, war die Reinheit der Welt des Kopernikus, die sich um die Sonne in ihrer Herrlichkeit dreht, sehr erregend.

Agnes sah auch Simons eigentliche Absicht. «Ist das also Euer Glaube?» fragte sie, als er eine Pause machte. «Ein

Glaube an die Antworten von Zahlen und die Künste der Mathematik. Ihr scheint Mr. Nortons hektischen Glauben an die Erlösung nicht zu teilen. Es ist mir ein Rätsel, daß Ihr die Arbeit tut, die Ihr tut, denn ich denke, daß Ihr nicht arm seid und auch nicht von Grausamkeit berauscht.»

Simon blinzelte und starrte auf die geordneten Brotkrumen vor ihm. «Nein», sagte er und wickelte den Riemen seiner Federtasche um den Finger. «Nach Abstammung und Erziehung bin ich ein Jude.»

Sie öffnete den Mund weit, bevor sie es merkte und ihn wieder schloß. Sie schob auch nicht ihre Röcke zur Seite, obwohl der Impuls offensichtlich vorhanden war, bevor sie ihn unterdrückte. Statt dessen wurde sie rot. «Ich ... ich habe noch nie einen kennengelernt.»

Simon lachte und fuhr sich mit der Hand durchs Haar. «Wie Ihr seht, wir haben weder Schwänze noch Hörner, und ich versichere Euch, daß ich noch nie kleine Kinder gegessen habe.»

Sie erblaßte; dann lachte sie auch. «Wie kommt Ihr dann hierher? Geht Ihr zur Kirche? Ist es nicht auch für Euch eine Blasphemie?»

«Einige sagen, daß es das ist. Ich habe eine Dispensation von der Königin, die Lord Leicester für mich erlangt hat, so daß ich nur zu Weihnachten und Ostern zum Gottesdienst gehen muß, was mein Rabbi für zulässig hält, und ich darf niemanden bekehren, was zu tun ich auch nicht beabsichtige. Meine Familie kommt aus Portugal, aber wir wurden alle von dort vertrieben von der spanischen Inquisition, die zwei meiner Onkel verbrannte.»

«Wie könnt Ihr dann ...»

«Wie kann ich Teil einer anderen Inquisition sein?»

«Ist es Rache?»

«Nein. Weniger edel. Es ist... Selbsterhaltung, Furcht.»

«Furcht wovor?»

«Furcht, daß dieses Land von Spanien geschluckt wird. Furcht, daß der letzte Zufluchtsort meiner Familie eingenommen und geplündert wird von einem unversöhnlichen Feind. Die Entwicklung zu dieser Arbeit hin war eine langsame Angelegenheit, Madam, und oft liege ich im Bett und sehe diese Langsamkeit als eine Art Fluch, wie das Schnekkentempo der Lepra. Durch meine mathematische Begabung bin ich geschickt im Chiffrieren und im Dechiffrieren anderer Chiffren, im Ergänzen von Schriftstücken und im Verbinden des einen mit dem anderen. Mein Herr, Sir Francis Walsingham, nennt diese Welt gern *Mundus Papyri*; in ihr haben alle Dinge ihre Schatten, und Wissen bewegt sich langsam und schleppend wie eine kranke Schlange, die aber stets ihre Spuren auf dem Papier hinterläßt, so daß man ihr folgen kann.»

«Warum bleibt Ihr dem Geschäft dann nicht treu?» fragte Agnes kalt. «Es scheint eine sauberere Sache zu sein als dies hier.»

«Aber das eine führte ganz von selbst zum anderen, denn da ich die Muster und Intrigen im *Mundus Papyri* kannte, war es für mich leichter zu bestimmen, was für Fragen gestellt werden sollten. Und wenn einer verstockt ist und dann gefoltert wird, muß ich ihn unter Schmerzen befragen, und so...» Er breitete die Hände aus, ohne Agnes anzusehen, wie ein Bittsteller, der um Gnade bittet.

«Und das geschieht nicht für die Religion, sondern für Eure eigene Sicherheit?»

«Religion gehört dazu, Madam, wenn es auch nicht mein eigener Glaube ist. Die Königin hat die beiden geschickt miteinander verwoben; wenn also eines fällt, fällt das andere auch. Und die Gnade der Königin ist die Stütze, der Grundstein, die goldene Kette, an der ein außerordentlich schweres und außerordentlich schönes Reich hängt. Eine einzige schmale Kette, und wenn sie reißt, fällt der Edelstein auf den Boden und wird von den Spaniern fortgekehrt, seine Diamanten und Rubine herausgebrochen und das Gold geschmolzen, um für die Inquisition und die Priester und die Zerstörung der Niederlande zu zahlen. Es ist so leicht, einen Mann oder eine Frau zu töten; wir sind alle so zarte, spröde, zerbrechliche Geschöpfe.»

Agnes hatte sich wieder zurückgelehnt, die Hände über dem Bauch verschränkt, die Augen zusammengekniffen. «Für die Sicherheit des Reiches betreibt Ihr also Euer blutiges Geschäft wie ein Soldat?»

«Ich würde einen armseligen Soldaten abgeben», sagte Simon. «Doch wenn die Königin diesem neuen Komplott der Guisen zum Opfer fällt und die Spanier kommen, werde ich eine Büchse in die Hand nehmen und kämpfen wie ein wahrer Engländer und ein Jude.»

«Wie ich es tun würde, obwohl ich nur eine Frau bin.»

«Würdet Ihr das, Madam? Dabei seid Ihr ein Teil des Komplotts.»

«Ich habe nichts zu tun mit ...»

«O ja, Ihr seid eine einfache törichte Frau, die nur heimlich von Jesuiten gehaltene Messen besucht und nur ihrem armen Bruder Unterschlupf gewährt, der vor kurzem von Spanien zurückgekehrt ist, mit der Absicht, die Königin zu ermorden.»

Agnes war erstarrt, ihr Gesichtsausdruck kalt. «Ich habe recht, wenn ich Eure Güte fürchte», sagte sie. «Was macht Euch so sicher, daß es mein Bruder ist, den Ihr suchen müßt?»

«Der päpstliche Ablaß, den Euer Ehemann für mich an einem Ort gefunden hat, von dem Ihr dachtet, daß wir ihn nicht finden würden.»

«Der päpstliche ... Darf ich das sehen?»

Simon zögerte. «Es wird überprüft, aber ich glaube, Ihr dürft. Und Ihr könnt mich vielleicht belehren, Madam. Ihr habt sehr beredt vom Allmächtigen und seiner unendlichen Güte gesprochen: Wie könnt Ihr dann dieses akzeptieren – Ihn mit Papier zu fesseln und mit Dispensation zu töten?»

Agnes antwortete nicht. Simon seufzte. «Inzwischen – ich habe hier einen Bericht über die Beziehungen Eures Ehemanns zu Adam Strangways, den er auf jeder Seite unterzeichnet hat. Ich bitte Euch sehr, Mrs. Fant, lest den Bericht und denkt gründlich darüber nach.»

Agnes nahm die Papiere wortlos an sich. Simon stand auf und verbeugte sich. «Madam», sagte er, «ich bitte Euch noch einmal, stellt Euch dieses Land unter spanischer Herrschaft vor.»

«Ich hatte nicht erwartet, daß Ihr eine schwangere Frau auf die Folterbank legen würdet», sagte Agnes nachdenklich, «aber das war, bevor ich wußte, daß man auch mit Worten foltern kann.»

«Wenn ich einen besseren Weg wüßte, Euren Bruder zu finden, würde ich ihn einschlagen.»

«Er jedoch könnte nicht mit seinem Bauch gegen die Folter plädieren.»

Dann verließ Simon das Zimmer, und die Tür wurde hinter ihm verschlossen.

40

Am Sonnabend stattete Becket dem Haus der Nuñez in Poor Jewry einen Besuch ab. Er trug einen Brief bei sich, den zu verfassen ihn viele Stunden und viele Versuche gekostet hatte, obwohl er nur kurz war. Das Haus war still und hatte sich auf den Sabbat eingerichtet, und während er darauf wartete, daß jemand auf sein Klopfen reagierte, staunte er über ein merkwürdiges Gebilde am Fenster.

«Was ist das?» fragte er das hübsche blonde Mädchen, das ihm schließlich die Tür öffnete. Sie schaute hin.

«Na ja, eine Kerze mit einem Topf darüber, und in dem Topf ist ein Loch.»

«Das sehe ich», sagte Becket geduldig, «aber wofür ist es?»

«Wie soll ich das wissen?» sagte das Mädchen. «Ich bin keine Marranin. Was wünscht Ihr? Keiner von ihnen wird kommen.»

«Nicht nötig», sagte Becket. «Gib nur Mr. Simon Ames diesen Brief, wenn er Zeit hat, ihn entgegenzunehmen. Und ...», er lächelte gewinnend und klemmte den Fuß in die Tür, «und sag mir deinen Namen und wie ich einem so hübschen Mädchen dienen kann.»

«Hm», sagte das Mädchen, riß den Brief an sich, stampfte Becket auf die Zehen und schlug die Tür einen halben Zoll vor seiner Nase zu.

Am Abend desselben Tages und unbeobachtet von Becket, der im Cock an der Fleet Street mit Sweetbush Julia verhandelte, ritt ein kleiner Mann, der aussah wie ein höherer Barrister oder ein erfolgreicher Handelsherr, lächelnd und fröhlich schwatzend zur Seething Lane. Er ritt einen hübschen braunen Wallach mit einer reichverzierten Schabracke, aber für einen Bewohner vom Land muß er insofern seltsam ausgesehen haben, als er offensichtlich von guter Herkunft war, doch keine Begleiter hatte, die mit ihm ritten oder neben ihm hergingen. Einen wohlhabenden Mann völlig allein zu sehen mochte einen schlichten Farmer in der Tat die Augen aufreißen lassen, einem Londoner jedoch wäre vielleicht aufgefallen, daß es in der Lane von Bettlern und kräftigen Dienern nur so wimmelte; Henderson oder Richter Fleetwood hingegen hätten sich mit Sicherheit gefragt, warum Turling der Heckendieb oder Hogg aus Smithfield es beide für unbedingt erforderlich hielten, an diesem Tag in der Seething Lane zu sein, von Cur-Face Mitchell, Long Jack, Enderby, Pratt dem Clown und einem Dutzend anderen ganz zu schweigen.

«Mit genügend Leuten könnten wir auf einen Schlag London von Straßenräubern, Betrügern und Dieben säubern», sagte Ramme und deutet aus dem Fenster. «Aber Becket, Sir, ist leider nicht dabei.»

Walsingham nickte und beobachtete durch sein Fenster, wie Laurence Pickering vom Pferd stieg. «Ich habe ihn auch nicht erwartet.»

«Versteckt sich zweifellos bei der Witwe Fumey.»

«Hm.»

«Soll ich ihn festnehmen lassen?» Ramme war übereifrig und wurde erst besonnener, als er Walsinghams Blick sah. «Seine Geschäfte mit Mr. Ames gefallen mir nicht.»

«Sie gefallen Euch nicht?» sagte Walsingham. «Mir gefallen sie ganz gut. Ich werde Mr. Pickering in der Bibliothek empfangen.»

Der König von London wurde von einem Pagen geführt und lächelte Ramme vergnügt an, als er vorbeiging.

Sir Francis stand in der Bibliothek, in ein Buch vertieft.

Pickering wartete genau fünf Sekunden, daß von ihm Notiz genommen werde, dann grinste er, trat vor und legte ein Bündel Papiere auf den Tisch.

«Bitte, Sir», sagte Pickering. «Als Zeichen meiner guten Absicht.»

Walsingham schlug das Buch zu, stellte es an seinen Platz, nahm die Papiere auf und durchblätterte sie schweigend.

«Es geht mich nichts an, wenn ein Mann spielt», sagte er schließlich.

«Natürlich nicht», sagte Pickering fröhlich. «Eine sehr geruhsame und angenehme Beschäftigung für diejenigen, die die Mittel haben.»

«Genau. Und offenbar lauten diese Schuldscheine nicht auf Euren Namen, Mr. Pickering.»

«Nein, ich akzeptiere bei jeder Art von Spiel nur selten Schuldscheine. Ich ziehe gutes Gold oder Schecks vor. Aber nicht alle sind so vorsichtig, Sir. Mr. Tyrrel hat diese von Sir Edward Stafford angenommen, wie Ihr seht.»

«Und?»

«Und ich weiß aus hervorragender Quelle, daß ein Señor Mendoza sie eingelöst hat.»

«Könnt Ihr das beweisen?»

«Diese Scheine, Sir, wurden aus Señor Mendozas Büro gestohlen. Leider müssen sie zurückgehen ...»

Wie ein Sonnenstrahl, der durch einen verhangenen Himmel bricht, leuchtete Walsinghams Gesicht auf vor Entzükken und war wie verwandelt.

«Mr. Pickering, ich staune. Ich sage Euch ehrlich, ich hätte gern mein ganzes Vermögen dafür gegeben, um im vergangenen Jahr einen Mann an Mendozas Seite unterzubringen, aber es ist mir nie gelungen. Könnt Ihr mir wenigstens Eure Methode schildern?»

Pickering wippte auf den Zehenspitzen. «Ja, Sir», sagte er umgänglich. «Euch werde ich sie gerne schildern. Welche Stellung bekleideten Eure Männer?»

«Schreiber, Sekretäre, Diener. Einen hat man aus der Themse gefischt.»

Pickering schüttelte den Kopf. «Entsetzlich.»

«Und Euer Mann?»

«Wer sieht die Frau, die nachts die Scheiße wegräumt?» sagte Pickering. «Und sie hat Zutritt in jedes Haus.»

«Hat sie noch andere ...»

«Leider kann sie nicht lesen, sie erkannte nur an der Form der Schrift, was dieses war, und brachte mir die Papiere, für den Fall, daß sie für sie von Nutzen seien.»

«Kann sie sie wieder zurückschaffen?»

«Ich werde sie die Papiere morgen zurückbringen lassen, vollgeschmiert mit Scheiße, und sie soll sagen, daß sie in den Kübel gefallen wären.»

Walsingham schwieg, während er die Papiere durchsah, und notierte die Beträge in einem dicken Buch. Pickering lächelte wieder, wippte auf den Absätzen auf und ab und musterte das Zimmer bewundernd.

«Ein prächtiger Anblick, Euer Ehren», sagte er endlich. «So viele Bücher, so viel Wissen. Ein Mann, der all diese Bücher gelesen hat, muß wirklich weise sein.»

«Ich habe selten Zeit, zum Vergnügen zu lesen.»

«Das höre ich mit Bedauern, Sir. Bei Euren vielen Verpflichtungen ...»

«Kommen wir zum Geschäft, Mr. Pickering.»

«Mit Vergnügen, Sir.»

«Ich stehe in Eurer Schuld, jetzt schon zum zweitenmal. Ich hege die Hoffnung, noch tiefer in Eurer Schuld zu stehen. Wißt Ihr zum Beispiel etwas über einen Mann namens Adam Strangways oder über einen anderen, der David Becket heißt?»

Pickering schüttelte bedauernd den Kopf. «Ich habe Strangways gesucht, doch nicht gefunden. Becket kenne ich gut, doch habe ich ihn auch nicht mehr gesehen. Aber das hat nichts zu sagen, ich werde weitersuchen.»

«Und?»

Pickering machte eine umfassende Armbewegung. «Sir», setzte er umständlich an, «ich bin keineswegs ein armer Mann, und es mangelt mir auch nicht an Macht. Das wenige, was ich tat, um Euch zu unterstützen, habe ich aus Liebe zur Königin getan, Gott segne sie, obwohl ich nie ...»

«Und, Mr. Pickering?»

«Nun, Sir, wenn Ihr darauf besteht, Euch erkenntlich zu zeigen, was ich sehr zu schätzen weiß, Sir, so soll einfach Euer Lächeln gegen Gold aufgewogen werden.»

«Und zweifellos auch meine Blindheit.»

«Ja, Sir. Eure Unterstützung, Euer Wohlwollen. Und, wie Ihr sagt, Eure Blindheit. Bei Gelegenheit.»

«Bei welcher Art von Gelegenheit?»

Pickering rieb sich die Nasenspitze mit dem Zeigefinger.

«Sicherlich ist es doch sehr verderbt von einem Engländer, Sir Eduards Schuldscheine einem stinkenden Spanier zu verkaufen?»

«Sehr verderbt.»

«Und Andrew Tyrrel hat das offenbar getan.»

«So sieht es aus. Mr. Tyrrel ist also nicht Euer Freund?»

Pickering lachte. «Nein, Sir, genausowenig wie König Philipp ein Freund Ihrer Majestät, unserer allergnädigsten Königin, ist.»

«Vergleicht Ihr Euch mit ihr?» Walsinghams Stimme war plötzlich kalt.

Pickering öffnete seine strahlenden Knopfaugen weit. «Oh, Sir, das wäre Aufruhr und Landesverrat. Ich habe gehört, wie Tyrrel das getan hat, aber ich selbst ... ich bin Ihrer Majestät demütigster und ergebenster Untertan ...»

«Dann stimmt es nicht, daß man Euch den König von London nennt?»

«Übereifrige Diener und Anhänger, Sir, ich bremse sie, wenn ich sie dabei erwische. Und sicherlich kann ich nicht König sein, während ein anderer mit Hilfe von Geld aus Spanien Anspruch auf den Titel erhebt.»

«In diesem Land gibt es nur einen Herrscher.»

«Und das ist auch richtig so; kein Land kann ruhig sein, wenn es zwei Herrscher gibt. Und wenn man mich König nennt, dann sicher nur aus Ignoranz und Dummheit ...»

«Was zu Mißverständnissen führen kann», sagte Sir Francis mit Nachdruck.

Pickering hüstelte. «Das wird es nicht mehr geben, Euer Ehren.»

Sir Francis nickte und füllte zwei silberne Pokale mit Sherry. Er reichte Pickering einen und leerte seinen eigenen sofort.

«Dieser Sherry ist für meinen Geschmack zu trocken, Mr. Pickering, vielleicht zieht Ihr Euren eigenen Wein vor.»

Pickerings Augen glitzerten, und er leerte den halben Pokal mit einem Schluck. «Nun, mir scheint er sehr lieblich, Sir», sagte er. «In der Tat, ich habe noch nie einen besseren gekostet. Ihr erweist mir zuviel Ehre, Sir.»

«Tue ich das?» fragte Sir Francis. «Was Mr. Tyrrel betrifft, ich werde mir seine Papiere ansehen. Auf Euer Wohl und Glück, Mr. Pickering.»

41

Wir bettelten am Temple Bar, während die Menschenmenge zum sonntäglichen Gottesdienst in die Kirchen strömte, um über die Wohltaten von *caritas* und über die Liebe zum Nächsten unterrichtet zu werden. Ich war nicht so töricht, tugendhafte Kirchgänger anzubetteln, die wissen, daß sie zu den Auserwählten gehören: Erwische sie, wenn Keime des Zweifels an ihnen nagen, dann werden sie versuchen, durch Bestechung ihren Weg in den Himmel zu erkaufen. Ralph versuchte sich an einem Balladenblatt, ein Loblied auf die schöne Eliza, und betrachtete den frostigen gläsernen Himmel, der so leer und schrecklich war, als ich Gabriel aus der Chancery Lane in die Fleet Street stolziert kommen sah, mit den beiden Jungen, die seine engsten Anhänger waren, neben sich. Sie ließen ihre Blicke schweifen und spielten mit ihren Dolchen, um männlicher zu erscheinen.

Gabriel kam mit hocherhobenem Kinn näher. «Hast du ihm das Bettelgesetz beigebracht?» fragte er und zeigte auf Ralph.

«Er ist ungeeignet dazu», sagte ich. «Es paßt schlecht zu seinem Wesen.»

«Ich habe gehört, daß es euch recht gutgeht.»

«Ja.» Ich seufzte. «Worum geht es, Gabriel? Muß ich für ihn den Zehnten bezahlen?»

«Nein», sagte Gabriel, «ich werde ihn selbst nehmen.»

«Warum? Wozu? Er ist nicht zu diesem Leben erzogen worden und wäre leichte Beute für den Henker, wenn du versuchtest, einen Taschendieb aus ihm zu machen.»

Gabriel legte seine Hand auf meinen Bauch und schob mich rückwärts gegen den steinernen Torbogen, bis die in den Stein gemeißelten Verzierungen sich gegen meine Wirbelsäule preßten.

«Es gibt jemanden, der für ihn zahlen will», sagte er leise, «und ich habe ihn gefunden, also behalte ich ihn.»

«Geld wofür?»

Gabriel spuckte zur Seite. «Für sein altes Gewerbe.» Er grinste anzüglich.

«Du weißt, daß er der Lustknabe irgendeines reichen Mannes war?»

«Beim Blut Christi, Tom, was sonst könnte er sein mit dem Gesicht und dem Haar? Es gibt jemanden, der mir doppelt bezahlt, weil er stumm ist.» Er grinste und pochte an die Seite seiner Nase. «Hat er denn nichts für dich getan, um für all deine Mühe zu zahlen? Eh?»

Feuer und rachsüchtige Engel mit harten Augen stiegen aus meinem Bauch herauf, und ich riß Gabriel mit meiner Faust die Wange bis auf den Knochen auf. Und dann hielten mich Hände von hinten fest, und kleine Fäuste trommelten auf meinen Rippen und meinem Bauch herum, bis ich umkippte, weil ich keine Luft mehr kriegte. In der Ferne hörte ich Gabriel verschwommen rufen: «Bringt ihn nicht um, Jungs, es bringt Unglück, einen Verrückten zu töten, erteilt ihm nur eine Lehre.» Und dann aus noch weiterer Ferne einen klagenden zungenlosen Schrei, als mein Junge Ralph von mir gestohlen wurde.

Engel können manchmal barmherzig sein, selbst Tom kann barmherzig sein und mich von den Schmerzen meines Körpers und den Schmerzen meines Geistes forttragen. In der Tat, manchmal habe ich die Schmerzen meines Körpers fast als Segen empfunden, denn sie lassen den Sternendämon, der in meiner Seele gefangen ist, frei, damit er gehen kann, wohin er will, und lassen Tom unten schnatternd zurück. In dem Dung und Schmutz der Gasse, wo sie mich liegenließen, lag Tom gebrochen und weinend, aus der Wunde in der Wange blutend, wo Gabriel mir in Bezahlung für seine Wunde einen Schnitt verpaßt hatte, blutend auch im Herzen für meinen armen Ralph, der jetzt wußte, daß er sündigte. Vielleicht wäre es besser gewesen, wenn ich ihn Gottes Gesetz nicht gelehrt hätte, aber dann stand ein Engel neben Tom und schalt mich aus, sagte, daß eine Sünde, die jemandem aufgezwungen werde, auch keine Sünde sei. Das unterscheidet sich von dem, was die Geistlichen darüber sagen, aber ich denke, daß Gott barmherziger und gütiger ist als die meisten seiner Mannschaft auf der Erde. Doch ich bin nur der arme verrückte Tom und weiß nichts, und in der Tat, wenn Gott barmherzig ist, warum leiden die Unschuldigen dann ständig mehr als die Schuldigen?

42

Und hier war Becket – gestutzter Bart, sauberes Hemd, sein Wams und der Lederrock gebürstet und gereinigt, die Stiefel geputzt und auf Hochglanz gebracht, sein Schwert poliert wie stets, einen neuen Hut auf dem Kopf – und saß, finster in sein Bier schauend, im Gatehouse. Er war mit Eliza Fumey in St. Dunston's gegangen und hatte eine Predigt von übermäßiger Länge über das ärgerliche und lebenswichtige Thema *homousion* oder *humoiusion* oder so ähnlich gehört, von der er nur jedes dritte Worte verstanden hatte. Danach hatte er sich mit stoischem Gleichmut durch das übliche Gatehouse Sonntagsmahl gegessen, bestehend aus Roastbeef auf Brotscheiben, Erbsen und Rüben, einem Salat aus nicht mehr ganz frischen Winterkräutern und einem Hefekloß mit Korinthen und einer scharfen Soße aus Sherry und Butter. Was den Körper betraf, so fühlte er sich aufgebläht und zufrieden.

In Gedanken hatte er seine Henkersmahlzeit gegessen, und die war, wie es sich für eine solche gehört, sehr gut gewesen. Als Simon Ames den Raum betrat und sich suchend umsah, seufzte Becket vor Erleichterung; die Warterei hatte er noch nie ertragen können. Er nahm ohne Erstaunen zur Kenntnis, daß drei kräftige Männer mit harten Gesichtern Simon folgten; einer von ihnen blieb an der Tür stehen, die anderen beiden trennten sich und postierten sich vor dem Eingang zur Küche sowie vor dem Fenster zur Straße. Wirtin Alys griff nach dem Holzknüppel, den sie bei dem Aqua-Vitae-Fäßchen aufbewahrte, und beobachtete das Geschehen mit verengten Augen. Becket saß aus Gewohnheit in einer Ecke an der anderen Seite des Raumes. Ruhig wartete er, bis Simon sich nervös durch die Menge von Essenden geschlängelt hatte und vor ihm stehenblieb.

Nun setzte er die Füße fest auf den Boden und erhob sich. Bevor Simon seinen wie auch immer lautenden Haftbefehl produzieren konnte, sagte Becket: «Ich möchte mit Mrs. Agnes Fant sprechen, die zur Zeit Eure Gefangene ist, Sir.» Er wollte Ames sein Schwert überreichen, bereit, die Sache angemessen durchzuführen, doch Ames kam ihm zuvor.

«Laßt Eure Waffe, Sir. Ihr seid nicht unter Arrest. Ich werde Euch unverzüglich zu Mrs. Fant bringen.»

Sie schlängelten sich an dem Misthaufen in der Fleet Street vorbei und gingen die Crocker's Lane hinunter, durch die dunkle Passage hinter dem Eingang zur Noon Alley weiter zur Temple Lane, um das Kloster herum und dann zu den Whitefriars Stufen, wohin Simon ein Boot bestellt hatte.

Den Fluß von Westen nach Osten zu überqueren ist nicht einfach bei all dem Verkehr von Norden nach Süden zur Bärenhatz am Sonntagnachmittag, und dann muß man zu Fuß die Brücke umgehen, am Fish Wharf ein anderes Boot nehmen, bevor man den Wald von Schiffen bei Billingsgate umrundet und dann am Water Gate in den Tower kommt. Es war ein wunderschöner Tag, glasklar und glitzernd wie ein Diamant, an dem alle Geräusche wie Dolche durch die Luft sausten. Jede Haltestelle am Wasser hatte sich eine Halskrause aus schmutzigem Eis angelegt. Gassenjungen wateten in dem Matsch bei den Kais, und es gab viel Aufregung bei ein paar deutschen Schiffswachen, als sie feststellten, daß ein Junge an Bord ihrer Kogge gelangt war und seinen wartenden Freunden Teile der Ladung zuwarf.

«Meint Ihr, wir werden diesen Winter einen Jahrmarkt auf dem Eis haben?» fragte Simon und tupfte vorsichtig an seiner roten Nase. Becket zuckte mit den Schultern, und Simon gab den Versuch, Konversation zu machen, auf.

Beim Tower, wo man das Krächzen der Raben auf dem Dunghaufen hören konnte, erwarteten Ramme und der Mrs. Fant zugeteilte Milizsoldat das Boot. Als Ramme sah, daß Becket noch immer sein Schwert trug, warf er Simon einen mißtrauischen Blick zu, aber die beiden ignorierten ihn, und so schwieg er.

«Wird dieser ganze Pöbel anwesend sein, wenn ich mit Mrs. Fant spreche?» fragte Becket, ohne sich die Mühe zu machen, die Stimme zu senken, als sie zwischen hohen Mauern auf den Wakefield Tower zugingen.

«Ich werde als Zeuge dabeisein, da es einen Zeugen geben muß. Die anderen mögen draußen warten.»

«Ihr habt schon mit Anthony Fant gesprochen?»

«Natürlich.»

«Zweifellos hat er eine üble Geschichte erzählt.»

«Ich würde sie eher traurig nennen.»

«Hm.»

«Und wenn wir von Strangways sprechen – es kann jetzt keinen Zweifel mehr geben, daß er der Attentäter ist. Wir haben den päpstlichen Ablaß gefunden, der ihm freie Hand gibt, die Königin zu ermorden.»

Becket schwieg eine Weile und sagte dann: «Habt Ihr Mrs. Fant gesagt, daß ich komme?»

«Nein.»

Als die Tür geöffnet wurde, beendeten Agnes Fant und Mrs. Nisbet gerade ihre Mahlzeit. Simon, dessen Nerven zum Zerreißen gespannt waren, spürte Mrs. Fants Erröten fast in den eigenen Wangen.

«Großer Gott», sagte sie langsam, erhob sich und sah Becket erstaunt an. Catherine Nisbet bekreuzigte sich. «Seid Ihr es, David?»

Becket verbeugte sich, und sie erwiderte die höfliche Geste.

«Ich glaube, Ihr seid mehr geworden, seit wir uns zum letztenmal sahen», sagte sie mit einem Glitzern in den Augen, das Simon ebenso überraschte wie Beckets Lachen.

«Ja», sagte Becket. «Und ich glaube, Ihr auch, Madam.»

«Gewissermaßen», sagte Agnes fröhlich und reichte ihm die Hand, die er fast wie ein Liebhaber küßte. «Müssen wir stehen wie Höflinge, oder meint Ihr, wir können uns setzen?»

Umsichtig brachte Simon ihren Stuhl ans Feuer, und Becket suchte sich einen Hocker und stellte ihn vor Agnes. Catherine räumte geschäftig die Teller zusammen, reinigte sie oberflächlich und stapelte sie aufeinander, bevor sie sich zum Bett zurückzog und die Vorhänge schloß. Simon sah sich nach einem Platz zum Sitzen um und entschied sich für die Kleidertruhe. Die Tür war bereits geschlossen, aber das Guckloch war noch auf. Simon starrte wütend auf Rammes Auge, das zyklopenartig dahinter erschien, und bedeutete ihm mit einer Handbewegung zu verschwinden. Daraufhin schnappte die Klappe zu.

Becket schien sich in einer seltsamen Stimmung zu befinden. Einerseits lachte er immer wieder jungenhaft auf, andererseits ließ er den Kopf zerknirscht hängen. Es war geradezu lächerlich mitanzusehen, wie ein erwachsener Mann eine Frau so verschämt anschaute. Agnes lächelte ihn stetig an und schien immer im Begriff, in ein Lachen auszubrechen, das aber nie kam, so daß Simon einen leisen Stich im Herzen spürte, als sei ihr Lächeln eine Beleidigung für Becket.

«Es bekümmert mich, Euch hier zu sehen», sagte Becket schließlich, was Agnes veranlaßte wegzuschauen, «denn Ihr müßt wissen, daß ich es war, der Euch hergebracht hat. Ich muß es Euch gestehen. Ich hatte nie ...»

«Aber woher wußtet Ihr ...?»

«Wenn ich es wirklich gewußt hätte, wäre ich nie ... Nun, ich hätte vielleicht zunächst darüber nachdenken sollen, was ich tat. Ich war einigen Männern auf der Spur, die dafür gezahlt hatten, daß ich getötet wurde, ich und Mr. Ames, und als ich eines dieser Geschöpfe fand, war es Euer Haus, zu dem er uns führte.»

Agnes sah auf den Boden und bewegte ihre geschwollenen Füße in den Binsen.

«Zweifellos einer Eurer Tricks, Mr. Inquisitor Ames?» sagte sie zu Simon. «Eine sehr listige Variante, finde ich.»

«Nein, Agnes», sagte Becket, bevor Simon antworten konnte, «ich bin freiwillig hergekommen. Laßt mich wenigstens ausreden. Als erstes wollte ich Euch um Verzeihung bitten, daß ich Minister Walsinghams Männer auf Euer Haus gehetzt habe.»

«Die Verzeihung ist Euch gewährt.»

«Und zweitens … Adam ist Euer Bruder, und nichts ist natürlicher als Euer Wunsch, ihn zu beschützen. Ich bin hergekommen, um … Euch eine Geschichte zu erzählen, nur damit Ihr wißt, was für einen Mann Ihr beschützt. Wenn meine Geschichte einmal erzählt ist, werde ich Euch nicht bedrängen, ihn auszuliefern, da das etwas ist, was Ihr mit Eurem Gewissen abmachen müßt. Nur sollt Ihr wissen, warum er zahlte, um mich töten zu lassen. Und Gott ist mein Zeuge, daß ich dies nicht leichten Herzens oder mutwillig erzähle, ich habe darüber nachgedacht und meinen … Freund zu Rate gezogen, und ich bin überzeugt, daß es das Beste ist.»

«Hat es mit der Einnahme von Haarlem zu tun?»

«Dann hat Anthony Euch davon erzählt?»

«Erst in dieser Woche. Ich habe seinen Bericht gelesen. Ich wußte, daß er schon einmal in Holland verheiratet war und daß seine Frau gestorben ist, aber ich kannte die Umstände nicht.»

Becket schloß die Augen und verstummte wieder. «Das habe ich nicht gewußt», sagte er schwerfällig. «Ilse und er waren also … Na ja.»

Er schwieg so lange, daß Simon unruhig wurde. Schließlich streckte Agnes ungeschickt den Arm aus und berührte seine Hand, die auf seinem Knie ruhte.

«Ihr gehörtet zu denen, die Schlitten mit Versorgungsgütern nach Haarlem brachten. Würdet Ihr mir davon erzählen?»

Becket lächelte flüchtig. «Nun, es war, als fliege man durch schwarze Milch, die Stadt sah aus wie ein Ort aus einem Ammenmärchen, mit Zinnen aus Nebel überall. Es war Winter... Holland sieht im Winter merkwürdig aus; alles, das grüne Gras und der braune Schlamm und das graue Wasser, ist in weißen Stahl verwandelt, und alles Weiche wird wie durch Alchimie zu hartem Fels. Wenn sie können, befördern sie schwere Geräte im Winter, nicht im Sommer, und die Kinder sausen mit ihren Schlittschuhen wie Wasserkäfer auf dem Eis herum.»

«Sind das die holländischen Unterschuhe mit Kufen? Ich habe im letzten Winter welche gesehen, und Eduard forderte lautstark ein Paar für sich.»

«Eduard?»

«Mein Sohn.»

Becket lachte. «Tat er das? Dann müßt Ihr ihm welche kaufen; es ist für einen Jungen der schönste Sport, den ich je gesehen habe. Die Kinder in Holland sind alle mit ihnen aufgewachsen, und wenn Feste sind, veranstalten sie Wettläufe und...»

«Adam war auch da?»

«O ja. Ich glaube, er war es, der eine hübsche Metapher für das Unternehmen fand, wie war das nur? Genau, er sagte, der Plan, die Schlitten an den Spaniern vorbeizubringen, sei wie ein biblisches Gleichnis. Unsere Seelen seien wie solche Schlitten, belastet mit weltlichen Gütern und fast blind im Nebel der Welt, und wenn jeder getreulich dem vor ihm folge, würden wir sicherlich das Reich Gottes finden. Was eine hübsche Idee war, aber dann sagte Cut-the-Rope, wenn die Metapher vollständig sein solle, müßte jeder Schlitten helle Laternen mit dem Wort Gottes haben, die den Weg wiesen. Aber alles andere als Blendlaternen war für unser Unternehmen Wahnsinn, und Adam gefiel das Gleichnis dann auch weniger, und dabei ließen wir es.»

Agnes nickte. «Aber machte es Euch nichts aus, daß er ein Katholik ist?»

Becket zuckte mit den Schultern. «Er war Engländer, er hatte besser gegen die Spanier gekämpft als viele von Gilberts großmäuligen Speichelleckern. Und zu der Zeit war es nicht so sehr eine Angelegenheit der Reformierten gegen den Papst; es war eher der Kampf der Holländer um ihre alten Rechte gegen die Unterdrückung der Spanier und ihre Zehnten-Abgabe. Das sagten die Holländer jedenfalls. Unter den Deutschen gab es jede Menge Katholiken; Roland Yorke war auch Katholik.»

«Wer war Cut-the-Rope? Kannte ich ihn?»

«Nein. Wir waren zu dritt, alte Freunde vom Gray's Inn, Fant, Euer Bruder und ich selbst. Ralph war inzwischen an den Hof gegangen. Cut-the-Rope Johnstone stammte aus dem schottischen Grenzgebiet; er war mit seinem Bruder Black Will zusammen, und sie waren dabei, weil in Carlisle mehr unbezahlte Rechnungen auf sie warteten, als nötig waren, sie zu hängen, und in Schottland herrschte Hungersnot. Auf einen Schlitten kamen fünf Männer, neunhundert im ganzen, mit Kundschaftern, Vorläufern und Nachhut.»

«Und die Belagerung?»

«Was würde es nützen, darüber zu sprechen, Agnes? Es war eine beschwerliche, jämmerliche Zeit. Wir kämpften und hungerten, so gut wir konnten, und am Ende war alles umsonst. Die Spanier sprachen häßlich über die Holländer, nannten sie dicke Bauern, die zu Bürgern aufgestiegen waren, aber es waren alles tapfere Männer und Frauen. Auch die Frauen kämpften mit, etwas, was zu sehen ich nie erwartet hatte.»

Agnes schwieg und sah zu, wie Becket sich sammelte.

«Nun, ich war es, der dafür sorgte, daß all ihre Mühen

umsonst waren, das wißt Ihr, glaube ich. Ich und Euer Bruder Adam. Mit ihm... wenn wir unsere Augen offengehalten hätten, hätten wir es vielleicht während der Belagerung kommen sehen, denn er war die meiste Zeit so zornig. Er konnte es nicht ertragen, mitansehen zu müssen, was die Bilderstürmer mit den Kirchen gemacht hatten, und es erbitterte ihn, wie wir zerbrochene Heilige und Schnitzereien aufstapelten, um die Mauern gegen die Kanonenkugeln abzustützen. Als wir auf den Mauern ein paar kleine Scherze mit Meßgewändern und Messegeräten machten, um die Spanier zu ärgern, fand er das gar nicht lustig, sondern er nannte es Blasphemie. Die Johnstone-Brüder und er hatten deswegen einen erbitterten Streit, der über einen halben Tag anhielt. Dann griffen wir die Belagerer wieder bei Nacht an, um uns Lebensmittel zu beschaffen, und er kam nicht mit uns zurück. Wir hielten ihn für tot, wir trauerten um ihn, wir beteten für ihn, und dann vergaßen wir ihn, da noch andere Freunde von uns fielen.

Dann wurde es wärmer, das Eis wurde dünner und schmolz, und noch immer hatte der Prinz uns nicht entsetzen können. Die spanischen Schiffe überwachten das Haarlemermeer, und unsere Rationen wurden halbiert und noch einmal halbiert. Die Menschen fielen um und starben vor Hunger, und es bedurfte keiner Verwundungen oder Krankheiten, um sie dahinzuraffen. Und die Kinder... Herr im Himmel, ich will Euch nicht von den Kindern berichten, Agnes, Ihr würdet weinen, wenn ich es täte.

Und dann forderte Balfour mich auf, dem Prinzen die Botschaft zu überbringen, wenn kein Entsatz käme, würden wir uns den Spaniern ergeben und auf ein wenig Barmherzigkeit hoffen. Das war im Sommer. Ich hatte etwas Holländisch gelernt, genug, um durchzukommen.

Und so verließ ich im Schutz eines Ausfalls die Stadt, versteckte mich hinter einem Wagen, nahm mir eine rote Habsburger Schärpe und einen spanischen Rock von einem Mann, den ich getötet hatte, und als der Morgen kam, entwischte ich in Richtung Süden, bevor sie zum Appell antraten.»

Agnes hatte die Hände verschränkt. Sie bewundert ihn, dachte Simon, und spürte, wie aus dem häßlichen Stich in seiner Brust ein Brennen wurde.

«Kein Zweifel, daß es hauptsächlich die Hoffnung auf etwas zu essen war, die mich veranlaßte zu gehen», sagte Becket, der sich nicht bewundern lassen wollte. «Haarlem wurde zu einer Stadt der Toten, bewohnt von Skeletten wie auf einem alten Bild vom Totentanz, ausgenommen jene, die in einer Art Hungerkrankheit anschwollen und aussahen, als hätten sie genug zu essen, bis sie plötzlich starben. Ich war es leid, von Essen zu träumen, weiß Gott – ich träumte von jeder Mahlzeit, die ich je gegessen hatte, selbst Stockfisch machte mir den Mund wäßrig. Ich träumte von kandierten Sevilla-Orangen und gold-glänzenden Datteln und heißen Pasteten und guten einfachen Speisen aus Käse und Eiern und Butter und Brot, und das alles wurde vor meinen Augen von Vögeln in spanischen Halskrausen hinuntergeschluckt. Von Essen zu träumen und dann aufzuwachen und zu spüren, wie dein Bauch an deiner Wirbelsäule klebt – ich bin kein Heiliger, der dabei in Frohlocken ausbricht. Es war der Gedanke an Essen, der mich weitertrieb, müßt Ihr wissen, damit Ihr mich nicht für einen Helden haltet, aber die Spanier hatten selbst nicht genug zu essen und kein Vieh mehr, das ich stehlen konnte. Das Land rund um Haarlem war leergegessen.

Ich redete mich an den spanischen und wallonischen Posten vorbei, und als ich die Belagerungsanlagen, den Matsch und die stinkenden Gräben hinter mir gelassen hatte, fand ich die Straße nach Süden und folgte ihr kühn. Balfour hatte mir gesagt, zu schleichen und sich zu verstecken bedeute, Aufmerksamkeit zu erregen, und das war guter Rat. Ich brauchte zwei Tage, um das verwüstete Land zu durchqueren, und es war, wie von Hungersnot in den Überfluß zu kommen, vom Tartarus nach Arkadien. Denn die Niederlande sind wahrhaftig ein Arkadien: Wo die Marschen entwässert und bebaut sind, ist alles grün und wunderschön anzusehen, und das Vieh ... Agnes, Ihr würdet es nicht glauben, die Kühe sind doppelt so groß wie alle englischen Kühe und geben doppelt soviel Milch, bis zu anderthalb Gallonen pro Tag. Ja, wirklich, ich habe es mit eigenen Augen gesehen.

Ich traf ein kleines Mädchen auf der Straße, das zwei große dicke Kühe vor sich hertrieb, und es jammerte laut auf, was für ein armer todkranker Mann ich sei, und es melkte eines seiner Viecher dort auf der Straße und gab mir auch die Hälfte seines Brotlaibs.»

«Hatte es Angst?» fragte Agnes mit gerunzelter Stirn.

«Nein, ich hatte Angst vor ihm. Nach Haarlem schien es unnatürlich, ein Kind mit rosa Wangen und runden Armen und ohne geschwollenen Bauch zu sehen. Und warum sollte es vor mir Angst haben? Ich war eine mühsam schlurfende Kreatur, vor der es leicht hätte weglaufen können. Aber es behandelte mich freundlich und liebevoll und wollte nichts von dem Gold, das ich für die Reise mitgenommen hatte, und es wünschte mir viel Glück.»

«Aber schließlich kamt Ihr nach Sassenheim?»

«O ja, ich kam zu dem Prinzen. Ich sah seine Truppen und hielt sie für unerfahren, dachte aber, daß sie ausreichen könnten angesichts der Tatsache, wie geschwächt die Spanier selbst waren, vorausgesetzt, wir machten einen Ausfall aus Haarlem, um sie zu unterstützen. Ich zeigte Seiner Gnaden an meiner eigenen Person, wie verzweifelt unsere Lage war. Er war auch freundlich zu mir und ließ mich von seinen Ärzten untersuchen und ließ mir Fleisch bringen, aber es war leider zu zäh für meine armen Zähne, die der Skorbut gelockert hatte, und an einem Stück Schweinefleisch verlor ich einen Eckzahn.»

Becket zeigte auf die leere Stelle, und Agnes gab bedauernde Geräusche von sich. Dann zog er den Kopf ein, als sammle er seine Kräfte, um ein schweres Gewicht zu heben.

«Wenn ich klug gewesen wäre, wäre ich in Sassenheim geblieben, wo ich in Sicherheit war. Aber das konnte ich nicht, und so gab Prinz Wilhelm mir seine Antwort für Balfour. Ich belud ein Packpferd mit Lebensmitteln und dachte, wenn ich unverfroren genug wäre, könnte ich vielleicht hindurchschlüpfen, ans Ufer des Meers gelangen und bei Nacht hinüberschwimmen, vielleicht... Nun, es war dumm von mir, so etwas zu glauben. Vielleicht hatte das Essen mich verdummt, oder vielleicht hatte Balfour recht, als er andeutete, daß er den Männern um den Prinzen nicht traue. Ich weiß es nicht, auf jeden Fall erklärte ich den Posten, daß die Lebensmittel für den Capitano del Campo seien, und dabei trug das Packpferd das Brandzeichen des Prinzen von Oranien, und möge Gott mir vergeben, ich hatte es nicht gesehen.»

«Sie erwischten Euch?»

«Ja, und ich war noch zu schwach, um mich zu wehren. Ich verwundete nur einen, und sie hätten mich umgebracht, was mein Wunsch war, aber der Capitano Romero sah uns und befahl ihnen aufzuhören.»

Beckets Hände waren fest ineinander verklammert.

«Sie haben Euch gefoltert?» Agnes berührte ihren Mund mit der Hand.

«Sie machten ein paar Versuche, aber keiner war so schlimm, daß ich ...»

«Sie hängten ihn mit den Handgelenken an einen Querbalken und beschwerten seine Füße», sagte Simon ruhig. «Als das nichts brachte, peitschten sie ihn aus.»

«Woher zum Teufel wollt Ihr wissen, was sie taten?» fauchte Becket.

«Ich habe die Zeichen auf Eurem Körper gelesen, als Señor Eraso Eure Rippen verpflasterte, nachdem Ihr mir das Leben gerettet hattet. Und dies ist ein Bestandteil Eurer Geschichte, den Mrs. Fant erfahren sollte.»

«Wessen Geschichte ist es, Ames, meine oder Eure?»

«Eure natürlich, Mr. Becket», sagte Simon und dachte: Er will sich nicht bemitleiden lassen.

«Ich hätte es durchstehen können, Agnes, ich hätte es die wenigen Tage bis zur Ankunft Graf Batenburgs ausgehalten, ich zählte diese Tage, wenn die Zeit auch sehr langsam verging, es war nicht so, daß ich schwach war, wirklich nicht ...»

«David, ich würde Euch nie für schwach halten.»

«Aber sie bauten mir eine Falle. Und ich war zu dumm, es zu merken, zu unschuldig ...»

«Und zu erschöpft», sagte Simon leise, aber sie hörten ihn beide nicht.

«Nach dem zweiten Tag schnitten sie mich wieder ab, abends, glaube ich. Sie sagten, als nächstes würden sie es mit Feuer versuchen. Sie schlossen mich in einer Vorratskammer ein, und spät in der Nacht kam jemand an das kleine Fenster, jemand, den ich ... kannte. Die Kette war lang, so daß ich nahe genug herankam, um ihn zu hören. Er flüsterte mir eine

Stunde lang etwas zu und sagte, er könne mich nicht retten, aber wenn ich ihm die Botschaft, die ich für Balfour hätte, geben würde, würde er sich darum kümmern, daß sie ihn erreiche.» Becket schluckte. «Und ich habe es ihm gesagt.»

Und dann war Schweigen, nur das Feuer knisterte leise. Agnes hatte die Hände über ihrem Bauch gefaltet, Becket saß unruhig auf seinem Hocker, rutschte hin und her, sah zu ihr auf.

«Es war Adam», sagte sie ruhig.

Becket nickte.

«Und danach?» fragte sie. «Warum haben die Spanier Euch nicht getötet, als sie hatten, was sie wollten?»

«Zuerst waren sie zu beschäftigt. Und dann war es wieder Euer Bruder; vielleicht hatte er doch Gewissensbisse. Er gab mir zu essen, während sie um Haarlem feilschten. Und dann, zwei Wochen nachdem sie in die Stadt einmarschiert waren, meuterten die spanischen Truppen, weil sie über zwei Jahre keinen Sold bekommen hatten und ihnen nicht erlaubt wurde, die Stadt zu plündern, um sich schadlos zu halten. Die Bürger hatten gut verhandelt: Sie hatten Albas Wort als Ehrenmann, und das bricht selbst ein Spanier nicht.

Romero wurde in seinem Zelt eingesperrt, während der Soldatenrat mit dem Herzog von Alba verhandelte, und inzwischen waren meine Wunden so weit verheilt, daß ich wieder gehen konnte, und so machte ich mich davon. Ich blieb einige Jahre in den Niederlanden, kämpfte gegen die Spanier und lebte irgendwie, immer auf der Suche nach Romero und Strangways. Aber ich verlor Strangways' Spur, und Romero stürzte vom Pferd und starb, möge er verrotten, und schließlich kehrte ich nach England zurück, und hier bin ich.»

Agnes stützte ihre Wange in die Hand; ihre Augen waren geschlossen.

«Ich ... Danke, daß Ihr mir Eure Geschichte erzählt habt, David, so bedrückend sie auch ist.»

«Werdet Ihr ihnen sagen, wo Strangways ...»

Ihre Augen öffneten sich, zornsprühend. «Von Euch zumindest, Mr. Becket, habe ich keine Inquisition erwartet.»

David wich vor ihr zurück, als hätte sie ihn geschlagen. Sie schüttelte müde den Kopf. «Ich muß jetzt darüber nachdenken.»

Becket stand auf und ging zur Tür. «Ich habe gesagt, was ich sagen wollte», sagte er mit einem letzten Rest Würde. «Gott sei mit Euch, Agnes.»

«Und mit Euch.»

Simon begann, hinter ihm herzueilen, doch dann erinnerte er sich an etwas Wichtiges.

«Dies ist der Ablaß, den ich erwähnte, Mrs. Fant», sagte er, wandte sich zu ihr und nahm das Papier aus seiner Tasche. «Ich erinnere mich, daß ich versprach, Euch das Dokument zu zeigen. Hat Euer Bruder es Euch nicht gezeigt?»

«Nein», sagte Agnes abwesend. «Er sagte, ich sei eine Frau und könnte es nicht verstehen, obwohl ich einen guten Erzieher hatte und Latein recht gut lese ...» Sie runzelte die Stirn, als sie die Schrift sah. «Das kann nicht stimmen? Habt Ihr es gefälscht, Mr. Ames?»

«Nein, Madam», sagte Simon ärgerlich, «ich habe es nicht nötig, mit solchen Tricks zu arbeiten. Dieses Dokument wurde in einem Kasten in einem Versteck gefunden, sozusagen im Versteck eines anderen Verstecks. In der Halle. Seht Ihr nicht das päpstliche Siegel?»

«Aber hier im Dokument wird er nicht ‹Priester› genannt, einfach nur Adam Strangways.»

«Ja, das stimmt. Ich habe nie geglaubt, daß er Prieser ist.»

Agnes preßte die Lippen fest zusammen und gab Simon das Papier zurück.

«Daß er Priester wurde, war der ganz besondere Wunsch unserer Mutter, selbst ich weiß das, obwohl ich so jung war, als sie starb. Deswegen ist er überhaupt ins Ausland gegangen. Beschäftigt Euch noch einmal damit, Mr. Ames, sicherlich könnt Ihr es besser.»

«Madam, ich schwöre Euch bei... bei der Bibel, dies ist keine Fälschung. Seht Ihr nicht das Wasserzeichen des Vatikans im Papier?»

Agnes hielt das Blatt zum Tageslicht, blinzelte und gab es Simon zurück. Dann wandte sie ihm den Rücken zu, ging zu ihrem Stuhl, ließ sich langsam nieder, nahm ihre Handarbeit auf und begann, eine Haube zu besticken.

Simon seufzte und folgte Becket auf die Treppe, und Kinsley zog die Tür zu und verschloß sie wieder.

43

Und wo befand sich der arme Tom während der ganzen Zeit? Ich glaube, es war der einfältige Neddy, der ihn fand, denn einmal blickte ich auf und sah seine sonderbaren Chinesenaugen und dicken Lippen wie einen hängenden Mond über mir schweben, seine glatte Stirn gefurcht vor Sorge.

Irgendwie muß er mich vom Temple Bar in mein kleines, undichtes Zimmer in Blackfriars gebracht und aus verfaultem Holz vom anderen Ende des Klosters ein Feuer gemacht haben. Er legte getrocknetes Wundkraut auf meine aufgeschlitzte Wange und verstreute lieblich duftende Blätter, und weil ich noch immer mit leerem Blick verloren vor mich hinstarrte, brachte er mir seinen eigenen Schatz und legte ihn mir in die Arme, eine in mottenzerfressene Wolle gehüllte Stoffpuppe, deren Gesicht mit groben Stichen zusammengenäht und von vielen Küssen abgewetzt war. Aber auch sie konnte mich nicht heilen, und so lag ich an dem Tag wie ein Stück Holz da, die Puppe in meiner Armbeuge, das Blut auf meiner Wange gerann und trocknete, und Ralphs letzter Schrei nach mir brannte mir noch in den Ohren. Als der einfältige Neddy zurückkam und neben mir saß und hilflos mein zerfilztes Haar streichelte, konnte ich genug Verstand aufbringen, um zu sagen: «Suche Becket für mich, kennst du ihn?» Er nickte, und seine Stirn runzelte sich langsam. «Suche ihn. Er könnte den Jungen finden.»

Es war eine schwere Aufgabe für sein bißchen Verstand, aber er nickte wieder mit seinem grauen Kopf und verließ mich mit entschlossener Miene, und ich fiel zurück in die Dunkelheit.

Zufällig war es Simon Ames selbst, der David zurück zu den Whitefriars-Stufen brachte, denn er hatte eine Verabredung mit Sir Philip Sidney zur Inspektion seines Drachen. Außerdem konnte er im Tower nichts mehr für die Auflösung des Komplotts tun. Er würde zurückkehren, um seine Berichte und Papiere zu studieren, und es tat ihm leid um die Zeit, die er im Hanging Sword Court verbrachte, aber er sah keine andere Möglichkeit, wenn er Walsingham und seiner geliebten Tochter Frances gefällig sein wollte.

Becket war in übler Stimmung und begab sich von den Stufen auf direktem Wege zu den rotvergitterten Fenstern einer armseligen Kneipe an der Ecke der Water Lane. Während gefährliche Drachen durch meine Träume irrten, wuchs im Hanging Sword Court das Gebilde aus Holz und Metall zu einem Wesen aus den alten Geschichten von König Artus. Vielleicht reitet die Mondkönigin auf solch einem Drachen an den Tagen, da sie sich zum Kampf aufmacht; es wäre fürwahr ein angemessenes Reittier für sie.

Simon Ames kam etwas atemlos in den Hof und entschuldigte sich bei Sir Philip, der vor ihm eingetroffen war.

Sir Philip wedelte lässig mit der Hand. «Mein Schwiegervater hat mir erzählt, was Ihr vorhabt. Hier sind also Pferde aus den eigenen Ställen der Königin – ruhig, Titan, hat dich schon je ein Geschirr gebissen? –, und erfahrenere, klügere Pferde gibt es im ganzen Königreich nicht.» Er klopfte ungezwungen auf den breiten braunen Hals neben ihm, während Simon mißtrauisch die großen gelben Zähne der Tiere beäugte. An den üblichen Pferden hatte er im allgemeinen nichts auszusetzen, wenn auch sie oft etwas an ihm auszusetzen hatten, doch die übergroßen Geschöpfe, die die Reisewagen der Königin und die riesigen Triumphwagen zogen, schienen ihm irgendwie unnatürlich. Aber sie waren an Menschenmengen und Lärm und Beifallsrufe und Reden in Latein und den Geruch von Feuerwerk gewöhnt.

Drachen mit geschnitzten und vergoldeten Köpfen jedoch waren ihnen bisher noch nicht begegnet, aber sie waren durchaus friedlich und duldeten es, daß ihre Pfleger sie mit Meister Brooms Meisterwerk bekannt machten. Keines von ihnen tat Schlimmeres als tänzeln und schnaufen. Dann wurden sie angespannt, was ihnen nicht gefiel, weil das Leder vom Zaumzeug neu war, und alle acht machten einen Versuch, das Gewicht des Drachen zu ziehen, und tatsächlich, sie schafften es.

Adam stand dort und sah zu; er trug die Kleider eines Arbeiters, und seine Hände waren saubergeschrubbt. Auf einen Wink von Sidney glitt er in den faßförmigen Bauch des Drachen und richtete den Kopf des riesigen Tiers auf und blies in das Horn, das drinnen befestigt war. Dann ließ er die Spiegelaugen aufblitzen und entzündete sogar ein Stück Lunte, so daß es aussah, als atme das Ungeheuer.

Dann kam alles zum Stillstand, bevor sie mit den eigentlichen Proben beginnen konnten, denn die Flügel waren geändert worden, damit der Drache Temple Bar passieren konnte, und jetzt war die innere Befestigung des einen Flügels gebrochen, und er hing abgeknickt in dem Sägemehl auf dem Boden. Mr. Broom kletterte hinauf, um die Ursache herauszufinden, und fand eine Stelle, wo das Seil eine Rolle durchgescheuert hatte. Die Rolle mußte also ersetzt werden, und überall herrschte die geschäftige Unruhe und der Geruch nach Panik, die Männer in den Tagen vor einem großen Umzug verbreiten, wenn alle fürchten, daß nichts rechtzeitig fertig werden wird. Sie waren noch dabei, den Schwanz des Drachen zu streichen, und die Vergolder waren nicht gekommen, weil das Blattgold, das sie dafür brauchten, auch noch nicht gekommen war. Und dann entwickelte die Stute Juno eine Abneigung gegen die Stute Minerva, und um die beiden voneinander zu trennen, mußten alle Pferde ausgespannt und ausgetauscht und dann wieder eingespannt werden.

Sir Philip in seiner zweitbesten Rüstung nahm alles gelassen hin. Er trug die Rüstung, um zu sehen, ob er den für ihn vorgesehenen Platz erreichen konnte, wenn er in ihr steckte, oder ob das Gewicht zu groß war. Und auch, weil er entschlossen war, Fulke Greville klar und deutlich zu besiegen, und sich schon einmal an das Gewicht der Rüstung von achtzig Pfund gewöhnen wollte.

Simon hatte sich in einer dringenden Angelegenheit entfernen müssen und kam nun zurückgeeilt, um mitzuteilen, daß er am Ludgate Hill einen Goldschmied gefunden habe, der am nächsten Tag Blattgold liefern könne, und Sir Philip klopfte ihm auf die schmale Schulter und forderte ihn auf, sich hinzusetzen und einen Sherry zu trinken und sich keine Sorgen zu machen, denn alles sei weiter gediehen, als er, Sir Philip, erwartet habe, und er habe viel Erfahrung in diesen Dingen.

«Ich hoffe, daß unser Drache hier Euch nicht davon abhält, Euch weiter mit Sir Francis' Sache zu beschäftigen. Er bedeutete mir, es sei eine Angelegenheit von großer Tragweite. Mr. Phelippes soll noch in dieser Nacht ein zweites Mal die City nach Throgmortons Freunden durchsuchen.»

«Und nach unserem Mann», sagte Simon. «Wenigstens haben wir seinen Namen und wissen, wie er aussieht.» Tatsächlich war Simon völlig außer sich, daß er sich zu diesem wichtigen Zeitpunkt mit etwas so Törichtem wie Turnierdrachen beschäftigen mußte. «Mit Gottes Hilfe werden wir ihn finden.»

«London ist immer noch ein riesiger Ameisenhaufen. Ich habe gehört, daß eine Frau involviert ist, eine schöne Dame.»

«Ja, Sir, sehr kurz vor ihrer Niederkunft, darum wagen wir nicht, Druck auf sie auszuüben. Auch bei Throgmorton nicht, er könnte dabei sterben.»

«Hm. Was ist mit den Turnieren anläßlich des Jahrestages der Thronbesteigung? Glaubt Ihr, daß der Verrückte dann seinen Versuch machen wird?»

«Ich habe die Pläne mit Sir Francis und Mr. Raleigh durchgesehen, und obwohl Ihre Majestät immer dann in Gefahr ist, wenn sie sich im Freien inmitten der Menge bewegt, besteht hier der geringste Anlaß zur Sorge. Sie betritt den Boden gar nicht, sondern sieht alle Vorführungen von ihrer Galerie aus, und um sie herum sind nur ihre eigenen

Leute, ein gutes Stück von der Menge entfernt. Lord Leicester wird darauf achten, daß ihr Frauengemach gründlich durchsucht wird und daß ihre Speisen und Getränke zweimal geprüft werden. Nein, wir erwarten, daß er als Bittsteller an sie herantritt, dem es gleichgültig ist, ob er lebt oder stirbt, und der sie daher aus nächster Nähe töten wird.»

«Ah, daher haben sie die Bittsteller am Hof mit ihrer Durchsucherei so verärgert.» Sir Philip nickte vielwissend. «Und macht Eure Fechtkunst Fortschritte?»

Simon errötete. «Sir, ich bin ein äußerst ungeeigneter Schüler und mache meinem Fechtmeister keine Ehre. Außerdem habe ich nicht mehr viel Zeit, seitdem wir Mr. Throgmorton verhaftet haben und ...»

An dieser Stelle trat Mr. Broom zu ihnen und teilte mit, daß der Drache jetzt anfangen könne, und so liefen alle durcheinander, um die Reden und die Bewegungen einzustudieren.

Und um gefährliche Drachen ging es in der Tat, denn dies war die List: Philipp II. in seinem schönen, ganz mit Wandteppichen verkleideten und mit Gold erhellten Arbeitszimmer hatte erkannt, daß er bei dem Unternehmen nichts verlieren konnte. Wenn Adams Versuch erfolgreich war, nun, so war sein schlimmster Feind aus dem Weg geräumt. Und wenn er mißlang, würde er dennoch den wichtigsten und klügsten Ratgeber der Königin zugrunde richten, seinen schlimmsten Gegner im *Mundus Papyri*. Denn Sir Philip Sidney war der Schwiegersohn von Sir Francis, und dessen ganzer Haushalt und alle Beteiligten stünden unter Verdacht. Und Walsingham fehlte es nicht an Feinden, die andeuten würden, daß er Gold aus Spanien nehme, denn all die vielen, die dieses suggerieren könnten, akzeptierten selber in vollen Händen Gold von San Lorenzo.

Der arme Neddy konnte Becket an jenem Abend nicht finden, denn David war von der Kneipe aus direkt zu Laurence Pickerings Haus am Strand gegangen und beriet sich mit ihm hinter verschlossenen Türen über sein eigenes Vorgehen am Jahrestag der Thronbesteigung.

44

Im Tower bekämpfte Catherine Nisbet hinter schwarzen Mauern ihre Dämonen, die sie kaum zu benennen vermochte. Trotz des Gestanks ging sie zum Abort, sooft sie es wagte, und trank aus der schwarzen Lederflasche, die Kinsley im Austausch gegen einen ihrer Ringe wieder gefüllt hatte. Agnes schien nichts wahrzunehmen: Sie starrte in das Feuer, manchmal die Nadel in den Stoff stechend, manchmal müßig. Wenn es Zeit für das Abendbrot wurde, aß sie nichts und trank nur ein wenig mildes Bier.

Ermutigt vom Alkohol begann Catherine einmal, über Festigkeit im Unglück zu sprechen und über die Märtyrer von ehedem. Sie erstarrte bis ins Mark vor Entsetzen über Mrs. Fants blassen und stillen Blick und die Kälte, mit der sie sagte, sie würde darüber nachdenken und ihre eigenen Schlüsse ziehen. Catherine, die sich kaum an Beckets Geschichte erinnern konnte, verfiel in ein jammervolles Weinen. Sie kletterte murmelnd ins Bett, zog die Vorhänge vor und machte einen Versuch zu beten, aber während der ganzen Zeit sang ihre Flasche süße Melodien, und schließlich nahm sie, anders als Odysseus, die Wachsstöpsel aus ihren Ohren und machte sich ans Werk.

Und doch, um der Dame Gerechtigkeit widerfahren zu

lassen, vielleicht hätte sie sich besser beherrscht, wenn sie gewußt hätte, was Agnes wußte. Den ganzen Tag schon hatte sie Stiche im Bauch verspürt und Schmerzen im Rücken, und obwohl durchaus erfahren, verbarg sie vor sich selbst das Wissen, was solche Stiche ankündigen, erfaßt von einer Unentschlossenheit, die an Versteinerung grenzte.

Vielleicht war ein Teil ihrer Qual auf das zurückzuführen, was sie ahnte, aber nicht wußte von dem Kind Anna, der Tochter der Holländerin. Der Gedanke daran ließ ihr Herz erbeben; jede Frau muß damit rechnen, Säuglinge zu verlieren, denn wenn ein Mensch neu ist auf der Welt, ist sein Halt noch unsicher, und schon ein schwacher Windstoß kann ihn vertreiben. Agnes dankte Gott, daß sie bisher nur ein Kind kurz nach der Geburt verloren hatte, aber der Tod von größeren Kindern ist fast noch schmerzlicher, denn inzwischen ist die Zuneigung und die Liebe zu dem Kind gewachsen, und es hat schon einen kleinen Schritt zum Erwachsensein gemacht. Die kleine Catherine war im letzten Jahr an den Pocken erkrankt und gestorben, und Tränen stiegen ihr in die Augen, wenn sie daran dachte. Agnes war nächtelang an ihrem Bett hin und her gegangen und hatte gebetet, daß sie selbst die Qualen ihrer kleinen Tochter übernehmen und wenn nötig sterben könnte, doch es war Gottes Ratschluß gewesen, daß Catherine sterben mußte. Nur, eine Tochter leiden und erbärmlich verhungern zu sehen, und das durch Menschenhand, das war ein weit größerer Schrecken.

Das Herz tat ihr weh bei dem Gedanken an Becket, der der Folter so tapfer widerstanden hatte und dann durch Betrug dazu gebracht wurde, sein Geheimnis preiszugeben. Adam mußte gedacht haben, daß er richtig handle, indem er dazu beitrug, daß die Stadt von den Reformatoren zurückerobert werden konnte. Auch ihr mißfiel der Gedanke an Späße auf den Mauern mit Messegeräten und Meßgewändern. Bedauerlich, daß es auch Spanien zum Vorteil gereichte. Ihr Bruder war für sie ein großer Mann, so hatte Catherine Nisbet ihn dargestellt, als sie Agnes nach dem Tod unserer Mutter aufzog. Was meine eigene Geschichte betrifft – Agnes kannte sie kaum, da sie bei meinem Weggang nach London noch klein war, und sie hörte nur Gerüchte über den Wahnsinn auf den Speichern von Bedlam, eine geheime, nie erwähnte Schmach für alle in ihrer Umgebung, wie eine Krankheit am Glied.

Aber... der Ablaß. Sie zweifelte nicht mehr an seiner Echtheit, doch Adam wurde darin nicht Father genannt. Und doch hatte er es zugelassen, daß sie ihm die Hand küßte, hatte sie in dem Glauben gelassen, daß er zum Priester geweiht worden war, hatte ihr die Beichte abgenommen... eine so vollständige Lüge. Es stellte ihre Welt auf den Kopf. Ihre Wangen brannten vor Scham, wenn sie daran dachte, daß sie ihm gebeichtet hatte. Mit dem geheiligten Status eines Priesters zu prahlen... Wenn er in dem Punkt gelogen hatte, wo hatte er dann noch gelogen? Konnte es stimmen, daß er gekommen war, um die Königin zu ermorden? Wenn es so war, sollte sie dann nicht alles, was sie wußte, dem kleinen Schreiber Ames anvertrauen?

Das waren Fragen, die weder Gott noch die Heiligen beantworteten, und sie mußte sich selbst eine Antwort zusammenzimmern, aber jetzt, um die Dinge noch schwieriger zu machen, drängte zu allem Überfluß das neue Kind ans Licht der Welt.

Schließlich konnte sie sich nicht länger vormachen, daß Darmwinde die Ursache ihrer Beschwerden waren; sie lief in dem dunklen Raum hin und her und lehnte sich an die Wand, wenn die Wehen kamen, und lief danach wieder hin und her, wie der Löwe im Käfig, nur in noch größerer Not, als sei das Ungeborene weit weg, und dorthin müsse sie gelangen, um es zu finden.

Sie rief und riß dann die Bettvorhänge auf und stand vor einem neuen Treuebruch, denn Catherine Nisbet lag auf dem Rücken und schnarchte und wachte nicht auf, obwohl Agnes sie schüttelte und ohrfeigte. Als wieder eine Wehe vorüber war, lief Agnes an die Tür, hämmerte dagegen und rief nach ihrem Bewacher. Als er mit schweinefett-verschmiertem Mund auftauchte und sie ihm ihren Zustand schilderte, erschreckte ihn die Vorstellung so, daß er die Tür unverschlossen ließ und fortlief, um Simon Ames zu suchen.

Dieser war erst vor kurzer Zeit aus seinem Boot geklettert und zum Coldharbour Tower hinaufgegangen, um sich mit einem kleinen Frühstück zu stärken. Noch immer klangen ihm Sir Philips erhebende Reden und das Knarren der Drachenflügel in den Ohren, und noch immer hing in seiner Nase der Gestank des Schießpulvers von der Lunte. Als Henderson mit weißem Gesicht hereingerannt kam und etwas von einer Frau in den Wehen stammelte, konnte Simon für eine Weile nur zusammengesunken dasitzen; er hatte nicht die Kraft, sich auch noch damit zu befassen.

Doch dann riß er sich aus seiner Lethargie, schickte den Mann nach der Hebamme und eilte zu Agnes Fants Zimmer, nicht ohne sich zur Erhaltung seiner Kräfte vorher noch ein Stück Käse in die Federtasche zu schieben. Außerdem versuchte er verzweifelt, sich das wenige ins Gedächtnis zu rufen, was sein Onkel ihm über in den Wehen liegende Frauen gesagt hatte, was armselig genug war, weil kein Arzt sich gern in Frauenarbeit einmischt.

An der Tür blieb er stehen und sah zu seinem Erstaunen, daß sie geöffnet war; schüchtern klopfte er, trat ein und fand

Mrs. Fant vor dem Rollbett kniend, ihr Gewand dunkel verfärbt und beschmutzt vom Fruchtwasser.

«Wo ist Eure Frau?» fragte er aufgebracht, und als Agnes stumm auf das Bett zeigte, versuchte er selbst, Mrs. Nisbet zu wecken, aber ohne Erfolg.

Gott verfluchte Eva, weil sie Adam in Versuchung geführt hatte, und gebot ihr, ihre Kinder unter Schmerzen zur Welt zu bringen, und Simon erklärte später jedem, der es hören wollte, daß er nicht verstehen könne, warum Frauen mehr als ein Kind zur Welt bringen, außer man zwinge sie dazu. Und doch war die Niederkunft für Agnes wesentlich leichter als ihre erste, und zwischen den Wehen konnte sie ihm sagen, was er tun mußte, um ihr zu helfen: den Rücken reiben, ihr den Schweiß abwischen, alle Knoten im Raum einschließlich derer an Catherine Nisbets Korsett aufziehen, damit das Kind leichter komme, und das Feuer schüren, um das Neugeborene warm zu halten, wenn es erst da war.

Als die Hebamme kam, brachte sie auf ihrem Rücken den in ein fleckiges Tuch eingewickelten Geburtsstuhl mit. Sie war eine kleine magere Frau mit kleinen Händen, die noch die Zeichen einer anderen Geburt trugen, mit der sie sich am Vormittag befaßt hatte. Ihr Gesicht war runzlig und braun wie eine Walnuß, ihr schwarzes und graues Haar schaute in Strähnen unter ihrer Haube hervor, und ihre Schürze war blutbefleckt.

«Sie kommen immer alle auf einmal», sagte sie, nahm die Ärmel ihres Mieders ab und rollte die Ärmel ihres Unterhemdes auf. «Fort mit Euch jetzt.» Und Simon ging gern. Sein Magen revoltierte, denn Agnes, die immer so kühl und so weiß und so selbstsicher war, war jetzt schweißdurchnäßt und grunzte wie eine Sau bei ihrem Wurf.

Einmal traf ich auf eine Hure bei ihrer Niederkunft und

hielt ihre Hand in der Dunkelheit beim Kloster, ein armes kleines Ding, das erst vor kurzem vom Land in die Stadt gekommen war, und sie weinte und schrie und stöhnte die ganze Nacht, und am Ende war da ein kleines blaues Kindlein, das aussah wie Neddys Puppe. Es war ein Mädchen und atmete lange genug, daß ich es mit Wasser aus der Pfütze taufen konnte. Dann starb es. Es wird gesagt, frischgetaufte Neugeborene gingen direkt in den Himmel, da sie gerade von der Erbsünde befreit wurden, aber es scheint merkwürdig, daß es vorher soviel Hölle geben muß. Ein Geistlicher würde sagen, es sei das Los der Frau, für die Sünde Evas zu büßen, aber Männer können immer wieder sündigen wie Adam und gehen doch straflos aus, wie Mrs. Fumey zu sagen pflegt. Und ich habe nie verstanden, warum die Gabe, Gutes und Böses zu erkennen, etwas so Schlechtes sein soll, denn ohne sie wären wir in der Tat unvernünftige Tiere.

Doch Simon konnte nicht davonlaufen. Er ging zwischen den lodernden Fackeln auf dem Wehrgang auf und ab, bis die Hebamme aus dem vergitterten Fenster brüllte, daß sie eine zweite Frau zur Hilfe brauche, ein zweites Paar Arme.

Mit Sicherheit hätte er eine Frau in der Küche gefunden oder in den Wohnungen bei der Münze, aber Simon konnte sich an keine einzige Frau erinnern. Er hatte nur einen Gedanken im Kopf: daß er Mrs. Fant in den Tower gebracht und es zugelassen hatte, daß Catherine Nisbet mit geistigen Getränken versorgt wurde, um sie zu schwächen und vielleicht ihre Zunge zu lockern, und daß er der Dame eine Entschädigung schuldete. Und so lief er die Wendeltreppe hinauf, betrat das Zimmer außer Atem und sagte: «Es sind keine da, ich werde es tun.»

Die Hebamme streckte den Rücken, ohne Agnes auf ihrem Stuhl loszulassen, und schimpfte, daß niemand der armen

Dame beistehe, keine Verwandten außer einer, die betrunken sei, der Teufel solle sie holen, und dies sei unpassend und falsch, und was er sich denke, es werde das Schamgefühl der armen Dame verletzen, und es sei eine Schande ...

«Hör auf mit dem Quaken, du Dummkopf», keuchte Agnes, «es ist mir gleichgültig.»

So wurde Simon zu einer männlichen Hebamme, einer Muhme für seine eigene Gefangene, und hielt sie auf dem Stuhl, während sie sich wand und preßte und keuchte und schrie und schwitzte und ihr Gesicht vor Anstrengung purpurrot wurde.

«Herrgott», murmelte die Hebamme, die Hände in Agnes' Unterleib. «Das ist ein großes Baby, und es liegt ungeschickt ... Langsam, Mistress, ganz langsam ...»

Es gibt einen Schrei, den Männer und Frauen miteinander gemein haben: Männer geben ihn von sich, wenn sie kampfbesessen in die Schlacht ziehen und auf den Feind losstürmen, um ihn zu töten. Und symmetrisch dazu geben Frauen diesen Schrei von sich, wenn sie ein Leben zur Welt bringen. Der Stein des Tower nahm Agnes' Schrei nicht auf, sondern ließ ihn von Wand zu Wand widerhallen, und die Hebamme faßte den Kopf des Kindes, und im nächsten Augenblick hielt sie einen bläßlichen glitschigen blutigen Brocken in den Händen. Sie beatmete seine Lungen und reinigte mit einem Finger seinen Hals, und endlich öffnete er seinen kleinen dreieckigen Mund und ließ viele kratzende kleine Brüller heraus und verlor die blaue Farbe und wurde rot. Dann wickelte die Hebamme den Neugeborenen in Tücher und reichte ihn Agnes.

Es gab eine kurze Zeit der Ruhe, bevor die Nachgeburt kam, und während dieser Zeit lehnte Agnes den Kopf an Simons Brust, als er neben ihr kniete und ihr die salzigen

Haarsträhnen aus den Augen wischte. Und nachdem die Nabelschnur durchschnitten und die Nachgeburt gekommen war, nahm die Hebamme die Abfallschale und trug sie zum Kerzenhalter und starrte hinein wie ein römischer Wahrsager, der eine Leber deutet; dabei schüttelte sie den Kopf und gluckste. Doch dann glättete sich ihr Gesicht wieder, und sie kam zurück zu Agnes, säuberte sie und half ihr und dem Baby mit Simons Hilfe ins Bett. Catherine Nisbet holten sie heraus und rollten sie ohne große Umstände auf das Schiebebett; sie schnarchte noch immer.

Und jetzt, nachdem unter einem Himmel voller Wolken der Tag angebrochen war, mußte ein Kräuterabsud zur Spülung von Mrs. Fants Bauch hergestellt werden, es mußte nach einer Amme geschickt werden, und die Wiege und die Windeln mußten unter dem großen Bett hervorgezogen werden. Die Hebamme wickelte den Neugeborenen auf eine Schiene, um die Glieder gerade zu halten, und murmelte dabei Zaubersprüche. Agnes beobachtete sie mit ernsten Augen und nahm dann das Kind in ihrer Armbeuge an die Brust. Die Hebamme wollte sich nicht die Mühe machen, Agnes' beflecktes Hemd zu wechseln, und so strich Simon die Leinentücher und die Decken und die alte Überdecke glatt, um Agnes zu wärmen, und rollte ihr altes Gewand aus grünem Samt zusammen, das ihr Fruchtwasser verdorben hatte. Die Hebamme kickte die durchweichten Binsen beiseite und stapelte sie zum Verbrennen neben dem Kamin auf. Simon zahlte ihr Silber für die Lebendgeburt, und Mall begleitete sie aus dem Tower hinaus.

45

Der einfältige Neddy blieb in jener Nacht bei mir, und als ich ihn am nächsten Morgen wieder bat, Becket für mich zu suchen, machte er sich auf den Weg und marschierte, wie ich später hörte, die Fleet Street auf und ab und brüllte Beckets Namen. Schließlich kam Mrs. Fumey aus ihrem Wäscheladen und zankte mit ihm, und als er seine Gründe herausgestottert hatte, nahm sie ihre Schürze ab und machte sich selbst auf die Suche nach David.

Auf diese Weise kehrte der einfältige Neddy triumphierend zurück, einen besorgt aussehenden Becket hinter sich, der sich neben mich setzte und mir Wein mit bitter schmekkenden Kräutern zu trinken gab.

«Spucke nicht», schalt er. «Dies wird von einem hervorragenden Apotheker empfohlen, der sagt, daß es verwirrte Geister besänftigt, und ein verwirrter Geist bist du weiß Gott.»

Ich lächelte ihn an und trank, sanftmütig wie ein Mädchen.

«Stimmt es, daß es Gabriel war, der dich zusammengeschlagen hat? Die Geschichte ging durch die ganze Fleet Street, als ich dorthin kam.»

Er zog seine Holzschuhe aus und stellte sie neben das Feuer, um den Matsch trocknen zu lassen. Er hatte ein ganzes Bündel schönes trockenes Holz mitgebracht.

«War es wirklich Gabriel?»

«Ja.»

«Warum? Was hattest du getan, um ihn zu beleidigen?»

«Ich habe ihn geschlagen.»

«Nun, das wäre eine wirkliche Beleidigung. Mich wundert, daß du noch lebst. Warum hast du ihn geschlagen?»

«Er hat mir meinen Ralph weggenommen, meinen armen Jungen Ralph, der keine Zunge hat.»

«Welchen Ralph? Wovon redest du?»

Unter vielen Tränen erzählte ich ihm die Geschichte. Als ich fertig war, setzte Becket sich auf sein Holzbündel und hob die Augen zum Himmel.

«Mein Gott. Und nun möchtest du zweifellos, daß ich dir helfe, ihn wiederzufinden, eh?»

«Wenn du nicht zuviel zu tun hast, David», sagte ich demütig.

Er seufzte und tätschelte meine Hand. «Komm», sagte er. «Ich weiß, wo man Gabriel finden könnte, aber du mußt dich aufraffen, Tom. Hoch mit dir. Bist du noch woanders verletzt? Nein? Also gut, auf die Beine mit dir, es war nur eine Schlägerei.»

Wir gingen in eine Kneipe in Little Bailey, wo ich noch nie gewesen war, jenseits von Ludgate Hill. Es drängten sich merkwürdig viele Jungen dort herum, und Becket bahnte sich mit mir im Schlepptau einen Weg durch die Menge und schlug dreisten Jungen, die nach seinem Geldbeutel griffen, mit seinem neuen Hut auf die Finger.

Wir ließen uns in einer Nische nieder, riefen nach dem Schankkellner, und Becket unterhielt sich leise mit ihm. Dann warteten wir. Derweil zog Becket ein Paar gleiche Würfel aus einem Geldbeutel und begann, sie müßig hin und her zu werfen und leise die Augen zu zählen. Es stellte sich heraus, daß es gezinkte Würfel waren, und als sie zur Ruhe kamen, saß auf jedem von ihnen ein unartiger Kobold. Ich wollte Becket gerade vor ihnen warnen, als der Schankkellner zurückkam.

«Er sagt, er kommt nicht.»

Becket zog die Augenbrauen hoch und kratzte sich im

schwarzen Bart, der frisch gestutzt und vornehm aussah. «Ach? Bin ich denn so furchterregend?»

«Er sagt, er hätte nie gehört, daß Tom ein Freund von Euch sei, und daß er keine Schuld habe.»

Becket dachte nach. «Wenn ich es richtig verstanden habe», sagte er ohne die Spur eines Lächelns, «war es Tom, der zuerst zuschlug. Ich sichere Gabriel freies Geleit zu, wenn er will.»

«Er sagt, wenn es um den Jungen ohne Zunge geht, der sei in ein Bordell an der South Bank gegangen, und er ist nicht mehr bei uns.»

Ich schlug die Hände vor das Gesicht, um die Tränen zurückzudrücken. «Armer Ralph», sagte ich. «Ich habe ihm gesagt ...»

«Sei still», sagte Becket unwirsch. «Zumindest wissen wir, daß es den Jungen wirklich gibt auf dieser Welt; ich hatte so meine Zweifel. Wilde Gänse werde ich immer gern jagen, weil sie gut schmecken, doch deine Hirngespinste – nein.»

Der Schankkellner stand noch neben Becket. «Wir haben ihn wirklich nicht, Sir», sagte er nun. «Ihr wißt, daß wir dem Mann des Königs nichts verweigern würden.»

«Hm», sagte Becket. «Nenn mir den Namen des Hauses, und ich werde bei Mr. Pickering ein gutes Wort für euch einlegen.»

Der Schankkellner sah verlegen aus und rieb sich hinter dem Rücken die Hände. «Nun, es gibt nur eins, Sir. Von der Art.»

«Und? Ich kenne mich in diesen Dingen nicht aus.»

Der Kellner wartete. Becket seufzte und brachte ein paar Pennys zum Vorschein, und dann einen Groat. Der Bursche schnippte sie mit den Fingern weg.

«Das Falcon's Chick, in der Nähe der Paris-Garden-Stufen», sagte er.

Wir kehrten durch das Ludgate in die City zurück und gingen an der gekrümmten Mauer der Wardrobe am St. Andrew's Hill entlang, als Becket stehenblieb und mit den Fingern schnalzte. Er bog ab in eine Gasse, die nach Blackfriars führt, und schritt durch die Klosteranlagen und in das alte Refektorium, wo Rocco Bonnetti seine Fechtschule hat.

Bonnetti ist klein, flink und dunkelhäutig, und er liebt Jungen, da er ein Italiener und verderbt ist. Die Ancient Masters of Defence hassen ihn inbrünstig, besonders John Silver, der sich danach sehnt, ihm in einem fairen Kampf den Schädel zu zertrümmern. Bonnetti lehnt es standhaft ab, mit Mr. Silver zu kämpfen, da, wie er behauptet, er selbst ein Gentleman sei, Mr. Silver aber ein einfacher Bürger, und ein Duell sei daher unter seiner Würde. Silver reagiert wutentbrannt auf die Beleidigung, kann sich aber keine Genugtuung verschaffen. Becket hat unter den Ancient Masters of Defence seine Lehrzeit absolviert und ist vom Schüler zum freien Schüler und von dort zu den schwindelnden Höhen eines Profos aufgestiegen, was ihn berechtigt, Unterricht in den alten Künsten der Verteidigung zu erteilen. Auf den Grünflächen von Smithfield ist er ein gefürchteter Gegner, aber er hat auch den italienischen und den spanischen Stil studiert und pflegt daher auch den Umgang mit Rocco – um ihn leichter zu täuschen, wie er mir erklärte.

Wir betraten das Refektorium und fanden einen in auffälligen Samt gekleideten Bonnetti, der einen dicklichen Höfling anschrie, sein Kampfstil sei so schlapp wie sein Schwanz. Becket und ich machten unsere Verbeugung und setzten uns auf die Bank an der Mauer, bis die Lektion beendet und der Höfling davongehumpelt war.

«Signor Becket!» rief Rocco und schwenkte seinen Federhut ausgiebig hin und her. «Ich freue mich, Euch zu sehen, es ist lange her, seit Ihr hiergewesen seid. Euer Schüler, hat er Euch verlassen? Ah, wie traurig, aber er war wohl, *come se dice*, nicht gut geeignet, eh?»

Becket lächelte und begleitete Rocco in eine stille Ecke, wo sie sich eine Weile unterhielten, und ich beschäftigte mich inzwischen mit den Holzstöcken, warf sie hoch und fing sie wieder. Jerome, Bonnettis Junge, führte den nächsten Schüler herein, einen besser gebauten Mann mit einem ernsten Gesicht, und sie sahen mir beide beim Werfen und Herumtollen zu. Einmal legte Bonnetti die Hand auf sein Schwert, und Becket grinste unangenehm und klopfte ihm mit dem Finger auf die Brust, und Empörung und Feigheit wechselten einander auf dem Gesicht des Italieners ab; schließlich schien er etwas zusammenzufallen, und er nickte.

Sie kamen zurück, und Bonnetti sprach auf italienisch hastig auf Jerome ein, was den neuen Schüler veranlaßte, in derselben Sprache zu protestieren, er wolle den Meister, nicht den Jungen. Erst das Versprechen einer freien Extrastunde besänftigte ihn. Und so gelangten wir drei vom Irrgarten Blackfriar's zum St. Andrew's Hill und von dort zum Puddle Wharf, wo wir uns ein Boot suchten.

Ich habe festgestellt, daß es sehr viele Welten gibt, die alle innerhalb der großen Schöpfung Gottes gegeneinander drängen. So gibt es eine falsche Zuckergußwelt des Hofes und eine schmutzige häßliche Welt der Gassen und Drecklöcher. Und sozusagen, um mit Kopernikus zu sprechen, ein Mond dieser letzten Welt ist die Welt jener Männer, die Männer lieben, nicht Frauen. Ich kannte das Falcon Inn in Southwark, ein sehr anständiges Wirtshaus mit netten, sauberen Huren frisch vom Land, die immer freundlich sind und großzügig mit ihren Geldbeuteln. Der Bischof von Winchester ist Eigentümer des Grundbesitzes und kassiert die Miete, und aus diesem Grund werden die Huren die Gänse des Bischofs von Winchester genannt. Ich hatte jedoch nicht gewußt, daß das Falcon einen Ableger hat, zu dem es sich nicht gern bekennt und von dem ich nie gehört hatte, bis der Schankkellner in Little Bailey uns davon berichtete. In diesem ruhigen Haus befinden sich Jungen vom Land mit frischen Gesichtern, die aus Kent und Suffolk und Essex hergekommen sind, um in London ihr Glück zu machen, wo sie von Gabriel und seinesgleichen aufgegriffen werden; in diesem Haus nun zeigt man ihnen, daß ihr Glück ganz woanders liegt, als sie erwartet haben. Wohl brauchen viele ein paar Wochen der Kälte und des Hungers, bevor man sie dazu bringen kann, aber Hunger ist ein harter Lehrmeister, und die meisten lernen es am Ende.

Bonnetti ging an die nicht näher gekennzeichnete Tür und klopfte forsch zweimal nacheinander. Der Pförtner überprüfte Bonnettis Gesicht und ließ sich unsere Anwesenheit erklären, dann wurden wir eingelassen, wobei Becket ständig vor sich hinmurmelte, man müsse sich einen Stoffetzen in den Hintern schieben, um ihn an einem solchen Ort sauber zu halten.

Nachdem wir einmal eingetreten waren, saßen wir in einem hell getäfelten Zimmer auf gepolsterten Bänken mit einem schönen lodernden Feuer im Kamin und einem sauberen Geruch nach Politur und frischen Binsen. Schließlich betrat ein Mann in mittleren Jahren, der ein Korsett und eine Krinoline trug, das Zimmer; sein Gewand war zart lavendelfarben, und sein Leinenhemd mit schwarzen Narzissen bestickt. Sein affektierter Mund war von jener runden Linie umgeben, die bci Hof oft kennzeichnend war für jene, von denen getuschelt wurde, daß sie Männer liebten. Würdevoll, als sei er die Herrin eines soliden Wirtshauses, küßte er uns alle auf den Mund; zu meiner Überraschung spürte ich Bartstoppeln rund um die weichen, trockenen Lippen. Becket wischte sich verstohlen den Mund ab.

«Meine Freunde», sagte Bonnetti, «möchten Euch um einen kleinen Gefallen bitten, um einen besonderen Wunsch, Signor Hardy.»

Der Frau-Mann legte seine länglichen Finger ans Kinn und wandte sich höflich zu uns.

«Bitte», sagte er, «ich stehe zu Euren Diensten, Gentlemen.»

«Ich habe ... hm ... ich kenne einen Gentleman, der einen Jungen kaufen möchte, der unter Eurer Obhut steht.» Mr. Hardy neigte ernsthaft seinen Kopf. Er ist gut geschminkt, dachte ich, wenn auch vielleicht etwas übertrieben. Becket rutschte auf der Bank hin und her, nicht fähig, einem Mann in Frauenkleidung ins Gesicht zu blicken. «Ein Junge mit sehr hübschem Gesicht, blauen Augen, goldenem Haar ...», Mr. Hardy lächelte verständnisvoll, «und stumm. Er hat nur ein Viertel seiner normalen Zunge und kann nicht sprechen.»

Das Lächeln verflog von Mr. Hardys Gesicht, und er setzte sich auf, Bestürzung in jedem Rascheln seines Rockes.

«Nun», sagte Becket, «ich weiß, daß Ihr einen solchen Jungen hier habt, und ich sage Euch, es kommt kein anderer in Frage, da mein Gentleman so großen Gefallen an ihm gefunden hat ...»

«Aber Sir», sagte Mr. Hardy in großer Pein, «leider, o weh, er ist nicht mehr hier. Er war seinem Herrn davongelaufen und ist jetzt mit Hilfe eines anderen Mannes zurückgekehrt. Ich bedaure aufrichtig ...»

«Und könnt Ihr mir den Namen seines Herrn nennen?»

Mr. Hardy war schockiert. «Nein, dies wäre sehr unschicklich, Sir. Außerdem kenne ich ihn nicht; ich habe mit diesem Gentleman immer durch die Vermittlung eines anderen verhandelt. Der Mann, der kam, um den Pagen bei mir abzuholen, war neu für mich, aber er hatte ein Einführungsschreiben und das Gold.»

«Würdet Ihr ihn mir vielleicht beschreiben?»

Mr. Hardy war darüber nicht glücklich, aber Becket legte eine silberne Krone auf den Tisch, und Hardy nahm sie in die Hand und drehte sie zwischen den Fingern.

«Nun, er war groß und schlank, mit Haar, das an den Wurzeln rot war und zu einem schlechten Braun gefärbt, einem vornehmen blassen Antlitz und einer armseligen Ausdrucksweise. Darüber hinaus ...»

Mir war, als hätte er mir einen Schlag in die Magengegend versetzt; ich holte tief Luft und erbleichte.

«... ja, vielleicht hatte er eine gewisse Ähnlichkeit mit Eurem ... ah ... Eurem Diener, Sir», schloß Mr. Hardy.

Es gibt eine Familienähnlichkeit zwischen uns, gewiß, aber was wollte Adam vom Jungen Ralph? Warum? Und dann dachte ich und dachte wieder, und all meine Gedanken liefen und sprangen in meinem armen Schädel herum und drehten sich im Karussell und spielten Fußball, und ich faßte mir an den Kopf und stöhnte. Becket erkannte die Symptome, erhob sich und hetzte mich und Bonnetti aus dem Zimmer, während Mr. Hardy hinter uns herflatterte und fragte, ob er uns einen anderen Dienst erweisen könne und ob wir gern die Jungen sehen würden, er habe viele reizende Pagen, gut ausgebildet auf dem Lande, und schon viele habe er an den Hof vermittelt. Becket brummte ihn unhöflich an und ließ die Tür hinter uns zuschlagen.

Rocco sagte, da er jetzt sein Teil getan habe, würde er

hinuntergehen und sehen, wie es den Bullen ergehe. Becket packte mich am Arm, hetzte mich hinunter zu den Paris-Garden-Stufen, räusperte sich und spuckte in hohem Bogen in die Themse. Dann wusch er sich Gesicht und Hände sorgfältig in dem braunen Wasser und ließ mich das gleiche tun, und jedesmal, wenn ich zu lamentieren begann, schüttelte er mich oder versetzte mir einen leichten Schlag, um mich zum Aufhören zu veranlassen, bis ich ärgerlich wurde.

Der Fährmann, der uns zurück zu den Blackfriars-Stufen brachte, sah, daß wir mißmutig waren, und empfahl uns hastig einen Ort, wo wir unsere Verluste bei der Stierhatz wieder zurückgewinnen könnten, wenn wir alles Geld, was wir noch hätten, am Hahnenkampfplatz in Westminster auf einen gewissen Hahn namens Achilles setzten, der mit Sicherheit gewinnen werde, weil sein Neffe den anderen Hahn am Vormittag mit vergiftetem Korn gefüttert habe.

Auf diesen offenkundigen Betrug reagierte Becket mit einem Lächeln und Zustimmung, sagte aber, daß unseligerweise alles Geld, was er auf der Welt noch besitze, der Preis für die Fahrt über das Wasser sei.

Bei den Blackfriars-Stufen stiegen wir aus, und David warf dem Fährmann das Geld zu. Dann ging er mit mir zum Kloster, wo uns außer dem einfältigen Neddy niemand stören würde, und dort forderte er mich auf, mich auf die Mauer zu setzen.

«Was war mit diesem Jungen?» fragte er. «Erzähl mir die ganze Geschichte.»

Ich starrte ihn an und lachte, weil er das nicht wußte. Becket streckte die Arme aus und wollte mich schütteln, nahm dann aber die Hände wieder zurück.

«Hast du Strangways *gesehen*?» fragte er eindringlich. «Das war der Mann, der deinen Jungen vom Chick geholt hat, nicht wahr? Weißt du, wo er ist? Oder was er treibt? Du hast dich so verändert, daß es mir schwerfällt, mich daran zu erinnern, daß er dein Bruder ist, möge Gott sich deiner erbarmen. Hast du ihm geholfen?»

Bei dem Gedanken mußte ich noch mehr lachen. «Und für meine Mühen nach Bedlam zurückkehren?» sagte ich schließlich, als ich wieder sprechen konnte. «Ich habe ihn gesehen, als er bei meiner Schwester war.»

«Die jetzt im Tower ist, weil sie ihm Zuflucht gewährt hat?»

«Ja.»

«Woher weißt du soviel, Tom?»

«Ich bin der Gescheite. Ich habe es dir doch schon oft erzählt, David, meine Engel zeigen es mir, und die Mondkönigin unterrichtet mich, und ich kann durch Schattenmauern und in Schattenhäuser sehen, denn alles um uns ist Schatten: Diese Mauer hier ist Schatten, die ganze Welt ist der sich bewegende Schatten eines Gedankens in Gottes Herz, und ...»

Becket rollte mit den Augen und betete heimlich um Nachsicht. «Ich meine, woher du *ehrlich* soviel weißt. Nicht von Engeln, sondern wirklich ...»

«Es sind die Engel. Wirklich. Wie ich den großen Drachen der Gefahr sehe, so sehe ich Adam, so sehe ich Agnes, und da Adam zu Luzifer und Kain geworden ist, muß meine Schwester das Lamm Gottes sein, denn so ist sie genannt worden, doch alles, was ich sehe, ist die Wahrheit, David, alles. Aber ich kann Ralph nicht sehen und weiß nicht, wo er ist, obwohl er Bote zwischen ihnen war.»

«Zwischen wem?»

«Zwischen dem Balladensänger, den du getötet hast, und meinem Bruder und noch anderen. Er hatte stumme Schwäne auf seinem Hemd, als Zeichen, daß er nicht sprechen konnte, und er lief sehr gewissenhaft zwischen ihnen hin und her, seinem alten Meister zuliebe, den ich auch nicht sehen kann.»

«Er war ein Bote?»

«Ja, Hermes», nickte ich, «und ein sicherer dazu. Denn er konnte nie erzählen, was er sah oder hörte, und darin lag sein Wert.»

«Aber er konnte schreiben?»

«Nein, sie haben es ihm nicht beigebracht. Und doch lernte er es leicht», sagte ich stolz, «ich habe ihn selbst unterrichtet.»

Er dachte eher als ich an die Niedertracht dieser Welt. Ich sah, daß er entsetzt war und daß ihm klarwar, was aus dem kleinen Ralph geworden war, und daß er versuchte, sein Wissen zu verbergen, und ich sah, wie sein Gesicht sich veränderte und Mitleid in seinen Zügen auftauchte, und selbst mein verwirrter Verstand konnte sich schließlich zusammenreimen, was ich getan hatte. Ich hatte Ralph den Schlüssel gegeben, mit dem er die verschlossene Schatulle seiner Erinnerungen öffnen konnte, eine Schatulle, die randvoll mit Geheimnissen gefüllt war, und wenn jene, die diese Schatulle verschlossen gehalten hatten, je von seiner Fähigkeit erfuhren... Sie würden die Schatulle lieber in Stücke zerschmettern als zulassen, daß sie geöffnet wurde. Mein Bruder bewachte ihn jetzt, aber ich war es, der ihn getötet hatte.

Hinter mir lachte ein Engel. Ich drehte mich um und wollte mit ihm sprechen, und es war ein Teufel, einer, der zu Luzifer gehörte, denn er hatte Hörner auf der Stirn und einen Schwanz am Hintern, und er lachte mich aus. Ich wandte mich zu Becket, meine Augen mit den Händen bedeckend, und auch Becket veränderte sich, verwandelte sich in meinen Bruder und wieder zurück. Solche Dinge geschehen Tom, nicht mir, und Tom selbst trat durch das Tor in die letzte mir noch verbleibende Stätte der Gedanken, und wir lachten und riefen und klatschten in die Hände und tanzten auf der flechtenüberzogenen Klostermauer.

Becket brüllte, das Gesicht verzerrt vor Teilnahme, aber Tom lachte, und der Teufel lachte, und der Höfling und die Mondkönigin lachten, und mein armes gescheites Ich kreischte, und in dem ganzen Spektakel drang nichts von dem, was er sagte, vor zu meinem belagerten Verstand, und so verließ er mich.

46

So beherrschte Tom die primitive Demokratie meines Verstandes, und diese widerliche Sache bedeutet, wie jeder Gentleman weiß, Herrschaft des Volkes, des Pöbels. Keiner von euch, deren Verstand ein freundliches Gemeinwesen ist, regiert von dem großen König Vernunft, kann sich die Schrecken einer solchen Republik vorstellen, ständig hin- und hergeworfen vom Aufschrei des Pöbels, jetzt von einem Körpersaft geführt, nun von einem anderen, und König Vernunft entthront und stets darum kämpfend, seine Herrschaft zurückzugewinnen. So war ich, und so wollte Philipp von Spanien einen Verrückten aus England machen und uns unsere Monarchin entreißen.

Ich saß zwischen den Dachfirsten und schaute über das phantastische Durcheinander der Dächer von London hin zum Tower, wo Mrs. Fant lag, das Neugeborene jetzt in einer Wiege neben ihrem Bett. Catherine Nisbet saß in einer Ecke am Feuer und ertrug Eisenbänder um ihren Kopf und einen Destillierkolben in ihrem Magen und die Feuer der Hölle in ihrem Herzen wegen der bösen Vernachlässigung ihrer Pflichten. Das Kindlein schlief jetzt sanft, ein wenig ins Gelbe verfärbt, wie Neugeborene es häufig sind, doch meine Schwester schlief schlecht; sie drehte den Kopf hin und her, bewegte fahrig die Hände, und ihr Gesicht war fiebergerötet. Anthony Fant hatte die Amme von Old Change geschickt, die sie mit nach London gebracht hatten, eine stämmige, dümmliche Frau namens Joan, eine Verwandte von Dorcas.

Durcheinandergebracht von der Hitze hatte Agnes Augen für mich und für Toms Engel, und sie schrie auf vor Furcht, während ich versuchte, mich zwischen den Schatten werfenden Steinen der Wände zu verstecken. Catherine ging jetzt zu ihr und reichte ihr Wasser mit Aqua Vitae vermischt und versuchte, sie zu beruhigen.

Dann betrat Simon Ames das Zimmer, begleitet von Joan, die zu dem verschlafenen, ernst aussehenden Neugeborenen ging, ihr Korsett öffnete und sich mit dem Säugling ans Feuer setzte, um ihn zu stillen. Ames stellte seine Kerze neben das Bett und zog sich den Hocker heran. Nach einer Weile nahm er Agnes' Hand und kühlte sie in seiner eigenen, und Agnes lächelte ihn an. Und wenn dies einem bei einem Inquisitor sonderbar erscheint, so kann ich nur berichten, was ich mit meinen eigenen Augen sah.

«Mr. Ames», sagte Agnes, «ich möchte Euch um einen Gefallen bitten, wie ich es schon einmal getan habe. Ich sehne mich danach, einen Priester meiner eigenen Religion zu sehen.» Catherine Nisbet schnüffelte laut und zog sich wieder ans Feuer zurück, wo sie ihren Tränen freien Lauf ließ.

«Pst», sagte Simon. «Ich habe nach meinem Onkel geschickt, einem sehr gelehrten Arzt, der auch Lord Leicester behandelt.»

«Aber wer wird sein Honorar zahlen?» fragte Agnes und zerknitterte das Bettlaken mit den Fingern. «Mein Ehemann sollte nicht ...»

«Nein, wenn ein Honorar zu zahlen wäre, was nicht der Fall ist, so würde ich es zahlen», sagte Simon. «Schließlich habe ich Euch in diese Situation gebracht.»

Sie öffnete die Augen weit. «Ihr solltet Euch keine Vorwürfe machen», sagte sie. «Wenn ich in meiner Kammer zu Hause gewesen wäre, umgeben von Damastvorhängen und versorgt von drei Hebammen und all meinen Gevatterinnen, hätte ich trotzdem Fieber bekommen können.»

Simon schüttelte den Kopf. «Dennoch», murmelte er, und um seine Hände zu beschäftigen, tauchte er das Tuch, das Catherine benutzt hatte, in die mit Rosenwasser gefüllte Zinnschale auf dem Tisch und kühlte Agnes die Stirn.

«Und es war auch noch alles umsonst», sagte sie. «Ich weiß nicht, wo Adam ist, ich habe keine Ahnung, aber am Ende war ich froh, daß er mich verließ, weil ich vermutete, daß er mein Haus als sicheren Ort für das Auszahlen von Gaunern benutzte.»

Simon zögerte keine Sekunde. «Was für Gauner?»

Agnes bewegte die Lippen unruhig, griff in die Laken, als eine Nachwehe sie durchfuhr, und entspannte sich dann. Simon tupfte neue Schweißperlen von ihrer Lippe.

«Ich weiß es nicht. Ein sehr pockennarbiger Mann ... ein Junge ... ein Verrückter ... Und er sprach von großen Veränderungen, von einem großen Gewinn für unsere Religion, und dann ist da der Ablaß vom Papst. Warum sollte er so etwas brauchen außer für eine sehr schwere Sünde, die für ihn den Tod bedeuten würde?»

«Ja, warum?» murmelte Simon.

«Ich wünschte, ich sähe klar, was ich tun soll, Simon, ich fühle mich so beklommen, und ich muß meine Seele darauf vorbereiten, vor meinen Schöpfer zu treten ...»

«Still jetzt», sagte Simon. «Keine Veranlassung, solche Gedanken zu hegen. Ich würde Euch sofort nach Hause schicken, wenn ich es wagte, Euch den Transport zuzumuten. Ich wollte, ich hätte Euch nie hergebracht.»

«Wenn Wünsche Pferde wären, würden alle Bettler reiten», sagte sie und lächelte.

Begleitet von Henderson trat nun Dr. Nuñez ein.

Er tat, was er konnte, nahm ihr am Arm acht Unzen Blut ab, um zu versuchen, ihren Körper von dem vergifteten Blut zu erleichtern, das ihre Gebärmutter entzündete, und er gab ihr einen Trank, damit sie den Darm von anderen Giften entleeren konnte. Aber wann immer eine Frau ein Kind zur Welt bringt, sind sie und das Neugeborene in Gottes Hand und verlassen sie erst, wenn ein Dankgottesdienst für die Wöchnerin abgehalten worden ist, denn wenn sie so lange überlebt hat, ist es wahrscheinlich, daß sie auch weiter am Leben bleibt.

Ames und Hector Nuñez ließen Agnes mit der Amme und Mrs. Nisbet zurück, damit sie sich am Abort erleichtern konnte, und gingen in Simons kleines Zimmer im Coldharbour Tower, in dem Papiere und chiffrierte Texte sich schon stapelten. Dr. Nuñez fand Simons abgelegten Brustharnisch und zog die Augenbrauen hoch.

«Ich dachte, du trägst ihn noch?» fragte er auf portugiesisch.

«Er ist schwer und macht mich müde.»

«Genug Zeit zum Schlafen, wenn du tot bist, Simon. Trage ihn, dann kann ich Leonora berichten, daß du es tust.»

«Mrs. Fant?»

Dr. Nuñez zog eine Pfeife hervor, füllte sie mit Tabak und zündete sie mit einem Stück Kohle vom Feuer an, bevor er sie Simon anbot, der sie widerstrebend ergriff.

«Ist sie eine Papistin?» fragte Nuñez. Simon nickte. «Wenn du Erbarmen mit ihr hast, Neffe, lasse einen ihrer eigenen Priester kommen.»

«Ist es so schlimm?»

Nuñez zog an seiner Pfeife. «Wärest du ihr Ehemann, so würde ich von Hoffnung und Gebeten zu dem Allmächtigen für ihre Erlösung sprechen.»

«Ihr Ehemann will nichts mehr mit ihr zu tun haben.»

«Sehr weise, wenn man bedenkt, wo sie gelandet ist. Du jedoch bist nicht mit ihr verwandt, und ich werde dir die Wahrheit sagen: Wenn eine Frau im Wochenbett nach wenigen Tagen ein Fieber in der Gebärmutter bekommt, kann sie das überleben, wenn sie kräftig und gesund ist, aber es ist wahrscheinlicher, daß sie stirbt. Unter zehnen, die erkranken, überleben eine oder zwei.»

Simon senkte den Kopf. «Wird Eure Behandlung helfen?»

Nuñez zuckte mit den Schultern. «Es ist gelegentlich schon vorgekommen, aber ich glaube, daß ihr Herz traurig ist wegen einer anderen Sache, und das ist nicht gut. Wenn der Geist stark ist und das Leben liebt, dann können Menschen sogar die Pest überleben, aber hier... Nun ja, sieh nicht selbst so traurig aus, Simon, nimm noch etwas Tabak, der auch melancholische Dünste von der Gallenblase vertreibt.»

Simon trank den Rauch gehorsam, mußte aber husten. «Ich kann mich mit dieser Medizin nicht anfreunden», sagte er. «Sie macht mich schwindelig und kurzatmig.»

«Dennoch solltest du sie weiter nehmen; es ist ein hervorragendes Heilmittel, neu für uns, doch seit ewigen Zeiten den Wilden in der Neuen Welt bekannt.»

«Werdet Ihr sie weiter behandeln?»

«Natürlich, wenn du mich darum bittest. Und ich wollte schon immer den Tower kennenlernen. Diese Fälle schreiten schnell fort, aber ich denke, ich werde in aller Ruhe den Kronschatz und die Menagerie besichtigen können. Würdest du mir einen Mann zur Begleitung schicken, damit ich nicht an jeder Ecke bestohlen werde?»

Nuñez' Behandlung brachte das Fieber nicht zum Stillstand, das in Agnes' Körper wütete wie eine Armee von Plünderern in einer Stadt, während Simon erschöpft auf einem ausgeliehenen Rollbett schlief. Am Nachmittag schickte Simon Mr. Norton eine Botschaft mit der Bitte, einen Priester zu Mrs. Fant bringen zu dürfen, und dann, als er sah, wie schnell ihre Kräfte schwanden, ging er zur Zelle von Father Hepburn, ohne Nortons Erlaubnis abzuwarten. Father Hepburn war ein alter und heiliger Mann, der unter Königin Maria Tudor zum Priester geweiht worden war und sich seit Mitte der siebziger Jahre im Tower aufhielt.

Dieser Priester hatte sich immer gewünscht, einen Engel zu sehen, aber noch nie hatte er einen erblickt, was mir traurig erschien, da ich doch täglich von ihnen geplagt werde, ohne es zu wollen. Aber er ruht zu sicher in seiner Vernunft, als daß er sie finden könnte, außer im Schlaf. Im Schlaf, glaube ich, unterhält er sich jede Nacht mit ihnen, nur um es am Morgen wieder zu vergessen.

Er hatte kein heiliges Öl, um Agnes zu salben, aber er holte sein Brevier aus einem Versteck neben seinem Bett und kam sofort mit Simon.

Henderson war voller Mißbilligung und murmelte von Papismus und Götzenanbetung und einer Seele, die für die wahre Religion verloren sei, bis Simon sich zu ihm wandte und ihn anfuhr: «Wenn es sie erleichtert und ihrer Seele den Flug angenehmer macht, werde ich es tun und die Konsequenzen tragen, Götzenanbetung hin, Götzenanbetung her. Es gibt genug Götzenanbetung in Eurer reinen Religion, scheint mir, Götzenanbetung von Worten der Menschen.»

Daraufhin hörte Henderson mit seinem Gemurmel von Papismus auf und protestierte empört, er werde mit ihr reden und versuchen, ihre Seele zu retten.

«Nein. Ich dulde nicht, daß man sie belästigt. Ihr habt wenig genug Interesse an ihr gezeigt, als sie noch nicht im Sterben lag. Ihr Christen seid doch alle gleich!»

Was Henderson prompt zu dem Gemurmel veranlaßte, es gebe Hebräer, die ihren Platz in der Gesellschaft nicht kennen würden. Um ganz sicher zu sein, daß Mrs. Fant während ihrer Beichte nicht gestört wurde, hielt Simon selbst Wache am Tor zu ihrem Tower, saß auf dem Wehrgang und blinzelte in den Hof hinunter. Schließlich, als die bleiche Sonne unterging und Simons Frostbeulen pochten, klopfte er, trat mit einer neuen Kerze ein und fand Father Hepburn auf dem Hocker sitzend, mit gesenktem Kopf; Agnes lag regungslos und nicht mehr atmend auf dem Bett. Catherine und die Amme Joan standen weinend über die Wiege gebeugt in der äußersten Ecke des Zimmers, wohin sie gegangen waren, um die Beichte nicht mitzuhören.

«Ich muß Euch unter vier Augen sprechen, Sir», sagte der Priester und rieb sich die Augen. «Arme Lady, sie trug eine schwere Last mit sich herum.»

Simon schlug vor, in sein kleines Arbeitszimmer zu gehen. Dort angekommen, fanden sie das Feuer heruntergebrannt und die Tinte wieder gefroren, woraufhin Simon Henderson losschickte, mehr Holz und Kohlen zu holen. Mißbilligend und kopfschüttelnd machte der Diener sich auf den Weg. Während sie auf seine Rückkehr warteten, erzählte der Priester Simon das Wichtigste von dem, was Mrs. Fant ihn zu berichten gebeten hatte und was sich lediglich als eine Folge von Zahlen herausstellte.

«Die arme Lady fragte mich um Rat in dieser Sache», schloß er seinen Bericht ab, «und es war eine heikle Frage. Ich denke, Ihr wißt, worum es ging, Sir: Sollte sie Euch die wenigen Dinge, die sie über das Komplott ihres Bruders wußte, erzählen, oder sollte sie besser schweigen, was zu tun ihr Bruder sie hatte schwören lassen. Ich sagte ihr, da sie die Wahl zwischen zwei Übeln habe, könne sie nichts anderes tun, als das zu wählen, was sie ehrlichen Herzens für das kleinere Übel halte, und Gott werde ihr sicherlich vergeben. Und das hat sie jetzt getan. Ihre übrigen Angelegenheiten sind geordnet: Sie hat ein Testament gemacht, bevor sie ihr Heim verließ, und der Rest ist allein eine Sache zwischen ihr und Gott.»

Simon seufzte. «Warum konnte sie mir das nicht vorher sagen?» fragte er. «Warum?»

«Sie hatte ihrem Bruder geschworen, daß sie es nicht tun würde», sagte der Priester, «und da sie von vornehmer Herkunft war, stand sie zu ihrem Wort. Aber ich gab ihr zu bedenken, wenn es um die Sicherheit der Königin ginge, trage sie eine größere Verantwortung als die gegenüber ihrem Bruder oder ihrer Ehre.»

«Ist das nicht gegen Eure Religion?» fragte Simon, nachdem Henderson verdrossen hereingeschlurft war, ein armseliges Feuer anlegte und eine Kerze angezündet hatte. «Mir in meiner Aufgabe so zu helfen?»

Father Hepburns Gesicht entspannte sich, seine Augen waren feucht, seine Finger aus Gewohnheit ineinander verschlungen. «Das ist eine schwierige Frage», sagte er milde, «und ich gebe nicht vor, sie beantwortet zu haben, denn wo liegt in der Tat unsere Pflicht? Aber Christus hat gesagt, ‹So gebet dem Kaiser, was des Kaisers ist, und Gott, was Gottes ist.› So viel weiß ich: Gott hat Herrscher gemacht, die uns regieren, und so, wie Er Königin Maria Tudor gemacht hat, so hat Er auch Königin Elisabeth gemacht, und Er weiß alle Dinge, sieht bis ins innerste Herz sogar einer so rätselhaften Herrscherin wie unserer Monarchin. Und so halte ich mich an die alte Vorstellung, nämlich, daß es allein in der Hand Gottes liegt, Könige und Königinnen zu machen und zu vernichten. Wenn Mrs. Fants Bruder plant, geweihtes Blut zu vergießen, so ist es mir gleichgültig, für welche gute Sache er dies angeblich tut, und ich werde ihm weder mit Tat noch mit Wort oder mit Schweigen Beistand leisten. Und außerdem, Mr. Ames, bin ich nicht gewillt zuzusehen, wie ein Ausländer den Thron von England besteigt.»

«Und doch hat unsere Monarchin Euch die letzten zehn Jahre und länger hier eingesperrt gehalten.»

«Wenn der Fall anders herum gelegen hätte und ich ein Protestant unter der Herrschaft ihrer Schwester gewesen wäre, Gott hab' sie selig, so hätte man mich sehr wahrscheinlich verbrannt. Nun, ich gehöre nicht zu jenen, die sich danach sehnen, einen wahren Märtyrertod zu sterben; Kälte reicht mir.»

«Sir, Ihr beschämt mich», sagte Simon nach einer Pause.

«Gut», sagte der alte Mann mit einem Lächeln. «Das habe ich schon immer gewollt. Wenn ich körperlich leiden muß, ist es nicht mehr als recht und billig, wenn Ihr im Geist leidet.»

«Ich glaube, ich werde diese Arbeit aufgeben und etwas anderes tun, um diesem Land zu dienen», sagte Simon leise.

«Sie sagte, Ihr seiet ein Inquisitor, obwohl Ihr sie freundlich behandelt hättet.»

«Das ist wahr.»

«Gehörtet Ihr zu jenen, die Father Edmund Campion befragten?»

«Ja.»

«Er, glaube ich, wurde nicht so freundlich behandelt.»

«Nein, Sir, er wurde gefoltert.»

«Mit Erfolg?»

«Wir haben seine Druckerpresse gefunden, wenn Ihr das meint?»

«Wie hat man ihn weichgemacht? Waren es die Schmerzen?»

Simon dachte nach. «Nein, Sir, ich glaube nicht. Er war ein geistreicher Mann und dachte, er könnte mich überlisten. Aber er konnte es nicht.»

«Und er plante einen Anschlag auf die Königin?»

«Nein. Nur insofern, als jeder Priester einen Anschlag auf die Königin plant, indem er versucht, ihre Untertanen von der von ihr angeordneten Religion abtrünnig zu machen.»

«Haben Könige oder Königinnen das Recht, so etwas zu tun?»

«Hat der Papst das Recht?»

«Ihr unterstützt also die Doktrin *Cuius regio, eius religio*, ‹Wessen das Land, dessen die Religion›?»

«Es scheint ein gesundes und einfaches Prinzip, förderlich der allgemeinen Ordnung.»

«Und doch sagte Mrs. Fant, daß Ihr Jude seid.»

Simon neigte den Kopf. «Das ist etwas, das mir große Schwierigkeiten macht, Sir. Wir haben Father Campion nicht wegen seines Glaubens gefoltert. Mir wäre das ohnehin verboten, denn für uns ist es eine Sünde, Menschen wegen ihres Glaubens zu verfolgen. Nur wissen wir nicht von vornherein, welcher Papist, den wir verhaftet haben, Kenntnis von einem Komplott der Guisen haben könnte. Ich habe oft darüber nachgedacht. Wenn wir niemanden foltern, wird verborgener Landesverrat gären und gedeihen, bis die Königin ermordet und das Land zerstört wird. Wir haben Angst und wagen es nicht, das Risiko einzugehen, auch nur einen einzigen unbefragt entkommen zu lassen, aus Furcht, wir ließen den einen entschlüpfen, der sie töten wird.»

«‹Wir haben Angst›», wiederholte Father Hepburn. «Findet Ihr denn viel Wahrheit auf der Folterbank? Oder lügen die Opfer nicht vielmehr, nur um ihre Pein zu vermindern?» Simon antwortete nicht. «Klagen die Gepeinigten nicht den erstbesten an, an dessen Namen sie sich erinnern, nur um Euch davon abzuhalten, ihnen weiter Schmerzen zuzufügen? Ist die Folter daher nicht viel unzuverlässiger als kluge Kreuzverhöre? Sicherlich lügen sie doch?» Father Hepburn lächelte. «Man hat mich noch nie auf die Probe gestellt, aber auch ich habe darüber nachgedacht, und ich kenne meine Schwäche: Ich würde jeden Namen, der mir einfällt, sofort nennen und den Mann als gefährlichen Verräter bezeichnen, ja, ich würde sogar Komplotte aus der Luft herbeizaubern, nur damit Ihr aufhören würdet, mich zu foltern. Bin ich der einzige feige Priester, den Ihr gefunden habt?»

Simon schwieg, und Father Hepburn kniff die Augen zusammen. «Und was die Religion betrifft, Mr. Ames – ich halte Euch für einen ehrlichen Mann, doch was Ihr sagt, ist naiv. Ich bezweifle nicht, daß die Königin eine barmherzige und milde Herrscherin ist, die all ihre Untertanen liebt, Katholiken wie Protestanten. Aber Walsingham? Topcliffe? Norton? Gehören diese Männer nicht einer Sekte an, die sich puritanisch nennt? Versammeln sich nicht andere Puritaner, um über eine Veränderung des Landes zu sprechen? Es scheint mir, daß dies harte Männer sind, unverbesserliche Ketzer, die die Herrschaft von Bischöfen verabscheuen und eine bittere Abneigung gegen die Regierung einer Frau hegen. Und sagt mir, Sir, wie viele Puritaner habt Ihr bisher gefoltert?»

Simon schaute ihn eine Weile an, mit fest zusammengepreßten Lippen; dann erhob er sich, bedankte sich höflich und begleitete den Priester wortlos zu seiner Zelle.

Zurück in seinem Zimmer versuchte Simon, nicht nachzudenken, und wühlte unter seinen vielen Papieren nach meiner eigenen Ballade von Tom O'Bedlam, wie man sie bei Throgmorton, Dun dem Balladensänger und Agnes Fant gefunden hatte. Dann begann er, die vereinfachende Kunst der Zahlen auf sie anzuwenden. Eine Viertelstunde später schnappte er sich seinen Hut, verließ den Coldharbour Tower im Laufschritt und hastete hinunter zum Lion Gate.

47

Als Simon Ames von der Tower Street gelaufen kam, keuchend und schnaufend wie ein Postkutschenpferd, stieß er beinahe mit Mr. Hunnicutt zusammen, der auf der Seething Lane einen Abendspaziergang machte.

«Mr. Ames, Mr. Ames», rief der Vorsteher von Walsinghams Kurierdienst und stellte sich Simon in den Weg. «Was ist, Sir, was ist im Gange?»

«Sir Francis...», japste Ames und versuchte, Hunnicutt auszuweichen. «Ist er zu Hause? Ich muß... wir haben keine Zeit zu verlieren, nicht eine Sekunde...»

Die kalte Hand des Mißtrauens begann nach Mr. Hunnicutts Herz zu greifen.

«Er ist noch in Whitehall, Mr. Ames, wußtet Ihr das nicht? Ihre Majestät hat ihn erst vor zwei Stunden rufen lassen.»

Explosionsartig folgte eine Reihe von portugiesischen Ausdrücken, die Mr. Hunnicutt für Flüche hielt, dann warf Ames seine Samtkappe auf den Boden, hob sie wieder auf und versuchte, sie abzubürsten.

«Dann muß ich also dorthin.» Er drehte sich um und lief die Seething Lane zurück, zweifellos in der Absicht, zu den Custom-House-Stufen zu eilen.

«Aber Mr. Ames...» Hunnicutt hastete hinter ihm her und streckte seine rundlichen Hände aus, um Simon zu einem langsameren Schritt zu veranlassen. «Was ist denn vorgefallen?»

«Ich habe die Bestandteile von Mr. Throgmortons Komplott entwirrt und muß sofort mit Sir Francis sprechen.»

«Bitte, gestattet, daß ich Euch helfe, Sir, gestattet, daß ich Euch begleite, ich werde einen guten Fährmann finden... Aber es ist Ebbe, Sir, sicher wäre es besser, flußaufwärts an die andere Seite der Brücke zu gelangen und dort ein Boot zu suchen.»

Ames blieb stehen. Er sah besorgt aus. «Wir brauchen Pferde.»

«Bleibt hier und kommt wieder zu Atem. Ihr werdet Euch noch ein hitziges Fieber holen. Ich schaffe Pferde herbei.»

Hunnicutt hastete in den Stall, erwischte einen Pferdeknecht, den er kannte, und innerhalb weniger Minuten waren zwei große schlanke Reitpferde bereit. Dank der kräftigen Nachhilfe vom Knecht saß Hunnicutt kurz darauf im Sattel und trabte die Seething Lane hinunter, wo Ames schon ungeduldig von einem Fuß auf den anderen sprang und seine

Kappe hin und her drehte. Ames schwang sich mit außerordentlicher Geschwindigkeit auf sein Pferd und trieb es zu einem widerwilligen Trab an, dann zu einem schwerfälligen Kanter. Es waren noch Leute auf den Straßen, obwohl es schon zum Abend geläutet hatte, und sie warfen neugierige Blicke auf den blassen, rotnasigen Mann, der unsicher im Sattel saß und voranpreschte, sowie auf seinen rundlichen Begleiter, der Mühe hatte, Schritt zu halten. Alle, die den Reitern in den Weg kamen, schimpften und fluchten, denn die beiden ritten viel zu schnell. Schließlich fand Ames seinen Weg von einem mit Sevilla-Orangen beladenen Wagen blokkiert, setzte sich zurecht und übersprang zu Hunnicutts Entsetzen das Ganze. Bei der Tower Street bogen sie ab, umritten St. Dunstan's und dann weiter die Thames Street entlang nach Westen, und an dieser Stelle schlug Ames mit seiner Kappe auf die Flanke seines Pferdes ein und kickte den übelgelaunten Wallach zu einem echten Galopp. Romeland und die St.-Magnus-Kirche zogen verschwommen an Hunnicutt vorbei; sie überquerten die geschäftige Kreuzung mit der New Fish Street und verfielen in einen Trab, als sie in die Old Swan Lane hineinritten. Die Stammkunden des Old Swan Inn standen da und rissen die Augen auf, als sie sahen, wie Ames sein überraschtes Pferd durch die schmale Gasse und hinunter zu den Stufen drängte.

«Ihr, Mr. Hunnicutt, bringt am besten die Pferde zurück zur Seething Lane, während ich mich nach einem Boot umsehe», sagte Ames kurz und glitt vom Pferd.

«Ah, nein, nein, Mr. Ames, ich bestehe darauf, Euch zu begleiten, vielleicht brauchen wir die Pferde für unsere Rückkehr...»

«Ich rechne damit, die ganze Nacht in Whitehall zu verbringen.»

«Vielleicht gibt es Botschaften zu übermitteln. Nein, Sir, bringt Ihr die Pferde zu den Ställen vom Old Swan, damit sie sich ausruhen, und ich werde ein Boot suchen. Ihr wißt doch, Beförderung ist mein Geschäft, obwohl ich sagen muß, daß ich noch nie ...»

«Macht Euch an die Arbeit.»

Als Simon Ames zurückgelaufen kam, hatte Hunnicutt glücklicherweise einen geeigneten Fährmann gefunden und mit Gold gut präpariert. Zum erstenmal in seinem Leben sprang Simon ohne zu zögern in ein Boot, und Hunnicutt nickte dem Fährmann zu, der sich mit seinen muskelbepackten Armen gegen die Strömung stemmte, um das Boot von den Turbulenzen bei der Brücke wegzubringen.

«Ein Pferd wäre vielleicht schneller», sagte Simon, nagte an seiner Unterlippe und riß, ohne es zu merken, ein kleines Stück von seiner Federtasche ab.

Hunnicutt beugte sich vor und klopfte ihm beruhigend auf das Knie.

«Nein, Mr. Ames, dies ist mein Geschäft, verlaßt Euch darauf, ein Boot ist schneller, selbst gegen die Strömung.»

Die Dunkelheit brach schnell herein, und der Geruch nach Schnee lag in der Luft. Der Fährmann hatte längsschiffs die vorgeschriebenen Laternen angezündet, und der Widerschein der Lichter auf dem Wasser von seinem und den anderen Booten glitzerte auf dem großen, schildförmigen Abzeichen auf seinem Ärmel.

«Was ist es, das Sir Francis so dringend erfahren muß?» fragte Hunnicutt schmeichelnd.

«Er muß es als erster hören, fürchte ich.»

«Aber, Sir ...»

«Wenn Ihr es unbedingt wissen wollt, Mr. Hunnicutt, ich habe das Datum herausgefunden, an dem Philipp II. einen

Anschlag auf das Leben Ihrer allergnädigsten Majestät verüben wird. Wenn Euch das nicht als hinreichender Grund für Eile genügt, Sir, weiß ich nicht, warum Ihr Sir Francis dient ...»

«Natürlich, natürlich», murmelte Hunnicutt. «Was für eine schreckliche Angelegenheit ...»

Trotz des Abzeichens auf dem Ärmel hatte der Fährmann Schwierigkeiten mit der Strömung in der Mitte des Flusses. Sie hatten sich noch nicht weit von dem Ort der Bärenhatz entfernt, als Hunnicutt nickte und das Boot sich plötzlich um sich selbst drehte.

Simon taumelte und hielt sich an der Seite fest. Hunnicutt fiel schwer gegen ihn und stach mit dem langen Messer zu, das er so gern in seinem Gürtel trug, der Fährmann ruderte rückwärts, und Simon stürzte, den Mund vor Erstaunen weit geöffnet, in das schwarze Wasser und ging unter wie ein Stein. Zwei große Blasen stiegen auf, und Hunnicutt entspannte.

«Zurück zu den Old-Swan-Stufen», befahl er.

48

In meiner Verzweiflung hatte ich doch ein Ziel, und Tom auch, wir mußten den kleinen Ralph finden. Ich kannte die Stellen, wo man Leichen zurückläßt oder wo sie schließlich landen, und mit der Hilfe der Mondkönigin lief ich von Gosse zu Gosse und sprang von Dach zu Dach, und wenn Leute mich sahen, riefen sie laut, dort sei ein Fenstereinsteiger oder ein Wäschedieb.

Endlich machte ich eine Pause, um zu pissen, was auch die

Verrückten gelegentlich tun müssen, und wunderte mich über die Schweine und Hunde, die sich alle um ein weißes Bündel scharten. Über einen Balkon und ein geöffnetes Fenster kehrte ich auf die feste Erde zurück und hoffte, daß es nur ein Bettler war, den es erwischt hatte, aber diesmal wurde ich enttäuscht. Ist es die Erde selbst, die das Böse ausatmet? Kommt das Böse aus irgendwelchen dunklen Quellen in uns, oder gibt es etwas noch Schrecklicheres, ein allumfassendes Böses, wie der schwarze Nachthimmel mit nur kleinen Lichtern des Guten hier und da? Als ich wieder auf dem Boden stand und sah, was da lag, war ich von Engeln umringt, dazwischen tanzten Teufel und bellende Hunde und Schweine, die ich mit Steinen und Stöcken davonjagte, und Tom heulte wie ein Wolf.

Er war wirklich tot, der arme Junge, der nicht um Gnade gebeten haben konnte außer mit seinen Augen. Er war schon eine Weile tot, sein Fleisch sah wie Wachs aus, und auf dem Rücken befand sich eine Verletzung, wo die Hunde ihn aufgeschlitzt hatten. Ich habe den Tod oft genug gesehen und ihn auch gefühlt, wenn er bei Kälte und Schnee von hinten angekrochen kam, voller hinterlistiger Wärme und Frieden, ein so falscher Freund wie Adam es David Becket gewesen war. Aber noch nie habe ich einen so bitteren Tod gesehen wie diesen. Tom heulte und weinte und umklammerte seine Rippen, wo sein Herz entflohen wäre, wenn es das gekonnt hätte, und ich sah keinen Sinn darin, keinen Zweck, keine Antwort. Aber war nicht ich es, der ihn getötet hatte? Denn ich hatte ihm einen Schlüssel gegeben, die verschlossene Schatulle seines Verstandes zu öffnen, und wie Becket vermutet hatte, hatte jemand – Adam – das entdeckt und ihn vernichtet, hatte ihn am Hals gepackt und gedrückt, bis er tot war, sein armes Gesicht blau und purpurrot.

Eine Frau riß ihre Fensterläden auf und schrie, ich solle mit dem Geheule aufhören, verflucht noch mal, und sie leerte ihren Nachttopf, verfehlte mich aber in ihrer Wut.

Ich nahm Ralphs Körper hoch, und zuerst wanderte ich weinend mit ihm umher und wußte nicht, wohin ich gehen sollte, während jener süßliche Geruch des Todes meinen Verstand benebelte. Von allen Seiten war ich von Engeln und Teufeln umgeben, die ineinander verschmolzen: Wem sollte ich vertrauen? Die äußere Erscheinung ist kein Hinweis auf die Weisheit oder Güte von Engeln. Zuletzt erhob sich einer und jagte die anderen zur Seite, befahl ihnen zu schweigen und sagte dann zu mir, ich solle Ralphs Körper hinlegen und nachdenken.

Sollte ich ihn zur St.-Bride's-Kirche bringen und den Priester bitten, Ralph zu beerdigen? Ich könnte mit der goldenen Platte bezahlen, die ich in der alten Abtei gefunden hatte, und für Trauernde sorgen sowie für einen Sarg und ein Grab auf geweihtem Boden und vielleicht für Kerzen, um Licht in sein Dunkel zu bringen.

Nein, sagte der Engel, denn sie werden sehen, daß er ermordet wurde und nicht friedlich gestorben ist, und da du verrückt bist, wirst du der Hauptverdächtige sein.

Als der Engel das sagte, wurde mir das Herz noch schwerer: Hatte ich es wirklich getan, vielleicht in einem Anfall? Doch der Engel lächelte und sagte, meine Verrücktheit sei von einer anderen Art, und ich solle nicht töricht sein.

Aber der arme Junge kann nicht auf dem Misthaufen liegen und von Hunden beleckt werden wie einst König Achab, der erst alles verlor, was er hatte, und dann sein Leben.

Meinst du wirklich, sagte der Engel, daß jetzt, da er in der Obhut des Herrn steht, es ihn noch kümmert, was aus seinen sterblichen Überresten wird? Nur dich kümmert es, darum trage ihn hinunter zum Fluß, bete für ihn, und dann laß ihn vom Fluß zum Meer tragen.

Aber die Fische werden ihn fressen, sagte ich und weinte wieder.

Und die Würmer, wenn er begraben wird. Hast du nie die Bibel gehört oder die Gebete bei einer Beerdigung: daß du aus Erde bist und zu Erde werden sollst?

Aber was ist am Tag der Auferstehung, wenn er nicht in geweihtem Boden beerdigt wird...

Der Engel seufzte nachsichtig. Denkst du wirklich, daß Gott, dessen Wort diese Welt und das ganze Sternenfirmament erschaffen hat und die Dinge bis in alle Ewigkeit, sich quälen oder einengen läßt von der Art des Ortes, wo Ralph zur Ruhe gebettet wird? Beerdigungen sind da, um die Lebenden zu trösten, nicht die Toten, also gib ihm jetzt eine leichte sanfte Beerdigung und setze dem Ganzen ein Ende. Ein Geistlicher würde das als Ketzerei bezeichnen, aber Engel brauchen sich vor Erzbischöfen nicht zu fürchten, und mir schien es durchaus sinnvoll zu sein.

Ich ging also hinunter zum Fluß, wo er kalt und schwarz floß und hier und dort mit kleinen Funken geschmückt war, denn die Lichter von den Häusern der Menschen waren am Rande von Gottes Nacht zu Juwelen geworden. Als es ans Beten ging, fielen mir keine Worte ein, und so kletterte ich die Stufen hinunter und ließ ihn sanft ins Wasser gleiten.

Die Strömung ergriff ihn sofort und drehte ihn und bedeckte ihn und trug ihn auf die Brücke zu und weiter. Einen Augenblick lang war ich entsetzt bei dem Gedanken an die Brücke, deren Pfeiler im dahinjagenden und rasenden Wasser ihn noch weiter zerbrechen könnten, aber der Engel hatte schließlich recht.

Und doch flüsterte ein Teufel mir zu, daß es ganz leicht

wäre, vom Landungssteg hinunterzuspringen und auch im Wasser zu sterben, und eine Weile kauerte ich dort und dachte daran, aber dann schien es mir die Flucht eines Feiglings zu sein. Wenn der Tod zu mir kommt, würde ich für ihn bereit sein, aber ich würde ihn nicht suchen oder ihn piesacken, mich zu nehmen. Das war auch ein Argument, das ich Becket gegenüber vorgebracht hatte, als ich ihn damals tropfend und betrunken aus dem Fluß fischte, nämlich daß Selbstmord die niederträchtigste Art von feiger Ehrlosigkeit sei. Ich war einmal ein Gentleman, Erbe von Ländereien und eines gewissen Reichtums, und stamme wie Becket aus guter Familie, wenngleich dieser auch keinen Anspruch auf Ländereien hatte, da er ein jüngerer Sohn war. Nein, sagte ich zu Tom, ich gehe nicht mit Ralph. Aber ich fand in diesen Gedanken keine Erleichterung von meinem Schmerz; darum nahm ich einen Nagel und kratzte meine Arme auf, um den Schmerz und die Dünste in meinem Blut hinauszulassen.

Noch immer konnte ich den Landungssteg nicht verlassen, sondern starrte hinunter auf das Muster und die Zeichnung des Wassers und die mit Pflanzen behangenen Pfosten, schaute immer tiefer durch die Falten und das Schmelzen im Wasser und hörte die Rufe von Menschen und Teufeln durch die schneegefleckte Nacht hallen.

Dort fand Becket mich am Morgen und wollte wissen, ob ich Simon Ames gesehen hätte, der verschwunden sei. Sein Onkel hatte ihn in seinem Haus vermißt und getan, was jedermann in dieser gottverdammten Stadt zu tun schien, wenn er jemanden verloren hatte: Er schickte über Mrs. Fumey nach Becket, der bei Pickering war, und er, Becket, habe im Augenblick weiß Gott genug um die Ohren, ohne überall nach einem Dummkopf von einem Schreiber zu suchen, der nicht genug Verstand habe, um einen Käfer am Leben zu halten...

Ich fand keine Worte für ihn, konnte nicht reden.

«Wenn es stimmt, daß deine Engel dir die Wahrheit sagen, dann bitte sie, Simon für mich zu suchen», sagte Becket und streckte mir sein Gesicht entgegen, und sein Atem roch faul von einer Zunge, die pelzig war nach einer Nacht voller Tabaktrinken, Bier und Diskutieren. «Nein? Hah! Deine Engel taugen also doch zu nichts, was?»

Die Finger meines Bruders an Ralphs Hals hatten auch mir die Kehle zugeschnürt, obwohl ich wenigstens atmen konnte. Ich lief hinter Becket her in der Hoffnung, daß Adams Griff nachgeben würde, und folgte ihm zum nächsten Landungssteg, wo er die Fährleute fragte, ob sie in der Nacht etwas gesehen oder gehört hätten.

49

In ganz England gibt es keinen schöneren Anblick als London Bridge, den Stolz der Stadt, mit der lückenlosen Flotte von Pfeilern, die dem Ansturm der Themse trotzen sollen. Die besten Tuchhändler des Landes haben ihre Häuser und Läden auf der Brücke, jene, denen es nicht darauf ankommt, ihre Stoffe möglichst billig einzukaufen, sondern nur darauf, daß sie erlesen sind. Dort kann man Seidenstoffe aus China und Baumwollstoffe aus Indien kaufen, Samt und Damast in Eidottergelb, Chromgrün, Violett und Karmesinrot. Man findet dort einen feinen Batist, von dem ein ganzes Stück sich durch einen Ehering ziehen läßt, neben feinen Goldtüchern, Geweben aus Silber sowie zarten Lederstoffen, die die Kunst des Gerbers butterweich gemacht hat. Und all diese Farben und Gewebe werden von den großen Tuchhändlern aufgestapelt, um die Augen jener Menschen zu erfreuen, die auf und ab und hin und her schlendern zwischen dem Drawbridge Gate und dem Stone Gate mit seinen Verräterköpfen und den sie umschwirrenden Raben. Die Menschen verstopfen Gracechurch und New Fish Street und Long Southwark, während sie ihre Schritte zur Brücke lenken, und sie gehen langsamer, wenn sie schließlich zur alten Zugbrücke kommen, von wo aus sie nach Osten schauen auf die stabilen Hansekoggen, die anmutigen Schiffe aus Venedig und die biederen englischen Schiffe.

Ich hatte recht, als ich die Pfeiler der Brücke wegen Ralph fürchtete, aber Simon Ames retteten sie das Leben. Als er ins Wasser geworfen worden war und unterging, erfuhr er, was für ein beklemmender Tod das Ertrinken ist. Er hatte Mr. Hunnicutts Messer nur gesehen, nicht gespürt, denn es war abgeglitten an seinem Brustharnisch, den er wieder trug und der ihn beinahe umbrachte, als er in dem schwarzen Fluß versank. Nackter Schrecken ergriff ihn. Er schluckte Berge von Wasser, aber dann fanden seine Finger seinen Dolch, und damit schlitzte er sein Wams vorne auf und durchtrennte einen Gurt an der Seite seines Harnischs. Dank seines zierlichen Körperbaus gelang es ihm, das Ding über den Kopf hinweg abzuschütteln, und er strampelte an die Oberfläche, Feuer in der Lunge.

Keuchend und mit Sternen im Kopf wurde Simon von der Strömung flußabwärts gedreht und gewirbelt, bis er das laute Donnern an der Brücke hörte und in den weißen Wassern umherrollte und gegen die mit Entenmuscheln besetzten Steine und Stützbalken geworfen wurde, die seine Haut aufscheuerten und sein Hemd zerrissen. Es gelang ihm, sich an einen im Stein des Pfeilers verankerten Ring zu klammern. Dort hing er keuchend und hustend und kotzend. Über ihm ertönten Rufe, und ein Paar schmutziger Hände streckte sich ihm entgegen und zog ihn aus dem Schaum. Er hörte Stimmen und spürte, wie an seinen Händen gezerrt wurde, als man ihm seine Ringe abnahm und dann seine dünne Amtskette, die das Abstreifen des Harnischs überstanden hatte, sowie seine Stiefel. Als er schwach protestierte und versuchte, sich zu wehren, traf ihn ein Stiefel in der Seite, und er wirbelte wieder hinunter in Dunkelheit. Als er wieder in die dünnere Dunkelheit der Nacht zurückkam, zitternd und noch immer hustend, keuchte er: «Ich diene... der Königin, treibt Becket für mich auf... Dr. Nuñez in Poor Jewry... Gold dem, der mir hilft... Simon Ames...»

Ein größerer Schatten trat ihm in den Mund, und Simon faßte sich an die aufgeplatzte Lippe und wimmerte vor Verzweiflung.

Das Gerede, das er über sich hörte, war schwer zu verstehen, weil es hauptsächlich in der Gaunersprache stattfand, aber er hörte Beckets Namen und den von Pickering, und dann sagte der Größere, der nach ihm getreten hatte, etwas von Tyrrel.

Simon lag da und versuchte, wieder Herr seiner Sinne zu werden. Sein nasses Hemd klebte an seinen wunden Schultern, der kalte Stein griff von unten nach ihm, die eiskalte Luft von oben. Er wagte nicht, sich zu rühren, aus Furcht vor neuen Tritten.

Nach einer langen Zeit kehrte die große, zerlumpte Gestalt mit einem Sprung zurück in die Welt unter den Pfeilern, ein glänzendes Messer in der Hand.

«Tyrrel sagt, bring ihn um, 's gibt Kies für sein...»

Einen Herzschlag lang hatte sein benommener Kopf Zeit, die Wörter zu verstehen und zu schwanken zwischen mutloser Hinnahme und rotglühender Wut. Dann spürte er, wie sein Herz Sprünge machte und irgendwie wieder Kraft in seine Beine kam, so daß er rollend und kriechend aufstehen und sich an der äußeren Pfeilerseite unter dem Bogen der Brücke entlangdrücken konnte, wo ein schmales Sims war. Unter ihm toste der braune und weiße Schaum. Seine Füße waren nackt, und die Kälte der Steine schmerzte. Vorsichtig tastete er sich seitwärts dem Steigen und Fallen des Brückenbogens entlang. Seine Zehen bohrten sich in den schlüpfrigen Belag des Simses, sein Kopf war abgestumpft und wie betäubt von dem Brüllen des gefangenen Flusses.

Tyrrels Mann war zu breit und zu groß, um sich auf das Sims zu trauen; er beugte sich aber vor und stach wild mit dem Messer um sich. Wieder flammte roter Zorn in Simon auf; unerwartet schoß seine Faust vor und schlug zurück, fing die Hand des Mannes ab und knallte sie gegen die Mauer, so daß sie sich öffnete und das Messer ins Wasser klatschte. Schreckliche Flüche und Schreie nach einer Stange, um Simon hinunterzustoßen, ertönten daraufhin verzerrt unter dem Brückenbogen.

«Hier kann ich nicht bleiben», dachte er ganz klar, und die Welt um ihn herum schien langsamer zu werden, als sein Zorn die Farbe wechselte, sich von rot in weiß verwandelte. Wie konnte Tyrrel es wagen, sein Leben zu bedrohen und damit auch das der Königin, die seine Leute vor den Spaniern schützte, beim Allmächtigen, es wird eine Abrechnung geben... Seine jetzt an die Dunkelheit gewöhnten Augen konnten über ihm die dunkleren Schatten der Stützbalken zwischen den Brückenbogen erkennen: Die London Bridge war alt und brauchte Stützen, und Eichenbalken halfen den schmalen Bogen, das Gewicht all der Eleganz über ihnen zu tragen.

Simon griff nach oben, umklammerte einen Balken mit den Händen, fand zwischen den Steinen ein Loch für einen Zeh, zog sich hoch auf den breiten Balken, legte sich der Länge nach hin und holte Luft. Und dann kroch er auf dem Balken über das strömende, brüllende Wasser und rutschte am nächsten Pfeiler wieder hinunter auf das Sims. Er hatte große Angst davor, wieder ins Wasser zu fallen; daher wagte er es nicht, sich auszuruhen, sondern schob sich Zoll für Zoll zur Seite vor, um einen sicheren Halt auf dem Brückenpfeiler zu gewinnen. Dort sah er sich blinzelnd um und hockte sich zusammengekauert hin, als die volle Stärke des Windes ihn traf.

Er wußte, daß es auf der Brücke eine Stelle gab, wo die Häuser der Tuchhändler nicht jäh emporragten, und zwar auf der alten Zugbrücke, die einst hochgezogen werden konnte, um einem hochmastigen Schiff die Fahrt flußaufwärts zu gestatten. Die Stelle war dicht umzäunt, aber manchmal sah man melancholische Menschen dort stehen, die sich über das Gitter beugten und nachdenklich auf das Wasser starrten; er glaubte sich zu erinnern, daß damals Becket und auch Tom von dort hinuntergesprungen waren, so konnte man vielleicht auch von unten nach oben klettern.

Die Zugbrücke befand sich in der Mitte der Brücke. Nur – wo war er? Zwar roch es nicht nach den verwesenden Köpfen der Verräter, die am Great Stone Gate aufgespießt waren, aber es wehte ein schneidender Ostwind, der den Geruch vielleicht fortgeblasen hatte.

Er hörte einen Ruf und sah eine Stange auf sich zukommen. Im letzten Moment duckte er sich und sprang zur Seite. Irgendwer hatte einen Fährmann gefunden und ihn mit Hilfe von Gold oder Drohungen mutig gemacht: Dort war er, ruderte verzweifelt in dem weißen Wasser herum, während ein großer zerlumpter Mann mit einer rostigen Hellebarde nach Simon schlug.

Simon duckte sich wieder, wich dem Axtblatt aus, verletzte sich die Füße an der Schuttablagerung auf dem Pfeiler und ließ sich flach hinfallen, als das Axtblatt über ihn hinwegpfiff. Im Geiste hörte er Beckets Stimme: «Wenn Ihr gegen einen Mann kämpft, der mit einer Stange oder einem Speer bewaffnet ist, versucht, nahe heranzukommen...» Und wieder: «Bewaffnet Euch, Simon, schnappt Euch einen Hocker oder einen Felsbrocken, wenn nichts anderes da ist, bewaffnet Euch und greift an, es ist das Sicherste...» Seine tastenden Finger stießen auf einen lockeren Ziegelstein, voller glitschiger Krabbeltiere an der Unterseite; er warf ihn aufs Geratewohl, hörte ihn im Boot auftreffen, erhob sich unsicher auf die Knie und konnte das Holz des Schaftes mit dem Unterarm abwehren («Nicht mit den Händen, Dummkopf, man wird Euch die Finger brechen!»), riß den Schaft an seine Brust, während das Axtblatt an den Steinen hinter ihm entlangkratzte, und stützte sich mit seinem ganzen Gewicht darauf. Der aufrechtstehende Mann im Boot klammerte sich fest und fluchte, ließ los und saß plötzlich, die Beine in der Luft, am Boden des Bootes und warf beinahe auch noch den Fährmann um, der den Kurs verlor und weiter unter die London Bridge getragen wurde.

Simon blieb mit der Hellebarde zurück. Noch vor einem Monat hätte er keine Ahnung gehabt, was er mit solch einem Ding tun sollte; seine Vorstellungen waren immer noch sehr nebelhaft, aber er hatte wenigstens einen zweihändigen Griff gesehen und wußte, daß der Schlag von der Seite zwar eine Rüstung zerbrechen konnte, doch langsam war, wohingegen der harte Stich mit der Spitze Fleisch durchbohren konnte. «Es ist der alte Streit Rapier gegen Pallasch», kam ihm Beckets Stimme wieder in den Sinn, «Geschwindigkeit gegen Kraft, und jedes mag an seinem Platz recht sein, aber merkt Euch folgende Faustregel: zuerst die Geschwindigkeit, denn in Geschwindigkeit ist auch Kraft.» Becket philosophierte gern über das Kämpfen, besonders wenn er sein zweites Quart getrunken hatte, und Simon hatte ihm immer gerne zugehört.

Aber jetzt hing Becket zweifellos betrunken in irgendeiner Kneipe herum, und Ames war allein. Die Anstrengung hatte ihn erwärmt, nun wurde ihm kalt. Die Windstöße, die sein Hemd flattern ließen, hatten eisige Zähne. Er war durchnäßt vom stinkenden Flußwasser und begann zu zittern; seine Zähne klapperten. Schließlich lehnte er sich mit dem Rücken gegen die Ziegelsteine der Brücke, das Gesicht nach draußen gerichtet, und versuchte, Bestandsaufnahme zu machen.

Erstens schien sein Name den Geschöpfen bekannt zu sein, die ihr Versteck unter der Brücke haben. Ihr Bestreben, ihn so zu töten, daß sie seine Leiche behalten konnten, anstatt ihn einfach zurück in den Fluß zu werfen, deutete auf Geld hin, das für seine sterblichen Überreste bezahlt werden würde. Gleichgültig fragte er sich, wieviel in Silber seine Haut wohl wert war.

Und es gab viele bedeutsame Folgerungen aus den Vorfällen der letzten Stunden, spinngewebsfeine Schleier der Rückschlüsse, die gewoben werden mußten. Tyrrel würde offensichtlich für seine Leiche zahlen, aber das Ende und die Anregung zu dieser Transaktion mußten bei Hunnicutt liegen, dessen eigenes Messer scharf an Ames' Brustharnisch entlanggekratzt hatte. Hier war also eine Antwort auf Simons ursprüngliches Rätsel, über das er mit Nuñez gesprochen, es aber dann im Schatten der folgenden Ereignisse fast vergessen hatte, nämlich sein Verdacht, daß inmitten von Walsinghams Arbeit ein Spion sitze. Und welch besseren Platz gab es für einen Spion als den Versandraum?

Hunnicutt, nicht Adam Strangways mußte es gewesen sein, der versucht hatte, ihn mit Hilfe von Straßenräubern und gedungenen Mördern zu töten... Was für ein Wahnsinn, Adams Diener anzuheuern, den Balladenverkäufer. War er so kurzsichtig, so eingebildet, daß er nicht auf die wichtigere Mission warten konnte? Aber Menschen in Todesangst vor der Folter springen oft, bevor es nötig wäre, und es konnte nicht leicht für Hunnicutt gewesen sein, einen anderen, genauso sicheren Kanal in die Welt der Männer zu finden, die für Geld töten. Und so schlecht war er eigentlich gar nicht gefahren, dachte Simon bitter; schließlich fror sich der einzige Mann, der von Hunnicutts Verrat und dem Tag des Anschlags auf die Königin wußte, auf einem Pfeiler der London Bridge zu Tode.

Der Wind blies schärfer, es fing an zu schneien, und der Frost schmerzte auf seiner Haut wie ein Brenneisen. Als Simon sich bewegte, krachte sein Hemd; das Eis hatte es gestärkt, und einige Fetzen waren an den blutigen Schnittwunden und Abschürfungen festgefroren. Er zitterte wie ein Malariakranker, und als er einatmete, spürte er in der Lunge einen stechenden Schmerz. Zweifellos würde in diesem Winter ein Jahrmarkt auf der Themse sein, auf dem Eis würden Ochsen am Spieß gebraten werden, und ein blühender Handel mit holländischen Schlittschuhen und mit Metallkugeln für heiße Kohle und Weihrauch würde sich entwickeln – er hatte vom letzten Jahr noch eine in seiner Kleidertruhe, sie sah aus wie ein geschmiedeter Granatapfel.

Er mußte entkommen. Über ihm ragte die Mauer der Brükke steil in die Höhe, schwach erleuchtet von einer Laterne; die Kaufleute und Tuchhändler schauten aus ihren Fenstern direkt hinunter auf den Fluß, der ihr Reichtum war, sahen ihre Schiffe vorübersegeln mit wohlhabenden Leuten an Bord, waren an das tosende Wasser unter ihnen gewöhnt und taub für irgendwelche Hilferufe. Simon schirmte das Gesicht gegen den Schnee ab und kniff die kurzsichtigen Augen zusammen: Vielleicht war in der Nähe der Laterne über ihm ein Sims? Er blinzelte noch einmal: Ja, vielleicht war dort ein Sims, zwar ein nur schmales, aber wenn er einmal dort war, konnte er ein Fenster einschlagen ...

Er preßte die Finger in einen langen Riß zwischen den Ziegelsteinen, quetschte die Zehen in eine andere nicht vermörtelte Öffnung und zog sich wie eine Spinne an einer Mauer ein wenig hoch, das Gesicht zur Seite gepreßt. Er schob sich ein bißchen höher und tastete mit den Fingern nach einer Ansatzstelle, aber er fand keine. Seine Zehen gaben nach, und er fiel. Er kroch zu einer rauheren Stelle und versuchte es wieder. Während er sich Zoll für Zoll an den Ziegeln hochschob, fragte er sich immer wieder: Konnte er es wagen, nach Hilfe zu rufen? Das würde den zerlumpten Mann anziehen, den Anführer der Bettler, der Autorität unter seinesgleichen besaß. Sicher könnte er dem Mann mehr an Auslösegeld bieten, als er für Simons Leiche bekommen würde. Aber warum sollte er in Simons Nähe kommen? Der Mann brauchte ja nur zu warten, Wind und Kälte würden für ihn arbeiten.

Nachdem er vom Brückenpfeiler aus etwa fünf Fuß geklettert war, bluteten seine Finger und Zehen, und die Ziegelsteine waren mit Eis überzogen. Er hatte einen Krampf im Wadenmuskel, der ihm quälende Schmerzen bereitete, und salziger Schweiß rann ihm in die Augen. Schließlich machte er eine Pause, rutschte, krallte sich fest, rutschte wieder und fiel zum zweitenmal. Er bekam keine Luft mehr und verlor das Bewußtsein.

Mit einer neuen Idee kam er wieder zu sich: Entlang der Brückenmauer, genau unter den Laternenpfählen und den ersten hohen Fenstern, lief ein Streifen aus weißem Stein, der den Schiffen die Höhe der Brückenbögen angab. Er hatte ihn für ein Sims gehalten, zu dem er hinaufklettern konnte.

Er stöhnte voller Verzweiflung, drehte sich auf die Seite und rollte sich zusammen. Der heimtückische Wind wickelte sich um ihn, und der Schnee fiel auf ihn. Am Morgen würden sie seine Leiche finden, und seine Seele wäre nicht mehr da, fortgeflogen von dem Eis. Es würde eine Erleichterung sein, dachte er teilnahmslos und versuchte, den Kopf mit den Armen zu schützen, ein Ende von Kälte und Verwirrung.

Seltsamerweise wurde ihm wieder wärmer, er fühlte sich sogar wohl und schläfrig. Es würde guttun zu schlafen. Wenn er die Augen schloß und sich konzentrierte, könnte er sich einbilden, daß sie ihn gefunden hätten, daß man ihn ins Bett gesteckt hätte, mit heißen Ziegelsteinen an seinen Füßen, und Onkel Hector hatte Salbe auf seine Verletzungen getan, und es gab warme Decken, und er brauchte sich nicht mehr abzuquälen und zu kämpfen ...

Er träumte, daß er wieder ein Kind sei, und auf einen Tisch hinaufschaute, der mit einer sauberen Decke gedeckt war, auf der in silbernen Schalen ungesäuertes Brot lag und ein randvoller Becher Wein stand, und eine Schüssel mit Kräutern und eine andere mit Salz. Er wußte, daß er eine wichtige Frage stellen sollte, aber er hatte sie vergessen, und seine ganze Familie starrte ihn an, weil er sie verraten hatte. Draußen klopfte der Todesengel an die Tür.

An was sollte er sich erinnern? Er kannte die Worte, er

hörte, wie sein Mund sie sagte, das Hebräisch halb verschluckte und sein Gebet entstellte, zu einem leeren Durcheinander machte, obwohl er sie so gut kannte; es waren kraftvolle, wichtige Worte, seinem letzten Atemzug angemessen. Aber der Wind, der seinen Knochen das Leben entzog, hatte ihm auch Erinnerung und Verstehen entzogen, wenn er je wirklich verstanden hatte, und das hatte er nicht. In Wahrheit, so wußte er, während er sich in die untersten Tiefen seiner Seele bewegte, hatte er nie verstanden, und er mühte sich ab, zu denken, sich zu erinnern, nachträglich noch zu lernen.

Dies war eine Sache zwischen Simon und Gott, und ich will mir nicht anmaßen, es als Geschichte zu erzählen. Mag es genügen, daß er am Ende sich erinnerte.

Es war einfach genug, und kein Geheimnis. Jenseits von und zwischen allem ist ein einziger Herrgott. Nicht Simons Gott der Zahlen, nicht Walsinghams Gott der Logik, auch nicht der brennende Gott meines Bruders, sondern ein einziger, einfacher Gott, der uns Gesellschaft leistet, jenseits all unserer Wortmauern. Und endlich brauchte Simon nicht mehr zu fliehen oder sich zu verstecken.

Vielleicht hatte der Wind sich ein wenig gedreht, vielleicht hatte sein Herz frischen Brennstoff gefunden. Es war schwer für ihn und erforderte den letzten Rest seines Mutes, sich mit einem einzigen Gedanken, wie ein Senfkorn, von der falschen Wärme ab- und der Kälte zuzuwenden, die wie ein Dolch in jeder Ader brannte.

Ich sterbe, dachte er und mühte sich ab, die Augen zu öffnen. Verschwommen sah er vor seinem Gesicht seine Hände, die die dunklen Schneeflocken abhielten. Nein, aber ich sollte tot sein, dachte er und lächelte ein wenig, triumphierend, daß er es noch nicht war.

Vorsichtig streckte er sich, erhob sich mühsam auf Hände und Knie und kam wie ein neugeborenes Kalb auf die Beine. Etwas klirrte gegen die Steine, und er blinzelte hinunter auf den Gegenstand, der dorthin gefallen war: kurz und kräftig, an einem Ende befiedert und mit einer scharfen Spitze. Ein Armbrustbolzen...

Simon reagierte wie ein Vermummter in einer Komödie. Er starrte auf den Bolzen und blinzelte dann wie eine Eule durch die Düsternis auf etwas, das ihm wie das Aufblitzen von Metall auf den Old-Swan-Stufen erschien.

Noch vor kurzem hatte er sich dem Tod nicht länger widersetzen wollen, doch nun ließ die Furcht das Blut erneut in seinen Adern pulsieren. Er ergriff seine Waffe, duckte sich unter den Brückenbogen, trat zurück auf das Sims und balancierte auf tauben Füßen über dem Wasser. Mit aller Kraft stieß er die Hellebarde nach oben und nach vorn, und wie durch ein Wunder verhakte sie sich über dem Balken. Er kletterte an ihr hoch, zog sie heraus, schlängelte sich auf dem Bauch den Balken entlang, verhakte die Hellebarde erneut zwischen dem Balken und der Mauer und kletterte wieder an ihr hinunter.

Als er sich auf seinem neuen Brückenpfeiler umsah, schlug ein zweiter Armbrustbolzen in den Ziegelsteinen über ihm ein. Hastig kroch er zum nächsten Bogen und dann noch einmal und noch einmal, mit benebeltem Kopf, erschöpft und zitternd vor Furcht und Kälte, doch angetrieben von einer neu entdeckten Hartnäckigkeit, die seinen Körper verbissen aufforderte, sich selbst zu retten.

Als er einen Strebebalken entlangkroch, hielt er auf halbem Weg inne, denn plötzlich fehlten ihm der Mut und die Kraft weiterzumachen. Durch einen Schleier von kaltem Schweiß blinzelte er hinunter auf die Themse. Er würde bleiben, wo er war. Hier war er wenigstens geschützt vor dem Schnee und dem schneidenden Wind, und es würde schwer sein, auf ihn zu schießen oder ihn mit einer anderen Waffe zu treffen. Außerdem befand er sich an einer Stelle, wo das verstärkte Donnern des Flusses ihn davon abhalten würde, die Besinnung zu verlieren oder erneut einzuschlafen. Es war das Beste, was er tun konnte, das Allerbeste. Jetzt befand er sich in der Hand des Allmächtigen.

Er schlug die Arme übereinander, stützte das Kinn auf seine zerschundenen Hände, hustete und begann, über ein Schachproblem nachzudenken.

50

Ich war es, der sie zu Simon hinführte, denn ich und ein Engel entdeckten seinen Siegelring, den er damals als Zeichen seiner Befugnis zu Richter Fleetwood geschickt hatte, in der Nähe von St. Paul's im Schaufenster eines Ladens, der für derartige Dinge wohlbekannt war. Als ich brüllte und auf und ab hüpfte und mit dem Finger darauf zeigte, brach Becket die Befragung eines Schreibwarenhändlers ab und kam und schaute. Eine Minute später waren wir im Laden, das Türgitter hielt Beckets Schwert nicht stand, und der Ladenbesitzer selbst hatte sich an die äußere Wand zurückgezogen und zitterte beim Anblick der langen Stahlklinge, mit der Becket ihn bedrohte.

«Nein, Euer Ehren... ich würde nie... Sir, ich bitte Euch... es war ein aufrechter Mann, der ihn mir verkauft hat... ich werde es Euch sagen, gewiß, Sir, er will ein Drittel der... ja, er wird es bekommen... hm... nun, Euer Ehren,

Sir... Es steht in meinem Hauptbuch... wenn Ihr gestattet...»

Er schwitzte nicht weniger, als die Klinge ihre Lage veränderte zu einer Stelle hinter dem Ohr, wo zwei Zoll zum Töten reichen.

«Bettlerführer Mick Reynolds», sagte er schließlich. «Er ist der Anführer der Bettler an der Brücke... Sir, wollt Ihr nicht den Ring...»

Ich riß den Ring vom Ladentisch und folgte Becket radschlagend. Zuerst hielten wir es für eine überflüssige Suche, denn auf der Brücke schienen überhaupt keine Bettler zu sein, von dem Marranen ganz zu schweigen. Becket stampfte zur Einzäunung der Zugbrücke und brüllte Simons Namen, und wir hörten eine schwache Antwort.

Ein junger Mann lief entzückt davon, um eine Leiter zu holen, und die Zugbrücke ächzte unter dem Gewicht der Zuschauer, die, bis die Leiter kam, alle zu Experten geworden waren. Einige drängten darauf, auf die Wache zu warten, andere wollten den Bürgermeister und die Ratsherren holen lassen, und inzwischen hob Becket die lange Leiter über den Zaun, stellte sie fest auf den nächsten Brückenpfeiler, inmitten des frisch gefallenen Schnees, kletterte über den Zaun und begann mit dem Abstieg. Ich hielt ihm die Leiter und schüttelte heftig den Kopf, als ein dreister Kobold mir ins Ohr flüsterte, ich solle sie umwerfen, um Becket fluchen zu hören.

Von der Brücke über ihm gleichermaßen von der Nacht und von der Sonne abgeschirmt, hatte Simon gar nicht gemerkt, daß der Tag angebrochen war und daß das auf den Steinen tanzende Muster vom Wasser nicht das Glitzern eines verwirrten Gemüts war. Er glaubte, daß irgendein Tier seinen Rücken beschwere und seine Rippen mit einem glühenden Eiszapfen durchdringe, aber er hörte eine Stimme seinen Namen rufen und antwortete. Etwas später schaute er hoch und sah Sonnenlicht hinter Beckets breiten Umrissen, und Becket spähte um den Pfeiler herum und unter dem Bogen hindurch.

«Herr im Himmel, Simon», sagte Becket. «Was tut Ihr auf diesem Balken?»

«Ich dachte, daß sie mich hier nicht erreichen könnten», flüsterte Ames ein wenig selbstgefällig. «Und das haben sie auch nicht.»

«Nun, ich kann Euch auch nicht erreichen, mein fetter Hintern läßt es nicht zu.» Ames lächelte matt. «Deshalb, mein Freund, müßt Ihr selbst herunterklettern.»

«Das kann ich nicht.»

«Dann sterbt», sagte Becket rauh. «Soll ich ein Boot nehmen und Euch auffangen, wenn Ihr abstürzt? Kommt, wenn Ihr es so weit geschafft habt, werdet Ihr den Rest auch noch schaffen. Kommt weiter, langsam, vorsichtig ...»

Simon kroch an die Stelle, wo er sich hinunterschwingen, mit den Zehen einen Halt finden und sein Gewicht auf das winzige Sims übertragen mußte. Wie hatte er das in der Dunkelheit bloß geschafft? Jetzt, da er sehen konnte, was er vorhatte, verzagte er.

Zweimal versuchte er es ängstlich, doch beim zweitenmal fiel er beinahe und umarmte den beruhigend breiten Hauptbalken wie eine Frau.

«Ich kann nicht», keuchte er heiser. «Nein, David, ich ...»

«Könnt Ihr Euch noch halten?» fragte Becket.

«Ja», flüsterte Simon zittrig, «das schaffe ich noch.»

«Wartet dort.»

Wo sollte ich auch hingchen? fragte Simon sich stumpf. Er

hörte laute Befehle, viel Hin und Her auf der Brücke, sah an der anderen Seite ein dickes Seil sinnlos herunterhängen und Becket an seinen Pfeiler zurückkommen.

«Verhaltet Euch ruhig, was auch geschieht», brüllte Becket. «Haltet Euch fest. Gleich wird ein Boot kommen...»

Und nach kurzer Zeit tauchte ein Boot auf, gerudert von einem begeisterten Fährmann, während im Bug ein zweiter für das Gleichgewicht sorgte. Simon war zu kurzsichtig, als daß er deutlich hätte sehen können, was geschah: Als das Boot zwischen den Pfeilern seines eigenen Brückenbogens hereingerast kam, ergriff der aufrecht stehende Fährmann mit leichtem Griff das Seil, das von der Brücke herunterhing, und ließ es durch die Hände laufen; der andere Fährmann steuerte sein zerbrechliches Fahrzeug von den weißen Strudeln in den dahinschießenden Strom und warf im Vorüberrasen Becket das Ende des tropfenden Seils zu. Becket hatte inzwischen einen kräftigen Haken in das andere spitze Ende des Brückenpfeilers gehämmert. Nun zog er das Seil an, legte es um den Haken und rieb sich die Hände mit Sand ein.

«Es gibt eine gute Möglichkeit und eine bessere. Die gute Möglichkeit ist, das Seil mit Euren Armen zu umklammern, Euch mit den Füßen abzustoßen und zu mir herunterzurutschen. Aber das würde Eure Arme grausam verbrennen, und Ihr könntet vor Schmerz loslassen.»

Simon nickte und versuchte, sich trotz des Nebels in seinem Kopf und des Stechens in seinem Rücken zu konzentrieren.

«Der bessere Weg ist, die Hellebarde, die Ihr dort in den Balken geschlagen habt, über das Seil zu legen und sie mit beiden Händen nahe dem Seil zu packen und den Hellebardenschaft den Schmerz des Verbrennens am Seil ertragen zu lassen. Habt Ihr verstanden?»

Simon nickte, griff nach der Hellebarde, voller Furcht, daß er sie ins Wasser fallen lassen und sich schließlich doch noch die Arme verbrennen könnte. Verbrennen war vielleicht besser als Erfrieren ... Nein, lieber die Hellebarde.

Sie war schwer, schwer wie sein Kopf. Unendlich langsam schob er sie über das Seil, das sich unterhalb des Balkens erstreckte, griff mit beiden Händen zu, schluckte mit brennender Kehle, richtete sich auf und ließ sich seitlich über seinen kostbaren Balken gleiten.

Der Ruck in seinen Armen ließ ihn beinahe hinunterfallen, und die Hellebarde schlug Funken, als er an ihr hinunterrutschte. Becket hatte sich hingekniet und die Arme weit ausgebreitet, um den Aufschlag bei seinem Ankommen zu mildern.

Er versuchte aufzustehen, aber seine letzten animalischen Kräfte waren erschöpft, und die eisige Luft ließ ihn erbeben. Er fiel wieder hin, brach zusammen und fand sich auf Beckets Schulter, sehr unelegant, mit dem Hintern nach vorn. Die Leiter knarrte drohend, als Becket hinaufkletterte, während die Zuschauer jubelten und klatschten.

Als sie oben ankamen, war Simon völlig verstummt. Seine Augen in dem geschundenen Gesicht waren halb geschlossen, und sein pfeifender Atem war kaum noch wahrnehmbar. Becket wollte nicht warten, bis eine Sänfte aufgetrieben wurde, sondern wickelte seinen eigenen Umhang um Simon und trug ihn mit langen zornigen Schritten durch die Straßen, direkt zum Haus in Poor Jewry, hinter ihm eine Horde lärmender kleiner Jungen und Hunde. In dem Haus gab Tante Leonora ihre großartigen und gebieterischen Anweisungen in einer Mischung aus Portugiesisch und Englisch. Ein Junge wurde geschickt, Dr. Nuñez zu suchen, der einen Besuch bei einem gichtkranken Goldschmied machte. Aber

Simon lag noch immer still und kalt da, und so rief Leonora einen der kleinen Jungen zu sich und hieß ihn, ins Bett zu gehen und sich an seinen Verwandten zu kuscheln, um ihn aus seinem Totenschlaf aufzuwecken, eine sehr schwere Aufgabe für ein Kind.

Dr. Nuñez kehrte zurück, schwer atmend, weil er die Treppe hinaufgerannt war, fühlte Simon den Puls und verkündete, alle Körpersäfte Simons seien so gefährlich niedrig, daß er befürchte, wenn er Simon zur Ader lasse, würde sie das noch mehr aus dem Gleichgewicht bringen. Der Tag verging, und allmählich durchströmte Simon wieder Wärme, und das Kind durfte das Bett verlassen und zum Abendbrot nach unten gehen. Simon warf und drehte sich hin und her, seine Wangen röteten sich, und plötzlich durchbrach er den Mantel von Schlaf. Als Dr. Nuñez ihn besänftigen wollte, krächzte er lauter und zornig, zuerst portugiesisch, dann englisch.

«Tom O'Bedlam, fragt Tom O'Bedlam, dort liegt die Antwort, wann sie sie ermorden werden... Hört mir zu: Die Zahl ist eins, drei, vier und sieben... Eins für Gott, drei für Eure Dreieinigkeit, vier für Eure Evangelisten und sieben Siegel auf irgendein Buch der Apokalypse, dort ist der Schlüssel...»

Becket kam die Treppe heruntergerast, zwei Stufen auf einmal nehmend, und stürzte in die Küche, wo ich mit den Kindern am Feuer Gemüsesuppe aß. Er zog mich am Wams in die Höhe, so daß es einriß.

«Was weißt du, was du mir nicht erzählt hast, du Halbverrückter, du Hanswurst.»

Ich duckte mich und hielt die Hände über den Kopf, aber ich wußte von meinen Engeln, was seine Frage bedeutete, und fing an zu singen, wie es der Balladensänger getan hatte, bevor Becket ihm für immer den Mund verschloß.

Vorm alten Weib und dem Kobold
Die gern in Stücke Euch rissen, die Brut,
Und dem Geist, der neben dem Nackten steht
Im Buch der Monde, seid auf der Hut
Daß von den fünf klaren Sinnen
Ihr niemals auch nur einen verliert,
Noch, um neben ihm betteln zu geh'n,
Je mit Tom durch die Gassen irrt...

Dr. Nuñez stand hinter ihm und murmelte etwas vor sich hin. Becket starrte mich an wie vom Donner gerührt.

«Tom O'Bedlams Lied. Woher kennst du die Worte?»

«Ich habe es geschrieben», erklärte ich ihm, richtete mich auf und schob seine Hände von mir, plötzlich klar im Kopf vor Zorn, daß das letzte Gute, was mein Hirn hervorgebracht hatte, als Verrat ausgelegt werden sollte. «Ich habe es in Bedlam geschrieben, auf gestohlenen Papierfetzen, und es an meinen Bruder geschickt. Alles stammt von mir mit Ausnahme dieser Strophe:

Wehe, der Kummer von dem Bastard-Kind,
in Liebe gesäet, wird machen mich blind,
Und muß ich denn sterben, denk an das Gesicht ich,
Ihrem und noch mehr meinem eigenen gleich,
Und der Kummer vergeht auf silbernem Fest,
He didel, sing didel, hei didel ich summ...

Und ich spuckte aus, um meine Meinung über Adams holprigen Vers zum Ausdruck zu bringen, der das ganze Lied verdarb.

«Sing es noch einmal», forderte Dr. Nuñez mich auf, machte sich Platz neben einem faszinierten kleinen Mädchen und öffnete seine Federtasche. Ich sang, er schrieb, und das kleine Mädchen hielt ihm das Tintenfaß, und er ging die Worte durch, hob sie durch Unterstreichen hervor, und murmelte leise die Zahlen.

«Der... Bastard... wird... sterben... an... ihrem... eigenen... Fest.»

Und ich lachte darüber, wie leicht es war, einen Termin für Mord und Aufruhr am Jahrestag der Thronbesteigung festzulegen und das Ganze unter dem Deckmantel einer Ballade zu verbreiten, die inzwischen jedes Kind in London singen konnte und ihrer schon überdrüssig wurde.

«Es ist der Drache!» brüllte ich. «Der Drache der Gefahr, der sich in seinem Haus der Geheimnisse erhebt, und Luzifer drinnen, um sie zu erschießen, nehmt Euch den Drachen vor...»

Becket knurrte ungeduldig. «Schweig still», bellte er, und ich war still, denn ich hatte Angst vor ihm.

«Wir müssen den Hof warnen», sagte Dr. Nuñez, «ich werde Lord Leicester noch diese Nacht um eine Audienz bitten...»

«Nein, nein!» brüllte ich wieder; ich konnte es nicht ertragen, daß sie der Wahrheit so nah waren. «Die Mondkönigin wird die Turniere niemals absagen, nehmt Euch um Gottes willen den Drachen vor, den Feuerdrachen mit dem todbringenden Auge, ähnlich dem Basilisk, der mit einem Blick tötet, ja, nehmt ihn Euch vor, beim Schwert des Damokles...» Warum hing mir ein Teufel an der Zunge, der aus meinen Worten eine dumme Schaumschlägerei machte? «Findet den Drachen, und Ihr werdet Kain finden, der auch Luzifer ist...»

Becket wischte mich zur Seite wie eine lästige Fliege, Dr. Nuñez nahm seinen Umhang, und beide gingen und ließen mich mit den Kindern zurück, die mich aus ernsten Augen anschauten. Oben warf Simon sich schwitzend hin und her, und sein Geist übersprang die Zäune dieser Welt, um mit den Dämonen und Engelsgouverneuren des Himmels zu tanzen, an die er nicht glaubte, und er spielte in einem kühlenden Wasserfall von Zahlen und schwamm durch die Wogen und Wellentäler jener schäumenden mathematischen See, die den Sturm der Sterne über uns bildet. Hier unten verbeugte ich mich vor dem Engel im Türrahmen, nahm vor den entsetzten Augen der Köchin ein Küchenmesser an mich, steckte es in meinen Gürtel und verließ das Haus.

51

Ich kann nicht für Adam sprechen, denn ich verstehe seine Welt nicht und weiß nicht, wie sie so streng und klar und einfach erscheinen kann; ich verstehe nicht, wie Wahrheit nur eine Sache sein kann, nur eine einzige, und das ist die Wahrheit Roms. Ich bin selbst in dieser Welt aufgewachsen und denke, daß sie trotz all der Blutrünstigkeit der alten Väter eine sanftere, weniger starre Natur hat als die Welt der Reformierten. Für jene, die nicht mit der Mondkönigin sprechen können, ist Unsere Liebe Frau die Heilige Jungfrau Maria gütiger zu den Schwachen und ihren Gebeten als der strenge Christus des heiligen Paulus und des heiligen Augustinus und des Johann Calvin. Aber was weiß ich schon? Für mich ist die Welt etwas Nebliges, und die Wahrheit ist so fragwürdig wie ihre Schatten. Für Adam aber ist alles beleuchtet, grell und lieblos, von dem hellen Licht seines Glaubens. Die Welt des Sir Francis Walsingham ist der seines großen Feindes, des Königs von Spanien, sehr ähnlich, und wer bin ich zu sagen, solch mächtige ehrwürdige Herren könnten lügen? Wird nicht die Welt des Nebels und die des Papiers überall hin und her bewegt von jenen, die so streng denken? Wenn Menschen einander verbrennen, zünden immer diejenigen die Scheiterhaufen an, die keine Sirenen von der Mondkönigin singen hören, diejenigen, die klarsehen und die Wahrheit kennen und wollen, daß die anderen die Wahrheit auch erkennen. Ich hätte die Welt gern wie einen Schleier, wie ein Gewebe aus feinster Regenbogenseide, und Ihr hättet sie gern wie eine Damaszener Klinge, und wir wissen beide, was härter ist und was schneidet. Und was ist schöner?

Meine Probleme haben mit meiner Mutter zu tun, die sich aufzehrte mit ihrem Fasten und ihren Bußen, damit England zur reinen Wahrheit zurückkehrte, als könnte sie mit ihrem Leiden die Welt verändern. Agnes hatte noch ihre Amme, aber Adam ... Meine Mutter verließ ihn um einer größeren Wahrheit willen, wie sie sagte, und so hat er sein ganzes Leben an dieser Wahrheit festgehalten und will jetzt mit seiner Standfestigkeit ihren Wunsch erfüllen. Er würde die Protestantin Jezabel, den Bastard von England, vernichten.

Becket vor zehn Jahren den Schlüssel für Haarlem abzuschmeicheln war eine niederträchtige Sache, doch verständlich und zweckdienlich. Danach zu trachten, die Königin von England zu töten, zeugt von einer gewissen Brillanz. Aber einen Jungen zu erwürgen, nur weil dieser die Möglichkeit hat, ihn zu verraten – nicht, weil er es getan oder auch nur in Erwägung gezogen hat, sondern weil er es tun *könnte* – nein, ich kann nicht begreifen, wie geradlinig, wie messerscharf, wie ungeteilt Adam die Welt erscheinen muß, damit er so etwas tun kann. Kennt er kein Bedauern und keine

Furcht, daß die vom Papst im voraus gewährte Vergebung nicht genügen könnte, ihn vor dem Richter zu entlasten?

Am Jahrestag der Thronbesteigung wimmelte es auf der Themse lange vor Sonnenaufgang von Booten, alle mit Leuten besetzt, die zu den Turnieren nach Westminster wollten. Andere Untertanen Ihrer Majestät warteten am Strand auf die große Prozession, Fahnen hingen aus den Fenstern, Straßenhändler verkauften Holzschnitte von der Königin, und Balladenverkäufer machten gute Umsätze mit neu erdachten Liedern von der Schönen Eliza. Am Abend zuvor hatte die Königin den Grafen Leicester angeknurrt, den Spaß am Jubiläumstag abzusagen sei fast gleichbedeutend mit dem Verlust des Thrones, und für ein bloßes Rätsel in einer Ballade eines Verrückten werde sie es auch nicht tun. So war Simons Hast ganz umsonst gewesen.

Adam befand sich mit seiner ganzen Ausrüstung im Drachen, spannte verstohlen seine kleine Armbrust und legte sie dort in Bereitschaft, wo sie durch das Auge abgeschossen werden sollte, als jemand an die Bodenklappe klopfte. Mit stotterndem Herzen warf er seinen Hut über die Waffe, bevor er die Klappe öffnete und Sir Philip Sidney lächelnd zu ihm heraufschauen sah, seine silberne und blaue Turnierrüstung auf Hochglanz poliert. Er streckte Adam einen silbernen Weinkrug entgegen.

«Um Euch zu wärmen, guter Mann», sagte er. «Es wird ein langer Tag, und ich möchte, daß Ihr bei guten Kräften seid.»

Bei Sonnenaufgang rollte der Feuerdrache unbeholfen aus dem Tor des Hanging Sword Courts, damit seine Flügel für den Weg durch den Temple Bar besser gefaltet und gebunden werden konnten. Hier schaute Broom, der vor Aufregung schnaufte und dessen Gesicht das kränkliche Aussehen von errötetem Pergament zeigte, ebenfalls durch die Bodenklappe herein und nickte. Adam lächelte ihn an, etwas, was er selten tat, und es war ein erfreulicher Anblick und brach sein verschlossenes Gesicht für einen Augenblick auf.

Die Pferde, schon eingespannt, wurden von einem Jungen in olivgrünem Samt geritten. Sie begannen ihren langen Weg, zuerst die Fleet Street hinunter, dann durch den Temple Bar. Es gab einen Aufenthalt, als die Flügel auseinandergebreitet wurden und Adam die Hauptkurbel betätigen mußte, um sich zu vergewissern, daß sie noch schlagen konnten. Sidney hatte veranlaßt, daß ein Teil des Misthaufens in der Fleet Street entfernt wurde, so daß sie passieren konnten. Die Pferde schnaubten, als sie an dem Rest des Kothaufens entlangritten, den weder die City von London noch Westminster beseitigen wollten, da beide darauf bestanden, er gehöre zum Gebiet der anderen Stadt.

Und dann bogen alle im Kriechtempo in den Strand ein, die Gelenke des Drachen ächzten, und Richard Broom tänzelte mit Öl und Talg herum, um sie zu lockern. Am Charing Cross warteten sie auf die anderen Teilnehmer der Prozession. Nervöse Zeremonienmeister gaben letzte Anweisungen: für Pferde, die als Einhörner hergerichtet waren, sowie für eine große Anzahl Kinder – die Kinder der Zwietracht –, die von Lehrern mit rauhen Stimmen und knallenden Peitschen zusammengehalten wurden. Dies waren die Verbündeten des Drachen, und nachdem die Königin ihn gezähmt haben würde, würden sie mit Papierrosen für sie kämpfen.

Es gab auch einen Minotaurus und Harpyien und eine große Bestie, die auf einem Wagen transportiert wurde wie der Drache und das Ungeheuer aus der Apokalypse symbolisierte. Es war sehr haarig und strengriechend, weil man in seinem Bauch Schwefel und Honig verbrannt hatte, und sein Kopf trug die Gesichtszüge und die Tiara des Papstes, um sicherzugehen, daß es zu keiner Verwechslung kam.

Das Ungeheuer war in St. Giles in the Fields zusammengebaut worden, und es wurde geritten von Fulke Greville, verkleidet als der König von Spanien. Begleitet wurde es von klirrenden Becken und pfeifenden Dudelsäcken und komischen clownischen Mönchen, die einander schlugen und dabei von Fulke Greville und Philip Sidney über einem Quart Sherry gedichtete Verse in Küchenlatein sangen. Der Drache hatte ebenfalls seine Begleitinstrumente in einem Wagen weiter hinten, aber es waren Harfen und Violen, die manchmal, zur Allegorie passend, unmelodisch spielten.

Als die Prozession schließlich ihren Weg nach Whitehall nahm, zu dem großen Platz, der sich im St. James's Park und auf den Feldern in der Nähe des alten Leprakrankenhauses erstreckte, waren begeisterte Zurufe über den großartigen Anblick zu hören. Adam arbeitete schwer; er paffte mit dem Blasebalg Rauch aus dem Maul des Drachen, ließ die Spiegelaugen blitzen und bearbeitete mit den Beinen eine aus einem Theater geliehene Trommelmaschine, um das Brüllen des Drachen zu erzeugen. Voran ritt auf seinem schönen grauen, mit blauen und silbernen Schabracken geschmückten Turnierpferd Sir Philip, und sein Turnierhelm war nun verziert mit einem in leuchtendem Rot emaillierten Drachen. Die Menge tobte bei seinem Anblick, und die albernen Jungfern in der Menge kreischten höchst unschicklich. Die Musik verstummte, und Adam auch.

«Hier ist der Drache der Zwietracht!» (Lautes Trompetenschmettern und Trommelwirbeln, so daß Sidney seine Stimme anheben mußte.) «Er hat in der letzten Zeit Verderben in das Königreich gebracht. Soll ich ihn reiten?»

Einige in der Menge riefen «Ja!», andere «Nein!», was nicht vorgesehen war; darum ignorierte er sie.

«Ihr sagt ja. Dann werde ich es versuchen!»

Adam im Bauch des Drachen schwitzte bereits. Er setzte eine Kurbel in Bewegung, damit die Flügel des Drachen schlugen, und eine andere, damit der Kopf nickte. Der Schwanz, der auf dem kleineren Wagen hinter dem großen lag, wurde von einem unter ihm versteckten Jungen bewegt.

Sir Philip Sidney machte Anstalten, den Drachen von der Seite zu erklettern, wurde aber durch Adams gewissenhaftes Ziehen von Seilen und Winden von Kurbeln hinuntergeworfen.

«Dieser Drache ist zu wild für mich!» rief Sir Philip, und die Menge johlte über den Witz. «Und doch werde ich ihn führen und hoffen, daß er mir folgt zu jemandem, der vielleicht seinen mächtigen Zorn bezähmt und seinen ungeschlachten Stolz demütigt.»

Dies geschah auf dem Weg nach Westminster dreimal, so daß alle es sehen konnten. Fulke Greville hatte auch sein Sprüchlein zu sagen, was er mit spanischem Akzent und unter dem Beifall des Drachen der Zwietracht tat.

Am Ziel befanden sich auf einer umzäunten Wiese die Höflinge, die sich einen Stehplatz hatten erbetteln oder kaufen oder stehlen können, alle in ihren feinsten Samt- und Seidenkleidern. Es gab jede Farbschattierung: angefangen bei Schwarz- und Dunkelviolett über Purpurrot und Karminrot und den ganzen Regenbogen hin zu Smaragd- und Chromgrün, mit einer Pause bei Zitronen- und Butterblumengelb, und weiter durch Rosa und Hochrot und Lachs. London Bridge war durchwühlt worden nach glitzerndem Putz, sogar nach blaßpfirsichfarbener Creme für jene, deren Haut es vertrug. Niemand aber wagte sich an Weiß, die Farbe der

Königin. Jeder Umhang war überreich geschmückt mit kleinen Blumen und wildverschlungenen Reben, jedes Mieder mit farbigen Bändern verziert, jeder Ärmel mit wilden Lochmustern und Schlitzen versehen und jedes Kinn nach oben geschoben durch frisch gestärkte weiße oder gelbe Halskrausen.

Auf der anderen Seite, jenseits des glatt geharkten Turnierplatzes, stand die einfache Bevölkerung Londons auf wackligen Tribünen, und die Leute riefen und reckten die Hälse und tranken und sangen anstößige Lieder über Bären und Hunde und die Schöne Eliza. Im Gegensatz zu dem fahlen Glanz des Hofes schienen sie ein wahrer menschlicher Blumengarten.

Jetzt zog die Prozession durch eine Gasse, die vor dem Tor zum Hofe von den Höflingen gebildet wurde, und Sir Philip rief mit Stentorstimme: «Platz da, Platz für den Drachen der Zwietracht und alle, die ihn begleiten!»

Leicester hat die Wache verdoppelt, dachte ich, aber in Wahrheit mußten sie stehenbleiben, weil das Ungeheuer aus der Apokalypse einen Bolzen aus der Radachse verloren hatte, und der schwitzende Fuhrmann hämmerte einen neuen hinein und betete, daß er halten würde. Dann zog die Prozession durch ein weiteres Tor in der Umzäunung zum Turnierplatz, wo Ihre Majestät die Königin auf ihrem gewohnten Balkon wartete. Dieser war mit herabhängenden schweren schwarzen und weißen Seidenstoffen geschmückt sowie mit Reben und Seidenblumen, so daß er wie ein Gemach der Frühlingskönigin erschien.

Wie Proserpina stand sie auf dem Podium, ein Schimmer aus weißem Samt und Satin, das mit einem einzigen Granatapfel bestickt war. Das Licht wurde sanft von den cremefarbenen Perlen zurückgeworfen und strahlend von den Diamanten und Rubinen, die mit den Farben ihres Unterkleides – Schwarz, Weiß und Gold – wetteiferten. An ihrem Busen zeigte eine Brosche die Schlange Weisheit, eine andere auf ihrem Ärmel den Pelikan, der mit seinem Blut seine Jungen säugt.

Jetzt kam mit Hilfe eines Krans ein Junge in einem Korb herunter, als Cherub mit goldenen Flügeln verkleidet; er zitterte in der frostigen Luft, und eine Gänsehaut überlief ihn, während er eine Rede hielt über die Leiden eines Landes, das von dem Drachen der Zwietracht heimgesucht wurde. Inzwischen stieg Sir Philip ab, nahm seinen Helm in die Hand und stellte sich vor den Drachen, um mit zurückgeworfenem Kopf die Königin in ihrer Schönheit anzuschauen.

Sie hörte zu, wie sie es immer tut, den Kopf auf eine Seite geneigt und mit gespannter Aufmerksamkeit, während der Junge seine Rede herunterleierte, die nicht von Sidney geschrieben war, was man ihr leider auch anmerkte.

Ich machte mich inzwischen daran, zwischen den Beinen der vielen Menschen hindurchzukriechen, und überraschte dabei zwei Taschendiebe aus Gabriels Schar bei ihrer Arbeit.

Auch Adam war in Schwierigkeiten, denn er verspürte das dringende Bedürfnis zu pissen, hatte aber vergessen, eine Flasche mitzubringen. So zielte er in seiner Eile in den silbernen Krug und war kaum fertig, als Sir Philip mit seiner Rede begann.

«Wehe», hob er an, «diesem armen Land, das nicht nur von dem Stolz und dem unbezähmbaren Zorn dieses Drachen der Zwietracht unterdrückt wird, sondern auch von außen bedroht wird. Hier ist das Gast-Ungeheuer, geritten von einem Prinzen der Finsternis, und ganz unwissentlich macht unser Drache gemeinsame Sache mit ihm, wenn auch voller Abscheu. Wie können wir ein solches Ungeheuer besiegen, wenn Zwietracht unsere Herzen beherrscht? Ja, denn steht es nicht geschrieben in Merlins Prophezeiungen, daß ein Drache ein Ungeheuer bekämpfen wird ...»

Die Pferde, die die Wagen zogen, mußten ein paar Schritte vorrücken, um dem Ungeheuer aus der Apokalypse Platz zu machen. Eines hob dabei den Schwanz und entledigte sich einer ausgiebigen Menge von Pisse, trotz des Arzneitranks, der ihm und seinen Kameraden am Tag zuvor von Sidneys Pferdehändler eingeflößt worden war, um sie zu entleeren. Das Pferd neben ihm begann zu stampfen, erschreckt von den Blicken auf das haarige Ungeheuer, den es an seinen Scheuklappen vorbei erhascht hatte.

Adam zog schwitzend den beweglichen Teil des Drachenkopfes so weit nach oben, wie es ging, dann kletterte er rasch hinauf an die Stelle, wo die Armbrust mit einem vergifteten Bolzen in der Kerbe bereitlag, jetzt durch das Auge des Feuerdrachen direkt auf das Herz der Königin gerichtet.

Er klemmt die Füße an der Leiter fest, um einen Halt zu gewinnen, und holt tief Atem, während er auf die wenige Fuß von ihm entfernte Frau anlegt. Aber die Pferde stampfen wieder und schnauben: Sie haben endlich etwas entdeckt, was sie noch nie gesehen haben, ein seltsames Wesen, das sich von der Menge löst, ein dürres hüpfendes Bündel von Stökken in gelbbraunem Samt, ein Wesen, dessen Haar und Bart verfilzt sind und dessen Arme voller Blut, da es sie mit einem Nagel aufgeritzt hat. Es war alles, was ich tun konnte – dafür zu sorgen, daß er keine feste Plattform hatte, von der aus er zielen konnte, Verwirrung und Durcheinander in seinen einzigen möglichen Schuß auf die Königin zu bringen. Was sonst konnte ich tun?

Die Pferde schnauben und stampfen, als sie Blut riechen, und als das Wesen einen Milizsoldaten zur Seite stößt und über den Zaun springt und wie ein Wahnsinniger vor den ersten Riesen aus Pferdefleisch herumkaspert, scheut zuerst der Hengst Jupiter, dann die Stute Juno, und schließlich weichen alle zurück, und dann bewegen sie sich gemeinsam nach vorn, ziehen den Wagen ruckweise mit, stoßen und schütteln ihn hin und her und wiehern. Die dem Wagen am nächsten Pferde fangen an, nach hinten auszuschlagen, gegen den Wagen hin.

Einige der kleinen Jungen in der Menge beginnen, hurra zu schreien; der Cherub hängt noch immer in seinem Korb, klammert sich blau vor Kälte am Seil fest und fängt an zu weinen, und der Kopf des Drachen schwankt hin und her. Der herumtollende Wahnsinnige stößt einen Pferdeknecht, der herbeieilt, um die Pferde unter Kontrolle zu bringen, die Pferde legen sich ins Geschirr, entschlossen zu entkommen, wenn nötig mit der Last hinter ihnen.

Sir Philip sieht eine Katastrophe hereinbrechen, verzichtet auf die Hälfte seiner sorgfältig aufgesetzten Rede und stürzt sich ins Finale.

«Und jetzt, göttliche Herrin, schöne Schwester von Artemis und Aphrodite, unvergleichliche Königin und ehrwürdige Herrscherin, geruht, Euren höchstköniglichen und herrlichen Blick auf diesen rebellischen Drachen zu lenken. Wendet Eure diamantenen Augen zu seinen, so daß seine Zwietracht durch Eure Herrlichkeit in süße Harmonie verwandelt wird.»

Die Königin lächelte huldvoll und mit einem boshaften Zwinkern in den obenerwähnten Augen, die keineswegs diamanten sind, sondern stechend und schwarz. Einen Augenblick später, genau wie es das Manuskript Adam vorschrieb, senkte sich der hoch aufgerichtete schwankende Kopf des Drachen, und ein Wölkchen unterwürfigen Rauchs entwich. Im Wagen dahinter fanden die Musiker, die nach Lust und Laune und gegeneinander gespielt hatten, sehr geschickt und anmutig zu Harmonie.

In diesem Augenblick, da alle Augen auf den sich bewegenden Drachen gerichtet waren, lächelte Sidney sehr freundlich, und ich kam mit meinen Tanzschritten etwas unvorsichtig in seine Nähe. Da machte er zwei Schritte, packte Toms Arm mit seiner gepanzerten Faust und schmetterte mich mit einem kräftigen Schlag seiner anderen Hand nieder. Ich hörte das Lachen und die Hurrarufe der Menge, die gesehen hatte, wie er mich fallen ließ, zuvorkommenderweise weit weg von den Hufen der Pferde, und sich wieder umwandte, um die Stufen zu seinem Drachen der Zwietracht zu besteigen.

«Sir Philip», rief die Königin und beugte sich aus dem Balkon, «müßt Ihr Euch auch mit Bedlam-Bettlern schlagen?»

«Aber ja, Eure Majestät», entgegnete Sir Philip mit unbewegtem Gesicht, den Helm in den Händen. Sie zog die Augenbrauen hoch. «Denn das war ein von Gott gnädig gewährter Teil des Festzuges, der Geist der Unvernunft und der Melancholie, den ich jetzt in fairem und ritterlichem Kampf besiegt habe!»

Da lächelte die Königin wieder und neigte gnädig den Kopf, als Sidney sich auf den Rücken des Drachen stellte und ausrief: «So enden alle, die den Frieden der Königin stören!»

Die Menge brüllte vor Begeisterung.

52

In den Finanzen der Gottlosen spielt der Jahrestag der Thronbesteigung eine große Rolle, denn wo so viele Menschen versammelt sind, sind auch die Taschendiebe nicht weit, die Betrüger und Gauner, und in allen Gassen lauern die Straßenräuber auf die Unvorsichtigen. Wenn jemand dagewesen wäre mit Augen, um zu sehen, hätte er sich gewundert über die Tatsache, daß alle, die sich unter die Feiernden mischten, zu Tyrrels Leuten gehörten und ihm ihren Zehnten bezahlten. Keiner von ihnen gehörten zu den Anhängern von Laurence dem König, was für diesen einen herben Verlust bedeutet haben muß.

Aber das hat nichts zu sagen, denn für einen größeren Gewinn war er bereit, einen solchen Verlust hinzunehmen. Pickering selbst war in der ersten Reihe der einfachen Leute, die sich die Turniere anschauten, und hob seine Stimme vom Knurren zum Geschrei, als die Ritter in ihren schimmernden Rüstungen ihre Pferde in Position brachten und aufeinander losstürmten, bis bei dem Zusammenprall in der Mitte alle Zuschauer brüllten. Neben ihm saß seine Frau, und an der anderen Seite ihre Schwester und neben der der Henker von London im roten Festtagsgewand, das als Knöpfe kleine Schädel trug.

Hinter ihnen allen versammelten sich in der City Pickerings Männer um ein großes Gebäude nicht weit von der Old Fish Street, an ihrer Spitze Becket, der in den vergangenen Tagen so beschäftigt gewesen war. In der einen Hand hielt er eine geladene Pistole mit aufgezogenem Radschloß, in der anderen einen Pallasch, und hinter ihm standen drei Männer mit schußbereiter Armbrust.

Die ersten von Tyrrels Männern, die den Bolzen zum Opfer fielen, waren seine Wachen an der Tür. Dann traten vier kräftige Männer mit einem kleinen Rammbock vor, mit dem man in einem alten Haus von Pickering das Aufbrechen von Türen geübt hatte. Äxte drangen mit dumpfem Aufschlag in das Holz der Hintertür, und Pickerings Männer waren im Haus und drängten sich die Treppe hinauf, Becket laut brüllend an ihrer Spitze.

Tyrrel behauptete gern, daß er sich in seinem Haus immer sicher fühlen könne, aber auf einen Frontalangriff zu einem Zeitpunkt, da die meisten seiner Anhänger die City verlassen hatten, um sich das Fest anzusehen, wußte er auch keine Antwort. Der Kampf tobte durch das Haus, und der dicke Tyrrel riß seinen Dolch an sich und stürzte sich in das Gewühl, aber Becket visierte ihn kalt an und erschoß ihn.

Daraufhin begannen Tyrrels Männer, die Waffen abzulegen, rissen sie aber wieder an sich, als sie feststellten, daß trotz allen Gebrülls von Becket die meisten von Pickerings Soldaten nicht die Absicht hatten, ihren verhaßten Rivalen beim Kampf um Londons Nachlese Pardon zu geben, und innerhalb einer Stunde waren alle Männer Tyrrels tot oder lagen im Sterben, und Beckets Strategie erwies sich – mit nur zwei verlorenen Männern auf seiner Seite – als richtig. Ein armer Kerl sprang aus einem oberen Fenster und rief: «Überfall!» Er wurde mit einem Armbrustbolzen erledigt, und die einzige Reaktion auf seinen Ruf kam von einer sauertöpfigen alten Frau, die sich aus Turnieren aller Arten nichts machte und mit einem Apfel nach ihm warf.

Unter Beckets rachsüchtiger Überwachung wurde alles Papier im Haus eingesammelt und auf drei Kisten verteilt, und diese wurden auf von Becket für diesen Zweck mitgebrachte Pferde gepackt. Zuerst würden sie zu Pickerings

Nutzen in den Strand gebracht, dann in die Seething Lane zur Einsicht Walsinghams. Als Siegesbeute gehörte alles im Haus – abgesehen von Tyrrels Schatz, der jetzt an Pickering überging – jenen, die es eingenommen hatten, und bis zum Nachmittag gab es nichts mehr, was man hätte mitnehmen können, selbst die Täfelung war auf der Suche nach Geheimverstecken von den Wänden gerissen und dann für eine andere Verwendung fortgetragen worden. Inmitten der Trümmer lag Tyrrels Leiche mit dem Bauch nach oben und einem großen Loch in der Brust.

53

Der Drache starb, nachdem er dreimal um den Turnierplatz stolziert war, mit blitzenden Augen und schlagenden Flügeln. Adam schwitzte und fluchte in seinem engen Gefängnis, und seine Armbrust lag noch immer neben ihm. Die Londoner Schuljungen verprügelten sich inzwischen mit den Papierrosen, von denen einige geschickt versteckte Steine enthielten, und ihr Kreischen erklang über dem Lachen der Menge. Der arme Tom schüttelte und rieb sich den Kopf und stillte das klebrige Blut, das von seinem Ohr herunterlief. Es gibt keine Gerechtigkeit: Hier wurde das geheiligte Leben der Königin bedroht, was er durch sein rechtzeitiges Herumkaspern vereitelt hatte, und als Dank erhielt er von einer gepanzerten Hand einen Schlag an den Kopf.

Adams Gefühle setzten sich zusammen aus Verwirrung, Zorn und Verständnislosigkeit. War nicht das ganze Unternehmen vom Papst gesegnet worden, diente es nicht Gott und der Wahrheit? Konnte es sein, daß die Bastard-Königin von England auch die Zauberkraft besaß, die man schon ihrer Mutter nachsagte?

Umsichtig wartete er, bis der Drache zu den Ställen hinter dem Turnierplatz gebracht worden war; dann lächelte er und nahm Sidneys Gold entgegen. Innerlich jedoch bebte er. Wenn seine Welt so klar gewesen war – wie konnte er dann versagt haben?

Von hinten mischte er sich unter die Leute, stand dann aber da, nichts sehend und nichts wissend. Seine Welt lag in Trümmern, und er versuchte, eine Antwort zu finden, während das Turnier weiterging und der Lärm sich mit den Hufen der Pferde erhob und senkte.

Währenddessen bestieg Becket einen kräftigen Wallach und ritt durch die fast leeren Straßen, von der Old Fish Street zur Knightrider Street, durch Carter Lane und Creed Lane nach Ludgate und dann den Hügel hinunter über Fleet Bridge weiter zum Strand, und es waren nirgends Menschen, die ihn behindern könnten. Erst als er Charing Cross erreichte, mußte er sein Pferd im Schritt gehen lassen, bis die Männer, die er dort postiert hatte, zu ihm stießen. Sie umringten ihn und schoben sich mit ihm durch die Menge, bis er in den St. James's Park einbiegen konnte und von der Seite zur Tribüne kam. All das hatte er für diesen Tag vorausgeplant; während einer Pause im Turnier ging er zu Laurence Pickering, hielt einen Daumen hoch und tat dann so, als schlitze er mit dem Finger die Kehle auf. Pickering lächelte und nickte ernst.

Adam ahnte nichts von all dem; er dachte, er habe das Rätsel gelöst, und seine Welt festigte und beruhigte sich. War es so, daß Gott von ihm das Martyrium verlangte, das zu vermeiden er versucht hatte. Verlangte Er in Wahrheit das

Blut Seines treuen Soldaten, damit die heilige Tat vollbracht werde?

Angesichts des Scheiterns eines so sorgfältig und mühsam ausgearbeiteten Plans konnte es nur diese Antwort geben. Adam stand regungslos da, mit leerem Gesicht, leicht schwankend in dem Gedränge rund um ihn, als die Zuschauer die Hälse reckten in ihrem Bestreben, die schimmernden Rüstungen und das Aufeinanderschlagen der Waffen zu sehen, immer auf einen schrecklichen Unfall hoffend und auf Blut, über das man staunen konnte.

Wenn er ein Märtyrer sein sollte, wie konnte er es vollbringen? Er hatte nur einen langen spitzen Dolch bei sich. Wie konnte er nahe genug an die Königin herankommen?

Während des ganzen Turniers, das ihr sehr gefiel, weil sie gern gutgebaute junge Männer sich zur Schau stellen sah, blieb die Königin in ihrem Balkon, um die Kämpfe besser verfolgen zu können. Adams Blicke fielen auf den Kran mit seinem Cherub-Korb, und da wußte er, daß Gott noch bei ihm war. Er bewegte sich den Weg, den er gekommen war, zurück, trat dabei auf Zehen und erntete Flüche, aber die meisten der Umstehenden waren zu beschäftigt mit Wetten und Zuschauen, als daß sie ihn beachtet hätten.

Der Cherub war in Decken gewickelt und gelobt worden, daß er ein gescheiter Junge sei und jedes Wort gewußt habe. Adam ging an seiner Bank vorbei und sprach den Milizsoldaten neben dem Kran an.

«Ich bin gekommen, um den Kran festzumachen.»

«Eh?» sagte der Soldat, der bange mitverfolgte, wie sein Monatssold auf dem geharkten Sand hin und her geschoben wurde. «Was war das?»

«Ich muß den Kran zurückbinden; er könnte ausschwenken und auf dem Balkon der Königin Schaden anrichten.»

«Oh. Ah. In Ordnung.»

Adam kroch in das Gerüst des Krans und begann, die innere Leiter hinaufzuklettern. Die Galerie der Königin war am Great Close Tennis Court errichtet worden, und der Kran stand links davon. Während Adam hochkletterte, schaute Becket, der kritisch Fulke Grevilles spanischen Kampfstil mitverfolgte, zufällig in diese Richtung und erstarrte, als er seinen alten Freund und Feind so nahe der Königin sah. Im Bruchteil einer Sekunde war er auf den Beinen und lief vor den Tribünen entlang, begleitet vom Geschrei der Zuschauer, sprang über einen Zaun, wich zwei Milizsoldaten aus, die überzeugt waren, daß sie den Mörder gefunden hätten, und begann Adam auf der Leiter im Kran zu folgen. Adam schaute einmal nach unten und kletterte schneller.

«Vorsicht!» brüllte Becket. «Vorsicht, Mörder!»

Das breite runde Gesicht des Grafen von Leicester erschien zwischen seinen Seidenblumen. Er erblickte Adam, drehte sich um und brüllte einen Befehl. Hinter ihm bewegte sich ein hochgewachsener dunkler Mann mit schwarzem Bart in rotem und gelbbraunem Seidengewand geschmeidig zur Königin; seine Hand umfaßte den Griff seines Schwertes fester, und sein Körper schob sich zwischen Adam und die Königin. Wenn die Königin etwas von dem Durcheinander gehört oder gesehen hatte, so gab sie das durch nichts zu erkennen, obwohl einige ihrer Hofdamen spitz aufkreischten. Ihre Majestät jedoch begab sich würdevoll ans andere Ende der Galerie, als sei das von vornherein ihre Absicht gewesen, winkte den Leuten huldvoll zu und lächelte einen triumphierenden Sir Philip an, der Greville endlich in Bedrängnis gebracht hatte und unter schweißverklebtem Haar zu ihr auflächelte.

Derweilen packte Becket Adam am Fuß, und Adam kickte bösartig nach hinten, nahm sein Messer zwischen die Zähne, umfaßte eine Sprosse der Leiter mit den Händen und trat mit seinem freien Fuß auf Beckets Finger eine Sprosse tiefer. Becket schnappte nach Luft, ließ los und wäre fast gefallen, wich Adams Stiefel wieder aus, und der Kran ruckte und schwang hin und her. Becket zog sein Wurfmesser hinter dem Kopf hervor und warf es, aber Adam war ein schwieriges Ziel, und er verfehlte es, weil ein Milizsoldat, der hinter ihm her geklettert war, diesen Augenblick wählte, nach Beckets Stiefeln zu greifen und zu brüllen, er habe den Schurken.

Einen Märtyrertod zu sterben und die Königin doch nicht getötet zu haben – das war unerträglich. Adam kletterte zur äußersten Spitze des Kranes, der unter seiner Last drohend knarrte, hörte, wie Becket den loyalen Milizsoldaten anschrie, und sah dann einen Ausweg über den Korb und das Seil, an dem der Korb hing.

Entschlossen beugte er sich vor, ergriff das Seil, befestigte es und glitt dann hinunter zu dem kleinen Korb. Ein paar Sekunden lang klammerte er sich dort fest und schätzte den etwa zehn Fuß tiefen Fall in die Menge emporgewandter Gesichter ab, bevor er sich mitten hineinplumpsen ließ. Eine breitgebaute Frau milderte den Aufprall, und er rollte sich fort von ihrem Hintern und ihren Röcken und kroch in den Wald von Beinen.

Becket hatte inzwischen den Soldaten von der Leiter gekickt, war nach unten gerutscht und stürzte sich auf der Suche nach Adam in die Menge. Ein anderer Milizsoldat stellte sich ihm in den Weg, wurde mit einem Schlag in den Bauch niedergestreckt, und sein Kamerad erwischte versehentlich einen Höfling anstatt Becket, der sich durch eine

Gruppe bänder- und sträußchenschwenkender Frauen drängte. Einer von den Ehemännern versuchte, Becket mit einer hölzernen Rassel auszupunkten, und traf einen Milizsoldaten, als Becket sich duckte, und innerhalb weniger Sekunden entwickelte sich auf der linken Seite der Galerie ein wildes Handgemenge unter jenen, deren Interesse an Turnieren der üblichen englischen Lust an Raufereien gewichen war.

Da ich meinen Mann kannte, erwartete ich Becket am Rand des Durcheinanders; der Kopf brummte mir noch immer. Ich hörte Becket, bevor ich ihn sah.

«Großer Gott!» brüllte er, «möge er zum Teufel gehen, möge er verfaulen, dieser Bastard ...»

Er schob einen mutigen kleinen Hofschneider beiseite, der auf Beckets Brust eintrommelte, und kam aus der Schlägerei herausgestampft, mit der Faust in die Handfläche schlagend und außer sich vor Zorn. Sein Blick fiel auf mich, wie ich auf dem Boden kauerte; er packte die zerschlissene Vorderseite meines Wamses und hob mich wieder hoch.

«Verflucht noch mal, Tom!» bellte er, was das Summen in meinen Ohren noch schlimmer werden ließ. «Warum hast du es mir nicht gesagt? Wo zum Teufel war er? Wie wollte er es anstellen?»

«Er war in dem Drachen», wimmerte ich, «dem Drachen, auf dem Sidney ritt. Ich habe ja versucht, es dir zu sagen, David, ich habe es wirklich versucht, aber du wolltest nicht auf mich hören, und Teufel ritten auf meiner Zunge, um mich zu verwirren. Es war der Drache, er hat sich im Drachen versteckt, mit einer Armbrust, nur ich sah ihn und führte einen kleinen Tanz auf, um die Pferde zu unterhalten und sie scheu zu machen, damit er nicht zielen konnte. Ich habe mein Bestes getan, Gott weiß es, ich habe alles getan, was ich konnte, heimgesucht von Engeln und Kummer wie ich bin...»

«Meinst du den Drachen, den zu bauen Simon Ames geholfen hat und für den Walsingham zahlen wird?»

«Ja, ja!» kreischte ich. «Es gibt doch nur diesen Drachen! Drachen fallen nicht vom Himmel; sie müssen gebaut werden, müssen sich aus dem Ei einer Idee und eines Plans zur vollen Blüte ihrer Schönheit und Stärke entwickeln...»

«Er hatte eine Armbrust da drinnen?»

«Ja», keuchte ich, «um sie zu erschießen.»

«Zeig's mir.»

Es bedurfte eines kleinen Schmiergeldes und einer längeren Debatte mit einem besorgten Milizsoldaten, aber wir gelangten hinter die Stallungen, wo der Drache geduldig auf seine Rückreise wartete. Becket öffnete die Bodenklappe und sah sich um, und ich hörte eine lange Kette von Flüchen, als er sah, wie nahe wir einer Katastrophe gewesen waren. Es folgte ein Stöhnen, dann kam er heraus.

«Dies wurde für einen schlankeren Mann gebaut, als ich es heute bin. Steige du hinein und nimm die Waffe heraus.»

Ich tat, worum er mich gebeten hatte, und brachte ihm die Armbrust. Er hielt die Sehne mit dem Daumen fest, nahm den Bolzen heraus und lockerte die Spannung.

«Nur für die Vogeljagd, aber aus der Nähe, wenn der Drache sich hoch aufrichtet...»

«Ja, ja», sagte ich. «Und außerdem ist der Bolzen in Gift getaucht, er brauchte sie nur zu streifen. Er brachte das Gift mit dem Gold.»

«Welches Gold?»

«Das Gold, mit dem für den Drachen bezahlt wurde.»

«Er muß mit dem Zimmermann, der diesen Drachen gebaut hat, unter einer Decke stecken.»

Ich nickte wie wild und ließ die Arme kreisen.

«Du glaubst also, er könnte zurückkehren und um Hilfe bitten?»

Ich nickte wieder. Becket nahm meinen Arm, versuchte die Vorderseite meines Wamses zurechtzuziehen und zog mich etwas zur Seite.

«Tom ...»

«Dies ist der Gescheite.»

«Ralph also», sagte er und sah mir direkt in die Augen. «Wirst du Adam zu mir bringen?»

Erstarrte mein Herz in diesem Augenblick zu Eis, oder war es vorher erstarrt und begann jetzt zu schmelzen?

«Wenn du zu ihm gehst und ihm eine Zuflucht anbietest, dort auf ihn wartest, wo sie den Drachen gebaut haben ...»

«Hanging Sword Court», teilte ich ihm mit.

«Tatsächlich? Mein Gott. Also, warte am Hintertor auf ihn, und wenn er kommt, sage ihm, alles sei aufgedeckt, aber du könntest ihm Zuflucht im Freibezirk Blackfriars bieten. Dann bring ihn in den Klosteranlagen zu mir.»

«Warum nicht der Königin sagen, was ...»

«Ralph, mein Freund, denke doch nach. Vor allem, wie soll jemand wie ich das bewerkstelligen? Ich bin kein Höfling. Ich würde viele Wochen und viel Gold brauchen, um zu ihr zu gelangen. Und angenommen, es gelingt mir, ich werfe mich vor ihr auf die Knie und brabble etwas von einem Komplott. Wem gehört der Drache, wer hat ihn geritten?»

«Na ja, Sir Philip Sidney ...»

«Und wessen Schwiegersohn ...»

«Das weiß ich alles», sagte ich ungeduldig. «Walsingham. Aber wird sie ihm nicht vertrauen ...»

«Entweder vertraut sie ihm und glaubt mir nicht, oder sie glaubt mir und wird nie wieder ihm vertrauen. Der einzige

Mann, der zwischen uns hätte vermitteln können, ist Simon Ames, und der liegt todkrank in Poor Jewry. Wir können es nicht riskieren, Adam laufen zu lassen; er ist stolz, und ich denke, auch mutig: Er wird es gewiß wieder versuchen, und man sagt, beim drittenmal gelingt's. Wir wissen, wo er hingehen wird, und daher ...»

«Aber meinen Bruder zu verraten ...»

Dazu sagte Becket nichts. Er streckte die Hände aus, die Handflächen zum Himmel gerichtet, zuckte mit den Schultern und ließ sie wieder fallen. Ich hätte mit meinem Engel gesprochen, wenn das möglich gewesen wäre, aber er war wieder davongeflogen, und ich konnte weder seine Stimme hören noch die der Mondkönigin. Mit der Benutzung meines von Dämonen bedrohten Namens hatte Becket bei mir ein Wunder bewirkt, glaube ich. Ich konnte niemanden außer mich selbst um Rat fragen.

Ich schüttelte den Kopf und verbarg meine Augen und versuchte, das Summen in meinen Ohren zum Verstummen zu bringen. Becket ließ seine Hand wieder schwer auf meine Schulter fallen.

«Höre, Ralph, ich will nicht versuchen, dich zu überreden. Aber ich werde jetzt ein Boot flußabwärts nach Blackfriars nehmen, und dort werde ich bis morgen früh warten. Wenn du mit ihm kommst, singe die Ballade, die du geschrieben hast, Tom O'Bedlams Lied, um mich zu warnen.»

«Ich will nicht, daß er von hinten erschossen wird.»

Becket seufzte. «Damit ich nicht überrascht werde», sagte er. Dann verließ er mich, machte einen großen Bogen um Westminster und kaufte von einem Mädchen mit großem Busen eine zu teure Pastete, bevor er zu den Westminster-Stufen ging. Es waren ein paar Fährleute dort, die die kürzeren Strohhalme gezogen hatten und während des Turniers die Boote ihrer Kollegen mitbewachen mußten, und für den doppelten Preis fand er einen, der ihn bringen würde, wohin er wollte. Wie der Fährmann ihm klarmachte, würde er keinen Gast für die Fahrt zurück finden, da jetzt alle in Westminster seien.

54

Mein Bruder war schon als Junge vorsichtig, und er wuchs zu einem Mann heran, der alles mehrfach überdachte. Nun lief er ziellos durch die Menge, schloß sich bald dieser, bald jener Gruppe an, bis er lange genug herumgehorcht hatte, um zu wissen, daß er nicht mit großem Geschrei verfolgt wurde. Und auch, als das Feuerwerk begann und der Himmel sich mit goldenen Blumen und Sternenregen füllte und es überall nach Schießpulver roch, gab er sich mit einigen «Oh's» und «Ah's» zufrieden. Auf die Bitte einer Mutter hin hob er sich einen Jungen auf die Schultern, damit dieser besser sehen konnte, einen kräftigen Jungen, nicht viel jünger, als mein Kleiner gewesen war. Mein Bruder lächelte und gab Ausrufe von sich, und als die letzten Raketen zum Ruhm der Königin verschossen worden waren und die kurzlebigen Sterne aus menschlicher Hand Gottes Himmelszelt wieder geräumt hatten, erst dann ließ er sich mit dem Strom all der anderen Londoner an den Fluß treiben und verhandelte wegen eines Bootes. Er teilte eines, das zu den Temple-Stufen fuhr, mit einer Gruppe junger Rechtsanwälte, die alle Sherry getrunken hatten, recht angeheitert waren und einander weitere Vergnügungen für den Abend vorschlugen.

Er verabschiedete sich von ihnen und schloß sich einer

anderen Gruppe von Leuten an, die durch die Water Lane zogen und Theorien über die wahren Absichten von Sir Philip Sidneys Prozession aufstellten. Als er am äußeren Ende des Hanging Sword Court stehenblieb, wo die Hinterpforte für die Nacht geschlossen war, sah er sich lauernd um.

Und ich trat aus einer Ecke hervor und sagte, sehr leise: «Bruder?»

Ich bezweifle, daß er mich erkannt hätte, wenn er mich gesehen hätte; ich sah so anders aus als der ältere Bruder, den er einst gekannt hatte, und als die tobende Kreatur, die zu besuchen er mit der Postkutsche nach London gefahren war. Es war meine Stimme, die ihn unvermittelt stehenbleiben ließ.

«Bist du es, Ralph?»

Seine Stimme so vorsichtig klingen zu hören – es hätte mich zum Weinen bringen können, aber es tat es nicht. Becket hatte mit der Benutzung meines Namens den Zauber bewirkt.

«Ja, ich bin's», sagte ich und trat etwas näher. «Geh dort nicht hinein.»

«Ich dachte, du seiest ...»

«Tot? Weißt du, die Unterkunft, die du für mich gesucht hattest, gefiel mir nicht, darum habe ich mich totgestellt und bin ihnen entwischt, und du hast die ganze Zeit für nichts und wieder nichts gezahlt.»

Er lächelte, und ich sah seine Zähne aufblitzen. «Du bist also wieder gesund?»

«Völlig», log ich. «Es ging nur um etwas Ruhe und gutes Essen und um einen Ort, wo die Menschen die Wahrheit sagten. Es geht mir jetzt wieder gut, ich bin nur arm.»

«Warum sollte ich dort nicht hineingehen?»

«Hast du etwas mit Minister Walsingham zu tun?»

«N ... ein.»

«Seine Männer warten dort auf jemanden. Ich halte es für besser, solchen Herren aus dem Weg zu gehen, aber wenn du geschäftlich mit ihnen zu tun hast, werde ich sie rufen ...»

«Hm ... nein, sei leise. Ich habe nicht den Wunsch, sie zu sehen.»

Ich sah, wie er angestrengt nachdachte. Und mein ganzer Kummer, meine Vorwürfe und Fragen drängten sich mir auf die Lippen, aber der neuerwachte Mann in mir, der Ralph war, blockierte meine Lippen und schob den Teufel weg, der auf meiner Zunge saß. Ich hätte meinen Bruder gern gefragt, warum er den Wärtern die Erlaubnis erteilt hatte, mich zu schlagen, warum er bei Agnes gewohnt habe, wenn er in verräterischer Mission gekommen war, warum er Becket verraten habe und warum ... Aber ich fragte nur: «Du bist Priester geworden?»

Laß ihn lügen, dachte ich, und ich selbst schlage ihn nieder. Er blickte auf den Boden, wich einem Haufen Hundescheiße aus und ging weiter die Water Lane hinauf in Richtung Fleet Street.

«Nein», sagte er schließlich. «Nein, ich habe mich an die Jesuiten gewendet und auch mit einer Ausbildung begonnen, aber ... sie wollten mich nicht behalten. Meine Heftigkeit gefiel ihnen nicht, nehme ich an ... ich habe es nie verstanden ... Und mit etwas Geringerem wollte ich mich nicht zufriedengeben.»

Er war beunruhigt, ging nach vorn gebeugt.

«Wohin wirst du gehen?» fragte ich.

«Ich kenne einen Mr. Tyrrel ...», setzte er an und hielt inne, als ich den Kopf schüttelte.

«Er ist tot», teilte ich ihm mit. «In einer Schlägerei umgebracht, vor wenigen Stunden. Ich weiß es von dem Mann, der ihn getötet hat; Tyrrel war ein vielgehaßter Mann.»

«Mein Gott.»

Wir gingen ein Stück weiter, und bei der Fleet Bridge wagte ich es. «Weißt du nicht, wohin du gehen sollst, Adam?»

Er lachte ein wenig. «Ist es so offenkundig?»

«Du kannst mit mir kommen. Es ist nur ein kleines Loch in dem Blackfriars Kloster, aber es regnet kaum rein, und es liegt innerhalb des Freibezirks. Niemand wird dich beachten, und niemand wird Fragen stellen, wenn du kommst.»

Er lachte wieder, fröhlich, und schlug mir so kräftig auf die Schulter, daß ich beinahe stolperte.

«Sehr gern, Ralph, wenn du mir den Weg zeigst.»

Während ich ihn vorbei am Old Bailey nach Amen Corner und durch die vermoderte alte Mauer in die City führte, wich der Zorn allmählich aus meinem Herzen. Aus allen Spelunken ertönte Singen, manchmal sogar melodisch, und um einen Brunnen, den ein Kaufherr mit Wein hatte füllen lassen, drängten sich die Leute. Zwischen den Männern, die lautstark redeten, und den Frauen, die sangen, stieg Kummer in mir auf, daß ich meinen Bruder verriet, und doch hatte ich das Gefühl, ich müsse es tun. Ein Engel tauchte auf und drohte mir mit dem Finger, und ein anderer nickte, und ich erkannte, daß meine Engel ebenso ratlos waren wie ich. Er war treulos, ich war es nicht. Ich hatte nie jemanden außer mich selbst verraten... Leider, denn sind es nicht meistens die Verräter, die reich sind?

Es ist leicht genug für Engel, die Gottes Willen direkt sehen. Wenn sie bestürzt waren, so war ich es erst recht, genauso wie Agnes es gewesen war. Es wäre gerecht, den Verräter zu verraten, aber für Gerechtigkeit war ich nicht zuständig, und früher einmal war er mein kleiner Bruder gewesen, mit dem ich mich balgte und mit dem ich auf unseren neuen Ponys ritt und der die ganze Zeit, da ich Pocken hatte, meinen Sperber versorgte...

Wir näherten uns dem Kloster. «Hast du die Ballade erhalten, die ich dir geschickt habe, Tom O'Bedlam?» fragte ich ihn voller Anhänglichkeit.

«Ich habe einen verrückten Gefühlserguß bekommen, der sich nicht übel reimte. Hast du mir das geschickt?»

Oh, er hatte mir einen Dolch ins Herz gestoßen. «Ja, und ich habe die Ballade auch geschrieben. Sie sollte dir eine Vorstellung von meiner Verwirrung vermitteln.»

«Ich habe sie drucken lassen.»

«Ich weiß», sagte ich, und in mir begann es wieder zu kochen und zu brodeln, daß er noch damit prahlte, was er mit meinem Gedicht gemacht hatte. Aber er war immer noch mein Bruder... Ich begann, das Lied ziemlich laut zu singen, und die Tränen liefen mir übers Gesicht. Er war immer noch mein Bruder...

«Lauf, Adam», heulte ich. «Becket wartet hier auf dich, lauf...»

Im Sternenlicht sah ich, wie sein Gesicht sich veränderte; es drückte nicht Furcht oder Kummer aus, sondern kalte nackte Wut. In seiner Hand blitzte etwas auf, er packte meine Schulter, zerrte mich an sich, und ich war verwirrt und dachte, er wolle mich umarmen. Er umarmte mich auch, aber während er das tat, spürte ich einen dumpfen Schlag im Bauch und eine Art Kälte in einem großen Schwall von Blut, und dann, viel später, einen großen, gähnenden Abgrund von Schmerz, der meinen Atem rasseln ließ und meine Beine vergiftete, so daß ich, an die Klostermauer gelehnt, zusammenbrach und langsam keine Luft mehr bekam, während der

Riß in mir wühlte und sich weiter auftat und das kalte Blut floß.

«Gott verfluche dich!» sagte Beckets Stimme. «Du Scheißkerl, er hat dich gewarnt...»

Wenn meine Stimme mich nicht mit meinem Blut verlassen hätte, hätte ich Becket gewarnt, seine Zeit nicht mit Worten zu verschwenden, aber er war zornig, und in dem Augenblick sprang Adam über die Mauer in den Klosterhof und warf mit einem Hühnerkorb nach Becket. Becket schien vor Wut blind zu sein, denn er jagte Adam über den ganzen Klosterhof, und als Adam sich gegen eine Mauer kauerte, schlug Becket mit seinem Schwert nach Adams Hals. Es ist ein alter Trick: Adam ließ sich in letzter Sekunde fallen, und Beckets Klinge traf die Mauer und zerbrach, und seine rechte Hand war betäubt von dem Schmerz. Adam rollte sich gegen Beckets Beine und zerrte ihn auf den Boden.

Sie zerstörten den Garten des einfältigen Neddy, als sie dort gegeneinander kämpften, Dolch gegen Dolch, eine stumme, bösartige Auseinandersetzung, die sich nicht vergleichen ließ mit den rüpelhaften Geräuschen von Trinken und Lachen aus den vielen Spelunken in der Gegend. Niemand kam, um zuzusehen oder Wetten abzuschließen, oder sie in ihrem Kampf zu unterstützen. Sie waren einander ebenbürtig, trotz Beckets Gewicht und seiner Kraft, weil er tobte vor Kummer und Schuldgefühlen, und Adam war ihm gewachsen und hatte überdies einen klaren Kopf. Und das Bier und der Tabak sprachen gegen Becket.

Becket mußte zum erstenmal Blut lassen, als ein wohlgezielter Hieb Adams nach seinen Augen ihm die Wange aufschlitzte, was ihn noch wütender machte. Er riß sich los und kam auf die Beine. Sein Dolch blitzte auf, als er ihn aus der verletzten rechten Hand in die linke nahm. Die Klinge war noch in der Luft, als Adam über ihn herfiel. Becket krachte gegen die Mauer, und Adam schlug Beckets Dolchhand gegen den Stein. Dann versetzte Becket ihm einen Kopfstoß und kickte ihn von sich.

Im Licht der Sterne und des Mondes waren sie deutlich zu sehen, wie sie einander umkreisten und schwer atmeten. Das Brennen in Beckets Gesicht machte seinen Kopf ein wenig klarer. Adam stolperte fast über Neddys Spaten, der unter einer Zeltplane lag. Er warf die Plane auf Becket, versuchte, ihn darin zu verheddern, riß den Spaten hoch und hackte linkshändig damit herum, um Becket in sein Messer zu treiben. Doch Becket hatte die Plane abgefangen, den Schlag des Spatens mit der Schulter abgewehrt, war näher gekommen und hatte Adams Messer mit dem Segeltuch bedeckt. Dann warf er sich mit seinem ganzen Gewicht auf Adam, obwohl die Klinge des Messers sich durch das Tuch hindurch in seine Seite gebohrt hatte, und stach Adam in die Eingeweide, und dann noch einmal, bösartig, in die Kehle. Mein Bruder wölbte den Rücken, lachte Blut und starb.

Becket blieb einen Augenblick lang liegen, dann erhob er sich wieder und krächzte nach Atem. Er stand da und starrte auf Adam hinunter, hielt Ausschau nach einem Lebenszeichen, bis er wieder leichter atmete und sich seiner Schmerzen bewußt wurde. Selbst durch die Zeltplane hindurch hatte Adams Dolch ihn schwer an der Seite verletzt, sein rechter Arm hing nutzlos hinunter nach dem Unheil, das der Spaten an seiner Schulter angerichtet hatte, und er konnte die Hand nicht bewegen. Das Blut, das von seiner Wange tropfte, durchnäßte seine neue Halskrause, und sein Gesicht schwoll an und brannte. Aus reiner Gewohnheit säuberte er die Klinge seines Dolches an Adams Rock, steckte den Dolch in die Scheide und stolperte dann zu mir, seine linke Hand an die Seite gepreßt.

Was mich betraf – während die beiden kämpften, hatte ich das Gefühl, daß ein kalter Strom von Blut um meine Füße plätscherte und anstieg, um meine Knie, meine Hände, Ellbogen und Hüften zu überfluten, und daß unerträgliche Schmerzen in meinem Bauch wüteten. Mein Atem ging mit jedem Atemzug über Dornenbüsche, darum atmete ich immer seltener, und schließlich, als der kalte Strom mein Herz erreichte, brauchte ich gar keine Luft mehr.

Jetzt waren all meine Schmerzen vergangen. Becket fand mich, sah das schwarze Blut und das Loch, aus dem es gekommen war, und sah meine Augen so glänzen und strahlen, daß sie für die Lider keine Verwendung mehr hatten. Müde setzte er sich auf einen Stein neben mir und weinte.

55

Der einfältige Neddy fand ihn am Morgen halb tot vor Kälte und Blutverlust, fand auch Adams Leiche und meine, und hatte soviel Verstand, loszulaufen und Eliza Fumey zu suchen.

Gemeinsam brachten sie den schwankenden Becket in Mrs. Fumeys Haus und wagten es dann, Elizas Sohn nach Dr. Nuñez zu schicken. Als der gute Mann kam, brachte er Henderson und Kinsley mit, die nach Blackfriars eilten, um die Leichen von dort fortzuschaffen. Becket hatte inzwischen das Bewußtsein verloren, und so brachten sie ihn trotz Mrs. Fumeys Protesten in einer Sänfte durch die City nach Poor Jewry.

Dort wurden Beckets Wunden wieder von Señor Eraso behandelt, der ihm Schulter und Hand verband und Honig und Rosenwasser in seine aufgeschlitzte Wange und seine Seite tröpfelte, bevor er ihn gegen Infektionen ein wenig zur Ader ließ. In einem anderen Zimmer lag Simon, auf Kissen gestützt, mit fieberglühenden Wangen und Augen, und phantasierte schrill in einer Mischung aus Portugiesisch und Englisch und kämpfte um Atem gegen den unter einem ungünstigen Stern stehenden Körpersaft in seinem Brustkorb.

Als Becket zum erstenmal seine schweren Augen öffnete, dachte er, er phantasiere auch, denn dort stand der Mohr der Königin, eine Säule aus schwarzem Samt und weißem Linnen, das Gesicht ernst vor Teilnahme. Es wurden Worte gewechselt, und er glaubte zu hören, daß Dr. Nuñez sich nach Throgmorton erkundigte, und trotz seiner Schwäche hörte er Walsinghams Antwort deutlich genug.

«Er brach zusammen, als wir ihm die Folterbank zeigten und ihm das Datum nannten. Er hatte gehofft, daß das Feuerwerk am Jahrestag die ersten Schüsse des Bürgerkriegs seien, den er uns ins Land bringen wollte, und er war bitter enttäuscht. Denkt Ihr, daß Mr. Becket uns versteht?»

Nuñez schüttelte den Kopf. «Ein Jammer», sagte Walsingham. «Ich wollte mich bei ihm bedanken in der Angelegenheit der Papiere in Tyrrels Haus, die mir gebracht worden sind. Und auch in dieser Sache. Wird er sterben?»

Nuñez lächelte in sich hinein. «Das bezweifle ich, Sir. Wenn sich nicht eine seiner Wunden entzündet, wird er sich bei Ruhe und gutem Essen schnell wieder erholen. Ich habe keinen Zweifel, daß er Schlimmeres als dies überlebt hat.»

«Wird sein Schwertarm wieder in Ordnung kommen?»

Nuñez zuckte mit den Schultern. «Ich denke, darüber

solltet Ihr mit Señor Eraso sprechen. Es hängt davon ab, wie gut sein Schlüsselbein heilt.»

«Und Euer Neffe, Doktor? Was ist mit ihm?»

Nuñez seufzte. «Sir, er ist in der Hand des Allmächtigen, sei Er gepriesen.»

Sir Francis nickte. «Es würde mich bekümmern, einen solchen Mann zu verlieren. Er hat sich in dieser Angelegenheit außerordentlich ehrenwert verhalten, sowohl rasch in seinen Entscheidungen als auch furchtlos im Herzen.»

Nuñez schaute auf den Boden. «Wir müssen auf den Allerhöchsten vertrauen.»

Etwas ungeschickt streckte Sir Francis die Hand aus und berührte Dr. Nuñez' Arm. «Doktor, würde es Euch beleidigen, wenn Christen für seine Rettung beteten?»

Nuñez lächelte fast. «Sir, wie könnte ich beleidigt sein?»

«Dann werden wir in der Seething Lane zweimal täglich für ihn beten.»

«Doch wir stehen alle in Gottes Hand und müssen uns fügen.»

Sir Francis verbeugte sich andeutungsweise und verließ Dr. Nuñez. Becket wurden die Lider mit den dichten Wimpern schwer, und er tauchte wieder in Dunkelheit und Schlaf.

Der Drache wurde fortgebracht und in Whitehall in einem Lager untergestellt, bereit, für ein anderes Fest wieder hervorgeholt zu werden. Meister Richard Broom erlag wenige Nächte später seiner Staublunge, vergrämt und verbittert, weil er wußte, daß seine Tochter ihn nach protestantischem Ritus begraben und daß kein Seelenamt für ihn abgehalten werden würde.

Noch immer wußte niemand, was sich zwischen Simon und John Hunnicutt abgespielt hatte, und Hunnicutt ging weiter seiner Arbeit in der Seething Lane nach und betete mit den anderen für Mr. Ames' Rettung nach dem Willen Gottes.

Simon glühte und phantasierte in seinem Fieber, sein magerer Körper unter Kissen und Decken versunken, und gelegentlich flößte seine grimmig aussehende Tante Leonora ihm etwas Nahrung zwischen die zerschundenen Lippen. Andere Schatten hatten Ähnlichkeit mit seinem Vater und seiner Mutter, und er hätte sie gern alle beruhigt, stellte aber fest, daß ihm der Atem dazu fehlte.

Angespült von der Strömung von Zahlen und Geometrie fand er sich wieder zwischen den Pfählen und Pfeilern einer riesigen Brücke, wie eine Maus auf Gottes Mauerwerk. Unter ihm donnerte der Fluß, aber hier war es ein Fluß aus Flammen, der zu ihm anstieg und mit goldenen und blutroten Händen nach ihm griff und dann wieder zurückebbte. Etwas Hartes und Schweres packte seine Brust und drückte ihn nach unten.

Das Gesicht der Göttin, auf der er kroch, wurde zu Fleisch, und sie sprach ihn an, höhnisch und gebieterisch.

«Wenn du dich erheben wirst, diene mir», flüsterte sie.

Er hatte einen so hohen Grad von Delirium erreicht, daß es sich wieder in Klarheit verwandelte, und er sah sie ernst an.

«Ich denke, ich habe dir genug gedient», sagte er, nahm die goldene Kette von seinem Hals und warf sie weg. Die Göttin wurde wieder zu weißem Marmor, und Simon fühlte sich leicht und kühl.

Er kletterte weiter, hinauf zum fernen Himmel.

56

Der Bote aus Poor Jewry kam kurz vor Tagesanbruch in die Seething Lane, als Walsingham gerade seinen Haushalt zum Gebet zusammenrief. Walsingham empfing den Boten in der Halle, wo all seine Leute wartend standen, nahm das Blatt Papier entgegen, entfaltete und las es, neigte den Kopf und seufzte dann. Er leitete die Andacht mit ebenso fester Stimme wie immer, mit der gleichen Stimme – aber das wußte er nicht –, mit der er immer zur Königin sprach. Am Ende sagte er nach kurzer Pause:

«Ich habe eine traurige Nachricht zu vermelden. Wir haben in den vergangenen Tagen für das Leben eines Mannes aus diesem Haushalt gebetet, Mr. Simon Ames. Er braucht unsere Gebete jetzt nicht mehr, denn er starb an diesem Morgen zum Gezeitenwechsel. *The Glory of Israel is slain upon the high places . . .*»

Unmittelbar darauf begab sich Walsingham zum Haus der Familie Nuñez, das still war, mit geschlossenen Fensterläden. Er wurde von Dr. Nuñez und einem anderen, gut gekleideten Mann in mittleren Jahren empfangen, den er flüchtig kannte als Simons Vater Dunstan Ames, Hoflieferant der Königin. Walsinghams Worte des Beileids wurden unterbrochen, und rasch wurde er in das Haus und die Treppe hinauf an das Ende eines Korridors geführt. Dort blieb er auf einer Türschwelle stehen und sah Simon auf Kissen gestützt in seinem Bett liegen. Er war zwar kreidebleich, atmete aber und wandte den Kopf zur Tür.

Hieran mag man Walsinghams wahren Wert erkennen, denn er unterdrückte den sofort in ihm aufsteigenden Zorn über die Lüge, trat vor, setzte sich auf einen Hocker neben dem Bett, legte die Hände auf die Knie, zog eine Augenbraue hoch und sagte nichts. Dr. Nuñez und Simons Vater zogen sich diskret zurück.

Bevor Simon bis zur Hälfte seiner geflüsterten Darlegung gekommen war, schritt Walsingham im Zimmer auf und ab, weiß vor Zorn, der um so hitziger war, als er nicht in Worte gefaßt wurde.

Er war wie ein Mann, der eines Nachts fröhlich mit einem Pferd nach Hause reitet und am nächsten Tag feststellt, daß er am äußersten Rand einer steilen Klippe entlanggeritten ist. Hunnicutt hatte Walsingham und seine Familie sauber in den Schlingen seines Verrats gefangen, und es gab kein Gegenargument, auf das Simon nicht eine Antwort hatte.

Das Schlimmste daran war nicht die Tatsache, daß er für den Drachen gezahlt hatte, der das Werkzeug für die Ermordung Ihrer Majestät der Königin sein sollte, noch daß der Teufel einen direkten Kanal in das Herz seines Haushalts und der Dienerschaft gehabt hatte. Nein, Walsingham ahnte vielmehr, daß Hunnicutt auch seine Tochter gegen ihn benutzt haben mußte. Für einige Teile des Rätsels war diese Möglichkeit die einzige Lösung. Da war der Bericht von Simon, der auf Strangways' Ankunft in England unter dem Namen Semple hinwies und der ihn, Walsingham, nie erreicht hatte. Da gab es auch die Warnung an Throgmorton vor seiner in Kürze bevorstehenden Festnahme. Hunnicutt mußte einen Hebel gefunden haben, mit dessen Hilfe er Frances aus ihrer Tochterpflicht drängen konnte, möglicherweise die skandalösen Mittel, deren sie sich bedient hatte, um die Königin zu veranlassen, ihre Ehe mit Sir Philip Sidney zu gestatten. Seine sanfte Tochter so benutzt zu sehen brachte Walsingham an den Rand der Weißglut, aber er mußte sich beruhigen und nachdenken. Würde Hunnicutt festgenommen, so wäre das bestenfalls ein schrecklicher Schlag für die Königin und würde ihr Vertrauen in Walsingham schwächen, wie nun Ames mit seiner schwächer werdenden Stimme atemlos betonte. Schlimmstenfalls würden Walsinghams Feinde am Hof ihn in einem Fieber des Mißtrauens zu Fall bringen, und er müßte sich vielleicht sogar zusammen mit Hunnicutt wegen Hochverrats vor Gericht verantworten. Es fehlte ihm nicht an Feinden, die die Gelegenheit sehen und beim Schopf ergreifen würden.

Walsingham stellte sein Auf- und Abmarschieren ein, machte in Gedanken aus der Möglichkeit voreilig eine Wahrscheinlichkeit und starrte Ames entsetzt an.

«Ich habe... darüber nachgedacht und mit... meinem Vater... gesprochen...», sagte Simon fast unhörbar, «... und ich sehe... keinen Grund... Hunnicutt zu verhaften.» Simon machte eine Atempause und leckte an seinen geschwollenen Lippen. Etwas ungeschickt brachte Sir Francis ihm einen silbernen Becher mit Rosenwasser.

«Es schien mir... wahrscheinlich... Sir», hauchte Simon, «... daß Mr. Hunnicutt mich gern ...tot sähe... und wenn er glaubte, ich sei... tot... würde er sich in Sicherheit wähnen... und seine Arbeit fortsetzen...»

Sir Francis stand vollkommen still. Er begann zu lächeln.

«Mit etwas Sorgfalt...», krächzte Simon, aber Walsingham hob die Hand.

«Ich bin ganz Eurer Meinung, Mr. Ames. Mit etwas Sorgfalt, einigen Duplikaten und Unkosten können wir die in San Lorenzo wissen lassen, was immer wir sie wissen lassen möchten...» Sein Lächeln wurde raubgierig. «Ja, ich denke, wir können es schaffen. Mr. Ames, Sir, ich bin zutiefst in Eurer Schuld, wenn ich es auch bedaure, daß ich Euch letzten Endes doch verlieren muß. Außer...?»

«Mein Onkel sagt, daß meine Gesundheit es nicht zulassen wird», erwiderte Simon in einem einzigen Atemzug. «Ich muß ... zu meinem Bedauern ... Eure Dienste verlassen, Sir Francis.»

«Es wird ein schwerer Verlust für mich sein», sagte Walsingham. «Ich muß sagen, daß ich ungern auf Euren Rat und Euren Scharfsinn verzichte, Mr. Ames, obwohl ich einsehe, daß es sein muß. Werdet Ihr irgendwelche ... Unterstützung brauchen?»

Simon lächelte ein wenig, seine Augen fast geschlossen vor Erschöpfung.

«Ich denke, meine Familie ... kann es zustande bringen ... Meine Beerdigung wird ... eine stille Angelegenheit sein ...»

«Ja», sagte Sir Francis. Ein kleiner Schauer lief ihm über den Rücken, und er verstand nicht, warum Simon so heiter war. «Natürlich. Nun gut. Wenn Ihr mich jemals brauchen solltet, Mr. Ames, wisset, daß ich Euer Freund bin.»

So kam es, daß jedes Blatt Papier, das die Turniere am Jahrestag der Thronbesteigung und den Feuerdrachen betraf, den Weg in den Brotofen in der Seething Lane fand, wo es verbrannt und durchgeharkt und noch einmal verbrannt wurde. Denn hier liegt die große Schwäche des Mundus Papyri; in der wirklichen Welt kann eine Stadt nur mit großer Mühe und Arbeit und der Aufwendung von viel Gold zerstört werden, doch in der Papierwelt genügt ein kleines Feuer.

Nachdem er von Becket von meinen Taten gehört hatte, zahlte Sir Francis auch meine Beerdigung, die sehr respektabel war mit acht bezahlten Trauernden und zwei schwarzen Pferden, die den Leichenwagen zogen, und mit Becket und Anthony Fant an der Spitze des Leichenzugs. So wurde meine kleine goldene Platte mit Fischen darauf nicht gebraucht, die einst geschmiedet wurde, um den Leib des Herrn zu tragen. Der einfältige Neddy fand sie, wo ich sie eingegraben hatte, und verkaufte sie für ein Viertel ihres Wertes an einen Goldschmied in Cheapside, um sich neue Pflanzen für seinen zerstörten Garten zu beschaffen. Dem Goldschmied gefiel der altmodische Stil der Platte nicht, darum stemmte er die Steine heraus und schmolz die Platte ein.

Adam bekam ein Armengrab, was mehr war, als er verdiente; man hätte ihn auf einen Misthaufen werfen sollen, so wie er es mit meinem Jungen Ralph getan hatte. Aber der kleine Ralph will es nicht, und Agnes auch nicht, und ich will mich nicht mit ihnen streiten, jetzt, da ich keinen Grund mehr habe, wahnsinnig zu sein.

Das ganze Herz voll wilder Träume,
  Deren Gouverneur ich bin,
Mit Feuerspeer und Pferd nicht schwer
  Wandre ich zur Wildnis hin.
Von einem Ritter der Geister und Schatten
  Bin ich geladen zum Turnier
Dreimal zehn Meilen hinter dem Ende der Welt
  – Mich dünkt das nicht weit von hier.

ANHANG

Personenverzeichnis

DUC D'ALENÇON*: ein französischer Prinz
ALYS: eine Schankwirtin
DUNSTAN AMES*: Hoflieferant Ihrer Majestät für Lebensmittel, ein Marraner
FRANCISCO AMES*: sein Bruder, ein Soldat
BENJAMIN, JACOB und WILLIAM AMES*: seine Söhne
SIMON AMES: ein weiterer Sohn, Sekretär von Sir Francis Walsingham
REBECCA ANRIQUES: ein jüdisches Mädchen

BALFOUR*: ein schottischer Soldat
MR. BARNET: ein englischer Pfandleiher
GRAF BATENBURG*: einer der Generäle des Wilhelm von Oranien
BAYNES: ein Soldat
DAVID BECKET: ein Söldner und Profos der Verteidigung
MRS. BICKLEY: eine Köchin
ROCCO BONNETTI*: ein italienischer Fechtmeister
RICHARD BROOM: ein Zimmermann
JEMMY BURFORD: ein Nachbar von Mr. Becket

MR. CARBURY: ein Privatlehrer
MRS. CARFAX: David Beckets Hauswirtin
CORDAY: ein Freund von Francis Throgmorton

* Personen, die wirklich existiert haben

Mr. Custance: ein unbedeutender Kaufmann, wirbt um Mrs. Fumey

Mr. Dawkins: Archivar in Gray's Inn
Dorcas: eine Amme
Mr. Dowl: Sekretär von Sir Francis Walsingham
Edmund Dun*: ein Balladenverkäufer

Königin Elisabeth I.*
Mr. Ellerton: einer der Männer von Sir Francis Walsingham
Henri Estienne*: ein hugenottischer Buchdrucker, Freund von Sir Philip Sidney

Anthony Fant*: ein Gentleman, einst Soldat
Agnes Fant (geb. Strangways): seine Ehefrau
Edward, Elizabeth und Mary Fant: seine Kinder
Sir William Fant: sein Vater, inzwischen gestorben
Eliza Fumey: eine Witwe

Gabriel: ein junger Gauner
Humphrey Gilbert*: ein Führer des Feldzugs in Holland
Señor Phillippe Gomes: ein Pfandleiher
Fulke Greville*: ein Gentleman, Freund von Sir Philip Sidney
Herzog von Guise*: ein mächtiger französischer Edelmann

Mr. Hardy: ein Kuppler
Sir Christopher Hatton*: Mitglied des Kronrats, «Belwether» der Königin und langjähriger Günstling
William Henderson: einer der Männer von Sir Francis Walsingham

HEINRICH VON NAVARRA*: der zukünftige Heinrich IV. von Frankreich
FATHER HEPBURN: ein katholischer Priester
JOHN HOLDER: ein Söldner
PERICLES HOWARD: ein Gentleman
JOHN HUNNICUTT: Vorsteher von Sir Francis Walsinghams Kurierdienst

ILSE: eine Holländerin

JARDIN: ein Bärenwärter
JEROME: Rocco Bonnettis Lustknabe
JOAN: eine Amme

THOMAS KINSLEY: einer der Soldaten von Sir Francis Walsingham

HENRY MALL: einer der Soldaten von Sir Francis Walsingham
MARGARETE VON VALOIS*: Ehefrau des Heinrich von Navarra
MAUD: eine Hausangestellte
KATHARINA VON MEDICI*: die Königinmutter in Frankreich
CAPTAIN MORGAN*: Leiter des Feldzugs in Holland

DER EINFÄLTIGE NEDDY: ein Schwachsinniger
CATHERINE NISBET: Mrs. Fants Tante
THOMAS «FOLTERMEISTER» NORTON: ein Priesteraufspürer und Befrager
DR. HECTOR NUÑEZ*: ein marranischer Arzt und Kaufmann
LEONORA NUÑEZ*: seine Ehefrau

WILLIAM PAGE*: ein puritanischer Drucker, beleidigt die Königin
CHARLES PAGET*: einer der Leute von Königin Maria Stuart in Paris
ISAAC PARDO: ein Vetter von Simon Ames
FATHER PARSONS*: Führer der englischen Jesuiten auf dem Kontinent
PELLEW: ein Kurier
THOMAS PHELIPPES*: der dienstälteste Sekretär von Sir Francis Walsingham
LAURENCE PICKERING*: der König der Londoner Verbrecher

WALTER RALEIGH*: der neue Günstling der Königin
JAMES RAMME: einer der Männer von Sir Francis Walsingham
MICK REYNOLDS: Anführer der Bettler von London Bridge
MONSIEUR RICARD: Sir Francis Walsinghams Majordomus in Paris

SIR PHILIP SIDNEY*: der erste Ritter der Christenheit, Walsinghams Schwiegersohn
FRANCES SIDNEY (geb. Walsingham)*: sein ihm neu angetrautes Eheweib
SIMIER*: ein französischer Abgesandter
KNOCHENBRECHER SMITH: ein Straßenräuber
PETER SNAGGE: ein Hausierer
ADAM STRANGWAYS: ein katholischer Verräter
AGNES STRANGWAYS: seine Schwester (→ AGNES FANT)
RALPH STRANGWAYS: sein Bruder, ein Geistesgestörter (→ TOM O'BEDLAM)
NICHOLAS SUNNINGDALE: ein Gentleman

Francis Throgmorton: ein katholischer Verräter
Tom O'Bedlam: ein Geistesgestörter und Dichter, Freund von Mr. Becket
Topcliffe: ein Priesterjäger und Folterer
Tyrrel: ein weiterer König der Londoner Verbrecher

Sir Francis Walsingham*: Mitglied des Kronrats, Minister der Königin und Chef ihres Geheimdienstes
Frances Walsingham*: seine Tochter (→ Sidney)
Ursula Walsingham*: seine Ehefrau

Tom O'Bedlam's Song

From the hag and hungry goblin
  That into rags would rend ye,
And the spirit that stands by the naked man
  In the book of moons, defend ye.
That of your five sound senses
  You never be forsaken
Nor wander from yourselves with Tom
  Abroad the beg your bacon.

While I do sing, ‹Any food, any feeding,
  Feeding, drink or clothing?
Come dame or maid
  Be not afraid
Poor Tom will injure nothing.›

Of thirty bare years have I
  Twice twenty been enraged
And of forty been three times fifteen
  In durance sadly caged.
In the lordly lofts of Bedlam
  With stubble soft and dainty
Brave bracelets strong, sweet whips, ding dong,
  With wholesome hunger plenty.

A thought I took for Maudlin
  And a cruse of cockle pottage,
With a thing thus tall, sky bless you all!
  I befell into this dotage.
I slept not since the Conquest,
  Till then I never waked,

Tom O'Bedlams Lied

Vorm alten Weib und dem Kobold
  Die gern in Stücke Euch rissen, die Brut,
Und dem Geist, der neben dem Nackten steht
  Im Buch der Monde, seid auf der Hut.
Daß von den fünf klaren Sinnen
  Ihr niemals auch nur einen verliert,
Noch, um neben ihm betteln zu geh'n,
  Je mit Tom durch die Gassen irrt.

Während ich sing', «Was zu essen oder Nahrung,
  Nahrung, Kleidung oder beide?
Kommt, Jungfer oder Dame,
  Tom ist mein Name.
Ich tu' keinem was zu leide.»

Von dreißig Jahren war ich
  Zweimal zwanzig toll vor Wut
Und von vierzig dreimal fünfzehn
  Elendiglich unter dem Wächterhut.
In den Kammern von Bedlam
  Mit Stroh zart und weichlich,
Tapfere Handschellen, Peitschen, die schnellen,
  Und heilsamer Hunger reichlich.

Ein Gedanke, den ich für weich hielt,
  Und ein Krug mit Suppe bereit,
Mit einer Sache so groß – Gott schütze euch bloß –
  Wurde ich Opfer dieser Narrheit.
Ich schlief nie seit der Eroberung,
  Vorher bin ich nie erwacht,

Till the roguish boy of love where I lay
   Me found and stripped me naked.

When I short have shorn my sow's face
   And snigged my horny barrel
In an oaken inn I pawn my skin
   As a suit of gilt apparel.
The moon's my constant mistress
   And the lovely owl my marrow;
The flaming drake and the nightcrow make
   Me music to my sorrow.

The palsy plagues my pulse
   When I prig your pigs or pullen,
Your culvers take or mateless make
   Your Chanticleer, or sullen –
When I want provant with Humphrey
   I sup, and when benighted,
I repose in Paul's with waking souls
   Yet never am affrighted.

I know more than Apollo
   For oft when he lies sleeping
I behold the stars at bloody wars
   And the wounded welkin weeping.
The moon embraces her shepherd
   And the Queen of Love her warrior,
While the first doth horn the star of morn
   And the next the heavenly farrier.

The Gypsy Snap, and Pedro
   Are none of Tom's comradoes;

Erst als der listige Knabe der Liebe mich fand,
Und mich um meine Kleider gebracht.

Hab' ich kurz geschoren mein Schweinegesicht
Und gekerbt meine hörnerne Scheide
Im Eichenfaß, schaut, versetz' ich meine Haut
Als Kleid von goldener Seide.
Der Mond ist meine stete Geliebte
Und die liebliche Eule mein Eheweib;
Der flammende Drache und der Nachtvogel machen
Mich klagen über mein Leid.

Die Lähmung plagt den Puls mir
Wenn ich klau' euch Schweine und Puten,
Eure Tauben nehm' oder zum Witwer mach'
euren Hahn, den ach, so guten.
Wenn ich hungrig bin, muß zu Schmalhans
Ich gehn; wenn die Nacht anbricht
Ruh' ich in Paul's mit wachenden Seelen,
Doch so etwas erschreckt mich nicht.

Ich weiß mehr als Apollo,
Denn oft, wenn er schläft in Hainen,
Seh' ich die Sterne in blutigen Kämpfen
Und den verwundeten Himmel weinen.
Frau Luna gibt sich ihrem Schäfer hin
Und die Herrin der Liebe dem Krieger;
Die erste betrügt den Morgenstern,
Die zweite den himmlischen Schmieder.

Der Zigeuner-Spitzbub und Pedro
Gehören nicht zu Toms Kameraden;

The punk I scorn and the cutpurse sworn
And the roaring-boys' bravadoes;
The meek, the white, the gentle,
Me handle, touch and spare not,
But those that cross Tom Rhinoceros
Do what the panther dare not.

With a heart of furious fancies
Whereof I am commander,
With a burning spear and a horse of air
To the wilderness I wander.
By a knight of ghosts and shadows
I summoned am to tourney
Ten leagues beyond the wide world's end
– Methinks it is no journey.

Die Hure veracht' ich, den Taschendieb
Und Banditen, die nur schaden.
Die Milden, die Sanften, die Zarten
Mögen mich berühren, betasten, befragen,
Doch jene, die reizen Tom Rhinozeros,
Tun, was die Panther nicht wagen.

Das ganze Herz voll wilder Träume,
Deren Gouverneur ich bin,
Mit Feuerspeer und Pferd nicht schwer
Wandre ich zur Wildnis hin.
Von einem Ritter der Geister und Schatten
Bin ich geladen zum Turnier
Dreimal zehn Meilen hinter dem Ende der Welt
– Mich dünkt das nicht weit von hier.

Historischer Hintergrund

Das Buch spielt Ende Oktober und Anfang November im Jahr 1583, fünf Jahre vor der Vernichtung der spanischen Armada (1588).

Königin Elisabeth I. regierte seit 1558 und befand sich auf dem Höhepunkt ihrer Popularität. Ihre Mutter, Anna Boleyn, war zum Auslöser der englischen Reformation geworden, denn um sich von seiner ersten Frau, Katharina von Aragonien, scheiden zu lassen, brach Heinrich VIII. mit der katholischen Kirche und machte sich selbst zum Oberhaupt der Kirche in England. Heinrich wollte einen Sohn, und die Geburt Elisabeths am 7. September 1533 war für ihn eine große Enttäuschung. Als er Annes müde wurde, weil sie ihm nicht den Sohn und Erben gebären konnte, bezichtigte er sie des Ehebruchs und ließ sie hinrichten.

Als Heinrichs eheliche Odyssee beendet war, hatte er drei Kinder. Das erste, Maria Tudor, war die Tochter Katharinas von Aragonien und wurde katholisch erzogen. Die beiden anderen, Elisabeth und Eduard, wurden protestantisch erzogen.

Im 16. Jahrhundert die Religion zu ignorieren wäre genauso töricht, wie im 20. Jahrhundert die verschiedenen ideologischen Strömungen zu ignorieren. Katholiken und Protestanten haßten und töteten einander mit genausoviel Fanatismus, wie dies in unserem Jahrhundert Faschisten, Kommunisten und Demokraten taten und noch immer tun. Elisabeth bestieg den Thron nach dem Tod ihrer Schwester Maria Tudor, die versucht hatte, England in die katholische Kirche zurückzubringen, unter anderem, indem sie dreihundert Häretiker verbrennen ließ. Maria hatte Philipp II. von Spanien geheiratet, Herrscher des in jener Zeit mächtigsten Landes in

Europa. Durch diese Ehe besaß Philipp einen Anspruch auf den Thron Englands.

Elisabeth bahnte sich mit meisterhafter Sicherheit einen Weg durch die verworrene Politik jener Zeit. Sie versprach oft, daß sie heiraten werde, tat dies aber nie, in erster Linie wohl, weil sie nicht die Absicht hegte, auch nur einen Teil ihrer Macht an einen Ehemann abzutreten, von dem der Sittenkodex der Zeit erwartete, daß er ihr Herr und Gebieter sein würde. Darum war die Wahl ihres Nachfolgers eine Quelle ständiger Besorgnis für ihre Kronräte, von denen die meisten, wie der Graf von Leicester und Sir Francis Walsingham, überzeugte Protestanten waren.

Die erste in der Reihe der Thronfolge nach Elisabeth war aufgrund ihrer Abstammung ihre Kusine Maria Stuart, Königin der Schotten. Durch mehrere grobe Schnitzer hatte es die Katholikin geschafft, aus Schottland vertrieben zu werden, und war seit Mai 1568 die Gefangene Elisabeths. Der kleine Sohn, den sie in Schottland zurückgelassen hatte, wurde protestantisch erzogen und als Jakob VI. König von Schottland. Später würde er die Nachfolge Elisabeths antreten und als Jakob I. König von England und Schottland werden. Das war im Jahr 1583 jedoch keineswegs gewiß, vor allem, weil Elisabeth es ablehnte, eine Entscheidung zu fällen.

Seit einiger Zeit fand zwischen der ersten katholischen Macht, nämlich Spanien, und der kleineren und schwer einzuschätzenden Macht, nämlich England, eine Art kalter Krieg statt. Elisabeth hatte sich als äußerst erfinderisch erwiesen, um einen offenen Krieg mit Spanien zu vermeiden, während Frankreich sich in einem Bürgerkrieg verzettelte und die Niederlande sich gegen ihre spanischen Herren erhoben. Spanien, reich an Gold und Silber aus seinen Besitzungen in der Neuen Welt, hielt in seinem Inneren mit Hilfe der grausamen und sehr wirksamen Inquisition die Strenggläubigkeit aufrecht und besaß mit den Tercios die besten Truppen in Europa. Die englischen Protestanten sahen sich in der Rolle des frommen David gegenüber dem Goliath Spanien, waren aber eigentlich mehr interessiert an Seeräuberei. Am meisten gefährdet waren die südamerikanischen Schätze auf der Route über den Atlantik; viele englische Piraten versuchten dort ihr Glück. Sir Francis Drake war während seiner berühmten Weltumseglung 1577 bis 1580 ein bemerkenswerter Coup gelungen: Er machte soviel Beute, daß dies seinen Investoren einen Gewinn von 4500 Prozent einbrachte – und zu seinen Investoren gehörten die Königin und die meisten ihrer Kronräte. Natürlich erbitterte dies Philipp, trotz aller höflichen Beteuerungen Elisabeths, Drake habe gegen ihre Anweisungen gehandelt. Während die beiden Kontrahenten um ihre Positionen rangelten, wurde Maria Stuart in eine Anzahl von Komplotten verwickelt, die von Philipp finanziert wurden und die Ermordung Elisabeths zum Ziel hatten, damit mit Hilfe spanischer Truppen Maria, die Königin der Schotten, den Thron besteigen konnte. Elisabeth schwebte ständig in Lebensgefahr und wußte dies. 1584, also nur ein Jahr später, als die Geschichte in diesem Buch spielt, wurde Wilhelm von Oranien, der Anführer der niederländischen Rebellen, von einem katholischen Attentäter erschossen.

Nachwort der Autorin

Dies ist ein historischer Roman, ein Produkt der Phantasie, das sich teilweise auf historische Fakten stützt. Es ist kein Geschichtsbuch, und wo immer es mir angebracht erschien, habe ich authentische Zeugnisse weggelassen oder Dinge, die bekannt sind über die elisabethanische Zeit, geändert. Gleichermaßen ist die Sprache, die ich benutzt habe, nicht als echte Nachbildung oder Imitation der großartigen rhythmischen Sprache jener Zeit zu verstehen, weil ich, offen gesagt, solche Versuche entweder akkurat, doch schwer zu lesen, oder aber inakkurat und irritierend finde. Doch da ich der Meinung bin, daß die Art, wie die Menschen des 16. Jahrhunderts dachten und fühlten, sich in ihrer Sprache spiegelte, habe ich, obwohl ich eine moderne Sprache mit einem modernen Wortschatz benutzt habe, versucht, dem Ganzen das Flair des Elisabethanischen zu geben.

Die Hauptgeschichte des Buches, der Versuch, Elisabeth während des Turniers anläßlich des Jahrestages ihrer Krönung im Jahr 1583 zu ermorden, ist ganz und gar erfunden. Es gibt, soviel ich feststellen kann, keine Berichte über diese Turniere, während es über die Turniere von 1582 reichlich Informationen gibt. Francis Throgmortons Komplott aber fand tatsächlich statt und wurde zu einem der ersten großen Spionageabwehrerfolge von Sir Francis Walsingham. Als ich die Berichte darüber las, hatte ich das Gefühl, daß mehr dahintersteckte, als die Aufzeichnungen vermuten ließen, und wurde so zu meiner Geschichte inspiriert.

Tom O'Bedlams Lied ist eine authentische elisabethanische Ballade, die tatsächlich um jene Zeit entstand, deren Verfasser aber unbekannt ist. Immer wieder taucht das Gerücht auf, daß die Ballade William Shakespeare zuzuschreiben ist, aber dies ist eher unwahrscheinlich. Unbestritten ist jedoch, daß der Verfasser über eine klassische Bildung verfügte und sich auch in der Gaunersprache der damaligen Zeit auskannte. Die Strophe, in der Adam Strangways seine Botschaft versteckte, wurde von mir hinzugefügt.

Die Berichte der Engländer, die 1572/73 in die Niederlande segelten, stützen sich auf Walter Morgans Aufzeichnung *The Expedition in Holland* über eine besonders unrühmliche Episode in der englischen Militärgeschichte. Die Belagerung von Haarlem fand etwa so statt wie von mir beschrieben.

Sir Francis Walsingham und Philip Sidney waren während der Bartholomäusnacht in Paris, und es gibt eine Geschichte, daß Sir Francis sich vor dem Pöbel verstecken mußte.

Es wäre anmaßend, für einen Roman eine Bibliographie zu liefern, aber es gibt Bücher, die ich jedem, der am 16. Jahrhundert interessiert ist, empfehle: Paul Johnson: *Biography of Elizabeth I.*; Muriel St Clare Byrne: *Elizabethan Life in Town and Country*; Geoffrey Parker: *Spain and the Netherlands 1559 to 1659*; Robert Lacey: *Sir Walter Raleigh*; William Starkey: *The Reign of Henry VIII.*; Antonia Fraser: *The Weaker Vessel*; Hilary Spurling: *Elinor Fettiplace's Receipt Book*; Conyers Road: *Mr. Secretary Walsingham*; und so weiter und so fort. Ich könnte die Liste seitenlang weiterführen.

Jeder, der mehr über die bemerkenswerte Familie Ames im London des 16. Jahrhunderts erfahren möchte, sollte L. Wolfs Artikel «Jews in Elizabethan England» in: *Transactions of the Jewish Historical Society of England*, Bd. XI, lesen.

Das Buch *A to Z of Elizabethan London* der Topographical Society, zusammengestellt von Adrian Prockter und Robert Taylor, half mir, zusammen mit *Stowe's Survey of London*, meine Charaktere durch die Stadt zu führen.